本书出版由广西民族文化保护与传承研究中心提供部分资助

壮族诗人农冠品
诗歌研究资料选编

农丽婵 编著

知识产权出版社
全国百佳图书出版单位
——北京——

图书在版编目（CIP）数据

壮族诗人农冠品诗歌研究资料选编 / 农丽婵编著. — 北京：知识产权出版社, 2025. 4.

ISBN 978-7-5130-9658-4

Ⅰ. I207.22

中国国家版本馆CIP数据核字第2024VR1609号

内容提要

本书收集并整理了关于壮族诗人农冠品诗歌研究的主要成果，内容涵盖文学史、论著及评论文章等方面，并通过作家自述的形式，收录了农冠品关于诗歌与文学自我认知的重要文章。在对农冠品诗歌的研究中，本书不仅深入研读其诗歌作品，还收集并梳理了诗人的人生经历、创作历程及相关研究成果。

本书可作为民族文化相关话题研究者的参考用书，也可作为普通高校相关专业学生的文学课程的辅助教材及教师教学用书。

责任编辑：李小娟　　　　　　　　　　　　责任印制：孙婷婷

壮族诗人农冠品诗歌研究资料选编
ZHUANGZU SHIREN NONG GUANPIN SHIGE YANJIU ZILIAO XUANBIAN
农丽婵　编著

出版发行：知识产权出版社有限责任公司	网　　址：http://www.ipph.cn
电　话：010-82004826		http://www.laichushu.com
社　址：北京市海淀区气象路 50 号院	邮　编：100081
责编电话：010-82000860 转 8531	责编邮箱：lixiaojuan@cnipr.com
发行电话：010-82000860 转 8101	发行传真：010-82000893
印　刷：北京中献拓方科技发展有限公司	经　销：新华书店、各大网上书店及相关专业书店
开　本：787mm×1092mm　1/16	印　张：22.5
版　次：2025 年 4 月第 1 版	印　次：2025 年 4 月第 1 次印刷
字　数：371 千字	定　价：88.00 元

ISBN 978-7-5130-9658-4

序 言

本书是农丽婵继著作《"我族""我乡"的族性书写——壮族诗人农冠品创作研究》后，对农冠品诗歌的又一研究成果，体现了她对"农冠品诗歌研究"较为完整的思考，也凝聚了她对同乡先辈的深情和对本土文学研究的热爱。

农冠品先生，笔名"夕明""侬克"，1936年8月出生于广西大新县五山乡三合村浪屯贫苦的农民家庭，2022年逝世，享年86岁。他是当代广西在民间文学研究与文学创作领域均卓有建树的诗人、学者之一。从中华人民共和国成立至2015年，他累计创作、发表和出版了7部诗集。其中，《泉韵集》于1988年获得了广西壮族自治区人民政府首届铜鼓奖，《晚开的情花》于1992年获得第二届广西壮族文学奖。他曾担任《广西文学》诗歌栏目的主编，其诗歌在20世纪80年代至90年代的广西文坛产生了较为深远影响。他的诗歌情感炽烈，语言清新，深受壮族文化熏陶，充满了浓郁的地方文化特色和民族风情，生动展现了壮族社会的生活图景。

本书为农冠品诗歌研究资料选编，按时间顺序精选了从20世纪80年代至21世纪初的相关文献，主要分为三部分："创作经历：作家印象和经历自述""农冠品诗歌述评：文学史、文学论著和评论文章""农冠品评诗、论诗和论文学"。

独特的人生经历、教育背景、社会环境、特定的文化氛围和自我的审美追求，共同铸就了农冠品诗歌清新晓畅的民族诗风。其自我形象建构不仅体现在文学作品中，还通过"他者"的镜像和自我故事的讲述等形式呈现。农丽婵将农冠品先生的创作经历分为"作家印象"和"经历述说"两个部分进行阐述，以期形成相互映照，展现其真实感人的自我形象。此外，她从作家与外界对话的视角出发，有针对性地收集、整理农冠品诗歌研究资料，这一做法对传统单一视角的文学研究资料收集、整理具有一定方法论上的创新价值，展现了她对农冠品诗歌研究的多元思考。

本书不仅从文学史、论著和评论文章三个维度全面梳理了农冠品诗歌的研究成果，还以作家自述的方式，收录了农冠品先生关于诗歌和文学自我认知的代表性文章。这些文章展现了农冠品诗歌深受马克思主义文艺观的影响。通过对农冠品马克思主义文艺观的系统梳理，不仅有助于理解其诗歌的思想内涵和艺术特色，而且进一步加深了对农冠品诗歌研究成果的认识。

农丽婵对农冠品诗歌的研究，不仅注重对其诗歌作品的深入研读，还广泛关注了诗人的人生经历、创作历程和相关研究成果的全面收集与梳理。这种研究方法启示我们：对少数民族作家的研究，应持作品细读、史料收集、理论思考和田野考察并重的态度。期望通过本书的出版，能够激发更多关于本土作家的新研究与成果。

陆晓芹

2024年10月20日

（陆晓芹，女，1971年2月出生，壮族，博士研究生导师，广西民族大学教授）

目 录 /CONTENTS

文 学 论 著

评 论 文 章

第三部分

农冠品评诗、论诗和论文学

评 诗

论 诗

论 文 学

第一部分

创作经历：作家印象和经历自述

作 家 印 象

农冠品的气质

覃富鑫

人们都说"诗人气质"，大概是因为诗人总有些与众不同的性格特征。在广西的知名诗人中，韦其麟的谦逊持重、农冠品的朴实诚挚、柯炽的专注深沉、杨克的热情潇洒、黄绅的灵敏好思等，都给我留下过深刻的印象。我每次去南宁，必去广西壮族自治区文联转一圈，也必到农冠品的办公室去座谈几分钟，在这几分钟里，总有个"常规性节目"——向我赠书。一是赠《广西民间文学丛刊》，每出版一本就赠一本，这套丛书卷帙浩繁，是广西民间文学研究成果的集纳，在国内很有影响，冠品是这套丛书的编者，为它付出了很多心血！二是赠送他的诗集或他编的诗集，现在我的书架上就有他两部诗集：《泉韵集》和《岛国情》，还有他编的广西民间情歌集《剪不断的情丝》。赠书时，他总是郑重地写上"农冠品敬赠"这几个字，从不忘记那个"敬"字，这也是他的诗人气质的外露。

冠品是读大学时高我一个年级的同学，因为写诗而在中文系知名，一毕业就分配到广西文联（广西壮族自治区文学艺术界联合会），从事民间文学研究，也写诗、散文和文艺评论。"文化大革命"时期，他把所有的作品剪报都烧了，是"带着要与文艺告别之心绪"的。后来回《广西文学》任诗歌编辑，干了8年。这以后的几年，他写了数百首长短诗，撰了一批评论文章，创作和理论研究都有了质的飞跃。冠品说他想在诗歌创作和民间文学研究上，"两只拳头"交叉打。

冠品的诗集《泉韵集》，晓畅清新、健康轻快，很适合具有一般文化的人阅读，属于"雪中送炭"一类而又雅俗共赏的。最新出版的《岛国情》描写的是1988年5月，他作为中国民间文艺家代表团一员，访问菲律宾共和国（简称菲律宾）的纪实诗结集，那里有菲律宾迷人的风光的描述，也有中国菲律宾文化界友谊的生动写照，是可以供人一口气读完的诗集。据冠品说，这本集子后来通过访菲律宾的文化人，带了20本去送给菲律宾朋友，他们对冠品访菲律宾才半个月就出了这么美好的一本诗集很赞赏，也很感兴趣。

有一次，冠品对我感慨地谈及出书的困难："你是写杂文的，写篇杂文论说吧。"后来，我写了《出书，走向贫困的阶梯》，发在《劳动者报》上。

冠品现在是广西文联常务副主任，又是广西民间文艺家协会主席，还有一大堆别的头衔，我从这个侧面看到他的成长和成熟。他有个笔名"夕明"，取"老夫喜作黄昏颂，满目青山夕照明"之义，他曾感慨"青春已逝，老年将至"。"夕明"其实是对"黄昏"的抗争。

（原载于《广西煤矿工人报》，1991年9月9日第3版）

他离不开这片沃土——记诗人农冠品

何亚燕

读罢他亲手赠送的那本新近出版的《民族文化论集》一书，仿佛一泓山泉沉淌心腔，使我激动不已。眼前展开一部恢宏的民族诗画长卷，一部壮美、辉煌的诗史……

走进农冠品那间被书柜包围、缺乏自然采光的办公室，看到他正伏案疾书。"总这么忙？""总有这些事做！"他回答说。是的，我每次踏进门，总看到这种情景。

作为著名的民族诗人、作家，中国民间文艺家协会副主席、广西民间文艺家协会主席的农冠品，头上一大串耀眼夺目的光环带来的却是做不完的事、操不完的心，个中甘苦自是心知肚明。

近年来，他潜心进行民族诗歌创作与研究，出版了《泉韵集》《爱，这样开始》《岛国情》《晚开的情花》等诗集，收集、翻译、整理、编选和主编出版了约500万字的民间文学作品，在广西民族诗歌这块沃土上倾注了他一片赤诚爱心。经历30多个春秋寒暑，他用全部的青春血液和生命浇灌出了民族之花！

那飘散着油墨芳香的《民族文化论集》，凝聚了他对广西各族民间长诗、史诗、古歌、民谣的长期研究的辛勤汗水，汇集了他对广西民族民间文化精华的炽热赞颂、对新诗艺术的评述研究，是一部不可多得的民族文化史的珍贵缩影。

农冠品离不开这块养育他的沃土——民歌。

他出生在大新县一个偏僻的壮族山村，在祖国黎明前的黑暗岁月里，度过了孤独的童年和少年时代。后来，他在位于左江边的龙州高中度过了难忘的时光。在那里，他仍念念不忘他的民歌。大学毕业后，他便全身心地投入壮族民间文学的采风创作中，脚踏着博大精深的民族文学这块沃土，投入12个民族的怀抱。左右江、红水河的父老乡亲哺育了他，赋予了他最纯美的诗的灵感、诗的魂魄、诗的才思。

他爱诗歌，更爱民间文学，他用诗行去表露自己对于民族和祖国的炽热情怀；他爱新老辈诗人，爱民间文学的作者，他同样用诗行，去表达自己对他们的钦敬之情。他清楚地懂得，没有一支热爱民族文学和为之献身的工作队伍，没有千百万支持民族文学事业的群众队伍，就不可能取得今天的成就。而这些成就，已为国内外有识之士所瞩目。

"故乡大山的清泉，曾哺育我的生命，我永远不会忘记大山。……我的笔是笨拙的，但要努力地写。我的嗓子音响是微弱的，但要尽情地唱——为祖国的文明，为中华的振兴，为我的民族的繁荣与欢欣……也许要付出一生的心思和精力！"他用作品这样对读者说，说得这么严肃深沉，这么真诚！

"岜莱，我民族的山，民族的魂！/我不高兴你没完没了的谜/你的谜就在这片古老的土地，/记录在穿越过风风雨雨的经历。/……大大方方在地球广阔的画面上/共同谱写当今生活的崭新旋律。"……是的，他正是这样歌唱的，以诗人的激越之情，期盼着，鼓动着，这个民族魂更加绚丽璀璨！

（原载于《南宁日报》，1994年3月10日）

汗水浇灌出瑰丽的民间文学之花——记广西文联副主席农冠品

《广西民族报》记者 黄国林

在广西文坛，从事民间文学工作取得硕果累累，且又在当代文学的创作上获得大丰收的人屈指可数，农冠品同志是其中之一。

农冠品同志于一九三六年农历七月十八日出生在今大新县一个壮族小山村里。祖父和父亲都是当地有文化修养的人，会写诗作文。农冠品自幼就受到家庭熏陶，对文学产生了浓厚的兴趣。1960年7月，他在广西师范学院（今广西师范大学）毕业后，被分配到广西文联从事民间文学工作。1961年至1965年，他经常深入民族地区的村寨采风，收集苗、瑶等民族的民间文学，并陆续在报刊上发表。三十几年来，他整理、翻译出版的民间文学作品多达十几本，约五百万字。其中《剪不断的情思》荣获全国第二届民间文学三等奖。他还创作了《泉韵集》（获首届广西文艺创作铜鼓奖）、《晚开的情花》（获第二届壮族文学奖）。冠品同志又是一位有创见的文艺评论家，撰写了许多文艺评论文章，部分已汇入《民族文化论集》，共二十万字。

由于农冠品同志在文学上取得的较大成就，他早年就加入中国作家协会、世界华文诗人协会。1993年，他从副研究员晋升为研究员。

1991年，农冠品当选为中国民间文艺家协会副主席，1991年4月起任广西文联党组成员、专职副主席，广西民间文艺家协会主席，他还兼任中国歌谣学会副秘书长、中国少数民族文学学会常务理事、中国少数民族作家学会广西理事、广西民族文学学会副会长，广西壮学学会副秘书长、《中国民间文学集成·广西卷》副总编、《中国民间故事集成·广西卷》副主编。这一系列头衔，都是为了事业的需要，而值得他引为荣幸的是，1988年5月和1992年1月分别出访菲律宾和泰国，对两国民间文化进行考察。回国后他撰写了一系列的诗文。

尽管冠品同志工作繁忙，但平时还喜欢收藏图书及博览群书，对书法也有浓厚的兴趣。由于青年时代喜欢游泳及长跑，铸就了他强健的体魄，所以至今已五十多岁的年纪，还有充沛的精力从事繁重的文艺工作，愿冠品同志在今后的岁月里，不断推出新的文学作品。

（原载于《广西民族报》，1994年4月16日）

农冠品：献给大地的恋歌
农作丰

或许从一开始，就注定了农冠品与南方民族文化有不解之缘。在他生长的桂西南大新县的壮族山村，浓郁的民族文化氛围滋养着他的童年。歌圩节、花炮节的热闹场景，以及老祖母讲述的迷人故事，深深打动了他那颗敏慧的心灵。也许从那时起，就注定了农冠品未来的人生之路。50年代末，当他还是个大学生时，就积极投身于民族文化的采风，并拿起了那支青春的笔，用诗歌来审视南方这块红土地。

于是，他开始了广西民族文化的收集、整理与研究工作，留下了壮族长诗《特华之歌》《鹦歌王》等，留下了苗族《哈迈》《顶洛》等"八大苗歌"，留下了他主编的《中国歌谣集成·广西卷》以及那本沉甸甸的《民族文化论集》。

于是，在广西涌动的诗坛上，留下了农冠品这只从壮乡飞出的金凤凰那清越悠扬的歌声——《泉韵集》《爱，这样开始》《岛国情》《晚开的情花》《醒来的大山》等，这些诗集都透露出共同的情感元素：对南方这块土地的深深爱恋！

农冠品永远不会忘记，1961年盛夏，大苗山的优美神奇魅力吸引着他。年轻的农冠品与几位同行毅然徒步深入大苗山采风。

白天，农冠品和苗家农民一起劳动，晚上，则围坐在火塘边，听苗家歌手唱古歌、讲故事。他们唱到动情处，不顾通宵达旦；听到入迷时，不知东方既白。就在大苗山白云乡一带，农冠品他们凭着笔录的方式，收集到了被号称为苗族"八大苗歌"的资料，使这些长期在大苗山间口头代代相传的长歌，走出了潜藏久远的深山，成了各族人民共同拥有的文化财富。

1986年4月，广西首府南宁一片春意盎然。为了欢迎来自北欧芬兰的民间文学家的到来，南方春姑娘尽情地展示出迷人的风采。

冰雪之国的北欧客人一下飞机就感受到了广西人民的热情。客人们对这里的山山水水深感兴趣，更对这方土地上的民族文化无限神往。在举办的"中芬民间文学搜集保管学术研讨会"上，农冠品与各族民间文学研究者一起，与国际民间叙事文学研究学会主席航柯教授一行，就民间文化艺术的搜集、整理和利用进行了广泛的交流。

研讨会后，芬兰专家代表团及我国著名民族文化专家贾芝、张振犁、乌丙安等学者，在农冠品等同行的陪同下，到广西三江侗族自治县进行民间文学田野作业活动。中外专家对三江侗族独特的民风习俗赞叹不已，一路上拍照、摄像、录音、笔记，忙得不亦乐乎！

这次活动给农冠品留下了深刻启迪，深感传统的口述笔录方式存在的不足。国外已把民族文化当作一门综合的学科进行研究，立体性的田野作业使他们获得更完整科学的材料，这促使农冠品后来提出了"关于民间文艺立体建设与研究"的构想。

1988年5月，作为中国民间文艺家代表团的一员，农冠品出访菲律宾。岛国奇异的土著民俗和奇特的穆斯林文化使他着迷，诗歌激情喷涌而出，凝结成了诗集《岛国情》及系列游记，记录下他岛国的民俗文化与中国民族文化相互碰撞激发出的灵感火花。

1992年1月，农冠品应邀访问泰国，进行了一个月的学术交流和采风活动。在这个美丽的亚洲佛国中，农冠品感受到了宗教文化的强大威慑力和感召力。在那里，人们的一举一动都被佛教所规范，上自国王、下至庶民都要顶礼膜拜……

然而，拨开弥漫的宗教云雾，农冠品分明感受到泰国民族文化与中国壮族文化千丝万缕的联系：泰语与广西南壮语有许多的相同或相似之处，语根发音也极相近，饮食文化习俗也有许多相似之处……这些现象引起了农冠品强烈的兴趣。目前，他正与一些中国和泰国学者合作，探索我国壮族与泰国民族文化的交流影响的特点。

"民族文化绝不可能是封闭的领地，随着世界各国文化的不断交流，民族文化的搜集、整理和研究将不断地拓展出新的领域。"农冠品如是说。

文化视野的不断开阔，艺术人格的不断成熟，不仅塑造了农冠品民族文化研究的品格，而且铸就了他诗歌创作的价值取向。

如果说，农冠品前期的诗歌创作多是歌颂这块南方厚土的传统文化习俗，那么近期的诗歌创作则表现为冷峻辩证地透视，深情呼吁南方大地尽快觉醒，抛弃沉重的传统束缚，迈向现代文明的灿烂天地。

这种清醒变调，是诗人艰难反思和大胆超越的结晶。它不仅对一味歌颂传统文化和民族心态现象是一个巨大的提升，而且对重新认识南方这块厚土的民族文化具有深远的启示。

在三十多年的跋涉中，农冠品孜孜不倦、辛勤付出，同时也获得了累累硕果，多次在全国和广西获奖。他是中国作家协会会员、世界华人诗人协会会员，并担任中国民间文艺家协会副主席、广西民间文艺家协会名誉主席、广西对外经济文化交流中心理事、广西壮族自治区政协委员、广西文联党组成员兼助理巡视员等职。

面对这一系列荣誉和职务，农冠品认为：成绩只代表过去，职务只是暂时的，而终生不变的追求，是对这方土地民族文化的探索与研究。目前，农冠品正以饱满的热情，进行他所钟爱的民族文化研究及诗歌创作，以报答这块生他养他的南方厚土。

（原载于《广西人才报》，1996年10月7日）

坚韧晶莹的白玉——简评农冠品

廖传琛

1997年4月，香港朋友，当代杰出诗人王一桃兄给我来信，问及农冠品近况。其实，农冠品与一桃兄是当年广西师范学院中文系的同窗好友、尊敬的文友。他们之间的关系，远比我与他们二位熟稔得多。尤其我与农冠品见过几回面，彼此之间却未有交谈。但农冠品的为人与文风，也早收入鄙人眼界，对他有些了解。

受人之托，不敢相忘。于是通过机关交换信件，给农冠品转去了一桃兄的问候。此后，我们二人之间就有了书信往来。往来索求，他赠给我他的大作六本。近日，我花了一点时间，专心拜读。很有一点慰怀，于是作此文以记之。

上述六本书，除1998年香港天马图书有限公司出版的《热土草》，限于文学理论及文学评论（有概论及对其他作家的个论）著作外，其他都是冠品创作的诗歌和散文。其中，《相思在梦乡》系农冠品和他的夫人白静合作的诗集，余则均为农冠品之文学专著。这六本书码起来有七八英寸厚（17.8~20.3厘米）。据我了解，农冠品的作品远不止这些。因此，可以说，农冠品是位多产作家。从广西师范学院中文系直至退休，农冠品在文坛不动窝地耕耘了长达四十多个春秋。

"士先器识，而后以文艺论"。农冠品为人平易，为文富才而笃实，为官无上谄下骄、贪赃枉法纪录。据他来信，引我为同类——同称"无产阶级"。他犹如一张白纸似的纯净透明，同时也有如珠玉之坚韧。至今，他还是将他的书斋持续名之曰"苦耕斋"。他是一个正直而忠贞的人。对祖国、对人民、对他所入的中国共产党、对他的民族都表现出永久的忠诚和坚定的信仰。可以说，他是坚韧晶莹的白玉。这白玉可以是一幅剔透的美的画卷，也是一块晶莹圆润的实体。他在广西文坛乃至中国当代文坛上的应有地位，应当是确凿无疑的。而且，至今，他的年纪并不是很大，我们将期待他的鸿篇巨著涌现在世人面前。

他不像文坛上有的名人那样，机缘巧合，赶上趟，冒一炮，一炮走红，从此便被抬高、炒作。或者其本人又要飘飘然，凭名气和权势去粗制滥造应景文学。他也不像有的人那样去媚俗，弄些无聊、有伤风化、误人子弟的作品。他更不似有的人那样，将中国历史上落后的东西，集大成地演绎出来，端到外国人面前去献媚取宠。

他是脚踏实地，长期深入民间，一步一个脚印地走。他认真严肃地走着怡情快性的文学创作之路，历尽天华，终成大器。长期坚持耕耘，方得丰收，垒成巨璧。

农冠品诗歌创作具有人民性和民族性的特点。由于充分吸收了民间文学的营养，因而他写的诗歌，生动流畅，天然去雕饰。

　　君多愁，妹多愁，望不断江水悠悠；情人思念，千盼万盼白了头！谁人见，眼泪流。

　　劝君想开，劝妹眉笑皱，丢开悲与愁，朝前看，开步走，往后喜日长河：春花、秋果满枝挂，你俩数个够！

这是他1980年3月写题名"西郎山与小姑山"的一首诗，基本采用了民间体。这首诗活脱脱地勾画出一对情人，被天意分开，化成隔江相望两座山后的悲苦相思，以及人们的劝慰。世界上一切的悲剧，都是将美好的东西撕毁给人看；而世界的一切喜剧，都是叫人在黑暗中看到希望和光明。这首诗不正是反映了人们终于见到光明的心境吗？

农冠品诗歌创作的另一特点是在苦耕中力求创新。从他的诗作中，看不到传统的律诗。但他显然也从传统诗歌中取得借鉴，并力求整齐谐韵。最有意思的是，他的诗中有八言诗。这很可能是他借鉴了古文中的四言八句以成，读起来照样铿锵动听。他也写过三言、四言和五言的诗。在他的诗作中，没有阶梯式的自由体，但他显然并不排斥这种诗体。这从他对他人的阶梯式诗歌的评价中可以看出。他的诗作中也有类似长长的欧化句，但他总是力求写得整齐押韵，贴近人民、贴近生活，符合诗的节律，明白易懂。这两个方面，都说明他在借助老诗文体裁，并追求创新。至于利用民歌高唱低吟，在他的诗作中更是比比皆是。

在创作中，他对于他的本民族——壮族，以及其他少数民族的民间故事、民间文学进行收集、整理、研究。他以此当作他毕生的光荣使命，愈志弥坚。许多民间文学瑰宝，将因他的努力而发扬光大。

壮族是一个很古老的民族，壮族不仅人口数量在全国少数民族中占第一，而且，由于壮民族接受汉民族中原文化影响，较早地从事农耕，因而经济、文化较为先进。这样，一方面壮族保持了许多自己的优良传统；另一方面又吸取了汉族和其他民族的长处。所以，在中国近现代的历史上，壮族人才辈出。农冠品无疑是当代壮族中所谓的才子之一。而其长期坚忍不拔、苦苦耕耘，在众多的文人墨客中，也堪称楷模。

农冠品创作丰富，不是在下这篇简评能尽述。好在2001年，漓江出版社出版的广西当代少数民族作家丛书二十八集，其中有本《广西当代作家丛书·农冠品卷》，对此书有兴趣的人士，不妨一观。诚然，要研究当今壮族文学创作和文学人物，农冠品应列为重点研究对象，因为他有他的特点和优点。

（原载于《广西文艺报》，1997年10月28日）

献给红土地的恋歌——访壮族作家农冠品

潘金山 覃茂香

在广西文坛，著名的壮族诗人农冠品先生是一位集民族文学研究和文学创作于一身的学者型作家。

一九三六年农历七月十八日，农冠品出生在南宁地区大新县五山乡的一个壮族山村。很小的时候，他的祖母就教给他许多流传久远的壮族山歌和民间故事，他的祖父和父亲都是当地颇通文墨的人，会写诗作文。得天独厚的家庭背景，浓郁的民族文化氛围，给农冠品以从事文学创作的启蒙，也注定了他的人生与南方民族文化结下不解之缘。50年代末，当他还是个大学生的时候，他就对民族文化怀有浓厚的兴趣，并用诗歌来为家乡这块红土地谱写恋曲。1960年7月，农冠品从广西师范学院（今广西师范大学）毕业后，分配到广西文联工作。从此，在八桂大地上，到处留下了他跋涉的足迹。在这期间，农冠品正当青春焕发之时，连续几年上山下乡，走遍广西的壮乡瑶寨苗村，收集民间文学。农冠品永远不会忘记，1961年盛夏，年轻的农冠品与几位同行毅然徒步深入大苗山采风。

在大苗山白云乡一带，农冠品走访了苗族歌手莫清总、贾老绍、潘老祥等人，记录收集12首苗族长诗和古歌的原始材料，其中有号称苗族"八大苗歌"的《哈迈》等，使这些长期在大苗山苗族群众中口头传诵、代代相传的长歌，终于走出深山，成为各族人民共同拥有的民族文化财富。此后，为了更好地收集和整理丰富的民族文化宝藏，农冠品又多次深入壮乡、爬瑶山、登侗寨、涉京族三岛，广泛收集了广西各民族民间文化的原始材料，奠定了坚实的民族文化研究基础。

在采风中，广西各族人民的勤劳善良和勇敢机智激发了农冠品的创作热情。

于是，在研究民族文化的间隙，农冠品创作了一系列展现民族风情的诗歌和散文，以及一批评论文章。从80年代起，文艺园迎来了百花齐放的春天。农冠品的创作热情又起高潮，他一边从事民间文学研究，一边进行文学创作，一股股文学的喷泉，涌自他的心间。1984年，他出版第一本诗集《泉韵集》，获广西人民政府颁发的广西文艺创作奖铜鼓奖；1989年出版第二本诗集《爱，这样开始》，其中长诗《在金凤凰落脚的地方》和《将军回到红河边》分别荣获广西第一、第二届少数民族文学奖。1990年出版的诗集《岛国情》是农冠品访问菲律宾的创作成果，诗集传到菲律宾，受到那里人民的珍爱。1991年他的第四本诗集《晚开的情花》荣获第二届壮族文学奖。1995年出版的歌词集《相思在梦乡》获1997年第三届壮族文学优秀奖。1997年出版的第五部诗集《醒来的大山》是一部诗思灵动、诗情洋溢的抒情诗集，记录了农冠品八九十年代在祖国名山大川的游踪及故乡之行的情感的火花。目前，农冠品正在结集待出版的诗集有《记在绿叶上的情》及随笔集《热土草》……这些诗歌创作结晶，是他人生经历的记录，也是他内心情感的记录。

文学的生命是永恒的。如今，农冠品虽然从行政岗位退下来了，但作为一名民族作家或诗人，他的创作活力依然不减。长期的民族文化研究塑造了他的学术品格。面对深厚的民族文化积淀，他重新调整了自己的审视点，以辩证的眼光透视这块土地的传统文化。他认为"过去的民族文化多停留在社会学的层面上，而在审美研究上存在不足。"对此，他撰写了论文《长诗美学初见》进行探讨。他还提出民间文学双轨发展理论，主张民间文学不要脱离时代，要积极介入改革开放的现实生活。他还主张民间文学不要只走单一的社会学研究路子，多进行学科交叉性研究、应多角度开拓民间文艺研究的新境界……

　　在谈到壮族文学的现状时，农冠品先生不无忧虑地说："现在壮族文学创作不景气，创作不够活跃，少数民族文学人才的培养是一个迫切的问题。我们应当培养一批深谙我们民族文化、生活、风俗习惯的年轻作家，让他们把我们民族的文化传统向外传播，让别的民族了解我们，熟悉我们……广西史诗性的作品目前还是空白，我们应该有一部堪称壮族代表作的鸿篇巨制。"他寄厚望于后起的壮族青年作家。

（原载于《南宁日报》，1997年9月29日）

经 历 述 说

我的创作经历

农冠品

我出生在大新县五山乡一个边远的壮族山村。那里的山泉和勤劳的父母哺育我长大，使我度过了难忘的童年时代。山村里的浓郁的民族风情以及充满幻想的民间文学，是我以后从事文学创作的启蒙。特别是我祖母所唱的民间《催眠歌》和母亲生动优美的语言，给我留下了难忘的印象。中华人民共和国成立后，我开始上初中读书，一直读到大学的中文系，另一种新的文化、新的文学艺术影响着我，滋润着我的心田，使获得了崭新的文学生命和开阔的文学眼界。在大学读书时，我开始运用自己的笔墨，把家乡的民间文学记录整理在稿子上，向报纸、杂志投稿。稿子终于发表了，我心里多么高兴！是在大学期间我还参加民间文学的采集工作，这也许是我最初的文学实践活动了。

1960年大学毕业以后，因组织上的需要，我被分配到广西文联从事民间文学工作。凭着青春焕发之时，连续几年上山下乡，我走遍了广西的壮乡、瑶寨、苗村，收集民间文学。在采风过程中，广西各民族的勤劳、勇敢和多彩的创造的智慧，激发着我的创作热忱，于是，我在业余开始从事一些文学创作，主要是写一些民族风情诗歌和散文，也写一些评论文章。

从80年代起，祖国进入了新的历史进程，一切都在复苏，文艺也一样。我的创作热情顿时高涨，一边从事民间文艺工作，一边搞文学创作，一股股文学的喷泉，涌自我的心间。目前，正在结集而未能出版的尚有诗集《记在绿叶上的情》和评论随笔集《热土草》。我在广西文艺界将度过了近40年青春，度过了中壮年，如今已进入六十出头的老年。以上所列举的一些成果，特别是诗歌创作，是我人生经历和内心情感的记录。在散文方面，我的作品不多，1995年出版了《风雨兰》，这是一朵十分寂寞的小花。我的事业是从事民间文学研究，在理论研究方面留下的成果太少太少，1993年出版了《民族文化论集》，一些文艺见解都收在其中了。其他如整理民间长诗、史诗长歌，也出了一些成果，但不属于文学创作，就不多谈了。

今后在文学创作上还有什么行动与计划？我认为作为一名民族作家或诗人，是不以年龄为限制的，文学的生命是不老的。我想在壮族的史诗创作上，献出一份光和热，但那是严肃而又古老、悠久的题材，如何寻找到她的光明出路，这是令人费神的。但不管文学之路如何艰辛、坎坷，追求民族文学的真、善、美，赞颂民族精神与文化的永恒，是我立下的决心与愿望。

（原载于《广西建设报》，1998年11月18日第4版）

我的自传

农冠品

我于一九三六年八月出生在桂西一个偏僻的壮族山村（今广西壮族自治区大新县五山公社三合大队浪屯），中农家庭。幼年在家乡读书，同时帮家里牧牛，做些轻活。家乡一带的歌圩和花炮节，蕴藏着我们民族的文化。我祖母和母亲都不识字，但她们会讲故事，能唱壮族山歌。这样的环境对我产生了深远的影响，使我从小爱上乡土文学。一九五〇年，我进入龙门中学读初中。我于一九五三年秋，到离家数百里外的左江岸边龙州古城，进龙州高中读书；一九五六年加入共青团；同年秋天考入广西师范学院中国语言文学系。在大学读书期间，我曾参加编辑年级刊物《熔炉》和中文系刊物《百花亭》，并在院刊开始发表一些诗文。一九五七年夏，首次在《漓江》文艺月刊和《广西少年报》副刊发表收集整理的民间故事、歌谣。在大学四年修业期间，我有机会接触古今中外的文学作品，增长了知识，拓宽了文学视野。一九六〇年八月于广西师院毕业，被分配到广西文联从事民间文学工作。一九六一年至一九六六年，经常深入少数民族山区采集民间文学。民间文学对我像是大海，我兴奋地学着游泳，采集珠贝。采风之余，我学着写民族风情小诗、散文、民歌、诗歌札记、短评，也写一些歌词。"文化大革命"中，文联被砸烂，在那些年月里，我远离家人，去做毫无意义的虚度年华的事，没想到再搞文艺，但爱好仍存，晚上悄悄读一些文艺书，做点笔录。一九七二年年末至一九七九年七月，在《广西文艺》编辑部任诗歌编辑。一九七八年参加编辑《广西诗选》工作。一九七四年十二月加入中国共产党。一九七九年加入中国民间文艺研究会和中国作家协会广西分会（是该会民族文学委员会委员），一九七九年八月回广西民间文学研究会工作，同年十月随广西少数民族歌手出席在北京召开的全国少数民族民间歌手、诗人座谈会。一九八〇年一月，在广西民研会第二次会员代表会上，当选为该会理事、常务理事，分管歌谣。

我参加文艺工作以来，主要是搞民间文学。六十年代，参加收集广西瑶、苗族民间文学，记录苗族长诗、古歌《哈梅》《兄当与别莉》《顶洛》，等等。先后整理发表的壮族民间长诗：《特华之歌》（《民间文学》一九六四年第四期）；一九七九年，在上海文艺出版社出版《中国民间长诗选》（第一集）；《达备之歌》（广西人民出版社主办大型文艺丛刊《叠彩》一九七九年第一期）；《唱秀英》（《广西文学》一九八〇年第十二期）；《怒火歌》（《广西日报》一九六五年九月十二日副刊）；《壮族十八行勒脚情歌》（《民间文学》一九六三年第三期）。收集、整理并发表的民间故事有：《金羽毛》《金牛》《雁的故事》《映山红》《柴的故事》《老头和他的三个女儿》《独眼兽》《三个大南瓜》《三姐妹寻水记》《枪》《穿山甲的教训》《牛和马》《杜鹃鸟和蝉》等。

我的创作是业余进行的。由于职业关系，我常上山下乡，走村串寨，访问边疆、海岛。在采集民间文学珠宝的同时，我也常常获得诗和散文的灵感与素材。于是，我学着边写，边把见闻、感想记在本子上。这就是我这些不登堂的、零星习作产生的缘由。我喜爱诗歌，也爱散文，平日的习作，也多是一些浅陋的诗或散文。前前后后、断断续续发表的组诗有《在金凤凰落脚的地方》

《写在海角天涯》《写在桂山漓水间》《写在西山云崖》《边疆行》《在桂西大山中》等。短诗及歌词有《甜蜜的海》《纺云织彩》《阿娜》《墙》《香飘四季》《人心的回响》《你虽然失去明亮的眼睛》《右江水流哗哗》，等等，共有一百多首，散见于《解放军文艺》《民族文学》《广西文艺》《广西日报》《南宁晚报》《壮乡歌声》以及广西各地、市的文艺刊物《桂林文艺》《漓江》《灵水》《金田》《右江文艺》，等等；散文有《和瑶族人民一起欢度达努节》《坡会的一天》《叮咚的木铃呵……》《纸匣里的秘密》《生活短曲》（四章）、《路》《磨炼》等；评论有《诗中有铁》《门外诗话》《情与诗》《力戒概念化》《要真、善、美》等。发表习作用过的笔名有夕明、侬克、农捷、静虞、春帆、唐不登、龙宽品、布农。一九八〇年，民间文学得到复苏，曾与别的同志合编《壮族民间故事选》一书（一九八一年广西人民出版社出版）。

我出生在故乡的大山，我与民间文学结下了不解之缘。民间文学的奶汁哺育着我习作的幼芽，它能开出淡淡的花朵，这花应属于故乡的大山。大山，生我哺我的母亲！我永生做大山的孩儿。

一九八一年三月

（原载于陶立璠、吴重阳：《中国少数民族现代作家传略》，西宁：青海人民出版社，1982年版，87~90页）

第二部分

农冠品诗歌述评：
文学史、文学论著和评论文章

文 学 史

在壮族文学史和少数民族文学的文学史中，农冠品的诗歌被提及，这些文学史中的相关论述肯定了农冠品诗歌的民族性，并从民族文化和文学创作间寻找联系，肯定了其诗的思想和艺术特点，如主题的崇高性、语言的清新自然、艺术形式的民歌借鉴等。

（一）胡仲实：《壮族文学概论》（1982年）

壮族的现代派诗人，除上述有代表性的四位（指韦其麟、黄勇刹、莎红、黄青），在区内外有一定成就的诗人尚有黄宝山、蒙光朝、依易天、覃建真、古笛、韦文俊、农冠品等，他们绝大部分多兼壮族民间文学的翻译、研究和整理工作，有较深厚民族民间文学的根底。可以相信，在丰富多彩的壮族民歌的熏陶下，他们是可能为壮族现代化新诗开辟一条崭新的、民族化的道路来的。

（原载于胡仲实：《壮族文学概论》，南宁：广西人民出版社，1982年版，第141页）

（二）梁庭望、农学冠：《壮族文学概要》（1991年）

农冠品是一位多产的壮族诗人，他以甜蜜的欢歌给予读者清新朴素、淡雅的美感。

从70年代开始，农冠品即开始业余诗歌创作。他认真执着、坚持不懈，紧随着时代同步前进，先后发表了数百首抒情诗和叙事诗。1984年，漓江出版社出版了他的第一个抒情诗集《泉韵集》。这部诗集选入64首短诗，分成

"甜蜜的海""京族三岛风情""边疆的云""桂西的山"4辑，诗情飘洒于南疆山水之间。森林、蔗林、蕉林之绿，果林、花海、草坡之香，青山蓝湖、深潭流泉、轻烟淡云之美，果蜜、美酒、恋歌、笑语、乡情之甜，融汇于字里行间。诗人热情讴歌广西各族人民勤劳的品质、美好的心灵，不时思维的触角延伸到以往的岁月，使人越发感受到今天欢乐之价值所在。如《香蕉沟》："绿油油，/青幽幽。/蕉林伸绿掌，/风中哗哗掌声稠；/欢迎来访者，/走进香蕉沟。/种蕉人，/谈新忆旧，/话似山泉流不休——/有笑，有泪；/有欢，有忧……/朗朗笑声，驱旧愁！/满沟香蕉味，/闻了闻，/醉欲倒！//情浓并未醉，/挥笔写诗歌——/登上报，/字字句句耀眼目。/昔日芒草沟，/今日蕉林茂！/谁坏？谁好/哪苦？哪甜？/山乡人民自定论，/功过传千秋。"诗人以轻快的笔触描绘了香蕉沟的巨变。这是一幅清新绚丽的水彩画，是农村新经济政策活的写照！《圩日》一诗，诗人以朴实的笔触描绘了山寨圩日的情景，巧妙地以天桃树、芒果树、桃榔树、凤凰树这些自然景观点染南疆特有的风貌，然后概括地描述买卖之热闹、男女亮歌喉的风采，展现了特有的民族风情。最后一节写散圩：

赶马帮，上归途，
一路蹄声震山野。
长长山路像磁带，
录不完，南疆山寨的新音乐……

"长长山路像磁带"的比喻很贴切，也富有时代气息，是赞颂新时期农村新生活的难得之佳句。

继《泉韵集》之后，1989年出版了第二个诗集《爱，这样开始》。诗集里的诗歌，有着诗人更深切的感受，传达了一种新人品格和精神美。如《醒来的大山》，热情赞颂了"醒来的"山民们。改革的浪潮汹涌澎湃。城市、工厂、平原当然首先赶来一大批"弄潮儿"，但是，在农村，在边远的山区，在几乎与世隔绝的深山里，改革的风潮毫无阻碍地奔来了，唤醒了年轻的山民夫妇。他们开山育林，"小两口，同培育/金色的希望，以及/致富路上的信心……"。在诗人笔下：

> 霞光，将他俩
> 高高的身影，
> 影印在家乡的土地上
> ——那是大写的
> 山的主人！

而赶在太阳还未出山就忙碌采收满园金橘的那家子人，他们是：

> 山里勤劳的、早醒的人，
> 向深山报告黎明的
> 吉祥之鸟，把
> 这山，这水，这花：这草，
> 从长久的沉睡中唤醒！

诗歌揭示了在社会主义"四化"建设中人们意气风发的精神风貌。

农冠品除了创作大量的抒情诗，还创作了不少叙事诗，如《搬山——莫一大王传说》《公鸡奇案歌》《将军回到红河边》《尼香罗》《她活在第二次》等。《将军回到红河边》获广西第二届少数民族文学奖优秀奖。《将军回到红河边》成功塑造了一位实事求是、坚持真理、敢讲真话的将军形象。将军回到家乡，"当年拔草去，今天踏草来，/一步一声叹，/泪水沾两腮。"将军见到母亲，母亲告诫儿子："这山路草多蛇也多，可要小心别去踩……"将军难压心中激愤，进城找到"革委会"主任，严正发出"权柄在手莫乱挥，民心可顺不可违"的肺腑之言，真是浩气震乾坤。但是，在那个年代，直言有罪，将军被投下冤狱。从将军身上，我们看到了老一辈革命者为人民的自由和幸福英勇献身的精神。诗歌传达了人民的心声，因此深受到大家的喜爱。

农冠品不仅创作诗，还写了不少歌词，颇有影响。其中《甜甜的乡情》（与古笛合作）获全国民族团结征歌二等奖，《你虽然失去明亮的眼睛》《都说我俩是亲姐妹》获广西歌曲创作奖。《甜甜的乡情》其中一段是：

> 清清的山，弯弯的河，
>
> 我对家乡唱恋歌，唱恋歌，
>
> 家乡处处报春花，
>
> 花果盖满万重坡！
>
> 我爱茂密的蕉林，
>
> 我爱飘香的八角，
>
> 我爱流蜜的蔗海，
>
> 我爱漫山的菠萝，
>
> 甜甜的乡情在心窝，
>
> 小小蜜蜂跟着我，跟着我！

这首诗乡土气息浓郁、情感真挚，表现了对美好生活和祖国的热烈挚爱。

农冠品的诗歌创作，格式多样。他从民间歌谣、古典辞令之中吸收丰富的营养，也从国外自由体、半格律体的诗里学习了一些有益的元素。古为今用、外为中用，使诗歌民族化并与时代同步，这一直是诗人一贯努力追求的。他的诗歌语言清新、通俗流畅，富有节奏感和音乐美。诗人说过："我的创作是业余进行的。由于职业关系，常上山下乡，走村串寨，访问边疆、海岛，在采集民间文学珠宝的同时，也打着民族的烙印和透着大山的气息。"他创作最多的是吟唱南方崇山峻岭和故乡的诗。《森林情歌》《天地山川录》《山寨诗草》《瑶山抒情》这些诗歌是他在60、70年代创作的。80年代创作的有组诗《醒来的大山》《雾的深山》《泪与笑的大山》。此时期的诗作，收入在1984年出版的《泉韵集》和《醒来的大山》两本诗集里。

《泉韵集》收录抒情短诗64首。韦其麟作序。诗集分为"甜蜜的海""京族三岛风情""边疆的云""桂西的山"四辑。这些诗都是对广西各族人民的生活和精神风貌的赞美，写革命历史，也写自然风光和现实斗争。"甜蜜的海"这一辑主要反映了壮、瑶、苗等少数民族的风情。其中，描写壮族人民生活的诗歌所占的篇幅较多，写得很美。如《家乡歌节》中的《乡野的交响曲》，写壮族青年赶歌圩的情景："红棉花已开过，稔子花又开了。花巾、花衣，比山花更艳、更娇！""家乡的歌节来到了，金凤展翅，彩蝶飘过山坳，歌的闸门，再封不住了。"写出了歌的海洋，写出了壮族人民对歌圩的热爱。在《桂西的山》这辑诗里，通过叙写桂西的山雄奇的形象，抒发怀念革命先烈之情。"桂西的山是红色的山，战斗的山！是光荣的山，血染的山！是不屈的山，光明的山！"诗歌通过赞美西山竹、西山草、西山树、西山土、西山石、西山花等，讴歌了当年战斗在桂西革命老区的韦拔群等革命先烈和红军将士。如写《西山树》："擎天树，/红军战士的刀枪，/赤卫队员的脊骨。"既是赞树，也是赞人，意象合一，精神全出。写得好的还有《西山土》。在《边疆的云》这辑诗里，诗人描绘了边疆美好的月色，以及边防战士的崇高情操和边疆军民深厚的战斗情谊。如《一山雨，一山晴》写道："雨哟，晶莹透亮/轻洒在边防哨兵的/身上、心上，/就像母亲/洁白的乳汁……""晴——祖国的黎明/母亲温柔、热烈的目光/把儿女亲切地抚爱——多俊秀，英武，/持着钢枪/站在青山绿水间——为守卫每一寸/神圣的土地/——为捍卫一个/坚定的信念……"诗作写得纯洁而神圣。

在作品中，他既展现山乡的烂漫色彩，也表现了山乡的古老和贫困，以及新时代新观念对山乡的影响。在1987年写的组诗《泪与笑的大山》里，诗人展示了大山严峻的一面。诗中写山民的泪与笑、苦与甜，美与丑、迷茫和憧憬，在他们的身上，深入挖掘了身上的民族灵魂与斗志。《岜莱，我民族的魂》也充分展示了这一内容。

> 岜莱，我民族的山、民族的魂！
> 我不喜欢"花山"这汉译之名，
> 我要为你正名，也要给你正音，
> 你的壮名叫"岜莱"，岜莱更亲切动听！
> 有欢乐、有悲壮，也有痛苦，

有阳光璀璨，有无底昏暗，

岜莱没有绝望没有沉沦，

挺立在这亚热带的地域。

岜莱，我民族的灵魂和躯体，

不甘居于古老沉寂的井底，

终于腾起跃上这大山崖壁，

构成传世壁画的壮观奇丽。

80年代初期，他还写有长篇叙事诗《将军回到红河边》。诗作塑造了一个刚正不阿的壮族将军形象。该诗作获得广西第二届少数民族文学创作奖优秀作品奖。

农冠品的诗作形式多样，看得出他是在努力探索新诗的各种表现形式。早期的诗多采用七字的民歌体和长短句散体式，后来形式上有了较多的变化，有信天游式的二句一节的，也有三句式的；特别引人注目的是长赋式，几十行一写到底的，如《啊！德天瀑布》《龙的苏醒与腾飞》《江山魂》等，情绪突涌，诗句奔泻，形式与内容和谐交融。他的诗，总体上讲究情感的自然流露，句式朴实流畅，表现手法上体现出柔美细腻，含蓄委婉的风格。也有一些诗，如《啊！德天瀑布》《岜莱，我民族的魂》等，展现出刚健、雄浑的气度。但有的诗白描手法过多，诗味较少。

（原载于梁庭望、农学冠：《壮族文学概要》，南宁：广西人民出版社，1991年，第374~378页）

（三）特·赛音巴雅尔：《中国少数民族当代文学史》（1999年）

农冠品的诗歌创作，内容广阔、形式多样，有着强烈的时代感和深刻的民族意识。在他的诗歌中，既有对南方风情的描绘，也有对北国山川的抒情；既有对历史的沉思、民族魂的认识与召唤，也有人生悲欢的感慨；既有对江河湖海的情思，对一花一草的寄怀，也有对改革大潮的颂扬，对边境火线的纪实……或敷陈铺叙、慷慨激越，或浅唱低吟、委婉含蓄……然而，这些发自诗人心底的咏唱，有着一个共同的声音，这就是诗人对伟大的中华民族的热爱，对生活的热爱，对我们所处的伟大的改革开放的时代的热爱。

《七月的南方》以雄浑热烈的笔触，以一个个鲜明的意象，描绘了古老的南方大地的苏醒，颂扬了升起在红河两岸，升起在"七月中国"的"新世纪的太阳"。诗中写道：

> 七月南方，南方七月一首七月的歌
>
> 不唱悲、不唱哀、不唱怨
>
> 不唱绝望，在七月南方
>
> 七月歌声，唱在南方，南方歌的河
>
> 流着绿色、流着渴望、流着探求
>
> 流着艰辛……在七月南方
>
> ………………
>
> 七月南方醒来，醒来是乐滋滋的、
>
> 甜津津的，在七月南方的土地
>
> 在红七、红八军轰轰烈烈
>
> 举过大刀、长矛、红旗的土地
>
> 土地醒来，人们醒来，醒在
>
> 七月南方，南方有觉醒的七月
>
> 七月有七月的太阳，太阳的光芒
>
> 印记在铜鼓上，铜鼓的太阳
>
> 古老的太阳，七月的太阳真实的
>
> 太阳，放射出鲜鲜亮亮
>
> 鲜亮的是现代文明之光、文明之力、文明之歌，
>
> 凝集千千万万的渴望
>
> 渴求中即使有曲折、有痛楚
>
> 在七月南方、七月中国，在渴求
>
> 在奋进，在诞生，诞生七月南方

七月中国，一轮从地平线升腾的
鲜鲜亮亮的新世纪的太阳

全诗一气呵成，气势恢宏、意象纷繁，旋律起伏跌宕，纵横开阖，犹如奔腾直泻的红水河。而抒写"我民族的山、民族的魂"的《岜莱，我民族的魂》则写得凝重浑厚，深沉激越，表达了诗人对自己民族"没有绝望、没有沉沦"的民族魂的炽热的感情和深切的呼唤。诗中写道：

岜莱，我民族的山、民族的魂！
我不高兴你没完没了的谜！
你的谜就在这片古老的土地，
记录穿越过风风雨雨的经历。

有欢乐、有悲壮，也有痛苦，
有阳光璀璨、有无底昏暗，
岜莱没有绝望没有沉沦，
挺立在这亚热带的地域。

岜莱，我民族的魂和躯体，
不甘居于古老沉寂的井底，
终于腾起跃上这大山崖壁，
构成传世壁画的壮观奇丽。
…………

不必羞涩不必胆怯不必忧虑，
岜莱不是说不清猜不透的古谜，
岜莱属于我的民族也属于世界，
堂堂正正，人之智山之壮之丽之奇！

岜莱渴望明天更崭新神圣的画题，
今天的希望唤醒凝固长久的神志，
在飞旋着的变幻着的大千世界，
我民族的山民族的魂正接受洗礼！

《牧》是一首描写南方风景的小诗：

那把阳伞
是一朵山花
开放在头顶

那根长绳
牵引着无数个
风吹雨打的岁月

那牛蹄印
是一行行无字的诗
写在绿茵茵的草地

没有断句的诗
很长很悠远
叫人无法读毕！

平常的乡间小景，看似信手拈来，在诗人的精巧的剪裁下，化作一幅清新明丽、意蕴悠长的风景画。

《牧》展现了诗人风格细腻柔美、含羞蕴藉的一面。这类作品在诗人的诗歌创作中占有相当数量，是构成诗人完整艺术风格不可或缺的一部分。

（原载于特·赛音巴雅尔：《中国少数民族当代文学史》，北京：十月

文艺出版社，1999年版，第435页）

（四）周作秋、黄绍清、欧阳若修、覃德清：《壮族文学发展史》（2007年）

农冠品（1936—），笔名夕明，侬克，广西大新县人。1960年7月毕业于广西师范学院（今广西师范大学）中文系，同年8月分配到广西文联从事民间文学工作。从1961年起从事业余创作，曾任《广西文艺》（后改为《广西文学》）诗歌编辑。从1980年起从事协会工作，1986年起参加区文联行政领导工作，1991年至1995年任广西文联第五届专职副主席、党组成员，中国民间文艺家协会副主席，广西民间文艺家协会第三、第四届主席等职务。出版的诗集有《泉韵集》（1984年）、《爱，这样开始》（1989年）、《岛国情》（1990年）、《晚开的情花》（1990年）、《醒来的大山》（1996年）及《相思在梦乡》等。选著的作品有《壮族民间故事》（第一集，合作）、《猴子的故事》《大胆有马骑》等。参加整理壮族史诗、长诗《布洛陀》《嘹歌》及《中国歌谣集成·广西卷》《中国民间故事集成·广西卷》编纂工作。他还从事散文、歌词创作和文艺评论写作。在创作上，他坚持从生活出发。不断从民族文艺中汲取营养，努力使自己的作品贴近人民，坚持走民族化的道路。他也注意学习外国先进优秀的写作技巧，重视吸收属于全人类共同精神财富的优秀文化遗产，创作出具有自己艺术风格的作品。他是在新中国的阳光照耀下成长起来的壮族诗人，到80年代末至90年代初，他迎来了诗歌创作的丰收季节。

他从事文艺工作是从民族民间文学开始的。民族民间文学的丰富宝藏给他提供了丰富的诗歌创作营养。他在民族生活的土壤上努力挖掘诗的源泉，创作新诗，抒发了民族的、人民的、同时也是时代的真实情感，开拓了丰姿多彩的新生活的诗意美。

就内容而言，他多以祖国南疆少数民族的现实生活为题材。这里面，有讴歌右江革命根据地的组诗《在凤凰落脚的地方》；有吟唱壮家、瑶寨等少数民族社会主义幸福生活的《甜蜜的海》《彩色的河》《阿娜》《绿色诗笺》《香草情》《瑶山二题》；有描绘桂林山水的组诗《写在桂山漓水间》等。这些诗继承和发扬了我国新诗的现实主义传统，聚焦于热火朝天的社会主义建设，采撷绚烂多彩的生活浪花，写得结实凝练，具有鲜明的地方色彩和时代感，字里行间充满着社会主义生活的活力。如《纺云织彩》，作者所弹奏的社会主义劳动乐章。

> 在右江翠绿翠绿的山谷，
> 在龙江秀丽迷人的沿岸，
> 千百台机器日夜欢歌；
> 纺云织彩！纺云织彩！……
>
> 千重云，万缕绢——
> 杜鹃放，红棉开……
> 竹林翠，蕉园青……
> 这里正纺织着春的千姿百态！
>
> 走进明亮欢腾的车间，
> 壮姑、瑶女、侗妹……
> 眼敏锐，手灵快，
> 并肩劳动笑颜开！
>
> 纺织机，声声欢——
> 就像清脆的壮欢抒情怀；
>
> 纺织机，声声乐——
> 好比动听的香哩落山崖！
>
> 纺织机，声声密——
> 就像那多情的侗笛飘天外！
> 纺织机，声声细——

好比那悠扬的苗笙传村寨！

各族女儿织花海，
花海俏娘铺云彩——
千堆锦，万丛花，
花团锦簇连四海……

纺哟！纺哟！纺哟！
纺不断缕缕霞光绕林海；
织哟！织哟！织哟！
织不尽对党的深情对祖国的爱……

这是诗，也是画。作为诗，它表达了当家作主的壮姑，瑶女、侗妹们主人翁的自豪感和愉快的劳动精神，唱出了"对党的深情，对祖国的爱"。作为画，它描绘了一幅幅溢彩流光的社会主义社会的劳动图景。壮乡瑶寨有了绢纺厂，这是翻天覆地的变化，怎么不叫人们由衷地纵情歌唱！《嫁》则更是从生活中随手拈来、不加修饰、朴实无华的感人之作。

红水河，
曲又弯，
弯弯曲曲绕青山。
流下滩，
步儿慢，
大坝伸手把她拦：
青春不白流，
情爱献山乡：
发电，发光，发热，
银花金花开烂漫！

好女儿，

绾金发，

嫁给四化热心汉——

笑语欢，

酒窝甜，

失去的青春今追回，

生命金闪闪！

谁个见，

不夸赞！

　　红水河的女儿进入了社会主义现代化建设的新时期，前程是这样的宽广，生活是这样的美好！感情是这样的真诚！

　　农冠品的诗歌，绝大多数都是对生活有了真情实感之后，从心灵深处喷涌出来的感情的泉流。诗人的感情与人民的情感、民族的情感及时代的情感息息相通，他的诗折射了时代的光照。别林斯基说："诗人比任何人都应该是自己的时代的产儿"；"越是优秀的诗人，越是属于他所生长于其中的社会"❶。农冠品和他创作的诗歌，正是这种充满了活力的"时代的产儿"。

　　农冠品不仅注意从生活深处开发诗的矿藏，而且在表现技巧上孜孜不倦地追求诗的艺术形式美。经过实践和摸索，他找到了能表达自己独特的感受的艺术形式，并显示出自己的一些特色。

　　新颖跳脱，是农冠品诗歌的一个显著特色。他常常在平凡的生活中捕捉诗意，发现人们所未发现的东西，显得新鲜活泼。他常常用短促的诗句，使感情激流像跳荡的山泉在林间奔流，从而创造出一种幽美的意境。读了《漓江月》这种感受更为深切。

---

❶ 别林斯基. 别林斯基论文学 [M]. 北京：新文艺出版社，1958：21.

月上东山，

微微笑，

江里浮，

圆如簸。

风阵阵，

传渔歌，

江湾里，

飞出渔舟，

一双新桨，

一开一合……

船划来，

江月碎，

荡起银波……

女儿摇桨，

爹撒网罗，

捞起一网白光，

是鱼？

是波？

两双手，

一阵忙，

银鳞片片，

装满箩！

桨儿轻摇，

船顺江流，

似飞梭。

风阵阵，

传渔歌，

一声声，
漓江渔家乐。

银波聚，
江月现，
微微笑，
圆如簸……

这幅漓江月夜渔家乐的水彩画描绘得多么简洁、细腻、逼真、纤巧。在《林海晨歌》中，作者对"伐木工要踩平林海万里浪"的英雄气魄，也是运用这种白描手法进行艺术勾勒的。"树倒、歌声、笑语、呼喊……""百鸟、山溪、晨风……一齐来为他送航！"这样的诗句简短新颖，概括力强。显然，作者受到我国古典诗词艺术手法较深的熏陶和影响，他借鉴了古典诗词锤字炼句的艺术方法，古为今用、推陈出新、自成一格。这种艺术手法，他运用得比较自然、纯熟，在《西山路》《西山泉》《西山花》中也有具体的表现。过去的"西山路，前辈筑，先烈铺。越险峰，跨深谷……燃火把，举长矛，抢大斧，轰轰烈烈闹革命，不做别人奴"；"今日西山路，行进新队伍：十八九岁正青春，继传统，手握钎，肩扛锄，驾钢马，乐在千山斗顽石——造新田，开新地，筑新湖，建电站……同心洒血汗，绘那新画图！"文笔简练，对比鲜明！"西山泉，清幽幽，流在岩底不露头。流在岩下不闻声，似热血，在人身上流。"创造了一个"清幽"而又"热烈"的境界。

从60年代到80年代，农冠品多用这种手法进行诗歌创作，并不断地注入新生活的元素，充实新的生活内容，使他的诗充满着生活的节奏，更具时代感。《绿色诗笺》中的《香蕉沟》就是这样的作品：

绿油油，
青幽幽。
蕉林伸绿手，

风中哗哗掌声稠。

欢迎来访者，

走进香蕉沟。

种蕉人，

谈新，忆旧，

话似山泉流不休——

有笑，有泪，

琅琅笑声驱旧愁！

满沟香蕉味，

闻了令人醉。

情浓并非醉，

挥笔写诗歌——

登了报，

字字句句耀眼目：

昔日芒草沟，

今天蕉林茂！

谁坏？谁好！

哪甜？哪苦？

山乡人民自定论，

功过传千秋。

　　很明显，这是贯彻实施生产责任制以后，香蕉产量大丰收，给蕉农带来了无比的欢乐和喜悦。这是党的十一届三中全会以后发生的新变化。作者把这种变化以诗歌的形式艺术化地表现出来，留下了时代的鲜明印记。

　　挥洒铺陈，是农冠品诗歌的另一特色。在诗歌创作中，他在艺术形式方面作过多种尝试，除了运用跳脱的短章短句来表达诗情外，还运用了铺陈手法，让奔放的感情挥洒出来。《在金凤凰落脚的地方》就体现这种特色。这首诗以关于右江盆地是金凤凰落脚的地方传说为背景，回顾了壮乡人民在党的领导下进行革命斗争的火红岁月，抒发了被压迫民族挣脱"脚镣手铐"的壮志豪情，描绘了壮乡辉煌灿烂的雄伟图景：

半个世纪前的一天，在百色城的上空传来动地的枪响，
哦！党领导的红七军把鲜红鲜红的红旗高插城头上；
那红旗在风中呼啦呼啦地飘扬着，飘扬着，
耀眼的光焰，胜过那天上绚丽的霞光……

从那时候起，吉祥的金凤凰永远在这里落脚，
他与一个勤劳、智慧、勇敢的民族经历时代的风霜；
在那残酷的年代，即使敌人用火焰摧毁、焚烧，
金凤凰化作天上云霞，萦绕在右江沿岸的千峦万岗……

风暴雨狂，妄想把金凤凰从这里驱赶，
可她与坚强的民族，结下了情谊比大海深，比右江长；
在深沉的黑夜里，人们把吉祥的征兆描在心坎，
年迈的阿姆，夜里悄悄地把她织成壮锦的图样……

那年，火红的太阳用金辉洒遍遥远的边疆，
金凤凰呵，迎着火红的曙光展翅飞腾、歌唱；
金凤凰从此化作右江盆地的富饶的田园、美丽的山林，
给社会主义祖国增添蓬勃生机，无限希望———

你看那平坦宽阔的稻田，在翻滚着金涛银浪。
人们说，那是金凤凰丰润的、宽宽绰绰的胸膛；
你看那密层层的蔗林，在闪耀着湛蓝的波光，
人们说，那是金凤凰在轻摇着她那青春的翅膀……

你看那右江的上游，筑起了碧波荡漾的澄碧湖，

人们说，那是金凤凰永不枯竭的、深厚的情爱一腔；

你看那夜间盆地的千村万寨，千家万户在闪烁着灯火，

人们说，那是金凤凰永不熄灭的，炯炯有神的目光……

你看那电灌站的机声，在日夜轰隆轰隆地交响，

人们说，那是金凤凰胸腔里扑扑跳动的、火热的心脏；

你看那田野纵横的机耕路，蛛网般的灌溉渠。

人们说，那是金凤凰跳动的脉搏在弹奏抒情的乐章……

作者用比拟的手法，把传说与现实融为一体，使诗既闪耀着现实的光辉，又涂上神话般的浪漫主义色彩。尽管诗行都比较长，有的长达二十多字，读起来很顺口流利，毫无拖沓之感，淋漓酣畅地抒发了胸中那丰富多彩、奔腾澎湃的感情。这些诗，与那些短促，跳脱的诗相比，更能显示出豪迈雄浑的感情，另有一番格调。

农冠品是一个善于探索、勇于实践的诗人。以前，他以创作抒情短诗见长，后来，他又另辟蹊径，开拓诗歌创作的新局面。他借鉴民歌的手法，创作了一些以刻画人物为主要目标的叙事诗。这些诗，都以壮族人民的生活环境为背景，以壮族人民的优秀代表为模特儿，力图写出具有壮族特色的比较好的作品。可以说，他在创作的道路上的确又向前迈进了一步。

《将军回到红河边》这首长诗，叙述了一个壮族将军洪雁飞与丑恶及谬误作坚决斗争的故事。洪雁飞生长在红河边，原来是个家境清贫的砍柴娃，十五六岁时离开家乡，"跟着红军走天涯"。在故乡人遭受浩劫的日子里，他回到了阔别几十年的山乡；目睹耳闻，知道家乡受到严重的破坏，人民生活困苦潦倒。亲人们诉苦说："毁林断了山中泉，饮水要挑十里远！""家家不准养鸡鸭，说是鸡鸭有尾巴……"弄得壮乡村寨，凋零萧条！洪雁飞同情人民的疾苦，毅然去反映情况。谁知却遭到告密，有人诬蔑洪雁飞将军"犯反党同谋罪"。洪将军因这莫须有的罪名下了冤狱！铁门寒窗六年多，后来终于"砸碎

镣铐人得救"，又回到了家乡红河边。这时，家乡面貌正在改变，见红河两岸染春色。他跃身挥臂下红河，迎着江风阵阵击浪又扬波。他满怀激情，祝愿家乡春常在，"民族新天飞霞彩"。美丽的壮乡，前程锦绣，充满了希望。

截取典型的生活片段，集中笔力塑造洪将军的形象，是这首诗创作技巧的主要特点。一个"南征北战灭敌寇"的将军，曾为革命为人民建立不朽功勋。如果全面反映他的功绩，那是可以写数万行诗的。但作者巧手剪裁，仅从《梦魂牵》《在归途》《会母》《夜述》《进城》《下冤狱》等几个侧面来叙写，就能表现出洪将军"出生入死志更坚"的性格特征，"做人要说真心话"的坦荡胸怀和高尚品德。另外，人物的心理描写也比较成功，作品用了较多的篇幅来描写人物彼时彼地的心理活动，而且都能反映出人物的形象和性格。

洪雁飞下冤狱以后，思绪翻滚，他心想：

> 地上的"人"字缩小写，
> 好比那芝麻籽细又微，
> 细小的芝麻细点点，
> 风沙漫卷埋深渊……
>
> 细小的种子埋入土，
> 总有一天冒芽尖……
> 小芽要长成参天红棉树，
> 花开熊熊似火焚妖奸……

字里行间充满对倒行逆施者的仇恨，表明他坚持真理的革命立场和刚毅的革命意志。稍感不足的是作品对丑恶谬误所造成的灾难用笔太轻，揭露得不够深刻；洪将军向假、丑、恶作了斗争，但矛盾戏剧化不够，显得较为平淡。

《尼香罗》是一首民歌体的叙事诗。它叙写了壮族回乡知识青年尼香罗克服重重困难，潜心搞科研，制成新探水仪的故事。尼香罗是一个有志建设家乡的好青年。他高中毕业后，又自学高等数理化，并用有关原理进行科学试验，初次制作一台探水仪。他高兴得连夜上鹰山去作试测，却不料从陡崖上摔了下来，弄得"尖石刺破身上肉，鲜血滴滴洒山崖"。初试失败，妻子埋怨，却得到众父老和县长的支持。妻子经过一番思想斗争，理解了香罗搞科研的意义，并乐意当他的助手。从此，夫妻努力攻关入了迷，香罗更是"走路也思睡也想，饭菜入口当蜡嚼"。多少日夜记不清，终于制成了新的探水仪——人们称它是一面"穿山镜"。大家为此感到欢欣鼓舞："现代科学显威力！"有了这新的"玩艺"，干旱的山区就可以解决"水"的问题了。壮乡山区将旧貌变新颜："电站明珠赛星星，高峡湖海跃鲤鱼"；"山乡壮乡瑶寨在农业现代化的道路上，迈出了可喜的一步。千树挂金果，山乡园林流香蜜，山乡遍地结米粮，献给时代做厚礼！"

这首诗在刻画人物形象方面也是值得称道的。它主要是通过环境烘托和行动描写来表现人物的精神境界的。诗的开头就告诉我们："石山公社石岩多，地上不见一条河，山高地瘦岸场深，天不降雨地冒火。""祖祖辈辈缺水苦，家家十里挑水喝，代代挑水背弯弓，滴水如油艰辛多。"这样的典型环境就为布香罗一心搞科研提供了动力和缘由。由此使人物产生一系列的感人行动：他夜阑更深睡不着，披衣出门望银河，下决心"先把龙王屁股摸"；他读书钻研苦琢磨，一张白纸绘蓝图；他"为造仪器卖大猪，如今又用命来搏"；他失败面前不退却，继续"攻关攻到月西落"；他专心致志搞试制，常常"抱着仪器人睡着"；他"风雨之夜去求教，熬战通宵迎晨曦"……这些看似平凡的行动，却展示了人物宽阔的胸怀。

时间进入90年代，诗歌创作虽然落入低谷，但农冠品仍以饱满的创作热忱奋力笔耕，创作出与时俱进的抒情长诗和一系列组诗。如《金秋喜歌》，讴歌整个中国："敞开所有的窗口/从农村，到城镇/从平原，到偏远的山沟……/何处不涌起/改革的洪流。"还有讴歌"换来了国家与民族蓬勃的生机"的《我们的旗帜》；讴歌"开在祖国母亲"的"坦坦荡荡的胸怀"的《紫荆花开》；讴歌一个贫穷落后的小山村乘改革开放的春风，靠两只手终于脱贫致富的《扶贫攻坚在良仁村》；讴歌驱赶了"贫穷、愚昧与落后""告别那饥寒交迫的痛苦和悲哀"的《左江风采——崇左纪情》；其他如组诗《阿里山情怀》《写在热带雨林的绿叶上》等，从多角度、多侧面地反映了在建设有中国特色的社会主义旗帜指引下祖国发生的巨大变化和崭新面貌，字里行间洋溢着壮阔奇丽的诗情，实践了他"作为艺术形态的诗，只是历史的折射"，应当直面现实，用"现实主义方法"进行创作的理论主张。

农冠品的诗中，有些诗开掘不深入，主题立意有待提高，对生活尚缺乏深入的思考，艺术提炼不够，有些甚至近似生活原型的"照相"，就事写事，太拘泥于客观事实，诗的意境稍有欠缺。有些想象不够，缺乏灵气，只是对生活素材进行散文式的攀写，艺术技巧显得平直。

（原载于周作秋、黄绍清、欧阳若修、覃德清：《壮族文学发展史（下册）》，南宁：广西人民出版社，2007年版，第1573~1583页）

文 学 论 著

（一）杨炳忠：《桂海文谭》（1990年）

虽然壮族当代文学还处在一个发展的初级阶段，但在创作上已收获了不少喜人的硕果。如陆地、韦一凡、黄钲、韦纬组、潘荣才等人的小说，莎红和黄勇刹、古笛、农冠品、韦文俊的诗，凌渡、蓝阳春、苏长仙、岑献青、农耘、邓永隆的散文，何培嵩、苏方学的报告文学，堪为引人瞩目。他们的作品从不同角度、侧面反映壮族当代生活。

这些作品具有比较浓厚的壮族生活气息。作家和诗人们在作品中表现了壮族特有的坚毅沉实的男性美，并在这种背景下展开比较广阔而深厚的主题。如陆地的长篇小说《瀑布》、韦一凡的长篇小说《劫波》、农冠品的长诗《将军回到红河边》、韦其麟的长诗《莫弋之死》、何培嵩与人合作的报告文学《为了母亲的微笑》等，展现了主人公坚毅正直、自强不息的民族精神风貌，着意刻画了一种天然去雕饰的敦厚淳朴的壮族风情。

（原载于杨炳忠：《桂海文谭》，桂林：广西师范大学出版社，1990年版，第62页）

（二）李建平：《广西文学50年》（2005年）

《泉韵集》收入抒情短诗64首，韦其麟作序。诗集分为"甜蜜的海""京族三岛风情""边疆的云""桂西的山"四辑。这些诗都是对广西各族人民的生活和精神风貌的赞美，写革命历史，也写自然风光和现实斗争。

"甜蜜的海"这一辑主要展现了壮、瑶、苗等少数民族的风情。其中，描写壮族人民生活的诗歌所占的篇幅较多，写得很美。如《家乡歌节》中的《乡野的交响曲》，写壮族青年赶歌圩的情景："红棉花已开过，稔子花又开了。花巾、花衣，比山花更艳、更娇！""家乡的歌节来到了，金凤展翅，彩蝶飘过山坳，歌的闸门，再封不住了。"写出了歌的海洋，写出了壮族人民对歌圩的热爱。在《桂西的山》这辑诗里，通过描绘桂西山脉的雄奇形象，抒发怀念革命先烈之情。"桂西的山是红色的山，战斗的山！是光荣的山，血染的山！是不屈的山，光明的山！"诗歌通过赞美西山竹、西山草、西山树、西山土、西山石、西山花等，讴歌了当年战斗在桂西革命老区的韦拔群等革命先烈和红军将士。如写《西山树》："擎天树，/红军战士的刀枪，/赤卫队员的脊骨。"是赞树，也是赞人，意象合一，精神全出。写得好的还有《西山土》。在《边疆的云》这辑诗里，描绘边疆美好的月色，描绘了边防战士的崇高情操和边疆军民的战斗情谊。如《一山雨，一山晴》写道："雨哟，晶莹透亮/轻洒在边防哨兵的/身上、心上，/就像母亲/洁白的乳汁……""晴——祖国的黎明/母亲温柔、热烈的目光/把儿女亲切地抚爱——多俊秀、英武，/持着钢枪/站在青山绿水间——为守卫每一寸/神圣的土地/为捍卫一个/坚定的信念……"诗作写得纯洁，饱含着神圣。

他在作品中，不仅展现山乡的烂漫色彩，也表现了山乡的古老和贫困，同时写出了新时代新观念对山乡的影响。在1987年写的组诗《泪与笑的大山》里，诗人展示了大山严峻的一面。诗中写山民的泪与笑、苦与甜、美与丑、迷茫和憧憬，在他们的身上，挖掘民族的灵魂与斗志。《岜莱，我民族的魂》也充分展示了这一内容。

> 岜莱，我民族的灵魂和躯体，
> 岜莱，我民族的山、民族的魂！
> 我不喜欢"花山"这汉译之名，
> 我要为你正名，也要给你正音，
> 你的壮名叫"岜莱"，岜莱更亲切动听！
> …………
>
> 有欢乐、有悲壮、也有痛苦，

有阳光璀璨，有无底昏暗，

岜莱没有绝望没有沉沦，

挺立在这亚热带的地域。

不甘居于古老沉寂的井底，

终于腾起跃上这大山崖壁，

构成传世壁画的壮观奇丽。

80年代初期，他创作了长篇叙事诗《将军回到红河边》，塑造了一个刚正不阿的壮族将军形象。该作获得广西第二届少数民族文学奖优秀奖。

农冠品的诗歌作品形式多样，看得出他是在努力探索新诗的各种表现形式。早期的诗多采用七字的民歌体和长短句散体式，后来有了较多的变化，有信天游式的二句一节的，也有三句式的；特别引人注目的是长赋式几十行一写到底的，如《啊！德天瀑布》《龙的苏醒与腾飞》《江山魂》等，情绪突涌，诗句奔泻，形式与内容交融得和谐。他的诗，总体上追求情感的自然流露，句式朴实流畅，表现手法上体现出柔美细腻，含蓄委婉的风格。也有一些诗，如《啊！德天瀑布》《岜莱，我民族的魂》等，体现出刚健、雄浑的气度。但有的诗白描手法过多，诗味较少。

（原载于李建平等：《广西文学50年》，桂林：漓江出版社，2005年版，第244~247页）

（三）雷锐：《壮族文学现代化的历程》（2008年）

农冠品是广西南部一个偏远的壮乡诞生的壮族本土的诗人。他几十年来笔耕不辍，从1961年起业余创作，出版的诗集有：《泉韵集》（1984）、《爱，是这样开始的》（1989）、《岛国情》（1990）、《晚开的情花》（1990）、《相思在梦乡》（1995），还有《醒来的大山》《剪不断的情思》等。编著的作品有《壮族民间故事选》（第一集，合作）、《猴子的故事》《大胆有马骑》等。专著《民族文化论集》。参加整理壮族史诗《布洛陀》和参与主持《中国各民族宗教与神话大辞典》编撰工作。此外，他还从事散文、歌词的创作和文艺评论的写作。诗人既注意吸收民族文艺的营养，走民族化道路，也注意学习外国先进优秀文化遗产，创作出具有艺术风格的作品。他是在中华人民共和国的阳光照耀下成长起来的壮族诗人。新时期展开了他诗歌创作的春天，到80年代末至90年代初，他迎来诗歌创作的丰收季节。

农冠品是壮乡之子。他在民族生活的土壤中努力开掘诗的源泉，创作出民族的、人民的同时也具有现代性的新诗，开拓了丰富多彩的新生活的诗意美。作为一个现代诗人，他的诗歌也具有现代的品质。首先，对本土的依恋和回归，对民族文化的重新思考和再认识，寻找其中有价值和意义的东西，正是现代化的体现之一。现代意识在农冠品的笔下主要通过一些"大山诗"体现出来：红山——革命的诗歌，它体现了坚强与乐观的现代意识；青山——故乡的诗歌，这是诗人创作的精髓，它体现了生命意识和强烈的时代气息。《桂西的山》中，我们看到了"生命翠葱葱"的西山竹，看到了渗透壮瑶同胞愁泪和汗珠的西山土，看到了"硬似铁，坚如钢，撑起了苍天的西山村"，看到了"似长矛拥簇"的西山石，还有红如鲜血艳似霞的西山花，"烈火烧不尽"的西山草……在这些"大山诗"中，还体现了新旧文化的撞击，组诗《泪与笑的大山》写道："古老古老的梦，醒在小鸟的啼唤中！"大山在新时代的号角中苏醒了。农冠品书写大山山民们的泪与笑，主要不是描绘壮民们的服饰习俗，而是开掘民族精神的善与恶，展现民族灵魂的美与丑，这便使他突进了壮族民族性的内部，使他的"大山诗"接近了壮族民族性的精髓，便于在反思的基础上发扬出现代的意识来。《岜莱，我民族的魂》正是这种民族现代化进程的体现。

农冠品对故乡的山存在着一种"俄狄浦斯情结"，他的作品在对大山的描述中也体现了一种现代性的意识。他曾满怀深情地回忆过，他出生在故乡的大山里，与民间文学结下了不解之缘。民间文学的奶汁哺育了他习作的幼芽，使它能开出淡淡的细花，这花应属于故乡的大山。大山，是生他哺他的母亲！他愿永生做大山的孩儿。在童年和少年时期，民间文学的熏陶一直影响着诗人的文学创作活动及作品特色。诗人对民间文学与故土的回归与热恋，是顺流而上，以另一种方式追溯着壮族诗歌现代性进程的道路。农冠品以坚实的脚步走到哪写到哪，以纯民间的视角，搜寻民族文化的记忆：

> 是因为流了太多的血，
> 颜色才这么鲜红鲜红？
> 是为了一把粟米的金黄色，
> 祖祖辈辈才背负着沉重的苍天，
> 呼唤与挣扎走过了一代又一代？　　　　　　　《乡祭》

对乡土深情的依恋，对故乡祖祖辈辈劳作在红土地上的乡亲深切的同情，随着时代的演进，这种热恋的情结已经超越了只是仅仅珍视同情这块土地，而更关注于土地上生存的人：

> 是因为流了太多的泪，
> 颜色才这样的乌黑乌黑，
> 是为了一个遮风挡雨的暖巢，
> 世世代代才把大写的人字，
> 弯曲成一个又一个问号？
> 深山里一支古老的情歌，
> 是一本不朽的人性书！
> 人性书从读不腻它，
> 毁不了也毁不掉，
> 毁掉了也就毁掉了人间！
> 梦中多少双手捧起，
> 以他的真诚祭供那生长的神灵！　　　　　　《乡祭》

人是"宇宙之精华，万物之灵长"，这是欧洲文艺复兴的名句，在壮族文化这里也找到了相同的现代的气息，它复活了。作为一个新时代的诗人，农冠品既有走向社会的奔放感情，又看到了民间文学采风给予诗歌的恩赐——为诗人提供了真正的"灵感和素材"。

> 七月歌声，唱在南方，南方歌的河
> 流着绿色，流着渴望，流着探求
> …………
> 母亲红河水，河的儿孙们
> 在骚动，在焦灼，在不安
> …………
> 一条悠长的河截流了
> 要产热能，产光明
>
> 二十世纪八十年代，二十一世纪
> 鲜鲜亮亮的太阳，在七月南方

故乡的山是美的，水是甜的，但甘甜中的苦涩源于闭塞。一条"母亲河"羁绊了文明的信息，阻碍了现代化的进程，古老的壮家村寨，年复一年地繁衍生息，不求变革：

> 醉倒不醒在深深的山间　　　　　　　　　　《七月南方》

诗人用生命呼唤着：现代文明之光，文明之力，文明之歌——鲜鲜亮亮的新世纪的太阳。

渴望家乡的发展和进步，正是一个现代诗人焦灼的时代之音。随着现代文化的闯入，古老的百越民族的后裔在红河水的奔流涌动中不再甘于固守传统，山乡世界发生翻天覆地的变化（见《南方山区透视》）。诗人沉醉于故乡的山水间，尽情忘我地歌着唱着饮着，醉醒时才惊叹"世界变了"。农冠品的诗注重从壮族民族性的内部挖掘，首先剔除其保守封闭的内容，弘扬其从远古一直流传下来的人性脉流，把它们化作热情而焦灼地推动本民族前进的讴歌。他向本民族精神"回归"的深度，为他的诗歌带来一股绵绵不绝的情怀，让壮族诗歌映射出一种"复兴"的光辉。农冠品诗歌的结构和短笛式的抒情特点也给壮族诗歌带来有益的启发。当然，如果诗人能将这些典型的感情负载到一些典型的意象上去，并加以锤炼，他的诗歌思想会更深邃。

（原载于雷锐：《壮族文学现代化的历程》，北京：民族出版社，2008年版，第305~308页）

（四）黄伟林、张俊显：《从雁山园到独秀峰——独秀峰作家群寻踪》（2012年）

大山情怀 别样色彩——农冠品诗歌简论

在独秀峰作家群体中，壮族诗人农冠品是一位勤勉而高产的作家。四年的学子生涯，让这位从小对山峦有着特殊情感的壮乡之子与独秀峰和广西师范大学结下了不解的文学情缘。大学期间，他和朋友一起办文学刊物，搞文艺宣传，在读书岩如饥似渴地博览群书……独秀峰不仅滋养了他的诗情才思，更打磨和洗练着他的文字功力。于是，从这里出发，经过多年的苦心经营，他创作了一部部脍炙人口的诗集：《泉韵集》《岛国情》《醒来的大山》……

读壮族诗人农冠品的诗歌，你总能为那份洋溢着的热情与真诚所打动。每一部意味隽永的诗集里，你总能从不同的文字中，感受到一颗同样坦率而急于向世界倾诉的心。他赋予诗歌以生命，因此，它们便有了灵魂。"诗贵有神，无神的诗，是死了的生命"。❶真正优秀的诗歌作品，是有灵魂的，农冠品的诗歌便拥有这样的"诗魂"，而这"诗魂"最有价值之处，体现在他对大山的抒写和讴歌以及在诗歌创作中对色彩因素创造性的把握与运用上。一份大山的情怀，几分别样的色彩，农冠品用自己的体验为我们勾勒出一个丰富的世界。

农冠品以大山为抒写对象的"大山诗"历来为人们所称道，"大山"这

❶ 农冠品. 神彪诗神——读《吻别世纪》与《花山壁画》[J]. 南方文坛, 1992（5）：30.

一意象在他的诗歌创作中占据了最为重要的比例。当诗人的笔尖游走于桂西南的崇山峻岭，被他喻为壮民族之魂的"岜莱"（花山），"耸立像那指天的长剑"（《啊！桂西的山》）的桂西的山、代表着英雄和革命的西山……扑面而来，惊心动魄；当他穿行于"山水甲天下"的桂林，独秀峰、叠彩山、象鼻山、净瓶山、老人山、穿山、九马画山……随着他灵动的文字而变得清晰可感；而诗人深入边陲创作而成的《边境诗草》《家乡的土地，祖国的山》等大量诗作，更像是让读者体验着血与火、忠诚与尊严、生命与灵魂的洗礼！

"大山"为农冠品的诗歌提供了抒情的意象和创作的情怀，除了上述提到的群山外，许多山峰在他的诗作里是没有名字的，也许它们从未被人们提起，但农冠品却把它们记录了下来。大山，在他的眼里，无论"有名"或是"无名"，无论是跋山涉水的苦苦追寻抑或只是旅途中的惊鸿一瞥，它们都给他留下了难以磨灭的印象，他抑制不住地要去歌颂，去赞美，以一颗敏感而丰润的心，去迎接和拥抱它们——神奇的大山！

"大山"——对生命的礼赞

对生命，农冠品报以虔诚的态度，"对生命，各个民族都十分地珍爱。因为生命是整个地球最强盛、最富生机的力量。有了生命的诞生才有整个地球的壮观和变化"[1]。"唯物主义者珍爱生命。没有生命的世界是荒漠、沉寂的世界。有了生命的世界，才有生机蓬勃，充满神奇与美妙，也才充满幻想，充满诗的圣洁。"[2]生命在诗人看来是如此的珍贵和神奇，他迫不及待地通过自己的诗歌创作向它致敬。农冠品在评论广西另一位民族诗人黄神彪的作品时曾赞誉道："神彪把生命作为诗的神圣主题。他赞美生命的诞生、生命的延续、生命的兴旺、生命的抗争、生命的快乐、生命的悲壮、生命的上升、生命的旋律、生命的火光、生命的幻想、生命的希望、生命的翱翔、生命的结构、生命的悠长、生命的坚强、生命的知音、生命的耸立、生命的艺术、生命的乐园、

❶ 农冠品. 从《背带歌》看瑶族的生命礼俗［J］. 广西右江民族师专学报，2006（2）：3.

❷ 农冠品. 神彪诗神——读《吻别世纪》与《花山壁画》［J］. 南方文坛，1922（5）：30.

生命的繁昌、生命的规律、生命的伟大、生命的风格……"❶，其实这又何尝不是农冠品的诗歌传递给我们的感受呢？对生命炽烈而赤诚的礼赞，是诗人诗歌创作的重要主题之一。

诗人对生命的礼赞，是以对大山的抒写和讴歌为载体来实现的。诗人出生在位于桂西南的广西大新县，大新县属桂西南岩溶山区，地形以岩海石山为主，山岭连绵、石山耸立。大山孕育了他的村落和他的民族。他从小便对大山有着一份特殊的情感，如同孩童之于母亲。大山丰富的动植物资源，给他们带来了财富，使他们的生命和历史得以发展延续；大山丰沃的土壤，赋予他们的生命以坚韧厚实的秉性。于是，诗人毫不吝啬地赞美着给予他生命的大山。在《山——给后来者》这首诗中，他写道：

> 山，这样青！
>
> 草，这样嫩！
>
> 泉，这样净！
>
> 花，这样香！……
>
> 这山啊，
>
> 没有牛羊的蹄印！
>
> 这草啊，
>
> 绿了绿了又枯黄……❷

诗人用饱含感情的咏叹，唱响一曲大山的赞歌。山在他的笔下，是一个跳动着的生命体，在那里有嫩草、净泉和香花，牛羊的蹄印并不曾打扰这安静的生命。在嫩草的岁岁枯荣中，大山完成了自己的生命轮回。相较于《山》中体现的生命的清丽与安静，农冠品在其他的诗作中更多表现的是生命的壮烈与抗争，这主要体现在他对革命老区的大山的抒写。在《写在西山云崖》组诗

---

❶ 农冠品. 神彪诗神——读《吻别世纪》与《花山壁画》[J]. 南方文坛，1922（5）：30.

❷ 农冠品. 广西当代少数民族作家丛书·农冠品卷 [M]. 桂林：漓江出版社，2009：140.

中，诗人用急促的笔调和简短的篇章，通过对"西山竹""西山石"等景物素描式的勾勒，向读者展现了一座铁骨铮铮、永不屈服的英雄西山。在组诗之一的《西山树》中，诗人这样写道：

> 擎天树，
> 红军战士的刀枪，
> 赤卫队员的脊骨。
> 刀枪闪闪——
> 武装夺取政权，
> 奴隶翻身做主！❶

　　这如同匕首般掷地有声的语言，投射出一个顽强雄壮的生命影像，抒发了诗人的革命情怀和乐观主义精神。大山的坚韧即生命的坚韧，壮族经历了太多的艰难与屈辱，对于生命，他们视若珍宝并心存敬畏。诗人用最为深刻的人生经历和生命体验，抒写着群山万壑，讴歌着生命多彩。

"岜莱"——对壮族品性的塑造

　　农冠品的故乡广西大新县是一块多民族聚居的土地，境内聚居壮、汉、瑶、苗等12个民族，其中壮族人口在大新县总人口中占据着最大的比例。壮族是一个神奇的民族，和其他少数民族一样，它的人民天生便能歌善舞，为人热情、善良。大山是壮族人民自豪感最为直接的来源。大山不仅赋予他们的生命以坚韧和厚实，同时也赋予了灵动与神性。凭着这份灵性，他们将歌圩节上悠扬的山歌传遍华夏、唱出国门，他们将骆越雄风以壮锦、壁画的方式刻在了那陡峭的山崖。大山为壮族人民向世界展示雄姿提供了足够宽广的舞台。

　　农冠品作为一名壮族诗人，他的诗歌创作从一开始便打上了深刻的民族烙印，他对本民族的热爱和自豪同样通过大山来承载。在《岜莱，我民族的

---

❶ 农冠品. 广西当代少数民族作家丛书·农冠品卷 [M]. 桂林：漓江出版社，2009：69.

魂》一诗中，诗人无不骄傲地高声呼喊道：

> 岜莱，我民族的山、民族的魂！
> 我不喜欢"花山"这汉译之名。
> 我要为你正名也要给你正音，
> 你的壮名叫"岜莱"，岜莱更亲切动听！[1]

　　诗人从本民族的角度出发，通过为家乡的大山正名这一事件，不仅酣畅淋漓地表达出对本民族的自豪感，还涉及了更为深刻的内涵，那就是对本民族品性和灵魂的塑造。农冠品是一位拥有极强民族自豪感与自信心的壮族诗人，同时也是一位有清醒认知的诗人。在诗歌创作的同时，他不断地对本民族的文化进行着探索和反思，"清醒的变调"对壮民族的品性和灵魂进行着重新塑造，而承载着这种重塑精神的依然是大山。诗人通过为家乡大山"岜莱"正名的诉求，高度地赞赏了壮族文化，这体现了诗人民族品性和灵魂重塑精神的一项，也是最重要的一项内容——民族文化的独特性。任何民族都有自己独具特色的文化形式和内容，只有稳固民族文化的根基，才能使本民族永葆青春。
　　然而，一个民族要繁荣和发展，只保持民族文化的独特性，是远远不够的，作为一个优秀的民族诗人，农冠品敏锐地觉察到了这一点，在《乡祭》一诗中他表达了这种忧患意识：

> 曾经给您太多太痴情的
> 又甜又腻的赞歌颂歌
> 孩子们扪心有愧有愧
> 把真正的真切的主体失落！[2]

---

[1] 农冠品.广西当代少数民族作家丛书·农冠品卷 [M].桂林：漓江出版社，2009：15.
[2] 农冠品.广西当代少数民族作家丛书·农冠品卷 [M].桂林：漓江出版社，2009：19.

诗人担心，太多的赞颂会使民族母体趋向迷失。壮族若要发展，现在需要的不只是民族的自信与自豪，更重要的是需要一次崭新的生命的撞击！于是，诗人大声疾呼：

> 岜莱渴望明天更崭新神圣的画题，
> 今天的希望唤醒凝固长久的神态，
> 在飞旋着的变幻着的大千世界，
> 我民族的山民族的魂正接受洗礼！❶

巍峨矗立于壮乡的大山"岜莱"，在为她的子民们雕刻了一种独立的品质的同时，也以一种超然的包容和博大，为她的儿女提供了全新的、开放的视角。通过这个视角，他们能够触摸到更高远、更辽阔的天空。如果说人能看得更远是因为站在巨人的肩膀上，那么，站在大山的肩头，农冠品看到的是整个世界。

"色彩"——对民族精神的赞美

除了对大山的抒写和讴歌，色彩因素在诗歌作品中的创造性运用也是农冠品诗歌创作的一大特色。有人曾将农冠品的诗歌喻为一条"多彩的河"，可见其在诗歌创作的过程中对色彩因素的重视。纵观农冠品的诗作，许多篇章都如同雨后的彩虹一般，折射出赤橙黄绿绚烂斑驳的色彩。而这当中，诗人又偏重"红""黄（金）""黑"这三种颜色。

红色象征着生命的热烈与绽放。在农冠品的诗歌中，红色并不是一种表面意义上的色彩，它更多地体现为一种内质的"红色精神"，它是无数红军革命先烈和社会主义建设者们为了开创和建设祖国的美好未来，而抛洒的那一抹热血的鲜红。诗人在大量的诗歌作品高度赞扬了这种"红色精神"。例如，在《生命之花》《一颗亮星》等诗作中，他热烈地赞颂了韦拔群、陈洪涛等为革

❶ 农冠品. 广西当代少数民族作家丛书·农冠品卷 ［M］. 桂林：漓江出版社，2009：17.

命而牺牲的红军战士；在《江山魂》一诗中，他将为修筑天桥水电站而殉职的建设者比作守护祖国江山的"英魂"……

黄（金）色象征着生命的辉煌与灿烂。"金凤凰"是农冠品诗歌中常见的意象，在中国民间神话传说里，凤凰是神鸟，象征着喜庆与吉祥。在农冠品的笔下，"那吉祥的凤凰，周身披着金灿灿的阳光"❶，它既可以是美丽的右江盆地，也可以是家乡歌节上轻灵的壮族少女，还可以是焕然一新的壮乡山区。

这里要特别提到农冠品对黑色的钟爱。在我们的日常经验中，黑色似乎是一种不怎么讨人喜欢的颜色：它阴暗、死板，更多时候被人们当作苦难，甚至死亡的象征。而农冠品对黑色却情有独钟，他和他的民族何尝不是从满是苦难和死亡的历史长河中生存繁衍开来的呢？"是因为流了太多的泪，颜色才这样乌黑乌黑？"❷他深昧苦难，也感谢苦难，于是那被人们看作苦难与死亡的黑色在他看来，却恰是最能打动人心的色彩。在《以黑为美的族群》一诗中，他写道：

> 呼唤你，黑衣壮！
> 你是黑色的神秘，
> 你是黑色的庄重，
> 你是黑色美的盛典……
>
> 黑色中朝阳的脸膛，
> 黑色中星星的眼睛，
> 男女老幼黑色的服装，
> 展示出一道亮丽的风景！❸

---

❶ 农冠品. 广西当代少数民族作家丛书·农冠品卷［M］. 桂林：漓江出版社，2009:81。
❷ 农冠品. 广西当代少数民族作家丛书·农冠品卷［M］. 桂林：漓江出版社，2009:18。
❸ 农冠品. 广西当代少数民族作家丛书·农冠品卷［M］. 桂林：漓江出版社，2009:32.

在这里，诗人把对壮族支系黑衣壮的喜爱表露无遗。黑衣壮服饰上的"黑"不再是苦难、愚昧和落后的象征，它是神秘的、庄重的、典雅的、美的色彩，是一道亮丽的风景线。这股黑色中有"星星的眼睛"和"朝阳的脸膛"，也许用同为诗人的顾城的一首诗来形容最为贴切——"黑夜给了我黑色的眼睛，我却用它寻找光明"。在农冠品看来，它是一种蓬勃向上的、追求光明的亮色！

农冠品用大山的情怀和别样的色彩，用充满着生命的诗篇，为我们呈现了一个多彩的民族和一个丰富的世界！

（原载于黄伟林、张俊显：《从雁山园到独秀峰——独秀峰作家群寻踪》，桂林：广西师范大学出版社，2012年版，第198~205页）

（五）农丽婵：《"我族""我乡"的族性书写：壮族诗人农冠品创作研究》（2022年）

农冠品的诗歌在80、90年代的广西文坛影响较大，各种文艺批评和文学研究的文章和专著众多。这些理论研究归纳起来主要分为三大类：一类是文学审美批评；二是文化研究；三是文学史研究。

1. 文学审美批评

八九十年代，对农冠品诗歌的文艺学研究以文学审美批评为主，这些文学批评主要从农冠品诗歌题材的选取、思想内涵和艺术特色等方面。

（1）关于民族题材

民族作家的民族性首先表现在对民族题材的选取上。农冠品民族题材的广泛选取，引起了众多名家的关注。

韦其麟在为农冠品诗集《泉韵集》作序的时候，敏锐地意识到了该诗集浓郁的民族性。他在序中欣喜地提到了农冠品诗歌大量选取民族题材的问题，认为农冠品的诗歌"歌唱家乡、歌唱民族，反映了对故乡土地的热爱"❶。

---

❶ 农冠品.泉韵集［M］.桂林：漓江出版社，1982：1.

董永佳在《甜甜的乡情多彩的歌——浅谈壮族诗人农冠品的诗歌》❶ 一文中，也注意到了农冠品诗歌中对多民族题材的选取问题，其观点和韦其麟相似。他认为，农冠品的诗歌散发着浓郁的乡土气息和民族热情。诗歌题材广泛，且富有乡土气息和时代气息。

王溶岩《从山泉里流出来的诗》❷ 认为民族作家的民族特色首先表现在内容的选取上，农冠品的《泉韵集》反映了少数民族的生活，展示了多彩的民族风情画卷，歌唱了各民族的美好理想和劳动生活。王溶岩在该文中第一次提出了农冠品诗歌对民间歌谣、古典诗词和优秀新诗传统的继承问题。

黄桂秋在前人研究的基础上，用西方的文学理论审视了农冠品诗歌的民族题材，并对其进行了详细的分类。在他的《大山的泪与笑——读农冠品的大山诗》❸ 一文中，将农冠品的大山诗分为三类：缅怀革命老区、赞颂边疆英雄以及热爱故乡的诗。他还认为，农冠品的诗歌表达了对大山里山民生活的热爱，鼓舞了民族斗志。他第一次提出了农冠品的大山诗中存在"俄狄浦斯情结"。

黄绍清教授从1984年到1993年，关注着农冠品的诗歌的创作。关于民族题材的选取方面，他的观点主要包括以下几点。

一是在1984年的《抒发真情开拓诗境》❹ 一文中，黄绍清认为，农冠品的诗主要以祖国南疆少数民族的现实生活为书写题材。

二是在写于1985年的文章《山泉般潺潺的歌音》❺ 中，他认为，《泉韵集》选材于各民族的生活，在该集子中涌动着一种爱国和爱民族的情感。他还认为，农冠品的该诗集受到了民歌的影响，其观点和王溶岩相似。他认为，农冠品的诗歌主要运用了现实主义的手法进行诗歌创作，并在接受民歌的传统的基础上，对诗歌的形式进行了改造，主要形式有"豆腐块"和"民歌体"。他

❶ 董永佳. 甜甜的乡情多彩的歌——浅谈壮族诗人农冠品的诗歌 [J]. 广西文艺评论，1984年（1）.

❷ 王溶岩. 从山泉里流出来的诗 [N]. 山花，1984-06-27.

❸ 黄桂秋. 大山的泪与笑——读农冠品的大山诗 [M]. 北京：中国书籍出版社，2011：10-13.

❹ 黄绍清. 抒发真情开拓诗境 [J]. 广西民族学院学报，1984（2）.

❺ 黄绍清. 新花漫赏 [M]. 南宁：广西民族出版社，1985：208-222.

还认为，该诗集具有鲜明的民族特色和山村生活气息，塑造了具有鲜明民族性格的人物形象。

三是在写于1992年的《海域韵味岛国情思》❶中，提出该诗集以异国风情表现为主，情感真挚，语言流畅、朴实，抒发了眷念祖国、故乡之情。

四是在写于1993年的《壮族当代文学引论》著作中，他对民族题材的选取也表达了看法。他认为，冠品诗多以祖国南疆少数民族现实生活为题材。在该书中，他第一次把农冠品的诗歌语言风格归纳为"新颖跳脱，挥洒铺陈"❷。

李建平等学者在《广西文学50年》❸一书中，关注了农冠品诗歌民族题材等方面的问题，认为农冠品的作品在民族题材的选取方面，具有浓郁的民族特色。农冠品是大山里走出来的诗人，从小就受到民间文化的熏陶，他创作最多的诗是大山和故乡的诗。该书观点和黄桂秋《大山的泪与笑——读农冠品的大山诗》一文中的观点相似。

对于该问题研究，学界普遍认为农冠品的诗歌大量选取了极富特色的与民族文化相关的题材。这些题材不局限于壮族，还涵盖了汉族、苗族、瑶族、侗族、京族等民族的文化和生活，弘扬了民族团结的主题。

（2）关于民族情感

关于农冠品诗歌的理论研究除了注意到农冠品诗歌丰富多彩的民族题材，学者们还注重对诗歌作品的民族思想内涵和情感脉络的分析。

农作丰在对农冠品诗歌的研究中，深刻地认识到民族情感的波动和诗风的变化，第一次提出了农冠品诗歌诗风的转向问题。他从农冠品诗歌的民族文化内涵入手，结合其民族情感的脉络进行分析，试图透析深埋在诗人内心深处的情感密码。在《金凤凰的歌》❹一文中，他认为，诗人对民族的传统文化及民族心态进行了冷静的反思，是"清醒的变调"。

❶ 黄绍清.海域韵味岛国情思［J］.广西作家，1992年（1）.

❷ 黄绍清.壮族当代文学引论［M］.桂林：广西师范大学出版社，1993：277-305.

❸ 李建平，等.广西文学50年［M］.桂林：漓江出版社，2005：244-247.

❹ 农作丰.金凤凰的歌［J］.民族文学研究，1991（4）.

向成能在《〈爱的追求〉诗集〈爱，这样开始〉读后随想》❶ 一文中，深刻指出，农冠品的诗歌和当时的社会环境相关，诗人的命运和国家的命运紧密相连，他因此成为第一位关注该问题的研究者。他关注了农冠品诗歌象征手法的运用。在写于1991年的另外一文《源与流——农冠品〈江山魂〉琐忆》❷ 中，他认为农冠品诗歌创作与社会主旋律的提倡密切相关。

（3）关于艺术特色

关于农冠品诗歌艺术特色研究话题的重点主要集中在其诗歌的审美特色、语言风格、民间文学的艺术继承和意象塑造等方面。

在文学审美方面，以向成能为代表。在1988年的《〈南方山区透视〉思想艺术管窥》❸ 一文中，向成能关注了农冠品诗歌中对西方现代派文学手法的使用，文中对农冠品诗歌蒙太奇的表现手法进行了深入分析。他认为，农冠品的诗歌在历史和现实的杂糅中，传达出诗人的审美感受和真实的生活体验。诗人从审美观照中、从族群历史的溯源中，表达了对民族文化的反思。

黄绍清和董永佳的文章对农冠品诗歌语言进行了相关述评。黄绍清《抒发真情开拓诗境》❹ 一文认为，农冠品的诗歌受古典诗词影响较深，主要表现在对句法的运用、句式的铺陈上，情感的奔放是其特色。董永佳在《甜甜的乡情多彩的歌——浅谈壮族诗人农冠品的诗歌》❺ 一文关注了农冠品的语言特色，认为农冠品诗歌的特色是注重诗歌的立意，语言音乐感强，句式凝练。

关注民间文学和农冠品诗歌之间联系的学者较多。杨长勋在《他的诗属于大山》❻ 一文中，着眼于农冠品诗歌与民间文学的紧密关系。他认为其诗歌受民歌影响巨大，主要表现在以下几方面：从民歌中获取灵感和素材；许多诗歌直接取材于民间文学；诗歌形式借鉴了民歌的形式。因此，他认为，农冠品的诗歌在创作上以乡土文学为起点，最能给他艺术力量的是民族的民间文学。

❶ 向成能. 《爱的追求》诗集《爱，这样开始》读后随想 [J]. 广西民族报，1989（8）.
❷ 向成能. 源与流——农冠品《江山魂》琐忆 [J]. 南国诗报，1991（28）.
❸ 向成能. 《南方山区透视》——思想艺术管窥 [J]. 南国诗报》1988（5）.
❹ 黄绍清. 抒发真情开拓诗境 [J]. 广西民族学院学报，1984（2）.
❺ 董永佳. 甜甜的乡情多彩的歌——浅谈壮族诗人农冠品的诗歌 [J]. 广西文艺评论，1984（1）.
❻ 杨长勋. 骆越诗潮 [M]. 北京：民族出版社，1992：124-139.

王溶岩在《从山泉里流出来的诗》❶ 一文中也持相同的观点，认为农冠品诗歌和民间文学有着紧密的关系。他认为，农冠品的诗歌撷取一些平凡的生活场景，表现和抒发了真挚的民族情感，在语言上继承民间歌谣和古典诗词的传统。

80、90年代，对农冠品诗歌理论研究以文学审美批评为主。这些文学审美批评以审美推介为主要目的，相关研究扎实展开。研究主要从农冠品诗歌民族题材的选取上入手，对其突出的民族性给予了肯定。

2. 文化研究

目前，对农冠品诗歌的文化研究不多，相关的研究主要围绕着农冠品诗歌的创作和民族文化的发展、民族形象的建立、民族文化发展的脉络等问题展开相关的学理探讨。这些成果主要有以下几方面。

农作丰是首位认识到农冠品诗风创作后期转变的学者，在他写于1993年《〈南方民族文化透视〉——评农冠品诗集〈晚开的情花〉》❷ 一文虽属文学评论，但该文深刻地意识到民族文化和农冠品诗歌之间紧密的关系，并从民族文化的发展的角度进行深入研究，认为农冠品的诗歌与民族文化认知紧密相连。诗集《晚开的情花》是诗人对民族文化的深刻反思。

黄伟林、张俊显主编的《从雁山园到独秀峰——独秀峰作家群寻踪》❸ 一书中，首次提出了农冠品对民族形象的重塑问题。该书认为，诗人对民族文化进行了深刻的反思，对民族形象进行了重新塑造，而大山意象就是其塑造的载体。该书还认为，农冠品的诗歌对生命的礼赞是通过对大山的抒写和讴歌为载体来实现的。诗人饱含感情地歌唱大山，书写人生经历和生命体验，讴歌生命和劳动。农冠品的诗歌偏重对本民族文化的反思，对壮民族的精神进行重新塑造，偏爱使用红、黄、黑三种颜色。

---

❶ 王溶岩. 从山泉里流出来的诗 [N]. 山花，1984-06-27.

❷ 农作丰. 《南方民族文化透视》——评农冠品诗集《晚开的情花》[J]. 南国诗报，1993（52）.

❸ 黄伟林，张俊显. 从雁山园到独秀峰——独秀峰作家群寻踪 [M]. 桂林：广西师范大学出版社，2012：198-205.

与黄桂秋观点一致，雷锐在《壮族文学现代化的历程》一书中认为，农冠品的大山诗存在"俄狄浦斯情结"。在对大山的描写中，表达了诗人对家乡的发展和进步的渴望。除此以外，雷锐认为，农冠品的诗歌是对民族文化的深刻反思，它的诗具有现代的品质。他的诗关注了民族文化和人性，注重从民族文化中挖掘民族精神的含义。●

向成能在《大山创造了他创造诗意的基因》❷一文中，全面剖析了农冠品的诗歌和大山之间的联系，突破了单纯文学审美批评，转向文学文化研究。他认为，故乡和大山深刻地影响了农冠品的诗歌，诗人在对历史的追溯和现实生活中，展示了其审美的视角。他还认为，农冠品把自己融入时代和民族特质之中，用自己的艺术实践，从多视角选择形象，描绘了大自然界的生命实体，反映了时代的心声。在其审美选择和创造实践中，农冠品的诗歌显示出一种群体意识和族体审美心理。

3. 文学史研究

农冠品诗歌的文学史研究主要从民族文学史发展的角度，对农冠品的诗歌进行评价。这些文学史评价肯定了农冠品诗歌与民间文学之间的继承关系，认为他的诗歌展现了多彩的民族风情，抒发了热爱祖国、热爱民族之情，语言富有音乐色彩，但也有人认为，农冠品的有些诗歌过于直白。在文学史研究方面，对农冠品诗歌主要评价有以下几点。

胡仲实著的《壮族文学概论》❸书中认为，在广西壮族自治区内外有一定成就的诗人有黄宝山、蒙光朝、侬易天、覃建真、古笛、韦文俊、农冠品等，他们绝大部分兼壮族民间文学的翻译、研究和整理工作，具有较深厚的民族民间文学的根底。

梁庭望、农学冠编著的《壮族文学概要》❹中认为，农冠品的诗歌创作受到民间文化和古典文学的影响较大，其诗歌形式多样，他从民间文学中汲取营

● 雷锐.壮族文学现代化的历程 [M].北京：民族出版社，2008：305-308.
❷ 向成能.大山创造了他创造诗意的基因 [J].当代艺术评论，1992（1）.
❸ 胡仲实.壮族文学概论 [M].南宁：广西人民出版社，1982：141.
❹ 梁庭望，农学冠.壮族文学概要 [M].南宁：广西人民出版社，1991：374-378.

养，从古代的诗词中学习有用的东西，语言清新流畅，具有时代和民族特色；但有些诗诗意过于简单，提炼不够。

周作秋、黄绍清、欧阳若修、覃德清著《壮族文学发展史》❶认为，农冠品的诗歌抒发了民族情感、时代的情感，努力开掘民族题材，开拓了新生活的意境。内容上，以祖国南疆少数民族的现实生活题材为主；艺术技巧上，赞同了黄绍清关于农冠品诗歌语言特点的阐述，认为农冠品诗歌语言显著特征是"新颖跳脱""挥洒铺陈"；还认为其诗歌借鉴了民歌手法，创作了一些以刻画人物为主要目标的叙事诗，但有些诗歌的立意不深，对生活尚缺乏深入的思考。

4. 农冠品诗歌研究特点及空白

综合农冠品诗歌研究现状，前人的研究成果主要有以下三个特点。

一是以文学审美批评为主。黄绍清、农作丰、向成能等学者对农冠品的诗歌研究属文学审美批评。诚如高玉所述，"审美批评是一切文学批评的基础，是其他文学批评显在或潜在的条件"❷，审美批评是文学最重要的批评。中国自古以来注重文学的审美研究，文学的审美批评是文学批评的重要基础，相关文学规律的研究建立在深入的文学审美批评基础之上。这些文学审美批评从农冠品诗歌的思想和艺术特色方面对其民族性进行文学批评。这些审美批评认为，农冠品诗歌在内容上，注重选取了民族特色的题材，大量描写了大山和故乡，展现了多彩的民族风情；在情感表达上抒发了民族之情、爱国之情，表达了对现代化建设的歌颂；在艺术特色上，关注了诗歌的语言、意象的刻画，认为其诗语言新颖，富有音乐感，但有些诗歌的意象刻画不够深入，语言过于直白。

二是文学文化研究尚处于徘徊阶段。黄伟林、雷锐等人对农冠品的诗歌研究属于审美文学批评和文学的文化研究。这些文学研究关注了农冠品诗歌中民族形象的重塑的现象，探讨了民族文化发展与作家创作关系的问题。他们的

---

❶ 周作秋，黄绍清，欧阳若修，等. 壮族文学发展史 [M]. 南宁：广西人民出版社，2007：1573-1583.

❷ 高玉. 跨文学研究论集三编 [M]. 杭州：浙江工商大学出版社，2013：152.

主要观点是农冠品的诗歌与民间文化、地域文化有着深厚关联。这些成果主要从民间文化、地域文化与诗歌创作的联系对其诗进行了深入研究，关注了民族文化的传承问题。

三是文学史研究以审美评价为主。文学史的评价主要从内容和艺术特色两个方面对农冠品的诗歌给予肯定，并从壮民族文学发展史的角度，对农冠品诗歌的审美性进行评价。

尽管农冠品诗歌的研究成果丰硕，但目前仍存在研究上的空白点，主要有以下三个方面。

一是作家的民族身份研究尚待深入。相关研究虽然阐述了农冠品诗歌中存在着民族形象塑造问题，但并没有就此详尽地叙述其民族形象塑造的过程，也未将作家民族形象的书写与民族国家建构的语境结合起来进行相关的学理阐述。

二是族性写作规律虽有总结，但尚待深入。以往的研究成果虽阐述了农冠品诗歌的民族性问题，对民族题材、写作技巧运用的民族性进行了深入的总结和阐释，但相关研究在一些方面尚存在空白点，如从族群文化发展的脉络和文化传统的继承的线索中，寻找农冠品诗歌创作的规律，把握作家采用民俗和地域视野的书写的缘由等问题。

三是对诗歌的文学场域的研究尚待深入。以往的研究仅从文学审美性对农冠品的诗歌进行民族性研究，对文学外部发展环境的研究仍存在研究空白。

总之，农冠品诗歌研究是一个流动的历史维度，对其作品的相关研究至今存在着较多空白。农冠品这位当代壮族诗人，他的诗歌和壮民间文化血脉相连，在特定的时代中，诗人的民族意识受到激发，创作了大量具有本民族特色的诗歌。其诗歌风格形成的原因有多种，受到民间文化、古典文学乃至外国文学的影响，与"他者"的文化交流与体验一直冲击着他的心灵，因此，其诗歌研究呼唤多维度的文学批评视角和多元化的文学研究方法。

（原载于农丽婵：《"我族""我乡"的族性书写——壮族诗人农冠品创作研究》，北京：知识产权出版社，2022年版，第13~20页）

评 论 文 章

《泉韵集》卷头赘语

韦其麟

在我们广西学习诗歌创作的壮族同志中，农冠品同志是有成就的一个。

他是一位勤勤恳恳、扎扎实实的民间文学工作者。1960年大学毕业后，他便开始致力于民间文学的收集整理和研究，并勤奋学习诗歌创作。

我一直是他诗歌的热心读者。

这本《泉韵集》是他的第一部诗集，他嘱我在卷头写篇序言之类的文字，盛情难却。在这里，我谈谈自己作为一个读者的肤浅的感受。

我是喜欢他的诗歌的。

他的诗歌主要是献给养育他的故乡的和那里淳朴而诚实的人们的。他用诗歌歌唱他们平凡的辛勤劳动，歌唱他们建设家乡的热忱，歌唱美好的理想，歌唱闪光的心灵。

读着这本诗集，我仿佛跟随采风的作者漫游广西的山山水水，民族山乡的风光是那样多姿，各族人民的生活是这样多彩。

茶花满山的苗岭春光是明媚的，放排后生豪迈的歌声赞颂着家乡的丰美；瑶山的景色是秀丽的，采香草的瑶姑欢声笑语说着深山的富饶；在壮家歌节的村道上，涌向那"欢腾的大海"的"彩色的河"是绚烂的；"流金、流银、流着京族人民的歌声笑语"的海岛是迷人的；昔日莽莽荒野，今日翠绿的蔗林汇成"甜蜜的海"；高山水库之旁，八角林中飘荡着"芳香的笑"；先辈的"鲜血浸染过的""像那指天的长剑"的"桂西的山"，春花烂漫；祖国南疆边境，巍峨壮丽。

　　作者歌唱秀美的山川，歌唱各族人民的生活。他的歌声亲切而热情，像山野一样朴实、流水一样自然。这里没有声嘶力竭的叫喊，没有矫揉造作的卖弄，没有装腔作势的表演。

　　作者是严肃的，他没有把诗歌当作脂粉而亵渎诗歌。他从不借诗歌的名义来渲染自己，他羞于自我炫耀，他耻于自我标榜。他的诗歌，当然不是什么"天才的杰作"，但我认为，这都是作者对生活的真情实感的抒发。这些诗作也像作者本人一样：朴素、诚实，真挚而热情——这是我们长期相处时他给我的十分深刻的印象。

　　正如集子的题名，我读这些诗歌的时候，就好似走在深山翠谷，一路听着流泉的叮咚。虽然没有滔滔长河一泻千里的磅礴，也没有浩浩大海的波澜壮阔和雄浑，但清莹的山泉也令人喜爱，流泉叮咚的声韵是悦耳的。

　　作者在一篇不打算发表的文字中说："诗要具有给人美的、新的、向上的、感奋的作用"；"绝不是超人间的梦呓，诗不要把人引入迷茫的深渊"。他在创作实践中也确实是这样要求自己的，在这本诗集中，有许多幸福而甜蜜的欢歌，使我们感受到无比的喜悦和欢乐。

　　这无疑是正确的，应该的。但我认为，这不应妨碍我们对生活严肃且深入的思考，从而更广阔、更深刻地反映出人民的悲欢和生活的严峻。它也不应该妨碍我们对生活的美作更好地提炼和概括，以避免有时候我们写的某些诗歌仅仅成为生活原始的复写——我自己在学习诗歌创作的实践中往往如此，愿与冠品同志共勉。

1982年仲夏于南宁师范学院

　　（原载于农冠品：《泉韵集》，桂林：漓江出版社，1984年版，第2~3页）

《南方山区透视》思想艺术管窥

向能成

　　壮族诗人农冠品创作的《南方山区透视》两首诗，发表在《南国诗报》1988年第2期第2版上，我读了之后，认为不管在思想内容上还是在艺术方面，都有了新的突破。诗贵创新，这两首诗表现了诗人对新的艺术探索与追求。

　　诗人在审美观照中，通过历史纵向的探索和民族生存现实感的横向剖视，体现了诗人以改革开放这一生活的审美介入为主要特征。在《透视A》一诗中，诗人首先以比兴手法于抒情对象中加快了生活的节奏韵律："两根乌黑乌黑铁轨/两支有情无情利箭/射进深山荒野小村寨/射掉闷死人僻静古朴/陶醉坚固千万年封固。"这里以动态的、审辨的目光扩大了诗歌艺术思维的空间，反映了农村生活变化的迅速。用一个"射"字，把抒情主体对审美客体所渗入的外化观照写活了。接着，诗人通过诸多的意向创造和叠加所创造的诗的总体氛围，象征和暗示了山村的生活在变，山区那种封闭的因袭观念一下子被改革开放的生活取代了。人们不再过着像青黄不接时"蝉喧噪"的生活了，贫困、落后的生产方式和过去的自然经济已经是"云烟渐逝"了。随着山村生活的急剧变化，人们的观念也在变化，深沉的民族文化心理也在变化。如今，人们住的是"白楼房"，穿着也已不再是十年前那样单一的服装了。然而，山里人追求的不只是物质生活的满足，还追求在精神上的愉悦和审美感。因此，诗中在意象频繁转换之时，写道，"无数双眼睛老人眼睛各种眼睛/迪斯科在跳芒鼓舞在跳在跳/芦笙踩堂在进行交际舞在进行/哗哗啦啦呜呜呼呼交叉重叠/重叠交叉南方山区不忍僻静了"这里诗人给欣赏者在心理上以持续紧张兴奋状态，让诗意富有张力。

　　"写诗的人，应该敏锐地、深刻地理解社会变革，诗歌应该通过它的艺术反映出我们这个时代的矛盾和变化。"（艾青：《诗论》）在诗美嬗变中，农冠品将历史与现实交叉糅合在一起，经过主体与客体的冲撞，折射出抒情主体对生活积极的审美介入的光泽，传达了诗人的真切感受。这两首诗的意象层次和交叉组接，既继承了积淀在民族诗歌的审美心理传统的思维定式，也学习和吸收了现代派诗歌语言机制。诗人在《透视B》中，运用具体物象并使节奏闪跳，调动了读者的听觉、视觉和触觉等器官功能，让欣赏者一同浸润在诗的内涵深层里，体会诗中的真情实感，并获得审美快感的心理满足。

　　总之，《南方山区透视》改变了视角和透视关系，打破了时空秩序，面向时代，紧贴生活，捕捉瞬间感受方式，把电影蒙太奇的手法引入诗作中，造成意象的交叉撞击和迅速转换，让现代意识与生活气息融合起来，是创作主体和歌咏客体相统一的好诗。"诗无达诂"，这首诗给人的印象是含蓄高昂的，并非深奥晦涩的。我们要真正理解诗人所传达出的诗的内涵底蕴，还要进一步从诗句中去思索、品味。

（原载于《南国诗报》，1988年第5期）

爱的追求——诗集《爱，这样开始》读后随想
向能成

凝聚着诗人对祖国诚挚的爱的诗集《爱，这样开始》，集中体现了诗人的精神追求和恪守不移的人生态度。

农冠品从热爱祖国、人民和党的这一感情基调来认识和把握寄托物和对应物。"绿色边境/像一根绿色的琴弦/每一天，在弹奏/奔忙的曲调……/边境的晨光/也是绿色的/——穿过密密丛林/带着柔美的色谱/给一山一水、一草一木/在祖国的版图上点彩增色/增色点彩/多彩的画幅上/深藏着一个字——爱"（《绿》）。这里对边境之景的客观描绘，寄托了诗人对祖国挚爱的感情，"绿色"里凝聚着多少情和爱！

诗人在个人和国家命运的融汇中、在爱与恨的交织中，抒写了他的爱国之情，并将这种爱对象化，将对于民族忠贞不渝的神圣挚爱升华为对于民族的历史命运和未来前途的深切关注和思考。例如，《忆古榕》便是在那个特定历史条件下一代忠实儿女的精神寄托和对祖国命运的忧虑，这中间也包含着对过去岁月的痛惜和回忆："那一年，我回故乡寻找被遗弃的/童年的梦，在家乡的大山之前/梦是永远寻不着了/而眼前却并非是梦幻"。

在集子中，他怀着深沉的情感，以拟人和象征的手法，抒写了墙、叶、星、月、红霞、红棉、红河、右江、风雨、香草、青山、大海、画眉、海燕、桄榔树、金茶花、金凤凰……表达了自己对人生对大千世界的认识和理解，歌诵了真、善、美，鞭挞了假、恶、丑。

　　《爱，这样开始》在写人、叙事、状物、言情诸方面，都流露出一种强烈的生活情趣和执着的爱。爱生活、爱人生、爱祖国，爱的力量无敌。这爱无论在《将军回到红河边》这样宏篇构制的叙事长诗，还是在抒写山区、边疆、海岛民族风情的抒情短诗中，都可以得到印证。"小河流呀流，流呀流／洗去她脸上泪痕／洗去他心上忧愁"。这里，倾泻感情是多么真挚感人。儿童诗，是少年儿童情感的营养品。他写的儿童诗，饱含了对社会人生意义的渴望与追求。例如，《一滴水》："我是一滴水，／祖国是大海。／大海呀大海，／日夜奔腾、澎湃！／我是小小水珠，／永远离不开大海。／大海是我的母亲，／对母亲我有深厚的爱。"《小鸟》《擎天树》《万寿果》等诗，全凭自然天籁诗句，让孩子学会爱别人、爱祖国，爱美好的事物，使孩子感情丰富起来。

　　读完他的这些诗，人们会深深地领悟到人生的美好，思索爱的真谛。我们相信他日后会书写出更多爱的诗篇来。

（原载于《广西民族报》，1989年8月2日）

源与流——农冠品《江山魂》琐议

向能成

　　一口气读毕《江山魂》（《南国诗报》1991年第25期），就会发现诗人农冠品在诗海中探寻的是诗的源与流——生活。

　　众所周知，诗如果离开了生活，就会断流或者枯竭。

　　如果说，他的《青山魂》阐扬了边防前线为国捐躯的新一代最可爱的人的爱国精神，那么《江山魂》则是高奏了在大山中为水电建设而殉职的社会主义建设者们奉献精神的深沉的颂歌。诗人写的诗，不是从纯粹的理念出发，而是从生活中去命题，去显现社会生活的意义和价值。诗人在《江山魂》这首诗里，顺流溯源，突出了社会主义建设主旋律，弘扬了民族精神。

　　诗人能够从恢宏的历史长河中诗化生活，把握情感，充溢感人的力量。"每一天，高原的阳光慷慨／无私地降临，如此大方富有，／是在呼唤这山这江这树解脱/往日那段惊心撼魄的哀愁？/山崩滑坡，电站首部工地，/把建设者悲壮之歌高奏！"他倾诉的便是水电建设殉职者忘我的牺牲精神和诗人的情怀。从《江山魂》中，我们可以看到，诗人的情怀同战斗在现代化建设第一线的建设者们的思想感情是息息相通的。诗人用灼热的感情抒写了社会主义现代化建设者们的生活，从而抒发了自己对变革、对变革时代的感情体验。在商品经济大潮的冲击之下，诗人表现的是建设者们身上的优秀品质和思想，给人们以鼓舞和力量。这些诗尤其展示了年轻人在"进步与文明"的年代里勇于贡献青春、牺牲生命的人格力量，展示了四十八个年轻人无私奉献的精神，给新时期的青年人树立起了美好的形象。诗人是把这种精神置于新时代风貌和新生活领域中，上溯其源下探其流，并让其源其流形成新的力量："在大山的最深处，/是他们的躯体，是他们的热血，是他们的/青春与生命的光热，/铸造成天生桥电站的/永锤不垮的转动不休的/——中轴！"

显然，农冠品矢志不移地追求诗的表层的结构和深层内容的统一。他的朴实而亲切的笔法奏出了我们这个时代脉搏的跳动的音响，他笔下的"四十八颗闪亮的生命之星"将青春奉献给了未来，折射出时代之光，这便是繁衍不息的红水河的源与流的内涵，这种贡献出自己一切的人生价值正如红水河之水长流不息，激励后人奋进。

为了造成一种回肠荡气的诗的氛围，突出主旋律，给人启迪，诗人在厘析民族精神的同时，也对自己诗歌创作中的艺术手法进行了探寻和开掘，这就是诗人能够使《江山魂》这首诗既有神有韵，又不受诗歌分行结构框架的限制，诗句的语言旋律，犹如音乐中的和声，多声部旋律，造成一种自然、凝重的语言气势，以及一种诗句的动态感和动态美。

农冠品是讴歌民族大山的诗人。《江山魂》便是他继承传统、改善传统和发展传统的好作品。

（原载于《南国诗报》，1991年第28期）

故乡之乡　民族之情——读《故乡诗草》

向能成

　　农冠品于1991年秋天回到故里，以他的所见所闻所感，抒写了《黑水河流过的地方》等二十多首关于故乡风土人情的诗。这些诗篇，熔铸了诗人对故乡诚挚热爱的情愫，体现了诗人对故乡一山一水、一物一人的痴情。

　　诗人在十多天短暂时间内抒写的这些诗篇，每一首都构成了自己独特景观。《水彩画》和《奇洞初游》等都是他发自内心的真情实感，把诗的图景与诗人对故乡诚挚的情感交错糅合，达到了诗情画意的境界。

　　《水彩画》选取凤尾竹、宁静碧透的小河、河里欢跃的鱼等富有特色的事物，给读者展现了生机勃勃的画面。诗中借景写情，表露出诗人在饱览了大自然风光之中呼吸了"清新的空气"而获得轻松愉悦的情绪，从而抒写了诗人对红土地今天的真挚祝愿和对明天的乐观展望的心绪。

　　一物之微，可以掀天之浪。这是《奇洞初游》的一大特色。这是一首以颂扬龙——中华民族为主题的佳作。诗中，龙具有象征的含义。虽然落笔的是洞中的奇观，但是，它却摆脱时空的限制，不拘泥于理性的严谨，情动于中，万念皆随情而行，直至尽情方休，从而规避了仅仅追求形式美的弊端。

　　《奇洞初游》是一首带散文气息风格的诗。于是，故乡的奇洞，在诗人的笔下，令人心荡神摇，不乏磅礴之气。在诗中，诗人让思想腾飞起来，超越时空的局限，在较高的审美层次和广阔的思维空间进行谋篇布局，使诗作有着一种雄放率真的思维走向："龙不是僵化之物/而是醒神之物，/龙是要飞腾的，/飞翔于茫茫的太空，/要与太空飞船比高低，/比出神气比出活力，/这才是千人万人寻访/奇洞龙宫的原意！"诗人的情感运动轨迹，似流云，轻盈飘逸，神奇飞动。这首诗在表现手法上可以说独具一格，在意象上时或展出静止林立之态，时或呈飞跃之姿，塑造独特缤纷的意象。诗人是站在现实与未来的交叉点上，让诗的辐射面更显其广度。因此，此诗在某一种意义上说，就不仅仅局限于乡土味浓重的镜像画面了。

　　如果说游人在石龙面前跪下是心理驱使而起作用的话，那么，在游人的心里，应该是一种罗森塔尔效应（期待效应）。游人是在"召唤这些有生命无生命，/有生灵无生灵之物，在旦夕显灵显情显意地降福"，并且由此拓展开去，还要"让宇航员从天外/"透视这小小地球没有污染：同时游人也在期待着中华民族的腾飞。这种期待效应，毋庸讳言，应该是一种精神动力。当游人关注到这一点，会产生出"霍桑效应"来，即同诗人所说的"千人万人来寻访奇洞龙宫的原意"。

《故乡诗草》倾向口语化和抒情性，朴实而自然，从而表现诗人热爱乡土的思想。为了加强语言的气势，在诗句中，有些句子还押了韵，诗作节奏鲜明、音调和谐，有一种节奏韵律感，读来令人畅快。

农冠品的乡土诗的诗风，从民族化这一方面，是继承了传统的，在表现技巧方面，他又作了可贵的探索。

（原载于《广西民族报》，1992年7月25日）

读农冠品故乡诗札记

向成能

农冠品的反映故乡生活的组诗《黑水河流过的地方》，有二十首左右，分别见于《黑水河》《广西文学》《南国诗报》等报刊。

诗人每到一个地方，几乎都写有怀念故乡之情的诗。即使是诗人风尘仆仆下榻的地方也同样有拓展诗歌的视角："有勤劳的地方，/土地就充满蓬勃生机！/绿窗，含绿雨。/绿雨，染天地。"并且，诗人还注重以个人的体验来享受着眼前美好的情景。在蛰伏着故乡感情的土地里，遇到一缕风、一丝雨，诗人内心情感倏然由衷地被激活起来，面对窗前的雨水产生了联想思索。《绿窗》最后几句平淡无奇而又诗化了的结尾："绿窗内，/我渴望化成绿雨一滴；/绿窗外，/我要变成一只小鸟，/在绿林间欢啼欢啼……"，这似乎让读者感到诗人是在对生活的一种回报，至情至理。

农冠品一贯认为诗不是让人去猜谜，所以他的《利江情》《桃城》《野菊花》和《剑麻诗情》等，贴近生活，我们才易于读懂。《利江情》和《桃城》两首诗反映了利江河畔的县城今昔的变化，《野菊花》则显示出诗人和劳动人民息息相关的联系。这些诗篇中的意义几乎无一不同地体现了诗人与家乡人民的血肉关联的。而这种联系在诗人看来是永久的："我今来访那岸人呵／初次相识敞开；／朴实无华如流水／留下印象记终生！"

诚然，诗人对于美好的自然风光的捕捉和把握，是来源于他深入细致地观察和思考的结果。于是，才有了《水彩画》和《奇洞初游》等"故乡诗草"。

《水彩画》诗人着意于再现画中的境界，描绘了在途中近观和远望风光的美景、意境的美，给人以喜悦之感。《呵！德天瀑布》立意新，给人以壮丽、雄浑之感，给人以美的艺术享受。《大海的孙女》则以优美的笔触，用形象的描绘把情与景有机地交融在一起，表达了诗人的主观感受："每人在用诚实的劳动，／美化故乡如锦的／田园和山林……"充满了诗人的感情，从而从侧面歌颂农村劳动人民淳朴的品质。《致黑水河》一诗，诗人面对自然景色而不去描画，却把图景拉回当年的镜头，回忆起黑水河当年窒息的情景和刚烈而觉醒的景况，再引出"乡亲们兴奋、狂欢，用结满厚茧的手，／为后代子孙留下美好的诗句——／不愁夕阳去，／还有夜幕来！"这真是信手拈来的诗句。全诗酣畅淋漓、热情充沛，字里行间展现一种乐观进取的精神。

（原载于《横县报》，1992年8月12日）

大山提供了他创造诗意的基因——论壮族诗人农冠品的诗歌创作
向成能

我们的祖国是诗的国度，我们的民族在诗美的长期熏陶下，作为文化传统的诗歌，就像流动不息的山泉，在奔腾不绝地流动着，壮乡的山泉也流出了壮族诗群。在这一诗群中，农冠品是其中较为突出的一个诗人。

农冠品于1936年秋出生在广西大新县一个偏僻的壮族山村，他的童年和少年时代是在这里度过的。他小的时候，目不识丁的祖母就曾经哺给他许多流传久远的壮族山歌和民间故事，成了他文学的启蒙者。他在家乡全茗读过小学，当太阳从山头升上来普照大地的时候，他到龙门中学念初中，后来又到龙州读高中，以后便到桂林读大学。在读书期间，他开始发表了一些诗文。大学毕业后被分配到广西文联工作。从1961年到1965年，他主要是从事民间长诗民间故事整理工作。1966年到1975年，他的文学创作几乎成了空白。1976年到1988年，是他的文学创作最丰收的时期。这一期间，他创作了大量的诗歌，出版了诗集《泉韵集》（漓江出版社），情歌集《剪不断的情思》（广西人民出版社），诗集《爱，这样开始》（广西民族出版社）和《岛国情》（广西人民出版社）、《晚开的情花》（漓江出版社）和《醒来的大山》等。

作为诗人，只有把自己融入时代的洪流之中，蕴含于民族特质内，他的诗歌才能震撼人们的心灵。农冠品用自己的艺术实践，采用多视角地选择形象，描绘了大自然界的生命实体，喊出了时代的心声："唱出民族的希望，唱出人心的归向。"强化了诗歌内容的深度和力度。新时期的壮族诗歌是壮族文学实践活动这个大系统中的一个子系统，诗人们在弘扬民族精神，在其审美选择和创造实践中，都显现出群体意识和族体审美心理，同时显现出各自的创作风貌和个性。他的创作的独特个性，都烙有民族文化传统的鲜明印记。而诗人的创作个性又渗透着民族气质和性格的内在精神，呈现出民族个性与作家个性的有机契合。民族传统具有相对稳定性，创作个性具有灵活性。在壮族新诗派中，韦其麟以神话传说题材入诗见长，黄勇刹喜作民歌体的家乡诗，莎红的诗主要是自有规矩的抒情短诗，黄青以抒情长短诗，叙事长诗兼写并且任由感情驱驰的自由体为最突出，古笛的诗则较质朴单纯，韦文俊主要经营叙事长诗并根据民间故事和采用多种民歌形式进行创作以显其特色。然而，农冠品却有他自己创作上显著的地方，这就是他的艺术表现形式是多种多样的。他采风到哪里，他的诗歌就写到哪里。不管走到哪里，他总是以追光摄影之笔，写出他对自然的惊奇和赞叹之情怀。这就使他诗歌的审美视点选择既有对历史进程纵向的追索，又有对民族生存空间的横向观照，以及其整体把握和哲理化归纳。他以饱蘸感情的笔描写了他所走过地方的所见、所闻、所感，描绘了一幅幅祖国山乡清新而秀美的风景画。他近期的诗作，带着历史责任感的眼光，从多角度、多方面选择特定环境的具体意象，并于抒情对象中渗入抒情主体的心智和感怀。他生活在那片深厚质朴而又带着生活沉重感的桂西南山区中，他的命运和这片大山联系在一起了，这也是他创作最基本的一个情感的因子。

他对大山有着特殊的感情，因此，他思忆着耸立在大山之旁那郁郁葱葱的古榕。他抒写了桂西长剑似的大山、大山里碧透的潭水，在桂西群峰和大苗山森林上空翱翔的山鹰，盘阳河畔鲜艳夺目的木棉花，大苗山里亮莹莹的茶花，云贵高原升腾的云烟，翠湖长堤的弱柳，滇池西山龙门险崖石洞，昆明西山的松林，滇池镜一般平的水面，古都西安那在寒风中摇晃的钻天杨和夜里把一切唤醒的夜蝉以及依依恋情的灞桥柳树，青藏高原隆起的大山大岭和绵延的山脉大江以及在那里生长的原上花，青海高原上正在合唱新旋律的百灵鸟，草原上运动着的羊群飞奔的骏马，奔腾不止的黄河，巍巍的日月山，明净皎洁的高原月，雪山上流下的小河，雾茫茫、楼重重的山城重庆，皋兰山下奔驰在大道的汽车急速飞转着的自行车……真是一路写来，美景一览无余，尽收眼底。这些分别蔓延在诗人的一系列作品中分散式的意象，可以重新组构成为完整的意象群，使之成为完整的画面，隐藏在意象后面的情感是丰富的。这些疏散的意象网络的呈现，可以使我们通过对自然景象的审美鉴赏，领受到一种与民族生存和命运共鸣的自然律动。诗人在表现自己独特的审美个性时，总是以自己的眼睛来透视生活本质与时代精神。

农冠品的诗歌作品的艺术建构是随着时空的转换而不同的，从而形成了他自己独特的艺术个性特点。诗人的成熟，最主要的标志是通过自觉的审美视角的选择找到自己应有的艺术方位，创造区别于任何诗人的独特的艺术风格。诗人的审美选择的尺度总是有所差异的，因为诗人的经历、性格、所处的环境和审美感受是有别的，诗人的创作机制受到诗人身处的地域、诗人的所见所闻所感、诗人由生活触发的内心特有的情绪和感觉以及审美意识所制约。诗人从个人人生的观察和思索中所获得的艺术表现形式、艺术风格应该是属于他个人的。

农冠品以博大的视角对更广阔的背景进行选择，最终把抒情视点聚焦于大山这一整体形象之中。他的诗像刘勰所说的"登山则情满于山，观海则意溢于海。"他写山则刚、写水则柔，这就像山中"翠生生的竹"那样"在风雨中既刚又柔"（《忠州赋》），朴实、深沉、刚健、清新、热诚、洗练、纤巧、刚柔相济，便是他作品的艺术风格。农冠品的诗歌中山水诗的建构整体，能够使读者从情感的领悟中获取审美的意趣，作为客体的民族的山的醒悟，成了作为人的主体意识觉醒的象征意义，起着感奋精神、激发情绪的积极作用。

由于诗人审美的眼光集中凝视于民族的大山，因此他的审美视角从山的自然属性中，从历史变革的社会属性中，获得了诗的题材。山，成了人性觉醒之物的标识。山，作为自在之物，成为审美对象而歌咏之，自古传世至今，数不胜数。然而，农冠品却赋予山的新意："醒"。山山岭岭、山崖、山谷、山背、山坡、山巅、山腰、山岗、山巅、山野、山石，不正是从沉睡中醒来吗？！山泉、山溪、山湖、山林、山树、山果、山竹、山花、山乡、山镇，这一切的山景不都在醒悟了吗？！请听：山风吹来了暖风，山鹰、山鸟和在山路上行进的山民们"更换老调儿"在"唱一曲大山的苏醒"呢！

诗人笔下的山是有所寄托的，他不是纯粹为写山而写山、写水而写水。他笔下的山是有象征意义的。大山的觉醒正是祖国的觉醒、人民的觉醒的表征，也正象征着民族的觉醒。他写的山总是与山的主人及其命运联系在一起的。譬如，桂西的西山，是耸立在右江、红水河间的英雄山，它是与右江革命根据地和革命先辈韦拔群、陈洪涛等烈士的名字、精神，与那里的人民群众的命运联系着的。《啊！桂西的山》《银淘洲》《小潭情深》《特牙庙·纪念塔》《香飘四季》《生命之花》《一颗亮星》《它有一颗心》等"右江诗"都是抒发了诗人对革命烈士缅怀的情感，寄托着诗人对右江革命根据地，对老一辈革命家和先烈的崇敬之情。诗人把陈洪涛烈士比喻为"击搏着历史风暴"的一只山鹰和"埋入故乡的土地"的一粒种子，赞颂了他的献身精神。当他将要献出他年轻生命之时，诗人写道：

这就再现了革命烈士对党的无限忠诚的思想感情。诗人笔下的西山土石花草树木……都描绘得很生动感人，真是青山有意、草木含情。这些大自然界里的自在之物在革命战争年代里都为人民立下了功劳，它们象征着桂西人民的革命精神和崇高的思想品质。是革命先烈们用炮火"震醒千座山"，把"压顶的大石全掀开"，使生活"在岩层最深处，/尝够千般苦，/受尽万种灾"的人民获得了新生。过去，是枪炮声唤醒了沉睡着的大山；如今，是拖拉机把大山"从长久的沉睡中唤醒"（《蜜，流进……》）。诗人运用拟人化的手法，以物喻人、寓理于情，寓理于大山这一整体形象之中。大山的觉醒，象征着山的主人的觉醒。他在经过一系列比较思考之后选择、组合起来的、着意刻画的一组英雄形象——从大山中勇敢地飞出的"山鹰"群像：韦拔群、陈洪涛、达亨、布达……，山鹰便是他诗作中物境人格化的典范。

农冠品诗里的山山水水、日月星辰，如同马克思所言，"都是人的意识的一部分，是人的精神的无机界"，成为"人的无机的身体"。面对祖国的大好河山，诗人立足整体写个别，赋予了"人化"了的自然成为审美意义。桂林山水之所以美，是因为那里有"春花秋果满枝挂"，因为有劳动人民在漓江里"一阵忙"后，"捞来一网白光""银鳞片片"（《波江月》）。当审美客体桂林山水与人的本质力量之间发生了肯定性的联系时，它便美了。诗人在描写山村的变化时，以山村改革的生活之搏动为诗之搏动：雾深处，/传来几声鸟叫，同时，传来铿锵的/锄头与顽石的撞击声。/是山民，/赤裸上身，在给/责任山挖树坑。/他年轻的妻子，/默不作声，却微笑着助阵，/双手，把刚栽的苗扶正……/小两口，同培育/金色的希望，以及/致富路上的信心……（《石头与鸟》）。

诗人采用了新颖的视角，透过山民"挖树坑"和他的妻子"扶正"树苗这样的细节描绘，其意在于强调他们真正做了山的主人！他们要"让富足深深扎下根来"！在这里，深刻的哲理已蕴含在想象之中了。"一家管理好一座山，百家经营好百座岭。政策送上门，穷山恶岭也会变；变得多情——长出密林，长出米粮，长出瓜果；献出数不尽的财宝金银……"（散文诗《新绿短章·进山》）诗人摄取了扶贫工作队进山把党的"政策送上门"这样的时代镜头，从而展现了小小的时代画面。他为繁衍生息在山村里试行了责任制之后的农民的变化所激励，从现实生活中发掘出一些变化的典型，以小见大，从小小的改革后的农村的角落里映现出大千世界。

他在对时代咏唱颂歌时，也不曾忘记对社会的理性思考："蛇山脚下宿，/大桥横江流。黄鹤何处去？/梦中思悠悠。"（《思》）他在散文诗《黄河》也这样写道："车过黄河，一望是滚滚浊波。为什么永远澄不清呢？这难道就是黄河固有的性格？啊，我问黄河，黄河也在问我？"作者写黄河，实际上是表达对中华民族的命运和人生道路的关注与思考。"我的心醒着。隔着半清不清的车窗我在沉思；漫漫的征程，该怎样谱写人生的乐章？"（散文诗《过长江》）诗人把历史绵远感置于自然地域黄河之中去描写去考察，他将审美客体眼前黄河水之浊与审美主体诗人心之醒，客观的不清与主观的不明而思这样矛盾复杂的情感交织在一起，表示对几千年来中华民族历史艰难迤行的忧虑；并在对历史进程纵向的整体把握中，对民族命运旅程和砥砺前行的人生道路的思索。

农冠品在歌颂大自然之美的时候，对纷纭复杂的现实生活表现出了热切的关注与思考，表现了他那颗炽烈的、思索的诗心在律动着。山的觉醒，同时也是诗人的审美感受的觉醒，这便激发了他对于美的强烈追求，使他的诗美有审美价值。这充分表明，他在新的时期所描写的大自然之美和所关注的人间生活之美，都比60年代的创作进入了深一层的哲学思辨力。

（原载于《当代艺术评论》，1992年第1期）

金凤凰的歌——壮族诗人农冠品及其诗歌创作
农作丰

凉凉山泉，在翠绿的山间，奔腾跳跃，叮咚作响；金色凤凰，在壮乡的大地上，展翅翱翔，悠扬歌唱……，这是壮族诗人农冠品诗歌给人的感觉。他的诗，感情自然充沛，情调昂扬激越，给人以乐观向上的力量。正如诗人自己所说："诗要具有给人美的，新的、向上的、感奋的作用""诗，是属于时代的，绝不是超越人间的梦呓！"[❶]他的诗歌创作，充分体现了他的诗歌理论主张。

---

❶ 农冠品. 爱，这样开始［M］. 南宁：广西民族出版社，1989.

一、叮咚的山泉

在弹奏！

在奔跑！

在歌唱！

叮咚叮咚……

一声声

在翠绿绿的山间……

《泉韵》

与这叮咚山泉发源于山间相似，农冠品出生于桂西南大新县的壮族山村。家乡山水的秀丽景色，老祖母的民歌和故事陶冶着诗人那颗童心。歌圩节的风情、花炮节的场景，使天真而幻想的诗人着迷不已。从此，这颗心贴近民族，不再有片刻分离。1956年诗人入广西师范学院（今广西师范大学）中文系学习后，对文学创作的兴趣更浓。系统的文学知识学习，积极的探索和敏锐的感触，奠定了诗人日后诗歌创作的基础。而1961年发表于《南宁晚报》副刊上的《金凤凰》一诗，使我们第一次聆听到这只金凤凰的歌唱。诗人的成长经历决定了他与民族文化的密切联系，丰厚的民族文化心理积淀决定了诗人观察理解生活和表达生活的方式。别林斯基说："一个民族的宇宙观就是那种带有一种或者几种最基本的光谱的灵智三棱镜，这个民族通过这种三棱镜来观察万物存在的秘密。"[1]而这独特的"三棱镜"便折射出了诗人诗歌创作的民族色彩。

遗憾的是"文革"造成诗人诗歌创作的十年空白，欣慰的是这十年，诗人从未放弃对民间文学的收集和探索。通过民间的采风、民歌的整理，他把这些创作的积累起来，最终迎来了诗歌创作的高潮。"文革"之后，诗人诗兴大发、诗情澎湃。除了发表于报刊上的诗歌，诗人还先后出版了《泉韵集》《爱，这样开始》，第三本诗集《醒来的大山》也即将问世。诗人创作春天的到来，是与祖国和人民春天的到来同步，而党政策的英明伟大，正是

---

[1] 别林斯基. 别林斯基选集［M］. 上海：上海译文出版社，1980：139.

带来这和煦春天的阳光。诗人曾这样深情地说："故乡大山的清泉，曾哺育过我的生命，我永远不会忘记大山，我是大山的儿子！""党给我热力，给我光亮，给我灵魂。""对故乡的大山，对引我前进的党，我都深深地爱恋着……"❶

"是在去聚会河流？/是在去寻找大海？/哦！在这大地上/哪一样不在运动？/哪一种不在探求？"（《泉韵》）经过漫长的探求，经过曲折的跳荡，这股叮咚山泉汇入大河，奔向大海，成了中国新诗潮一朵别具特色的浪花。而这朵浪花映射出的光彩，将使我们对中国新诗潮有一定的认识和启发。

二、金凤凰的歌

都说：世上有美丽的金凤凰。

它给人间带来的是吉祥；

都说：世上有快乐的天堂，

那里充满明媚、温暖的阳光……　　　　　　　　　　《金凤凰》

这是一块灾难深重的土地，这是一个忍辱负重的民族。因此，这梦中的金凤凰成了每个人心中的理想希望和精神寄托。党把温暖阳光洒向人间，是人们心中的金凤凰。所以，诗人用笔歌颂党的英明伟大，表现党领导革命斗争的艰难曲折，缅怀革命先辈的光辉业绩，成了一个重要的主题内容，表达了诗人对党的一颗赤诚之心。在诗集《泉韵集》的《桂西的山》一辑中，诗人对桂西的一山、一水、一草、一木都倾注了深情，歌颂了韦拔群领导的壮族人民革命斗争，歌颂了邓小平、张云逸领导的百色武装起义。试看以下《呵！桂西的山》一诗：

呵！桂西的山，

红色的山，

---

❶农冠品.爱，这样开始［M］.南宁：广西民族出版社，1989.

战斗的山！

难忘巍峨入云的西山，
右江革命红色的摇篮；
山道上留下战友的足迹，
化作迎春的山花红烂漫！
难忘高高山上的红军岩，
千年崖石有烈士的鲜血浸染；
先辈的英灵与高山共存，
看年年满山艳红的杜鹃……

桂西是一块英雄的土地，它哺育了英雄的右江苏维埃政府，酝酿了百色起义的革命风暴，它是革命英雄业绩的见证，也是英雄事业的象征。因此，诗人在《写在西山云崖》组诗中反复吟诵了西山的竹、草、树等，歌颂了革命先辈英勇斗争、不屈不挠的精神。"不屈者，/胸中怀青草，/野火烧不尽，/春风吹，/又含笑。"（《西山草》）这生生不息的西山草，正是革命先辈的形象。

在诗集《爱，这样开始》的第一辑中，歌颂党和党领导的革命斗争的主题仍然贯穿始终。诗人沿着革命先辈的足迹，踏西山路，登清风楼，观列宁岩，把缅怀革命先辈的豪情壮志和民歌悠长明快的情调结合起来，唱出了一曲曲深情豪壮的歌：

半个世纪前的一天，在百色城的上空传来动地的枪响，
哦！党领导的红七军把鲜红鲜红的红旗高插在城头上，
那红旗在风中呼啦啦地飘扬着，飘扬着，
耀眼的光焰，胜过那天上绚丽的霞光……

人们向着这面火红的战旗呼喊着，奔跑

那人民，就像来自云贵高原的奔腾的红河浪；

人们高呼着金凤凰把吉祥的雨露洒落边寨，

千年万代的梦想，今日终于在眼前闪射出夺目的光芒……

这首题为《在金凤凰落脚的地方——右江盆地抒情》的诗歌仿佛揭开了一个谜底，给人们一个梦的阐析。只有共产党，才能拯救人民于水火，才能把人民的千年梦愿变为现实。这是神话，是历史，更是现实。读后既增加人们对革命先辈的敬意，又增强人们开创未来的信心。

三、甜蜜的海

呵，家乡的蔗海，甜蜜甜蜜的海，

甜蜜的海，年年春潮滚滚涌来！

家乡的苦难，已在海底深深埋，

蔗海哟，正酿着更甜更香的时代……　　　　　　　　《甜蜜的海》

诗人深深爱上了这块土地，深深爱上了这一片片"甜蜜的海"。他的诗有明媚的苗岭春色，有秀丽的瑶山风光，有盘阳河畔青年男女连情连心的情歌，有八角林中萦绕的"芳香的笑"，有椰林里京族三岛歌手的"弹琴又唱哈（歌）"……这一幅幅生动逼真的民族风情画，令人目不暇接。然而，诗人不仅停留在民族风情和民族生活的展现上，更重要的是表现各民族人民的优良品质和纯洁心灵。请看《森林情歌》的第一部分和第三部分：

山鹰展开铁一般翅膀，

在望不到边的森林上空翱翔；

达亨腰挎着斧头走进林里，

清脆的斧声使马鹿惊慌逃奔……

（轻轻地流过心爱人儿的身旁，

随伴着他的斧声和歌声，

让山里的财富为祖国发热发亮！）

…………

木楼房立在与天相接的山巅，

楼顶上的月牙像一把银镰；

达亨靠在木楼窗口吹奏芦笙，

他爱苗岭的森林连着无边的蓝天……

（我愿变成月亮纯洁明亮的光，

轻柔地洒在伐木人宽阔的胸间；

愿我的情就像甜甜的冬蜜，

一滴滴渗透进他朴实的心田！）

　　热爱苗山为国伐木的达亨赢得了苗家美丽姑娘的爱情。美丽的苗山、高耸的木楼、美妙的芦笙声、皎白柔和的月光形成了诗歌美的氛围，而主人公美的心灵、美的本质力量和愿望理想使诗歌得到了美的升华。诗人韦其麟在评论农冠品诗歌时指出：“他的诗歌主要是献给养育他的故乡的土地，献给各族淳朴而诚实的人们。歌唱他们平凡的辛勤劳动，歌唱他们建设家乡的热忱，歌唱美好的理想，歌唱闪光的心灵。”❶韦其麟的评论是全面而中肯的。

　　普列汉诺夫曾指出：“任何一个民族的艺术都是由它的心理所决定的，它的心理是由它的境况所造成的。”❷不同的生活环境、经济条件和历史文化，造成了各民族不同的心理素质和感情气质，而文学只有表现了这种独特的民族心理、感情气质和愿望理想，才真正具有了民族性。农冠品的诗歌既能生动地表现这块“甜蜜的海”的风情，更能表现各民族的心理感情和愿望理想，这与诗人创作脉搏中流动的浓厚民族文化色素有关，也正是诗人创作的成功之处。

❶ 韦其麟. 泉韵集［M］. 桂林：漓江出版社，1984.

❷ 普列汉诺夫. 普列汉诺夫美学论文选·没有地址的信［M］. 北京：人民出版社，1983.

诗人善于在日常的生活劳动中捕捉诗意，于平凡处显诗情，使诗歌既自然亲切又韵味无穷，从中也把民族的心理感情和诗人审视世界的独特"灵智三棱镜"表现出来，因而诗歌的民族性不再是不可捉摸的抽象东西，而是具体可感的生活情境。如《芳香的笑》一诗：

> 山风轻轻地摇着密密的八角林，
> 密林深处传来悦耳的笑声——
> 黄金般的收获季节来到了，
> 勤劳的人家谁不满怀欢欣？！
> ⋯⋯⋯⋯⋯⋯
>
> "月花姐！摘完果，你该请我们吃糖⋯⋯"
> "俏皮鬼！小心黄蜂蜇你的嘴唇⋯⋯"
> 看不见人的脸面，望不到人的形影，
> 密林里传来银铃般的笑声⋯⋯
>
> "春燕妹！边防前哨昨天又给你来信⋯⋯"
> "尖眼姐！小心树丫刺着你的眼睛⋯⋯"
> 看不见人的脸面，望不到人的形影，
> 密林里传来百鸟般的啼鸣⋯⋯

欢声笑语飘荡于八角林中，浓郁的生活气息和民族气息扑面而来。诗人不像时下一些诗人那样一味地感慨人生，也不会陷入迷茫伤感、失落无奈的境地，更不会用超越现实的梦幻来编织自己的理想光环，而是思索现实、关心现实、表现现实。诗行间流淌着深深的情感，表现了对生活的热爱，表达了诗人的愿望、理想和追求，诗歌也因此获得了高度和远度。

四、清醒的变调

> 紧皱了一双双又一双双眉

> 以泪的眼睛观您这母体
>
> 于是才清醒地唱这变调歌
>
> 不用假情祭召回那失落不落……　　　　　　　　　　　　《乡祭》

　　诗人的诗创作一开始便打上深刻的民族烙印。作为一个民族诗人，不可能不反映民族生活，也不可能不对民族文化传统进行思索和表现。可以说，诗人的诗歌创作，是伴随着对民族传统文化和民族心态的冷静思索而进行的。而诗人的思索和表现是经历了一个由崇敬歌颂到反思重认的过程。任何一个民族的传统文化及民族心态，都有她积极的光辉一面，同时也存在自我束缚的沉重一面。对前者要继承和弘扬，对后者要冷静地自省，从中得到醒悟，唤起新的民族意识，构建新的民族精神。诗人正基于这些历史的辩证认识，用诗歌来抒发这种民族性意识。

　　壮族是一个正直淳朴的民族，是一个乐观坦率的民族，也是一个不屈不挠的民族。雄伟奇幻的花山便是这一民族传统历史文化的一面明镜："望花山，看花山，/千古数它最奇观！/崖壁古画兵马阵，/军威如雷震关山；/凯旋庆功群英聚，/铜鼓笙歌绕天南！/啊！壮乡山川留画图，/千古不朽谁不赞！"（《花山奇观》）诗人认为花山"记下了壮族古代人民的斗争历史和智慧，观后令人神往"[1]，因此对它崇敬赞叹不已。在《致虎歌》一诗中，诗人模仿骚体对民族的"根"进行了淋漓尽致的歌颂。

> 我有根兮是盘古，我有源兮是布洛陀
>
> 战神之威力兮，布伯斗倒了天上雷王
>
> 染血的、悠长的红水河兮，是岑逊一手开拓
>
> 那悲欢之歌兮，在神奇的花山萦绕不落
>
> 莫一大王的赶山鞭兮，歌仙化鲤的传说
>
> 血的火焰兮，曾由南天王侬智高点着

---

[1] 农冠品. 爱，这样开始 [M]. 南宁：广西民族出版社，1989.

> 良兵女师瓦氏夫人兮，高山雄鹰拔群哥
>
> 这不断的根兮，不散的魂兮，不灭的火

诗人歌颂了壮民族这种"不断的根、不散的魂"，认为这悠久丰厚的历史文化传统必将"让布洛陀后裔的家乡辉光闪射"。诗人把抒情的笔触伸进了这块土地的历史文化传承，驰骋想象、纵深开拓，使诗歌获得了深度和厚度。然而，在近期的诗创作中，诗人对民族传统文化和心态的表现出现了"变调"，冷静地思索中出现了与前期一味崇敬歌颂不同的冷调歌唱。同样面对花山，《岜莱，我民族的魂》❶就不再那么单纯，诗人"不喜欢'花山'这汉译之名"，认为壮名"岜莱"更亲切动听，喊出要给花山"正名""正音"的呼声——

> 岜莱，我民族的山，民族的魂！
>
> 我不高兴你没完没了的谜！
>
> 你的谜就在这片古老的土地，
>
> 记录着穿越过风风雨雨的经历。
>
> ············
>
> 岜莱，我面对你深深地思虑。
>
> 记住那读熟了的历史往昔，
>
> 新的一页难道只展示昨天的谜？
>
> 粗壮躯体不能将精密思维代替。
>
> 要熟知掌握纷繁的时代机制，
>
> 驾起新星去探索宇宙的奥秘；
>
> 不要对着面面铜鼓呆痴着迷，
>
> 不灭的神灵要腾飞遥远的天际。

---

❶ 农冠品. 岜莱，我民族的魂［N］. 广西日报，1988-12-09.

不光吹唱春山枫叶的嫩绿，

要与各种肤色跳迪斯科旋转霹雳，

大大方方在地球广阔的画面上，

共同谱写当今生活的崭新旋律。

…………

岜莱渴望明天崭新神圣的话题，

今天的希望唤醒凝固长久的神志，

在飞旋着的变幻着的大千世界，

我民族的山民族的魂正振奋正洗礼！

　　诗人呼唤民族意识的觉醒，呼吁壮族人民不要沉醉于昨日激越的铜鼓声和羽人舞的悠远梦，应放眼未来、放眼世界，在丰厚的民族文化土壤上筑构起新的民族精神。在最近发表的《乡祭》❶组诗中，诗人对古老壮民族依附于土地和由此带来的危机困惑进行了思索，诗行间倾注了深深的忧患感和沉重感：

祭红土黑土

是因为流了太多的血，

颜色才这么鲜红鲜红？

是为了一把粟米的金黄色，

祖祖辈辈才背负着沉重的苍天，

呼唤与挣扎走过了一代又一代人？

是因为流了太多的泪，

颜色才这样的乌黑乌黑？

是为了一个遮风挡雨的暖巢。

世世代代才把大写的人字，

---

❶ 农冠品.乡祭 [J].广西文学，1989（7）.

弯曲成一个又一个问号？

祭这红土地祭这黑土地。
它是那样古老又不古老！

祭母体

曾经给您太多太痴情的
又甜又腻的赞歌颂歌
孩儿扪心有愧有愧
把真正的真切的主体失落！

生活里不全是甜隐喻着。
悠悠的辛的酸的苦苦涩涩
丢下那节腊月的甘蔗头
接过青皮的稔子果番桃果！
…………

　　经过了深深的反思和艰难的自省，诗人终于发现了太多赞歌和颂歌背后所隐含的矫情，终于品味了生活的辛酸苦涩，也终于发现了悠久深厚的民族文化积淀所隐藏的忧患和沉重，于是唱出了这曲"变调歌"。这变调，是诗人对民族历史文化传统的重新审视，是诗人经过长期经历和探索后进行的全面而深刻广的反思，以当代人特有的"现代意识"审视的结晶。这变调对一味假情歌颂传统文化和民族心态的现象是一个巨大的反拨，对重新确认壮民族悠久的文化传统有着深远的意义。

五、五彩缤纷的花谱

青春之花——
给党，给祖国，

　　给人民，给未来，

　　敬献上

　　五彩缤纷的花谱　　　　　　　　　　　　　　　　　　《青春花赋》

　　这些用来献给"觉醒的一代"的诗句恰当地概括在诗歌创作路上探索跋涉了三十年的诗人也是很恰切的。三十年来，诗人广采鲜花，终于给人民诗坛献上了"五彩缤纷的花谱"。

　　诗人的艺术追求是多样的，诗歌风格呈现出"五彩缤纷"的局面。在前期的创作中，诗人形成了清新洒脱的风格。近年来，诗人在保持原来风格的基础上有了新的追求与探索：有挥洒铺陈，融神话、历史、现实为一体的《在金凤凰落脚的地方》，有游刃于七言民歌体中，优美地完成了"戴脚镣的舞蹈"的《尼香罗》，有直承骚体以颂民族文化抒发胸臆的《致虎歌》，有甘甜纯美的儿歌童谣……艺术追求缤纷多彩，美不胜收。这与诗人能"从古典诗词，从民间歌谣，也从新诗中吸取其所长"❶有关，也是诗人诗歌表现形式和方法多样性的体现。

　　由现实表面的描摹逐渐向民族文化和民族心理的深曲处延伸开掘，这是诗人艺术追求的一个嬗变。诗人描写现实，歌颂现实，这是诗人强烈的时代责任感和民族责任感所致，但也可能因此而导致了诗歌创作的过于写实，在空灵飞扬的想象和深广开掘方面存在不足。欣喜的是，诗人已认识到这些不足，并在创作中尽力克服，使近期诗歌呈现出丰厚深沉的倾向。诗人在给笔者的信中说："我的诗，过去较实，近年写的，对传统有点超脱，相较空灵一点。但人生活在社会，不管怎样，诗都要打上时代的烙印。"这实际上道出了诗歌创作的两对相互关系又相互矛盾的问题：现实与想象、传统文化与现代意识。如何在反映现实的基础上融入空灵飞扬的想象，如何在探索民族传统文化时以现代意识进行审视吸收，这是每个诗人必须面临必须解决的问题。诗人农冠品的探索，或许能给人们某些方面的启迪。

---

❶ 农冠品. 爱，这样开始［M］. 南宁：广西民族出版社，1989.

"我的笔是笨拙的，但要努力地写。我的嗓音是微弱的，但要尽情地唱——为祖国的文明，为中华的振兴，为我的民族的繁荣与欢欣……"❶ 这是诗人的肺腑之言，是诗人诗歌创作的动力和目的。诗人正处于诗潮如涌的时期，既然美丽吉祥的金凤凰已落脚南疆，既然古老的壮民族正随着祖国的强大而日益繁荣，我们有理由期待这只壮乡飞出的诗歌金凤凰唱出更多更美的歌——

> 金凤凰永远永远落脚在红七军生活和战斗过的家乡，
> 她和南疆各族儿女，在为更光辉的明天豪情奔放：
> 金凤凰在新时代璀璨的霞光里举目展望，
> 现代化的宏伟图景如旭日东升，灿烂辉煌……

（原载于《南宁师专学报》，1990年第1期）

南方民族文化透视——评农冠品诗集《晚开的情花》
农作丰

当我第一次面对被誉为南方民族文化之源的花山壁画时，从未体验的强烈困惑弥漫我的心里：一方面，我为南方先民们这一伟大神奇的文化创造所震撼所折服，因而油然生发出一种自豪之情；另一方面，我又不得不为曾经创造过如此伟大神奇文化的南方民族，在改革开放浪潮冲击的今天，不少地方仍然停留在封闭悠闲的"小农"生活模式而震惊而困惑，由此涌动着一种沉重感和焦灼感。而当我赏阅壮族诗人农冠品的诗集《晚开的情花》时，同样的情感体验再度生发——对于南方民族这些悠远沉厚的传统文化，我们是一概予以肯定和歌颂，还是坦率地承认这些悠久的传统文化积淀同时也存在着沉重封闭的一

---

❶ 农冠品.爱，这样开始［M］.南宁：广西民族出版社，1989.

面，因而对之进行更为辩证的审视和批判的继承？

《晚开的情花》由漓江出版社出版，这是诗人农冠品继《泉韵集》《爱，这样开始》和《岛国情》之后，给诗坛献上的第四本诗集。如果说前三部诗集诗人主要给人们展现了丰富多彩的各民族生活和风情，那么《晚开的情花》则更多地进行深入的哲学意味和民族文化的思索；如果说前三部诗集诗人对丰厚的传统民族文化多是一味地予以肯定和歌颂，那么《晚开的情花》则把抒情的笔触伸入传统民族文化的深幽处，理性地透视南方民族文化所蕴藏的积极因素和消极因素，诗风也由清新活脱向冷峻凝重嬗变，诗歌的深度和广度也日趋增强。

一、透视A：交叉与重的辩证审视

正如南方这条悠远的母亲河红水河一样，南方各民族在悠远的历史发展长河中不断进步和壮大，同时也积淀了丰厚的传统民族文化，神铸了勇敢剽悍的民族性格，使南方这块土地由蛮荒走向了火的年代，走向了思索的文明年代，这是南方各族人民不断的根不绝的火：

> 曾无比勇猛果敢
>
> 拔下虎的牙
>
> 串做烟斗的精美的装饰物
>
> 教人品味历史
>
> 品味人生
>
> 品味一个民族
>
> 特具的性格

这首题为《神铸》的诗歌展现了南方各民族悠久的历史文化传统，以及这一历史文化传统所铸造的民族性格。诗人之所以如此注重这块土地上的历史，与诗人强烈的传统文化的继承和弘扬的创作心理有关。诗人在这本诗集的《自序》中如此表白自己的传统文化观念："虽然已成了历史，但历史是不能忘记的。记住血与火的历史、展望明天的路，人生才有一种执着的追求和坚定信念。"无疑诗人是把传统历史当作人生追求和民族发展的重要根据，因而我们便不难理解诗人为什么在诗歌创作中永远萦绕对着血与火历史进行思索的灵光。然而思索历史是为了展望未来，如果过去所拥有的辉煌不能成为人们现在进取和未来创造的驱动力，却成为自我陶醉故步自封的资本，那才是最大的历史悲剧和民族悲剧。

其实，任何一个民族的传统历史文化都有其优秀的积极因素，同时也具有自我束缚的沉重因素，这是一种复杂厚重的交叉与重叠。更为理性的反省和更为辩证地扬弃，要求人们重新调整自己民族文化的审视点。农冠品诗歌对民族传统文化的观念，由简单一味地歌颂转向冷静辩证地透视，是诗人站在更高的民族发展角度审视民族传统文化、调整自己的文化人格的结晶。在《七月南方》一诗中，诗人透视着南方这颗鲜亮的太阳，呼吁南方的土地不要再沉湎于昨日的辉煌中：

> 七月村寨，七月场，七月向阳坡
> 聚集追忆一个古老的神话传说
> 一个曾经发生的过去，一个已经
> 悠远的往昔，往昔已经远逝
> 更辉煌的，要在不光喝土茅台
> 醉倒不醒在深深的山间
> 寂寞荒恐的山间，山间醒来
> 只是古老的羽人梦，和消失了的
> 铜鼓声、皮鼓声、唢呐声、画眉啼唱声

诗人深情地呼唤南方大地的觉醒，抛弃那沉重的传统束缚，迈入现代文明的光辉天地。这样，在积极与消极、辉煌与沉重复杂交叉重叠的南方民族文化中，诗人找到了辩证而理性的审视，从而为更好地重认这一丰富复杂的文化，重构新的民族文化精神和民族心理机制找到了契机。在组诗《乡祭》中，诗人把剖析的笔触掘入了这块红土地的深处，揭示了南方各族人民世代的传统小农经济模式和生活模式造成人们对土地的沉重依附："世世代代才把大写的人字，弯曲成一个又一个问号。"同时，诗人还把剖析的笔锋对准自己的文化人格，发现了对文化"母体"太多太痴情的甜腻赞歌所隐含的矫情，而"把真正的真切的主体失落""于是才清醒地唱这变调歌"，在深沉的忧患感和急切的紧迫感中，使人感觉到诗人主体文化人格的自觉与独立。

诗人主体文化人格的自觉与独立必然影响到对现实生活的审视。在《牧——南方风景》一诗中，诗人绝无陶渊明"采菊东篱下，悠然见南山"的超然，也无孟浩然"开轩面场圃，把酒话桑麻"的闲适，而是表现了一种强烈的情感注入：

那根长绳
牵引着无数个
吹雨打的岁月

那牛蹄印
是一行行无字的诗
写在绿茵茵的草地

没有断句的诗
很长很悠远
叫人无法读毕！

诗中一反田园牧歌的悠闲、静穆与平和，揭示了慢悠悠的小农经济模式和文化模式隐含的封闭与禁锢，诗行间倾注着深深的焦虑与忧患。这里，诗歌的民族文化体现不再是一种美好的憧憬、善良的愿望和完满自足的心态，而是深入内在本质的冷静审视。这是诗人对南方民族文化进行长期探索反思后的重新确认，也是诗人走过了丰富曲折的人生经历后获得的更深刻的人生理解力、哲学思辨力和艺术判断力的体现。

二、透视B：沉醉与撞击中的醒悟

南方并不一定恬静和古朴，即便是在深山荒野中的小村寨，我们同样能感受到现代浪潮冲击下南方独具的情绪与喧哗，听到这块沉睡已久的土地深处的呼唤。《南方山区透视》诗所传达的便是这种南方的情绪与喧哗；当两根乌黑的铁轨犹如两支利箭射进了小山寨时，终于"射掉心死人僻静古朴"，使封闭了千百年的小山村响起了各种各样的现代喧哗，古朴宁静的南方山区被缤纷多彩的现代观念和现代美景象猛烈撞击着：

> 迪斯科在跳芒鼓舞在跳在跳
> 芦笙踩堂在进行交际舞在进行
> 哗哗啦啦呜呜呼呼交叉重叠
> 重叠交叉南方山区不忍僻静了

扑面而来的交叉重叠的繁杂意象组合构成了一幅山区民族文化与现代文化大融合的图景，这或许是南方山区由沉睡到醒悟的特殊情绪。而觉醒后的南方山区一下子意识到自己与外面世界的巨大差距，从而激起了急切的紧迫感和积极的进取力：

> 心这样深沉一块石头撞古井
> 一团团火南方古民族后裔
> 撞击节奏在嘭嘭加快加急

急促撞击的节奏预示着南方山区崭新时代的到来，现代观念一旦注入这块深厚久远的土地，将会激起巨大的变革力量，出现全新的民族文化精神。在《岜莱，我民族的魂》一诗中，诗人面对雄奇伟大的南方古骆越文化的代表花山，唱出了与一味歌颂不同的变调歌。诗人宣称不喜欢花山"没完没了的谜"，认为"新的一页难道只展示昨天的谜？/粗壮躯体不能将精密思维代替"，要从这古老的民族文化中揭示出新的精神和意义：积极的参与意识和全面的开放意识：

> 不光吹唱春山枫叶的嫩绿，
>
> 要与各种肤色跳迪斯科旋转霹雳，
>
> 大大方方在地球广阔的画面上，
>
> 共同谱写当今生活的崭新旋律。

诗人仍然一如既往地关注脚下的土地，但更多地关注这块土地醒悟后的变革。对传统民族文化的理性而辩证的审视，使诗人对现实的观照不再是表面的描摹和理想愿望的歌唱，而是深入本质的透视。《百色风采》组诗讴歌了这块土地上的缤纷色彩，不论是黄绿黑银红还是杂色，都是这块土地上的多彩现实，都是这块土地上每颗不甘沉寂的心的向往。《在乡间》组诗中，诗人置身于乡间的夜色鸟语花香中，品味着山果的甜甜涩涩，悟出了生活现实的有甜有涩的复杂性，认为"涩味使人间清醒"，冷峻中涌动着一股对人生对现实的真正热情。《北海》一诗中，诗人表现了比海潮更汹涌澎湃的改革开放浪潮，把南方的海冲击清醒，不再单调地重复潮涨潮落。"海城，唱一支告别昨天的歌：/繁华代替沉滞，振兴驱赶寂寞"，传达了醒悟后南方土地和大海所具有的巨大潜在力量。

改革开放的浪潮正冲击着神州大地的各个角落，南方这块土地如果还一味地沉醉，势必被时代所抛弃。掌握时机，以南方民族文化所具有的勇敢和强悍加入这场时代的弄潮，广泛吸收各民族文化的积极因素，从而筑构起新的南方文化精神和民族性格，这是当代南方各民族的唯一出路，也是困惑中的唯一选择。诗人农冠品诗集《晚开的情花》对南方民族文化的透视，给人们正是如此的启示。

> 七月有七月的太阳，太阳的光芒

印记在铜鼓上，铜鼓的太阳

古老的太阳，七月的太阳真实的

太阳，放射出鲜鲜亮亮

鲜亮的是现代文明之光

文明之力，文明之歌……

（原载于农冠品：《南国诗报》，1993年第52期）

山泉般潺潺的歌音——评农冠品的《泉韵集》

黄绍清

"我爱听瑶山林中的鸟语，/也爱听深山峡谷里/四季潺潺流动的泉韵；"/"看不见人的脸面，望不到人的形影，/密林里传来山泉般潺潺的歌音……/太阳升高了，歌声笑语飘在山顶；/太阳落山了，山路上行走着两队人——"这几行诗，摘自《泉韵集》中的《问鹿》和《芳香的笑》，它们给诗集定下了基调。

农冠品的第一本诗集《泉韵集》问世了。在色彩纷呈的壮族文苑中，又增添了一束绚丽的诗花！

《泉韵集》，这个书名多么吸引人！多么有诗意！读着它，犹如长途跋涉在烈日暴晒的山道上，正当汗流浃背、唇干舌燥的时候，忽然遇着一处浓荫覆盖的清泉，双手捧起喝下去，多么清凉！多么解渴，沁人心脾！这，也许就是它给予读者的美的享受。

一

这本诗集，收入六十四首抒情短诗，分成《甜蜜的海》《京族三岛风情》《边疆的云》《桂西的山》四辑。这些诗都取材于广西各族人民平凡的生活、劳动和建设，也写了革命历史和现实斗争。它们从各个方面展示了各族人民丰富的思想感情和崭新的精神面貌。艾青在《诗论》一书中提到："诗必须具有一定的思想内容。没有思想内容的诗，是纸扎的人和马，是徒有虚壳的玩物。"农冠品同志写诗是比较注意挖其思想内容的。他善于从平凡的生活现象中捕捉诗意发现人们未发现的东西，使自己的诗"能容纳许多未被理解的思想结构的渊薮，诗掀开了帐幔；显露出世间所隐藏着的美，使平凡的事物也仿佛不平凡"❶。壮族素有歌圩习俗。即使对这种司空见惯的题材，他也能站在时代的高度挖掘出较新的诗意：他不是一般地描绘歌圩的热闹场景，而是从那些激动人心的画面揭示出生活的某些本质特征来。《野间的交响》就唱出了这样热烈而深邃的歌："有点近于狂热！是的，是的，/一个民族需要舒心的歌唱；/失去又获得的，怎叫人不欢畅？！""有点近于痴情！真的，真的，/人间怎能没有爱情的交往？/山野不是公园！它是乡间的乐场……""珍爱乡间欢心的交响/被压弯的生活之树哟，要直着长！唱新生，让旧的、腐朽的永远遗忘……""四人帮"横行时歌坪被禁，壮族人民不能自由歌唱。这种情景就像是"被压弯的生活之树"一样，变成了畸形儿，但是"生活之树"成长的客观规律是不以人的主观意志为转移的。"生活之树"要"直着长"，这句诗颇含哲理色彩，给人以深刻的启迪。冠品同志在此发现了诗意，构成了不同凡响的境界。这样的诗句，在诗集中为数不少。有时他在山间听到流泉的弹奏和歌唱，也从中悟出一番关于人生的哲理。"在《泉韵》中向山泉发问："是在聚会河流/是在去寻找大海？/哦！在这大地上，/哪一样不在运动？/哪一种不在探求？"之后，他又自己作了回答：

世界的生命

世界的美

在于存在

各种运动的乐曲……

---

❶ 中国社会科学院文学研究所.古典文艺理论译丛［M］//雪莱.不为诗辩护.北京：知识产权出版社，2010.

与其说这是歌唱流泉的旋律、流泉的生命、流泉的乐曲、流泉的美，倒不如说是谱写诗的旋律、诗的生命、诗的乐曲、诗的美。泉韵诗韵得到自然融合。作者由此及彼、由表及里、由近及远、由实及虚，深入开掘，以小见大，从一眼小小的山泉中给读者开启了一扇关于"反映论"和"认识论"的天窗，令人神思飞越。

《泉韵集》涌动着一股"爱"的热流。热爱祖国、热爱边疆、热爱家乡、热爱生活的激情奔流于诗集的字里行间。农冠品是在新中国的阳光照耀下成长起来的壮族诗人。他的诗歌创作面向社会主义新生活。不管从哪个角度来剪裁、提炼，他的诗情都总是与"爱的蜜汁"紧紧相连的。正如别林斯基说道："诗的思想——这不是三段论法，不是定理，不是规则，这是活的感情，是澎湃的感情。"他的诗多数都是在对抒写对象，也就是对新鲜事物有较强烈的情绪的时候进行创作的。"情动于中而形于言。"只有诗人爱深情切，写出来的诗才引起读者心灵的共鸣。而且他这种"爱"的感情，有自己鲜明的个性，有"我"的显著特色。当然，这个"我"，绝不是"小我"；绝不是"自我表现"和"自我扩张"；是民族的"我"，是人民的代言人。在《森林情歌》中，他描绘了苗族伐木青年达亨山鹰般的英姿之后，倾注了"我"的挚爱感情，下面仅以其中的一节为例：

　　我愿变成林中清莹的溪流，
　　轻轻地流过心爱人儿的身旁，
　　随伴着他的斧声和歌声，
　　让山里的财富为祖国发热发亮！

有爱才有诗。这种爱是诗人对"外界给予的现象所发生的内心感应"。农冠品同志在林海中被"清脆的斧声"所吸引，引起内心的感应，从而产生激情，用文字形诸纸上，就成为动人的诗篇。诗集中的许多情景都是如此。当他看到家乡的绢纺厂投入生产的时候，情不自禁地唱出了"纺不断缕缕霞光绕林海""织不尽对党的深情对祖国的爱"的诗句；面对碧波荡漾的清狮潭水库，他写下了"蓝笔倾注满腔情""红笔记下满怀爱";当看到渔民往水库里撒网的时候,心中流出了"让希望和爱装满胸怀,""这山湖有无比深沉的爱"。他常常直抒胸臆,面对《壮乡的银河》:"他,/谱写了一支光明的歌,/献给今天,/献给未来,/献给亲爱的祖国!"他抒发那《甜甜的乡情》:"我爱我勤奋的民族,/我爱我家乡的蜜菠萝。蜜菠萝,蜜菠萝/甜甜乡情在心窝,在心窝。"/这些炽热的诗情,跳荡着"爱"的主旋律,形成了农冠品诗歌内容的重要特色。"诗人者;不失其赤子之心者也。"❶冠品同志以对党,对祖国、对人民、对民族、对边疆无限热爱的赤子之心"来歌唱。通过"我"的独特角度,剖白了"我"的心灵,说真话、抒真情,不泛泛而写,不矫揉造作,给读者以真实感;亲切感和新鲜感,从而显示出"这一个"的独特的个性特征。

诗歌是现实生活的一面镜子。它总是"合时而作"的。农冠品同志注意用敏锐的眼光观察现实生活,洞悉时代潮流,在诗歌创作中不断地注入新生活的新鲜血液,具有鲜明的时代色彩。例如,《写在绿绿的蕉叶上》这组诗,是80年代初,反映了这个时期壮乡蕉农生活的巨大变化。《香蕉沟》写得相当新颖别致。"绿油油,/青幽幽。/蕉林伸绿掌,/风中哗啦啦掌声稠——/欢迎来访者,/走进香蕉沟。/种蕉人,/谈新忆旧,/话似山泉流不休。/——有笑,有泪;/有欢,有忧……/朗朗笑声,驱旧愁!满沟香蕉味,/闻了闻,/醉欲倒!//情浓并未醉,/挥笔写诗歌——/登上报!/字字句句耀眼目。/昔日芒草沟,/今日蕉林茂!/谁坏?谁好?/哪苦?哪甜?/山乡人民自定论,/功过传千秋。"这里写的是贯彻、落实生产责任制以后,香蕉生产获得丰收给蕉农带来了无比的喜悦和欢乐。作者选择这个很小的角度来抒发感情,"香蕉沟"里却跳动着强烈的时代的脉搏。应该说,这样的诗是"时代的产儿"。在《圩日》里,作者又从集市贸易的角度来描写这种变化。那喧腾的繁荣景象,从路上到街心,从圩头到圩尾,从黎明到日西斜——

❶ (清)袁枚.随园诗话 [M].杭州:浙江古籍出版社,2019.

> 赶马帮　上归途，
> 一路蹄声震山野。
> 长长的山路像磁带；
> 录不完，南疆山寨的新音乐……

《圩日》与《香蕉沟》很相似，仿佛是一幅色调鲜明的写意画，礼赞了南国山区的崭新面貌。莫说边远山区，就是平原农村的大多数地方，也是到了20世纪80年代初手表才逐步"普及"起来，才有录音机、录音带。如今，穷乡僻壤也都有了这新鲜玩意，怎不令人感到欢欣？作者礼赞这些喜人景象，并未使用激扬昂奋的音符，却用了优美、轻快、婉转的旋律，使《圩日》弥漫着一股社会主义新时期农村的田园韵味。

农冠品常常跋涉于桂西的山山水水，从那延绵不断的崇山峻岭中和潺潺流淌的江河里寻觅诗的元素。在《桂西的山》这一辑诗里，他以革命的名义，讴歌红色的革命根据地，讴歌英勇献身的革命先烈，讴歌各族人民不屈不挠的革命精神。在他的笔下，青山有意、草木含情，无物不是诗、无处不飞诗。他描绘了一个生动感人的生活画面和艺术形象，使读者看到了"生命翠葱葱"的西山竹；"硬似铁，坚如钢，撑起了苍天"的西山树；看到了渗透壮瑶同胞愁泪和汗珠的西山土；看到了"似长矛拥簇"的西山石；还有艳如鲜血红似霞的西山花，"野火烧不尽"的西山草……他在这些极其普遍的山、石、树、花、草、竹等景物中发现诗意美，那就是它们都为革命作过贡献，是桂西人民革命精神的象征。他用极其朴实自然，有些甚至是近乎轻描淡写的笔触，创造出诗的优美意境和感人形象。《生命之花》就是一首讴歌韦拔群烈士一家为革命壮烈捐躯的动人诗篇。作者在东兰县东里屯的特牙山上，看到烈士一家的坟墓，触景生情，油然而生敬意：

> 山地的碧草，
> 上面盛开着无名的野花；
> 高山的翠林，

萦绕着天上云霞……

高山有情天有意……
为烈士一家敬献
秀丽的彩锦，
庄严地捧起
崇敬、芬芳的野花……

彩锦、鲜花默无语，
凝聚着人们心中
真诚的话——
英灵长存，万古流芳，
不屈精神，放射光华！

哦！烈士一家的英名，
是永不凋谢的——
生命之花！
花，装点右江苏区
山和水，
万代千秋，
一幅不朽的画……

　　轻描淡写见深情。生命之花——如此鲜艳优美；如此芬芳迷人！在这一辑诗里，写景状物，无论是托物抒情还是直抒胸臆，作者总是注入内心的激情，涂上诗美的色彩，使其显得形态栩栩如生，而又写得自然真实，毫无人工痕迹。

　　二

　　诗贵独创作。农冠品的诗歌创作有自己的艺术追求。《泉韵集》中的绝大多数诗篇都是在我国社会主义"四化"建设新时期写就的。细读这些诗作，我觉得它们都闪耀着现实主义的光彩。可以说，这是《泉韵集》在手法上显著的艺术特色之一。

现实主义的意思是"除细节的真实外，还要真实地再现典型环境中的典型人物"❶。这是恩格斯在给哈克奈斯的信中明确提出的现实主义原则。农冠品的诗歌是严格按照这个原则进行创作的。他从生活出发，在生活中发现诗；捕捉诗意。对现实生活进行选择、提炼、加工，使之典型化、诗化。他创作的题材，虽然没有波澜壮阔的重大斗争，较多的是吟唱平凡生活的短歌，但这些短歌与现实（或者说的"历史现实"）息息相关，富有生活情趣，充满诗情画意的。因而赢得读者的注目和喜爱。

"作为观念形态的文艺作品，都是一定的社会生活在人类头脑中的反映的产物。革命的文艺，则是人民生活在革命作家头脑中的反映的产物。"（毛泽东：《在延安文艺座谈会上的讲话》）农冠品的诗歌创作，也是如此。如果没有党的领导，没有人民征服红水河，建成大化水电站的伟大胜利，没有壮乡瑶寨翻天覆地的巨大变化，没有这"唯一的最广大最丰富的源泉"，恐怕是难写出《壮乡的银河》这样充满激情的诗篇的。农冠品在现实主义的宽广道路上阔步前进，就使他的诗歌创作有了"取之不尽，用之不竭的源泉"，有着较强的生命力和较为动人的艺术感染力。新诗创作是需要继承和发扬现实主义的优良传统的，它应该是诗人在现实生活的感受中的发现和升华，并通过诗的独特形式艺术地表现出来。

朴实流畅，新颖洒脱，是《泉韵集》显著艺术特色之二。

对新诗的形式，农冠品做过种种试验和摸索。《泉韵集》中的诗主要有三种结构体式：一是"豆腐块"的体式，多数每"块"四行，也有两行或三行一"块"的，诗行长短大致相近。二是民歌体式：每节四行、每行七言。三是长短参差散体诗，每节行数不等，诗行以短句为主。他在这三种体式的学习、

❶ 中共中央马克思恩格斯列宁斯大林著作编译局. 马克思恩格斯选集（第四卷）［M］. 北京：人民出版社，1972：462.

实践和运用上都取得了一定的成绩，各有千秋，但我以为第三种运用得最为成功，较为出色。我是较为欣赏这种体式的。他常常用短促的诗句，强烈的节奏，使感情的激流像跳跃的山泉在林间奔流，创造出一种清新、深远、淡雅的意境。《香蕉沟》《圩日》《一山雨，一山晴》《泉韵》《边疆的云》《西山石》《西山花》《西山月》等都是这类好诗。如《西山月》：

> 西山月，
> 有圆有缺：
> 圆如铜盆，
> 多皎洁！
> 却似一弯银镀，
> 挂远天，
> 淡淡月色照山野⋯⋯

> 哦！西山月，
> 照过红军战士，
> 照过无数先烈：
> 打土豪，
> 斗劣绅，
> 抗围剿⋯⋯
> 千山百川洒热血！

> 今人仰望西山月，
> 忆革命前辈，
> 怎不情切切？！

这是一幅优美动人的西山月夜写意画，写得多么简洁、洗练、纤巧、逼真！这里没有浓墨重彩的描绘，没有刻意雕饰的做作，也没有多余的笔画和线条，只有几笔淡淡的写意，便含蓄地揭示了先驱们为革命事业倾洒热血换来新天地的不朽功勋和高尚情操。"诗人是世界的回声，而不仅仅是自己灵魂的保姆。"❶ 在这幅写意画中，我们听到了革命的呐喊和历史的回声，从而感奋起来。

在《林海晨曲》中，作者对"伐木工要踩平林海万里浪"的英雄气魄，也是用这种白描手法进行艺术勾勒的。"树倒。/歌声。/笑语。/呼喊。……""百鸟。/山溪。/晨风。……/一齐来送航！"这些诗句，简练，新颖，短促，有力！概括性强、节奏鲜明。很明显，这些诗受古典诗词艺术风格较深的影响，含有散曲的韵味。它借鉴了古典诗词曲锤炼字句的艺术方法，吸收了古典诗词曲的精华和营养，古为今用、推陈出新，运用得比较自然，有自己的独到之处。

鲜明的民族特色和浓郁的山乡生活气息，是《泉韵集》显著的艺术特色之一。

它的民族特色主要表现在对民族心理、气质、性格、情趣的刻画和表达感情的独特方式上。民族精神，民族性格是构成民族特色的重要因素。农冠品是比较注意揭示这些因素的。在众多的民族题材诗篇中，我们看到热情好客的苗族人民，粗犷开朗的壮家后生；勤快俏丽的瑶寨姑娘，朴实憨厚的侗家主人……各自有各自的性格，写得活灵活现。

当然，这种民族性格并不是一成不变的，它将随着时代的发展而不断更新，不断补充新生活的血液，表现出时代精神来。如《纺云织彩——献给家乡绢纺厂》的描写：

> 右江翠绿翠绿的山谷，
> 在邕江秀丽迷人的沿岸，
> 千百台机器日夜欢歌：
> 纺云织彩！纺云织彩！

---

❶ 高尔基. 文学书简 [M]. 北京：人民文学出版社，1962.

呵，千层云，万缕绢——

杜鹃放，红棉开……

竹林翠，蕉园青……

这里在纺织着春的千姿百态

各族儿女织花海，

花海的俏娘铺云彩——

千堆锦，万丛花，

花团锦簇连四海……

　　这里概括而又形象地反映了壮乡瑶寨现实生活的巨大变化。各族人民有了自己的绢纺厂，他们的女儿做了工厂的主人。她们走出了穷乡僻壤，来到机器隆隆响的现代化车间，为我国的"四化"建设贡献力量。他们纺的绢织品——"花团锦簇连四海"，胸怀更宽阔了，性格更开朗了！但她们身上还保持着本民族优良的心理素质和个性特征。作者把纺织机声和壮歌、瑶歌、侗笛、苗笙自然而巧妙地联结在一起，奏响了既有民族风味又有时代曲调的动人乐音。

　　民族风情也是构成民族特色的重要因素，因为"在一个民族的这些差别性之间，习俗起着重要的作用，构成了他们最显著的特征。……一切这些习俗，被传统巩固着，在时间的流传中变成神圣，……它们构成着一个民族的面貌，没有了它们，这个民族就好比没有脸的人物，……"❶《泉韵集》的不少诗篇对民族风情的描写是相当得体的。就拿壮族歌圩来说，对这个习俗，诗人们不知写过多少诗，而农冠品却把它当作《乡野间的交响乐》来弹奏，写得别有风趣。其中第三节这样写道：

日头，落下山背了；

小鸟，飞回林间老巢；

　　❶ 别林斯基. 别林斯基选集（第一卷）［M］. 上海：上海译文出版社，1979：27.

勤娟和勤貌，要对歌到通宵！

是天星，在山野间闪耀？

是手电，是情人两眼在相照？

夜光里，映出多少甜美的笑……

歌的潮，越涨越高！

歌的浪，越翻越欢！

歌的河，越流越长！

这首诗写得相当形象、逼真，饶有风趣。我们从中看到了壮族男女青年表达感情、谈情说爱的特殊方式。当双方感情笃深的时候，他们用手电"亮眼相照"以至定下终身。这种方式是有别于其他民族的。这些诗句、如清泉涓涓琴音袅袅，吐露真情、感人肺腑。这种魅力来自作者对生活、对民族灼热的情怀，是情感潜流的艺术表现的诗化，有鲜明的民族特色。

农冠品的"登山则情满于山，观海则意溢于海"出自《泉韵集》。它写了山，也写了海，而更多的诗篇则是吟唱山乡风情的，有浓郁的山乡生活气息。他似乎对山有一种特别深厚的感情，常常用饱蘸感情色彩的画笔，描绘"南疆山乡画一般的山河"。那瀑布飞流的山崖、野花盛开的山坡、鹧鸪声脆的山腰、彩蝶飞舞的山坳、长着嫩绿青草的山野、歌声缭绕的山间、长长的山背、深深的山谷、轻雾萦绕的山巅、蜿蜒若磁带的山路、金堆银堆的山岗、夕阳沉落的山林、搭起天然歌台的山山岭岭、花花彩彩的山区、蓬勃新兴的山镇、娇艳多彩的山花、展翅翱翔的山鹰、清凉爽快的山风、潺潺奔流的山溪、叮咚作响的山泉、醇如美酒的山湖……真是千姿百态，各显风采。当然，作者并不是为写山而写山，而是通过描绘山的美丽形象，创造一种典型环境，抒发一种有别于他人的无限眷恋山乡的思想感情。他的《泉韵集》与山结下了不解之缘，洋溢着浓郁的山乡生活气息，有独特的地方色彩，因而有着更鲜明的艺术个性。

三

《泉韵集》中的诗多数都是写得比较好的，但是，也不是每一首都是完美的杰作，还有一些较为明显的不足之处。

首先，是开掘不深，立意不高。

就是有一些诗对生活缺乏深入的思考，艺术提炼不够，有些甚至近似生活原型的"照相"，就事论事，太拘泥于客观的事实，难以创造出诗的意境。在四辑诗中，《京族三岛风情》是较为逊色的。其中的《堤》《轮花》《岛泉》《新仓》等诗都显得比较概念化。如《堤》中有这样几节：

> 花岗岩石做根基，
> 镇住海涛筑长堤；
> 千层岩石千股劲，
> 京家连岛齐奋力！

> 千颗万颗鹅蛋石，
> 颗颗凝聚筑海堤；
> 万颗石子万滴汗，
> 南海碧波映红旗。
> ············

> 多少日月数不清，
> 潮涨潮落风浪急；
> 长堤脚下浪花艳，
> 浪打风吹永不移。
> ············

恕我直言，这些句子只罗列一些事实、一些现象，倒像一张画了条条杠杠的图纸，缺乏诗意美，缺乏诗的"热力"难以听到诗人强烈感情的鸣奏。"花岗岩""鹅蛋石""海涛""长堤""碧波""红旗"等东西，不是说不能入诗，有时它们还可能是上好的"诗料"。但这里所写的句子，没有反映诗人感情三棱镜的折光，没有独到的感受，也没有独特的感情色彩和"弦外之音"，甚至用词也显得比较陈旧和"老化"，因而写得平直呆板、索然寡味。

歌德说过："凡是我没有经历过的东西，没有迫使我非写不可的东西，我从来就不用诗来表达它。我也只在恋爱中才写情诗。"这里所说的经历绝不是浮光掠影之意；"迫使"二字却道出了要有自己独特感受的深意——到"非写不可"的时候，才能写出好诗。这是写出好诗的普遍规律。用这个普遍规律来对照，像《堤》这样的诗，很难说是到了"非写不可"的时候写出来的，因而显得比较生硬、做作、平淡！

这辑诗多用七言民歌体写成，都不大理想。可能冠品同志并不善于运用民歌手法。我想还是从个人的"艺术气质"出发，才能创造出自己的艺术风格来。

其次，是想象不够，缺乏灵气。

艾青说过："诗人最重要的才能就是运用想象。""有了联想和想象，诗才不致窒死在狭窄的空间和局促的时间里。"冠品同志是有想象才能的，但《泉韵集》中的一些诗还是写得太"实在"，没有张开想象的翅膀，让诗情飞腾起来，显得呆而乏神、直而浅露，缺少诗的魅力。像《边境早市》中的这些诗句："喷香的菠萝/金黄的蕉果/带露的龙眼/馨香的梨子/雪白的豆芽/青嫩的丝瓜/饱含水分的白薯/长长的豆角……""壮家勒哨（姑娘）挑着担子/裤筒还沾浸露水/乌黑的发辫/盘在头顶上/一双双健壮的手/浸染上乌黑发亮的蓝靛……/"这样的描写很像是散文的分行排列，最多也只能说是几个一般性的特写镜头。原因在于，是缺乏想象、没有灵气，只是对生活素材进行散文式的摹写，不仅思想内容不比生活原型高（除了生活素材，没有耐人咀嚼的东西），而且艺术技巧上也显得平直枯燥、呆板无力！

此外，创作题材不够广泛，多是低吟浅唱的短歌；没有接触重大题材，没有较高昂奋进的曲调；有些诗比较"稚嫩"。这些都不能满足读者日益增强的感情要求。

现在，正是冠品同志诗情喷涌、进行创作的旺盛时期。我们相信，如果他在今后的创作实践中逐步克服这些毛病，他必将迎着社会主义新时期的灿烂阳光，阔步前进！

让"山泉般潺潺的歌声"奔流不息！

1984年7月20日于桂林叠彩山麓陋舍

（原载于《新花漫赏》，南宁：广西民族出版社，1985年版）

抒发真情　开阔诗境——读壮族诗人农冠品的诗

黄绍清

一

农冠品是中华人民共和国成长起来的壮族诗人。在20世纪80年代，他的诗歌创作迎来了丰收季节——他的诗集《泉韵集》（漓江出版社）也即将问世！

他从事文艺工作是从民族民间文学开始的。民族民间文学的丰富宝藏给他提供了丰富的诗歌创作营养。他在民族生活的土壤上努力开掘诗的源泉，创作了百多首新诗，抒发了民族的、人民的、同时也是时代的真实感情，开拓了新生活的诗意美，使之丰姿多彩。就内容而言，他多以祖国南疆少数民族的现实生活为题材。这里面，有讴歌右江革命根据地的组诗《在凤凰落脚的地方》（见诗合集《奔腾的左右江》）；有吟唱壮家、瑶寨等少数民族社会主义幸福生活的《甜蜜的海》（见《解放军文艺》1978年第12期）、《彩色的河》（见《海韵》诗丛刊1980年第2集）、《阿娜》（见《民族文学》1981年第2期）、《绿色诗笺》（见《民族文学》1982年第2期）、《香草情》（见1982年7月16日《羊城晚报》）、《瑶山二题》（见《广西文学》1982年第4期）；有描绘桂林山水的组诗《写在桂山漓水间》（见《漓江》1981年第2期）这些诗，继承和发扬了我国新诗的现实主义传统，面向热火朝天的社会主义建设，采撷绚烂多彩的生活浪花，写得结实洗练，有比较鲜明的地方色彩和时代感，字里行间跳动着社会主义生活的脉搏。且看《纺云织彩》（见《泉韵集》）所弹奏的社会主义劳动乐音，多么悦耳、多么欢快！

在右江翠绿翠绿的山谷，

在龙江秀丽迷人的沿岸，

千百台机器日夜欢歌：

纺云织彩！纺云织彩！……

千重云，万缕绢——

杜鹃放，红棉开……

竹林翠，蕉园青……

这里正纺织着春的千姿百态！

走进明亮欢腾的车间，

壮姑、瑶女、侗妹……

眼敏锐，手灵快，

并肩劳动笑颜开！

纺织机，声声欢——

就像清脆的壮欢抒情怀；

纺织机，声声乐——

好比动听的香哩落山崖！

纺织机，声声密——

就像那多情的侗笛飘天外；

纺织机，声声细——

好比那悠扬的苗笙传村寨！

各族女儿织花海，

花海的俏娘铺云彩——

千堆锦，万丛花，

花团锦簇连四海……

纺哟！纺哟！纺哟！

纺不断缕缕霞光绕林海；

织哟！织哟！织哟！

织不尽对党的深情对祖国的爱……

　　这是诗，也是画。是诗，它抒发了当家作主的壮姑、瑶女、侗妹们主人翁的自豪感和愉快的劳动精神，唱出了"对党的深情，对祖国的爱"。是画，它描绘了一幅幅溢彩流光的社会主义劳动图景。壮乡瑶寨有了绢纺厂，这翻天覆地的变化，怎么不叫人们由衷地纵情歌唱！《嫁》（见《民族文学》1982年第2期）则更是从生活中随手拈来、不加修饰、朴实无华的感人之作。

红水河，　　　　　好女儿，

曲又弯，　　　　　挽金发，

弯弯曲曲绕青山。　嫁给四化热心汉——

流下滩，　　　　　笑语欢，

步儿慢，　　　　　酒窝甜，

大坝伸手把她拦：　失去的青春今追回，

"青春不白流，　　生命金闪闪！

情爱献山乡：

发电，发光，发热，　谁个见，

银花金花开烂漫！"　不夸赞！

　　红水河的儿女进入了社会主义现代化建设的新时期，前程是这样的宽广，生活是这样的美好！感情是这样的真诚、亲挚！农冠品的诗歌绝大多数都是对生活有了真情实感之后，从心灵深处喷涌出来的感情的泉流。诗人的感情与人民的感情、民族的感情以及时代的感情息息相通，他的诗折射了时代的光照。

二

农冠品不但注意从生活深处开发诗的矿藏，而且在表现技巧上孜孜不倦地追求诗的艺术形式美。经过实践和探索，他找到了能表达自己独特感受的艺术形式，并显示出了自己的一些特色。

新颖跳脱是农冠品诗歌的一个显著特色。他常常在平凡的生活中捕捉诗意，发现人们所未发现的东西，显得新鲜活泼。他常常用短促的诗句，使感情的激流像跳跃的山泉在林间奔流，给人创造一种幽美的意境。读了《漓江月》后，这种感受更为深切。

月上东山，	是波？
微微笑，	两双手，
江里浮，	一阵忙，
圆如簸。	银麟片片，
风阵阵，	装满箩！
传渔歌，	桨儿轻摇，
江湾里，	船顺江流，
飞出渔舟，	似飞梭。
一双新桨，	风阵阵，
一开一合……	传渔歌，
船划来，	一声声，
江月碎，	漓江渔家乐。
荡起银波……	银波聚，
女儿摇桨，	江月现，
爹撒罗网，	微微笑，
捞起一网白光，	圆如簸……
是鱼？	

这一幅漓江月夜渔家乐的水彩画描绘得多么简洁、细腻、逼真、纤巧。

在《林海晨歌》❶中，作者对"伐木工要踩平林海万里浪"的英雄气魄，也是运用这种白描手法进行艺术勾勒的。"树林，歌声，笑语，呼喊……""百鸟，山溪，晨风……一齐来为他送航！"这样的诗句简短、新颖，概括力强。很明显，作者受到我国古典诗词艺术手法较深的陶冶和影响，他借鉴了古典诗词锤字炼句的艺术方法，古为今用、推陈出新，自成一格。这种艺术手法，他运用得比较自然、纯熟，在《西山路》《西山泉》《西山花》（均见诗合集《奔腾的左右江》）中也有具体的表现。过去的"西山路，前辈筑，先烈铺。越险峰，跨深谷。……燃火把。举长矛。抢大斧。轰轰烈烈闹革命，不做别人奴。"而"今日西山路，行进新队伍：十八九岁正青春，继传统，手握钎，肩扛锄，驾钢马，乐在千山斗顽石——造新田，开新地，筑新湖，建电站。……同心洒血汗，绘那新画图！"文笔简练，对比鲜明！"西山泉，清幽幽，流在岩底不露头。流在岩下不闻声，似热血，在人身上流"更创造了一个"清幽"而"热烈"的境界。

从60年代到80年代，农冠品多用这种手法进行诗歌创作，并不断地注入生活的新鲜血液，充实新的生活内容，使他的诗跳动着生活的脉搏，更富有时代感。《绿色诗笺》中的《香蕉沟》就是这样的作品：

绿油油，
青幽幽。
欢迎来访者，
走进香蕉沟。
种蕉人，
谈新，忆旧，
花似山泉流不休——
有笑，有泪；
有喜，有忧……

蕉林伸绿手，
风中哗哗掌声稠。
情浓并非醉，
挥笔写诗歌——
登了报，
字句句耀眼目：
昔日芒草沟，
今天蕉林茂！
谁坏？谁好？

❶ 农冠品.泉韵集［M］.桂林：漓江出版社，1984.

琅琅笑声驱旧愁！　　　　　　哪甜？哪苦？

满沟香蕉味，　　　　　　　　山乡人民自定论，

闻了令人醉。　　　　　　　　功过传千秋。

很明显，这是贯彻生产责任制以后，香蕉生产丰收给蕉农带来了无比的欢乐和喜悦。这是党的十一届三中全会以后发生的新鲜事物。作者把这种变化进行诗化，艺术地表现出来，留下了时代的鲜明印记。

挥洒铺陈是农冠品诗歌另一特色。他在诗歌创作中，在艺术形式方面作过多种试验，除了运用跳脱的短章短句来表达诗情外，还运用了铺陈手法让奔放的感情挥洒出来。《在金凤凰落脚的地方》就是体现这种特色。这首诗用关于右江盆地是金凤凰落脚的地方的传说，回顾了壮乡人民在党的领导下进行革命斗争的火红岁月，抒发了被压迫民族挣脱"脚镣手铐"的壮志豪情，描绘了壮乡辉煌灿烂的雄伟图景：

半个世纪前的一天，在百色城的上空传来动地的枪响，

哦！党领导的红七军把鲜红鲜红的旗高插城头上；

那红旗在风中呼啦呼啦地飘扬着，飘扬着，

耀眼的光焰，胜过那天上绚丽的霞光……

…………

从那时候起，吉祥的金凤凰永远在这里落脚，

他与一个勤劳、智慧、勇敢的民族经历着时代的风霜；

在那残酷的年代，即使敌人用火焰摧毁、焚烧，

金凤凰化作天上云霞，萦绕在右江沿岸的千峦万岗……

风暴雨狂，妄想把金凤凰从这里驱赶，

可她与坚强的民族，结下的情谊比大海深，比右江长；

在深沉的黑夜里，人们把吉祥的征兆描在心坎，

年迈的阿姝，夜里悄悄把她织成壮锦的图样……

那年，火红的太阳用金辉洒遍遥远的边疆，

金凤凰呵，迎着火红的曙光展翅飞腾、歌唱；

金凤凰从此化作右江盆地富饶的田园、美丽的山林，

给社会主义祖国增添蓬勃生机，无限希望——

你看那平坦宽阔的稻田，在翻滚着金涛银浪，

人们说，那是金凤凰丰润的、宽宽绰绰的胸膛；

你看那密密层层的蔗林，在闪耀着湛蓝的波光，

人们说，那是金凤凰在轻摇着她那青春的翅膀……

你看那右江的上游，筑起了碧波荡漾的澄碧湖，

人们说，那是金凤凰永不枯竭的、深厚的情爱一腔；

你看那夜间盆地的千村万寨、千家万户在闪烁着灯火，

人们说，那是金凤凰永不熄灭的、炯炯有神的目光……

你看那电灌站的机声，在日夜轰隆轰隆地交响，

人们说，那是金凤凰胸腔里扑扑跳动的、火热的心脏；

你看那田野纵横的机耕路，蛛网般的灌溉渠，

人们说，那是金凤凰跳动的脉搏在弹奏抒情的乐章……

　　作者用比拟的手法把传说与现实融为一体，使诗既闪耀着现实的光辉，又涂上神话般的浪漫主义色彩。尽管诗行都比较长，有的长达二十多字，读起来却依然顺口流利，毫无拖沓之感，淋漓酣畅地抒发了胸中那丰富多彩、奔腾澎湃的感情。这些诗与那些短促、跳脱的诗相比，更能显示出豪迈雄浑的感情，展现出不同的风格和韵味。

　　三

　　农冠品是一个善于探索、勇于实践的诗人。以前，他以创作抒情短诗见

长。近几年来，他又另辟蹊径，开拓了诗歌创作的新局面。他借鉴民歌的手法，创作了一些以刻画人物为主要目标的叙事诗。这些诗都以壮族人民的生活环境为背景，以壮族人民的优秀代表为榜样，力图写出具有壮族特色的优秀作品。可以说，他在创作的道路上又向前迈进了一步。

首先应提到的是《将军回到红河边》。这首诗，叙述了一个壮族将军洪雁飞与丑恶及谬误作坚决斗争的故事。洪雁飞生长在红河边，原来是家境清贫的砍柴娃，十五六岁时离开家乡，"跟着红军走天涯"。在故乡遭受浩劫的日子里，他回到了阔别几十年的山乡。目睹耳闻后，他知道家乡受到严重的破坏，人民生活困苦潦倒。亲人们诉苦说："毁林断了山中泉，饮水要挑十里远！""家家不准养鸡鸭，说是鸡鸭有尾巴……"弄得壮乡村寨，凋零萧条！洪雁飞同情人民的疾苦，毅然去反映情况。谁知却遭到告密，诬蔑洪雁飞将军"犯反党同谋罪"。洪将军因这莫须有的罪名下了冤狱！铁门寒窗六年多，后来他终于"砸碎镣铐人得救"，又回到了家乡红河边。这时，家乡面貌正在改变，见红河两岸染春色。他跃身挥臂下红河，迎着江风阵阵击浪又扬波。他满怀激情，祝愿家乡春常在，"民族新天飞霞彩"。美丽的壮乡，前程锦绣，充满了希望。

截取典型的生活片段、集中笔力塑造洪将军的形象，是这首诗创作技巧的主要特点。一个"南征北战灭敌寇"的将军，曾为革命为人民建立不朽功勋。如果全面反映他的功绩，那是可以写数万行诗的。但作者巧手剪裁，仅从《梦魂牵》《在归途》《会母》《夜述》《进城》《下冤狱》等几个侧面来叙写，就能表现出洪将军"出生入死志更坚"的性格特征，以及"做人要说真心话"的坦荡胸怀和高尚品德。另外，人物的心理描写也比较成功，作品用了较多的篇幅来描写人物彼时彼地的心理活动，而且都能反映出人物的形象和性格。洪雁飞下冤狱以后，思绪翻滚，他心想：

> 地上的"人"字缩小写，　　细小的种子埋入土，
> 好比那芝麻籽细又微，　　总有一天冒芽尖……
> 细小的芝麻细点点，　　小芽要长成参天红棉树，

　　　风沙漫卷埋深渊……　　　　　花开熊熊似火焚妖奸……

　　诗的字里行间都充满着对倒行逆施者的仇恨，表明他坚持真理的革命立场和刚毅的革命意志。稍感不足的是，作品对丑恶与谬误所造成的灾难描写不够深入，揭露得不够深刻；洪将军向假、丑、恶作了斗争，但矛盾激化不够，显得较为平淡。

　　还值得一提的是《尼香罗》。这是一首民歌体的叙事诗。它叙写了壮族回乡知识青年尼香罗克服重重困难，潜心搞科研，成功研制新探水仪的故事。布香罗是一个有志建设家乡的好青年。他高中毕业后，自学有关原理进行科学试验，初次制作一台探水仪。他高兴得连夜上鹰山去作试测，却不料从陡崖上摔了下来，弄得"尖石刺破身上肉，鲜血滴滴洒山崖。"初试失败，妻子埋怨，却得到众父老和县长的支持。妻子经过一番思想斗争，理解了香罗搞科研的意义，并乐意当他的助手。从此，夫妻二人沉迷于科研攻关，香罗更是"走路也思睡也想，饭菜入口当蜡嚼"。多少日夜记不清，终于他制成了新的探水仪——人们称它是一面"穿山镜"。大家为此感到欢欣鼓舞："现代科学显威力"！有了这新"玩艺"，干旱的山区就可以解决"水"的问题了。壮乡山区将旧貌变新颜："电站明珠赛星星，高峡湖海跃鲤鱼"；"山乡千树挂金果，山乡园林流香蜜，山乡遍地结米粮，献给时代做厚礼！"壮乡瑶寨在农业现代化的道路，迈出了可喜的一步。这首诗在刻画人物形象方面也是值得称道的。它主要是通过环境烘托和行动描写来表现人物的精神境界的。诗的开头就告诉我们："石山公社名岩多，地上不见一条河，山高地瘦鼻场深，天不降雨地冒火。""祖祖辈辈缺水苦，家家十里挑水喝，代代挑水背弯弓，滴水如油艰辛多"。这样的典型环境就为布香罗一心搞科研提供了动力和缘由。由此使人物产生一系列的感人行动：他夜阑更深睡不着，披衣出门望银河，下决心"先把龙王屁股摸"；他读书钻研苦琢磨，一张白纸绘蓝图；他"为造仪器卖大猪，如今又用命来搏"；他失败面前不退却，继续"攻关攻到月西落"；他专心致志搞试制，常常"抱着仪器人睡着"；他"风雨之夜去求教，熬战通宵迎晨曦"……这些看似平凡的行动，却展示了人物宽阔的胸怀。

　　毋庸讳言，农冠品的诗歌也有些不足之处，但我们相信，他在将来的创作实践中，总结经验，不断勇于探索，定能创作出无愧于时代、无愧于民族的更有自己艺术特色的诗篇来！

　　　　　　　　（原载于《广西民族学院学报》哲学社会科学版，1984年第2期）

海域韵味　岛国情思——关于《岛国情》的通信
黄绍清

冠品诗友：

　　您好！羊年伊始，捧读您惠赠的新诗集《岛国情》，一股新鲜的海域韵味挟着油墨的芳馨扑鼻而来，不胜欣喜！

　　这是您继《泉韵集》《爱，这样开始》之后出版的第三本诗集。您身兼广西壮族自治区文联副秘书长和中国民间文艺家广西分会主席等重任，公务之繁忙可想而知。但您勤于笔耕，诗集频出，我深表敬佩和祝贺！

　　您是壮族人民的儿子，在深山老林里长大。大山铸造了您的性格和诗情，故人们曾称您是大山的儿子，写大山的诗。如今，《岛国情》问世了，我觉得您能写高山，也能写大海，真可谓登山则情满于山，观海则意溢于海呵！

　　1988年5月17日至31日，您作为中国民间文艺家代表团成员之一，飞越南太平洋，访问了岛国菲律宾。马尼拉、内湖省的绮丽风光，棉兰老岛的穆斯林文化传统，马拉维湖畔的民间工艺、舞蹈、斗马活动，伊洛古城的瓷瓶孔雀翎和同行的友情……都彩色纷呈地摄入了您的诗的艺术镜头。在访菲的短短的半个月时间里，您写了三十多首抒情诗，平均每天两首多；在您写诗的生涯中，可谓是高产的季节了。您的视野开阔了，新的题材、新的诗情为您新的诗作增添了新的活力。您的《岛国情》无疑地为当代壮族文学增添了异彩！

　　摒弃矫饰、抒发真情、朴素无华、言浅情深，是《岛国情》的一大特色，也是您一贯的艺术追求和艺术个性。诗是"情种"的艺术，感情之于诗，如血液之于人的躯体；有了流动的血液，才有人的生命和灵魂；诗歌亦如是，有了真挚的感情，才有诗的生命和灵魂。有了感情，诗歌才显示出"生命之跳跃的五色光辉，有如面颊的红润之于美丽少女的脸庞，有如钻石般的闪耀与光彩之于她的迷人的眼睛"。❶ 好的诗作往往是诗人把自己的"血液"化成的"红宝石"，他自己的"泪水"化成的"珍珠"。我还不能说《岛国情》里的诗作已经成为"红宝石"和"珍珠"，但可以说您是这样努力进行创作的。因此，如鲁迅所说，您的诗里有"血的蒸气"，有"真的声音"。"只有真的声音，才能感动中国的人和世界的人"。❷ 我在拜读《岛国情》的时候，首先深受您所抒发的中菲情谊所感染。您《夜宿诺刹》山中别墅，"梦醒听闻鸡鸣/疑在祖国山乡/屋外山泉轻流/似在倾诉衷肠"；"难忘山中两夜/轻车绕落山岗/梦魂随我离去/寻求友谊诗章"。诗中创造的蝴蝶依恋鲜花、蜜蜂花丛采蜜、红鲤泳池碧水、小鸟枝头啼唱等等意象和艺术境界，令人神往！您到《椰林深处》用心采撷岛国的诗情；您讴歌岛国人民招待客人"用金色的热忱、金黄的心"！您借《大鸟》的形象吟诵"中菲友谊"的主调；您把菲律宾《火树》的花馆拾起，"编串成火热的诗行——/悬挂在岛国常青的树上……"您在穆斯林的宝刀上刻下了一行行"真诚而闪光的诗"；您透过《太平洋夜雨》赞颂"岛国的绿色的世界/蓬勃的生命"；您把"宿务"这个岛国之岛比喻成横卧在南太平洋的一把金梳，问她是"在梳理/岛国的云烟/或梳理岛国/纷繁的思绪"……这一系列新颖意象的营造和构建，笔端无不饱蘸中菲人民深厚友谊的浓墨重彩，读来倍感亲切！

您抒发的眷念祖国、爱恋故乡之情也是相当感人的。您在欣赏马拉维湖风光时，听到了《睡美人》要"一定去访问西子湖/访问名传千古的长城"的亲切呼声；您《丹夜，在马拉维》仰望高悬海天明月时深深慨叹中国故乡的月亮"何时才真正圆满？"您观看了优雅动人的孔雀舞，以为"她来自中国的西双版纳"或"来自中国西南翠绿的山林"。您听到《岛国鸡鸣》竟怀疑是在家乡的山村——红水河畔、右江河谷。您《在达沃》看到斗马习俗，想起了中

---

❶ 别林斯基. 别林斯基论文选 [M]. 上海：上海译文出版社，2000：173.

❷ 鲁迅. 鲁迅全集（第四卷）[M]. 北京：人民文学出版社；北京：光明日报出版社，2005:15.

国苗、侗同胞的风情；看到妇女吃槟榔果、嚼榴叶，想起中国壮族妇女的习尚；……这些异乎寻常的事物，这许许多多自自然然的联想，之所以能串成一行行闪光的诗句，乃是因为它们为一种崇高的感情所维系。一首诗所表现的感情愈崇高，它就愈加容易成为"人们之间的交往手段"❶。您身在他乡作异客，远隔海天倍思亲，拳拳赤子心、悠悠爱国情，实为难能可贵！

您不趋新潮走"老"路，但"老"路却常走常新。您继承和发扬了中国诗歌的优秀传统，表由衷之意、说由衷之言。诗写得自由洒脱，富有散文美，既有海域风味，又颇具乡土气息，很切合中华民族的审美心理和艺术趣味。

也许您写得太仓促，诗意提炼还不够醇美，词语推敲也尚欠精当，所以有些地方的文字较粗糙，诗味较平淡。您几处用了"斑烂"这个词，其中的"烂"字应该是"斓"字。这两个字音、义有异，不能通用。如稍不注意，就往往误用了。

暂谈这些，恕我的贸然直言。

谨祝诗安！

1991年1月5日于桂林逸致斋

（原载于《广西作家》，1992年第1期）

甜甜的乡情　多彩的歌——浅谈壮族诗人农冠品的诗作

董永佳

我爱我勤劳的民族，/我爱我家乡的蜜菠萝。/蜜菠萝，蜜菠萝，/甜甜乡情在心窝。在心窝。/不管去到什么地方，/小小的蜜蜂跟着我，跟着我。/小蜜蜂唱着一支歌，/它要把心中的蜜，/分给各族多情的女儿！/小蜜蜂唱着一支歌，/它要把家乡的甜/献给各族亲爱的母亲，/献给美丽的祖国……

读着中年壮族诗人农冠品这首《甜甜的乡情》，我总感到，这在一定程

---

❶ 普列汉诺夫.普列汉诺夫美学论文集［M］.北京：人民出版社，1983.

度上也是诗人自己的生活以及诗作的写照:

他像蜜蜂一样辛勤,在诗的花园里默默地劳作;他像蜜蜂一样多情,走到哪里都留下动人的歌吟;蜜蜂在百花中采集蜂浆,他从生活里汲取诗情;蜜蜂酿蜜不是为了自己,他作诗献给民族,献给祖国……

一

农冠品同志的诗题材广泛,内容丰富多彩,散发着浓郁的乡土气息,充满着对生活的热爱。

他出生在广西西部地区一个偏僻的壮族山村里,1960年大学毕业后,从事民间文学的收集、整理和研究,常到民族地区采风。他热爱自己的家乡,熟悉各民族的生活。因此,乡情、风情和激情,成了他歌唱的主要内容。甜蜜的甘蔗海,"酿着更香更甜的时代";纺云织彩的绢纺厂,给祖国描绘青春的容颜;边城港荡漾的海波,铭记着周总理的关怀;法卡山无名的小花,无私无畏地吐露芬芳……,谱成一串深情的乡恋曲。瑶山采香草姑娘的香哩歌,京岛新校园孩子的读书声,穿林登山狩猎的枪响,报告着安宁与否的边寨鸡鸣……,组成了一支动人的风情交响乐。感情真挚、笔触细腻,他的诗把五光十色的民族生活描绘得生动真切,绚丽多姿。

农冠品同志的这些诗篇,不仅仅着墨于民族的风俗衣饰,也不单单落笔在乡土的美丽可爱上,而是注意融进时代的风云、人民的爱憎。诗人多次写了家乡的歌圩节,既有"金凤展翅,彩蝶飘过山坳",村道上流淌"彩色的小河",汇向"花海歌海"的欢腾;也有妖怪横行,十年禁歌,"歌仙嗓门结蛛网""风暴"刮走了壮家"歌魂"的凄苦;还有诗人对恢复歌圩欣喜若狂的心情;"歌的闸门,再也封不住了""一个民族需要舒心地歌唱"(《乡野间的交响》),真是精警之言!这已不是单纯的风情画,而是涂上了浓烈的时代色彩。同样,作者的一些乡恋曲也回荡着历史的足音,使乡情包含了更广阔的含义。如《忆古榕》,"我"一出生就看到的古榕,绕缠着多少童年的梦。当我远别多年后回乡,"那郁郁葱葱的古榕",已经"化为灰烬",——在那曾被我形容、赞颂过的"跃进之年",而辛劳了一生的祖母,也"同一年代,离开了人间"……这诗带着作者生活的影子，情真意切、动人心弦。

秀丽多姿的桂林山水，也是农冠品讴歌对象。他在独秀峰下度过了大学生活的宝贵时光，可是自1961年写了一首《春到西郎山》后，却过了整整20年，也许是有了更多、更深的感受，才涉笔桂山漓水。他不仅以奇山秀水激发对祖国的热爱之情，还借山水作镜子，折射着丰富深刻的生活内涵。因此，他再不像当初写《春到西郎山》那样，过多地临摹山光水色，而着重借题发挥、言志抒情。请看《叠彩山抒怀》："叠了多少岁，彩层还是这么单薄，彩山还是这样低矮！"相信有一天，"财富满目琳琅，层层叠入云霄"！既有对过去岁月的反省，也有对未来生活的信心。诗人还询问"九马画山"："骏马呵，为什么还在迟疑？"呼唤它们"腾空而起，……奔向崭新的世纪！"（《快扬起轻快的双蹄》）盼望祖国飞腾向前的赤子之心，显而易见。他写七星岩和芦笛岩，更完全抛弃了景色的描绘，只是含蓄地揭示"朴素的外表"，"包含着神奇的美景"的生活辩证法，诗题就叫《外在与内壳》。这些情景交融的诗，既有艺术的美感，也有思想的闪光。由此可见，一个诗人只要有社会责任感，无论写什么，总是不会脱离生活、脱离时代。

当诗人感到"我们是林中的小鸟，在自由、快乐地歌唱"的时候，没有忘记无数先烈为之抛头颅、洒热血。作者多次到革命根据地——左、右江地区采集革命故事，踏遍当年红七军、红八军战地，先烈的业绩使他激动不已；右江革命史由于众所周知的原因，时褒时贬，令他愤愤不平。于是，1979年，邓小平同志为百色起义50周年的题词，像"金凤凰展翅飞回红色的故乡""传达幸福、欢乐、光明的讯息"，也冲开了他诗情的闸门，写下了许多激情洋溢的"右江诗"，为英雄的土地树碑，为革命的前辈塑像：韦拔群"山鹰展翅别故里""飞向光明寻真理"；邓斌（邓小平）"何惧风雨阻征途，逆流顶风船头站"；"像古榕年年翠绿""于高山巍然屹立"的红军标语，铭刻人心；"像刀、像剑""像长矛拥簇"般堡垒高筑的西山岩石，令人神往；列宁岩——金色的课堂千古流芳；清风楼——革命的铁花万年不败……面对红军的竹口中，诗人呼喊："虔诚地传下先烈的遗产吧，让先烈的理想在大地上盛开理想的花朵！"《遗物》用笔传下"先烈的遗产"，用诗编织感情的"花环"，正是农冠品写"右江诗"的主旨，也是他那甜甜乡情深远的源泉：今天的右江盆地展现着"如花似锦的新山，新水，新气象"，"四个现代化"的雄伟图景，告慰着革命先烈的英灵。农冠品同志直接反映现实生活的诗作，也时有所见。他以敏锐的感受、火热的情怀，歌唱生活前进的步伐。他欢呼刘少奇同志的平反昭雪，"是中华民族前进的步履"（《心底的回响》）；赞颂中央顾问委员会的成立，那"古柏苍劲、新松挺秀"的动人画面（《众望歌》）；赞许招贤榜是"真正的朝阳"；颂扬支边青年如高原柳……同时，诗人也不时回顾生活车轮的轨迹，对那场害国害民的浩劫，以及人民的斗争，常有反映。《公鸡奇案歌》以诙谐的笔调，讽刺了在"苍蝇蚊子称霸王"的荒唐岁月里，"下令杀鸡又杀鸭"的荒唐行径。长篇叙事诗《将军回到红河边》，则塑造了一个在说假话吃香的年代里敢讲真话、体察民情、坚持真理、刚正不阿的壮族将军形象，通过将军之口，喊出了"权柄在手莫乱挥，民心可顺不可违"的带血的声音！以"红河滚滚水流欢，莫再倒流淹陡崖"两句结尾的诗，表达了广大人民群众的心愿。

我感到，当近年来有人热衷于表现"自我"的时候，农冠品写出这些触及时事、反映现实的诗，是难能可贵的。但是，与那"甜甜乡情"的诗篇相比，表现现实生活中的矛盾斗争的诗作还比较少。一些针砭时弊的，也只是侧重过去的十年，这不能不说是个缺陷。诗作为直接反映生活的艺术形式，这是广度问题，也是深度问题。我们现在的生活是光明美好的，但也有一些不尽如人意之处，而且正处于变革的时代，要思考探索的问题很多，这些都需要有所反映。生活不像诗人笔下的昆明翠湖，"风把湖面吹皱，吹不起半点思愁"。但愿诗人今后多一点诗篇像风一样，掀动读者心湖脑海的波澜，去思索人生、思索现实，更好地推动生活前进。

二

在艺术上，农冠品的诗也深深扎根于民族的土壤。朴实、清丽的风格，淡淡的风情画笔调，都被诗人刻意，汇进了他的诗里。他的诗明朗而不浅白，自然而不平淡；没有扑朔迷离的东西，也无故弄玄虚的现象；既不晦涩难懂，也非一览无遗，很多诗是经得起玩味的。

重视诗的立意是我国诗歌的一个传统。清初思想家王夫之认为，诗文"俱以意为主。意犹帅也。"（《萱斋诗话》）一首诗的好坏，立意往往是首要因素。农冠品的诗非常注重这一点。对一些貌似平常的题材，他也能从一定的高度着笔。如《问鹿》，写鹿在瑶山落户之事，诗人用拟人手法，与鹿答对。鹿本是"北疆的儿女"，成了"瑶山的新娘"；"爱北疆"，也爱"南方"，构思巧妙，别有情趣，意在言外，使人自然联想到志在四方、建设祖国的中华儿女形象。另一首《壮山牧歌》，写天山的绵羊引进壮乡，立意的焦点却是民族团结。这两首诗题材相同、立意各异，可见作者的功力，并且不只把"北羊（鹿）南殖"当作新事物赞颂，或只落墨于引进过程的困难等同类作品，在立意上无疑高出一筹。诗的发现，在于选材，也在于立意。春雨，已在不少诗人的笔下飘洒过，农冠品也能根据自己的感受，写出新意来："要知道春天降生的历程是多么艰难，于是每一滴雨珠我们要百倍珍惜！"（《春雨赋》）含意新警，耐人寻味。他在立意时，还注意体现时代气息，"现在时代已大变，三姐秀才是一家，'四化'建设肩并肩！"（《红豆树下致歌仙》）赞颂了新时期党的知识分子政策。"相念相思常相忆，相亲相爱莫相斗。"（《相思树下相思豆》）跳出了红豆——恋情的俗套，意境更为深远。

诗要靠形象，才有活力、才有魅力。缺乏形象的诗，总是干巴巴的。农冠品的诗很讲究形象；状物、写景、抒情，一般都通过形象进行，增强了艺术感染力。他诗中新颖生动的形象，丰富多彩：红军的子弹带和绑腿带像缚苍龙的"长缨"，桂西的山"如雄鹰展翅飞向更美好的明天"，天山的绵羊到壮乡，"像那天上的朵朵白云"，飘过蓝天、山间、田野、大江；"像那温暖多情的春风，"吹过高原、森林、田园、村庄，等等，给诗添彩生色，使人过目难忘。"抢起自我批评的银锄，把含冤的灵魂一举崛起"，奇特的形象来自大胆的想象；"公鸡展翅变云彩""隐入深山栖山崖"，神奇的色彩出于浪漫的笔法。

诗人还特别注意以形象表现诗的内涵。同是河流，形象不同而各具特色：金秀河是"瑶山光和热的母亲"，而湟水却在高原匆匆"追回"失去的青春。一些诗用形象勾勒人物，笔墨经济、效果传神，如《护林哨》："高山的眼睛，/每天，眺望晨光从天边飞升；/林区的脉络，/每刻，牵着每片绿叶的神经""大雨来了，像一把剪刀""暴风来了，像一把利剑"，诗里对护林哨完全没有摹状描摹，只用多种形象，构成不同剪影，以虚化实，求"神似"胜"形似"，给人想象回味的余地，是高明之法。这些丰富的形象都是作者在生活中捕捉的，因此没有那种光怪陆离的感觉。

对于诗歌的语言，农冠品喜欢节奏明快、急促，语句凝练、活泼，富于音乐感。作者家乡的亲人都会唱民歌，使他从小就受到乡土文学的熏陶；上学后，他又酷爱古典诗词；大学时还参加过诗朗诵活动。所以，他的诗句既有民歌的通俗、生动，又有古典诗词（尤其元人小令）的凝练、隽永，再加上"自由体"的活泼、奔放。这些"三位一体"的特点，在创作中他用得多、也较为熟练。他写诗时，主要采用的就是这种句式：按语句的节奏分行排列，短句为主，长短交替，急促跳跃，错落有致，像"绿油油，/青幽幽，/蕉林伸绿掌，/风中哗哗掌声稠，/欢迎来访者，/走进香蕉沟。"（《香蕉沟》）读来别有韵味。这种句式其他诗人也有用的，但农冠品用来独自特色。

他写诗的句式不拘一格，并不固守某种形式。除长短句外，七言、五言、六言、自由体、民歌体等，他都用过，按不同的题材，根据感情表达的需要来选择。譬如《在金凤凰落脚的地方》要表现浓烈的感情，就采用了赋体、长句，四行一节，两行一个层次，围绕金凤凰的形象，运用排比，反复铺陈，情感抒发得淋漓尽致、气势奔放。长诗《将军回到红河边》则以七言民歌体为主，中间加以变化转体，不是"豆腐块"，因而不呆板，还保持了民歌味。

这几年，诗坛有人一概否定传统，不要民族化，主张全盘接受"现代派"的东西。农冠品没有一概排斥"舶来货"，但并未受那种思潮的影响。他尝试着写了《墙（梦窗的记述）》《树》《叶》等诗。其中，《墙》用的象征手法，以"墙"象征生活，从红海洋到广告画，反映了岁月的变迁、时代的推进，反思过去如梦的十年：诗人意在曲折地反映生活，隐约地抒发情感，把诗意写得含蓄一点。《墙》等诗，内容充实、情调积极，通俗易懂，不同于那种晦涩缥缈、不知所云的诗。这是有益的尝试。

当然，农冠品的诗作并非全是佳品，而是瑕瑜互见。写得比较直露、浅白的诗仍有；在1979年以前的某些诗里，标语口号式的句子时有出现；一些右江题材的作品，有的写得还较粗糙，有的构思缺乏变化，往往流于昨天、今天、明天的回忆对比套子；另外，有的形象在不同的诗中重复出现；个别诗作不够凝练，显得拖沓。

三

农冠品同志1961年起就开始发表诗作。至今，他已在广西壮族自治区内外的报刊上发表了一百五十多首诗和歌词，还整理发表了《特华之歌》《达备之歌》《唱秀英》《怒火歌》和《鹦哥王》等五部壮族民间长诗。其中，《在金凤凰落脚的地方》和《特华之歌》同时获得了广西少数民族文学奖优秀奖。有的歌词在全国评奖中得了奖。

通过多年的创作实践，农冠品同志写诗已走出了自己的路子。可是，他并不想轻车熟路地走下去，而是作新的探求。

"小小的蜜蜂"正迎着春光飞向新的天地，要唱出更新的歌，酿出更多的蜜，献给正在起飞的家乡，献给正在前进的民族，献给正在振兴的祖国！

这个比喻虽不是很贴切，但我们却这样期待着农冠品！

（原载于《广西文艺评论》，1984年第1期）

从山泉里流出来的诗——农冠品的《泉韵集》

王溶岩

壮族诗人农冠品，像许多少数民族诗人一样，是为反映绚丽多彩的民族生活而走上诗坛的。他的《泉韵集》，如一泓映照着丽日的蓝天、绿树红花的山泉，闪动着淡淡的清辉。

一个民族诗作者，热爱党和祖国，必然热爱自己的家乡和人民。冠品的《泉韵集》，歌唱的是广西各族人民辛勤的劳动闪光的心灵和美好的理想以及他们在革命战争年代艰苦卓绝的斗争，赞美的是家乡的新貌和幸福的生活，表现的是各民族历史的进程。这部诗集是具有一定的民族特色的。

《泉韵集》的民族特色，首先表现在作品的内容上。集子所反映的生活主要是少数民族的生活，大多数作品为读者展示了一幅幅民族生活的风情画。即使一些歌吟战士、凭吊先烈的诗作，也不乏鲜明的南疆地方特点和浓郁的生活气息。从诗集里，我们可以听到八角林里芳香的笑谈，对歌场上甜蜜的歌唱，也可以看到山区小镇繁荣的集市，瑶家姑娘愉快的劳动……各族人民的生活，在诗人的笔下是五彩缤纷的。

撷取一些最平凡的生活场景和事件，借助想象和联想，通过心灵的折光，表现和抒发真挚的民族情思的作品，在集子中是不少的。如《乡野间的交响》，写人们在歌圩上的欢乐，诗人有感而发："一个民族需要舒心的歌唱""人间怎能没有爱情的交往""被压弯的生活之树哟，要直着长"强烈地表达了民族的心声和愿望。又如《森林情歌》，把苗家姑娘对男青年的爱慕，表现得比较粗犷、泼辣和大胆。

语言上，《泉韵集》忠实地继承了民间歌谣，古典诗词和优秀新诗的传统。试看："歌的潮，越涨越高！/歌的浪，越弱越欢！/歌的河，越流越长！"又如："今人仰望西山月，"再看"喜闻铁牛上海岛，/机声伴着人欢笑。/大海闻讯倾耳听，/海鱼惊奇浪星跃！/耕耘活云岛上跑！"这些句子整齐、押韵，讲究对仗美、排比美和节奏美，很富有音乐性，朗朗上口，易于记诵。《泉韵集》的语言形式是多种多样的，作者在继承民族传统的基础上没有拘泥于某一风格，为新诗形式的民族化作了多种有益的尝试。

读着这本诗集，我获得的总体审美感觉如下：自然朴实、真挚纯净。不难看出，集子里的诗作都是来自生活的，是从作者的心灵里流出来的。它们不乏真情实感，毫无矫饰，没有无病呻吟，没有故弄玄虚，不堆砌浮华的辞藻，意旨鲜明、语言明快，风格清丽淡雅。

不必讳言，《泉韵集》也有其缺陷。其中的某些作品意境比较单一，立意比较肤浅，局限于生活场景和现象的描摹，没有能够透过生活表象去发掘民族生活中更深刻的内涵，因而在表现生活的深度、广度和力度上显得笔力纤弱。有的作品，在构思上略显平淡。

民族山乡是诗歌的沃土，变革的生活呼唤着诗人。冠品同志正值中年，他是勤奋的，也是乐于探索的。相信他今后一定会对民族生活作出更恢宏、更深邃的咏唱！

（原载于《广西日报》副刊《山花》，1984年6月27日）

他的诗属于大山

杨长勋

著名壮族诗人韦其麟在给农冠品同志《泉韵集》作序时说，在我们广西学习诗歌的同志中，农冠品同志是最有成绩的一个。

他也是一位勤勤恳恳、扎扎实实的民间文学工作者。1960年大学毕业后，他就致力于民间文学的收集整理和研究，同时也勤奋地学习诗歌创作。

农冠品是民间文学工作者，又是诗人，那么他的民间文学工作和他的诗歌创作之间是怎样一种关系呢？笔者拟从这个关系去研究诗人农冠品和他的诗。

一

（一）童年少年："我与民间文学结下了姻缘"

诗人在自传中说："我出生在故乡的大山里，我与民间文学结下了姻缘。民间文学的奶汁哺育着我习作的幼芽，它能开出淡淡的细花，这花应属于故乡的大山。大山，生我哺我的母亲！我永生做大山的孩儿。"我带着"广西作家与民间文学"的研究目的，带着了解诗人童年、少年生活的极大兴趣，多次拜访了诗人。下面我们让诗人自己回味他具有风格的童年和少年——

我的童年、少年时代都在家乡度过。我出生在一个十分偏僻的壮族小山村，中华人民共和国成立属于万承县昌明乡上岭村良屯，中华人民共和国成立不久划归大新县五山公社三合大队。我的童年、少年生活是寂寞的，但也是很有风味的。寂寞的原因是山区的亲人生活太贫穷，在漫长的夜里盼望幸福的曙光的降临。有风味的是山村的一山、一水、一石、一花、一草，都与我接触过。我曾与我的童年、少年的同辈，在山村里放牧牛群，采摘野果，或雨后去垂钓，下塘去摸鱼，到溪边放鸭，用竹管制枪矛互相打仗等。有风味的是在冬天夜里，和大人围坐在火塘边烤火，边吃红薯，边听老人讲故事。我的老祖母常常在火塘边纺纱，一边摇着纺车抽纱，一边讲诸如《人熊婆》的故事、《两兄弟》的故事等。她讲，我们听。当听到人熊如何骗吃小孩的手脚时，感到冬天的夜更深更黑，叫人有点害怕。待我以后上学念书，一直到大学，我学习着用笔记录整理了两兄弟的故事，这篇故事以《金羽毛》为名，于1957年间在当时《广西少年报》副刊发表了。这是我接触文学边缘的开始。我的祖母、我的几位远房的大姐，她们都会唱山歌。祖母在家里带弟弟，为了让孩儿入睡，以便于脱手出来搞家务，如剁猪菜、喂猪，等等，常常在摇篮边一边摇一边唱催眠歌，唱得声音悠扬、低回、缠绵，让人听之入眠。1957年在《漓江》第六本上发表的一首《催眠歌》，就是从我祖母所唱的催眠歌得来的，至今还记得：

> 睡呵！睡呵！小小的宝贝呵！小小的乖乖呵！睡得深深地，睡得甜如蜜。睡到日斜西，睡到夜色降大地。睡到娘乖来，娘乖去采茶。采茶回来养小儿，小儿快长大。
>
> 睡呵！睡呵！小小的宝贝呵！小小的乖乖呵！睡得深深地，睡得甜如蜜。睡到日斜西，睡到夜色降大地。睡到娘乖来，娘乖去打柴。打柴回来煮饭菜，煮熟饭菜喂乖乖。
>
> 睡呵！睡呵！小小的宝贝呵！睡得深深地。小小的乖乖呵！睡得甜如蜜。睡到日斜西，睡到夜色降大地。睡到娘乖来，娘乖去出街。出街买衣裳，衣裳拿来暖乖乖。

这里，我且不说这首《催眠歌》的艺术特色，我只深深怀着敬意倾诉我的深心的情感：我感激这位勤劳一生而斗大的字不识的我的祖母，是她第一个给我以诗歌的启蒙。要说我这些年来学习写点诗歌作品，第一步先回溯到这首催眠歌，应追溯到我童年、少年时代听祖母唱的本民族的山乡的歌。小时，我们家乡一带（今三合大队和全茗公社），每年正月十五，都举行抢花炮，顺便搞歌圩。到那天，男男女女从四面八方涌来，真像花彩流。他们一边观看抢花炮，一边互对山歌，一直唱到太阳下山才依依不舍地离去……我小时亲眼见过这些场面，我这颗幼小的心对这歌还是无知的，但印象是深刻的。这些生活、这些感受、这些情情景景，都融会在我以后的习作中，如《忆古榕》和《家乡歌节》等篇章。《忆古榕》是一首只在内部刊物发表的作品，它是描写乡情和怀念我的祖母的一些记录。我的家乡、我的山村的民族风情，弥补了我童年、少年寂寞的心：物质是贫穷的，但精神上有乡土文学的影响而激起对生活对未来的追求与向往。我童年、少年生活是值得追忆的，因为我是在大山里长大的。我还有我的许多亲人还在那里生活、劳动和繁衍。当然，也有不少亲人（如祖母等）已经与世长辞，长久地躺在那山村的土地上了。这里面，有辛酸、有悲痛，也有希望……我们的民族的诗歌、民族的文学，难道不也是这样吗！

从诗人的童年生活我们可以清楚地看到，民间文学既是诗人童年生活的精神支柱，也是诗人无意识的文学启蒙。任何人，他的气质、他的性格，都与他的童年、少年时期的生活有着重要的关系。冠品同志的童年、少年因为寂寞，使他具有善于思索的个性，而思考正是诗创作所迫切需要的。任何作家诗人，他的创作特点和特长，无论是表现在题材方面的特点，还是表现在艺术技巧上的特长，都与他所受的文化传统的影响有重要联系，农冠品同志在创作上是以乡土文学为起点，诗歌的民歌风味与众不同。冠品同志是中文系毕业生，广泛接触过中国古典文学和外国文学。但一经比较，我们就发现，不论是从发表作品的内容，还是从创作的艺术特征看，最能给他艺术力量的是民族民间文学。童年、少年，民族民间文学的熏陶，一直影响了诗人的文学活动及其作品特色。

（二）"我参加工作以来，主要是搞民间文学"

诗人在自传中写道："我参加工作以来，主要是搞民间文学。60年代，参加收集广西瑶、苗族民间文学，记录苗族长诗古歌《哈梅》《兄当与别莉》《顶洛》，等等。先后整理发表的壮族民间长诗有《特华之歌》《达备之歌》《唱秀英》《壮族十八行勒脚情歌》。收集、整理的民间故事有《金羽毛》

《金牛》《雁的故事》《映山红》《柴的故事》《老头和他的三个儿女》《独眼兽》《三个大南瓜》《三姐妹寻水记》《枪》《穿山甲的教训》《牛和马》《杜鹃鸟和蝉》等。……1980年，民间文学得到复苏，曾与别的同志合编《壮族民间故事选》一书。"应该说，在广西的民间文学工作中，冠品同志是有成绩有贡献的一个。冠品同志对民间文学的贡献，也表现在无私地、默默无闻地进行民间文学编辑工作。这几年来，广西民研会编印了大量的民间文学资料，推动了广西的民间文学资料工作和研究工作，这当中有冠品同志的心血。《广西民间文学丛刊》已经出了九本，每本都浸透着他和同志们的汗水。他编的《猴子的故事》已经出版。他整理的《特华之歌》获广西少数民族文学奖优秀奖。二十多年来，冠品同志经常深入山区，深入民族地区采风。作为作家，冠品同志从广泛的民间文学收集、整理和研究中，吸取了民族民间文学的思想力量和艺术力量；作为诗人，他从大量优美的民歌和大量富有艺术魅力的叙事、长诗中，获得诗创作的灵感和才华。

二

在农冠品同志的第一本诗集《泉韵集》与读者见面，第二本诗集正在编的时候，我有机会拜读了诗人60年代以来的大部分诗作。读着冠品同志的诗，"我仿佛跟随采风的作者漫游广西的山山水水，民族山乡的风光是那样多姿，各族人民的生活是那样的多彩"（韦其麟语）。冠品同志的诗，有浓郁的乡土气息，有民歌的甜美的风味。

（一）在民间文学采风中获得诗的灵感的"灵感与素材"

诗人自己说："我的创作是业余进行的。由于职业关系.常上山下乡，走村串寨，访问边疆、海岛，在采集民间文学珠宝的同时，也常常获得诗和散文的灵感和素材。于是，我学着写，把见闻、感想记在本子上。这就是我这些不登堂的星星点点习作产生的原因。"如果说在壮族诗人中，韦其麟以神话传说题材见长，黄勇刹善作民歌体的家乡诗的话，那么，农冠品则是采风到哪就写到哪。农冠品的民间文学采风所到之处，几乎都以这样的形式留下了记忆。1960年大学毕业，1961年诗人就深入到大苗山挖掘民间文学的珠宝。在苗山，他看到了这里丰富的资源，看到了这里勤劳的苗家儿女。诗人热情洋溢地写下了《森林情歌》。面对山清水秀的苗山，诗人唱道：

> 我愿林中清莹的溪流，
> 轻轻地流过心爱人儿的身旁，
> 随伴着他的斧声和歌声，
> 让山里的财富为祖国发热发光！

诗人与放排的苗家男子共劳作、同欢乐，感情如此真挚：

> 我愿变成峡谷里清凉的山风，
> 时刻跟在放排人的身后，
> 把他的歌声传得很远很远，
> 随着木排长龙来到大江的下游！

生活在苗家，情感也融入了苗家：

> 我愿变成月亮纯洁明亮的光，
> 轻柔地洒在伐木人宽阔的胸间；
> 愿我的情就像甜甜的冬蜜，
> 一滴滴浸透在他朴实的心田！

诗人爱苗山的山水，更爱质朴的苗家儿女。《苗家情》表现了诗人与苗家老少依依不舍的情景：

> 临别那天老人给我送礼，
> 一包茶种用红纸包紧；
> 双手接过一颗醇厚的心哟，

收下苗家一片深情……

在诗人描写苗山采风感受的诗中，我们不仅看到了一位刚从学校走向社会的青年的奔放感情，也看到了民间文学采风给予诗的恩赐——为诗人提供了真正的"灵感和素材"。诗人忘不了苗山的采风生活，也忘不了那时写下的诗句。诗人在编《泉韵集》时把这两首苗山采风诗编在诗集之首篇。假如没有苗山采风，就没有这些苗山采风诗。

我们再看诗人1981年冬在大瑶山金秀采风时的诗篇《金秀河》。金秀河在不停地流，诗人在不断地想：

你的脚步从不停，
问你匆匆往哪里？
你没有回答，
因时间来不及。

其实答话已留下
工厂机器在转，
夜间万家灯火通明……
这就是你的力量与热能！

瑶山人感到你的体温，
你有一颗火热的心；
你的脚印看得见，
你是瑶山光和热的母亲……

触景生情，意切情真。这是一个采风者的诗，来不及细细磨炼，感情却是这样真诚。

一个采风者写诗，题材自然是广泛的。对于农冠品诗歌的这一特点，诗人韦其麟特别为此做了一个精妙的概括："茶花满山的苗岭春光是明媚的，放排后生豪迈的歌声赞颂着家乡的丰美；瑶山的景色是秀丽的，采香草的瑶姑的欢欣笑语说着深山的富饶；壮家歌节的村道上，涌向那'欢腾的大海'的'彩色的河'是绚丽的；'流金、流银、流着京族人民的歌声笑语'的海岛是迷人的；昔日莽莽荒野，翠绿的蔗林汇成'甜蜜的海'；高山水库之旁，八角林中飘落着'芳香的笑'；先辈的鲜血浸染过的'像那指天的长剑'的'桂西的山'，春花烂漫；祖国南疆边境，巍峨壮丽。"广西的大部分地区，多数民族都可在诗人的作品中找寻。

一个采风者写诗，自然忙于采摘民间文学珠宝的职业任务，给诗作带来即兴性，有时就免不了带来某些诗作艺术构思的匆忙，造成某些诗作感情有余而诗意欠浓。随手打开诗人的诗作就可见到诗后的注释往往是"大苗山——南宁""防城——北海""巴马——南宁""晨光中记于凭祥""于边境山中"，等等。冠品同志的诗大都作于采风途中，时间似乎不允许他精雕细琢，但诗人对诗创作一直是认真和严肃的。

一个采风者写诗，情感最真。本来就不是为了写诗而来，而采风却不时给采风者获得新的视野和听闻，获得思想的火花。采风，也给颇具诗才的冠品同志获得"灵感和素材"。写所见，最朴实；写所感，最真诚。朴实、真挚、从不卖弄、从不哗众取宠，是冠品同志诗作的重要特色。

当代少数民族诗人中，大多数是从收集民间文学整理民间文学走向诗坛的，他们大多是民间文学的采风者。这个现象是规律性的现象，颇值得注意。这里，只愿农冠品同志在今后的民族民间文学采风活动中，获得更多更有色彩的"民间文学珠宝"，获得更多的诗歌创作的"灵感和素材"。

（二）借助或取材"民间文学珠宝"的诗

农冠品的《在金凤凰落脚的地方》获广西少数民族文学奖优秀奖。这是一首把民间传说与革命斗争题材结合得很好的诗作。诗人是这样用"凤凰"引出了右江起义的"枪声"：

传说呵，传说这里是金凤凰落脚的地方，

那吉祥的凤凰，周身披着金灿灿的阳光，
人们从来没有见过她那美丽多彩的模样，
可吉祥的象征呵，却常在人们的梦境里飞翔……

多少年代的时光，像右江的流水一样地流淌，
人们在日夜渴望着、渴望着金凤凰的降临，
即使在饥饿中死亡，在受压迫中脚镣手铐叮当，
也牢牢地、牢牢地惦记着金凤凰会来到自己的故乡……

半个世纪前的一天，在百色城的上空传来动地的枪响，
哦！党领导的红七军把鲜红鲜红的旗插在城头上，
那红旗在风中呼啦啦地飘扬着，飘扬着，
耀眼的光焰，胜过那天上绚丽的霞光……

人们向着这面火红的战旗呼喊着，奔跑着，
那人流，就像来自云贵高原的奔腾的红河浪；
人们高呼着金凤凰把吉祥的雨露洒落边寨，
千年万代的梦想，今日终于在眼前射出夺目的光芒……

　　历代劳动人民在受苦受难之中，总是渴望着幸福的到来。他们常常把希望寄托于未来，也寄托于美妙的神话传说之中。一旦希望变为现实，盼来了"金凤凰"，盼到了右江起义的"枪声"，他们怎么能不欢呼、不痛快。右江各族人民从此看到了自己的力量。不久，全国解放，各族人民成了主人，建设美好的家园，描绘美好的蓝图。翻天覆地、日新月异，人民群众，生活幸福。诗人继续写道：

哦！这里已不是传说中的金凤凰落脚的地方，
伟大的党，英雄的先辈，把繁荣和兴旺带给了壮乡；

> 如今，眼前展现的是如花似锦的新山、新水、新景象，
> 人们把金凤凰美好的象征和红七军的美名永记心上……
>
> 金凤凰永远、永远落脚在红七军生活和战斗过的家乡，
> 她和南方各族儿女，在为更光辉的明天豪情奔放：
> 金凤凰在新时代璀璨的霞光里举目展望，
> 四个现代化的宏伟图景如旭日东升、灿烂辉煌……

金凤凰永远落在了右江，注视着时代的远方。用传说引出现实，两相映照，比喻和象征自然、恰当。这首诗的成功之处，在于它把一个民间美妙的传说与伟大的革命事件从思想到艺术有机地结合了起来。

诗人取材于民间传说故事的诗作，有《雁——壮族传说》《虹——红七军"列宁帽"的传说》《父子岩——民间传说》《犀牛潭》《搬山——莫一大王传说》等。如《父子岩——民间传说》中这样写道：

> 父子为商家出卖苦力，
> 撑船运货，挨饿受饥；
> 船停江中逃上岸，
> 深山岩洞把身栖。
>
> 宁肯饿死化石头，
> 不怕欺压把苦吃；
> 千年传说动魂魄，
> 泪下变作倾盆雨！

作者注意了抒情。用民间传说题材作诗，不可停留于传说，要重情感，特别是这类题材的小诗，目的在于借传说故事来抒情。如果停留在传说故事，就只能说是分了行的传说而不是诗歌。诗人显然是注意到了这一点。《搬山——

莫一大王传说》篇幅较长，作者注意在叙事中抒情。其中一段这样写道：

> 莫一有没有后代无人得知
>
> 即使有也难得那魁梧的身躯
>
> 这倒不是人种的退化变异
>
> 缺少的是那股搬山的威力
>
> 但又有人梦见墓门半开
>
> 窥见莫一没有真正死去
>
> 他慢慢地睁开那双锐眼
>
> 呼吸声犹如春雷深寓于地
>
> 也许到时英雄苏醒而起，
>
> 他绝不会忘却一生的天职，
>
> 家乡人漫长地忍受多山之苦
>
> 期盼出现一马平川的新天地……

诗贵为情而叙，如果能够通过书写古代传说中的壮族英雄莫一引起当代读者为之动情、为之思索，诗也就成功了。诗人以一位革命前辈为原型创作的叙事长诗《将军回到红河边》也具有很强的抒情色彩，叙事诗首先应该是诗。正所谓诗言志之谓也。

（三）农冠品诗作的民歌风味

农冠品诗作的民歌风味，我以为最主要是表现在这样两个方面：部分民歌体诗作和歌词创作的浓厚的民间歌曲色彩。

民歌中有为数众多的七言四句，但并非七言四句体的诗都是民歌体。冠品同志的七言四句诗中，部分学的古体，部分学的是民歌，这里要谈的是民歌体部分。随手摘下诗人在《红豆》1983年第二期上的两首民歌体诗为例，《红豆树下致歌仙》：

> 千年壮家有歌仙，　如今时代已大变，

　　　　山歌唱了万万千，　火箭卫星上了天，

　　　　唱得财主无法对，　三姐秀才是一家，

　　　　唱得秀才红了脸。　四化建设肩并肩。

《相思树上相思豆》：

　　　　相思树上相思豆，粒粒艳红寄九州，

　　　　愿尹珍藏常思念，情思绵绵胜江流。

　　　　相念相思常相忆，相亲相爱莫相斗；

　　　　同心共栽文明树，年年同歌庆金秋。

　　农冠品同志一直跟民歌打交道，山歌听了"万万千"，因此他创作的民歌体诗是颇具乡土气息的。叙事长诗《尼香罗》中，描写一位农村青年，在水文科学研究中克服重重困难，最后取得成功，为人民作出贡献的事迹。诗尾唱道：

　　　　多少日夜记不清，

　　　　攀登路上印足迹，

　　　　新探水仪研制成，

　　　　服春红棉花满枝。

　　　　探水仪器多轻巧，

　　　　小似饭盒随手提，

　　　　地下有水它能报，

　　　　流向流量告你知……

　　　　香罗跑遍瑶山区，

　　　　男女老幼笑眼眯，

探水仪四摆地面，

"有水！有水！"

喊不止……

千层岩下探水情，

实践检验是真知，

劳动智慧结硕果，

高高山岭啼金鸡；

电站明珠赛星星，

高峡湖海跃鲤鱼……

山乡千树挂金果，

山乡园林流香蜜，

山乡遍地结米粮，

献给时代做厚礼！

献给祖国一支歌，

声声来自心坎底：

尼呀哩！尼呀哩！

尼呀哩！尼呀哩！

全诗采用七言四句民歌形式，颇有特点，值得一读。

在农冠品的诗作中，有一部分是当作歌词来写的。在国家民族事务委员会和中国音乐家协会联合举办的民族团结歌曲征集比赛中，农冠品同志作词的《甜甜的乡情》（与古笛合作）获全国二等奖、广西一等奖。歌词是这样的：

清清的山，弯弯的河，

我对家乡唱恋歌，唱恋歌。

家乡处处报春色，

花果盖满万重坡！

我爱茂密的蕉林，

我爱飘香的八角，

我爱流蜜的蔗海，

我爱漫山的菠萝，

甜甜的乡情在心窝，

小小蜜蜂跟着我，跟着我！

长长的江，高高的坡，

我唱壮欢跨江河，跨江河。

锦绣山川多辽阔，

万里春光万里歌：

我唱光辉的太阳，

我唱繁荣的祖国，

我唱民族的友爱，

我唱沸腾的生活，

理想的金花心上开，

小小蜜蜂跟着我，跟着我！

　　一首歌曲获得成功，作曲家起着最重要的作用，但必须首先有好的歌词才能激起作曲家作曲的热情。请允许我借用他人的评语来评述《甜甜的乡情》中的民间歌曲（民歌）风味。《广西广播电视报》在"壮乡歌台"介绍《甜甜的乡情》说："歌曲《千里壮乡荡畅歌》《清江水暖放鸭忙》《甜甜的乡情》《山寨夜曲》等，……是在壮族音乐中提取素材创作而成的。因而是具有较浓的民族风格和生活气息。在如何运用民族音乐进行新的创作的探索上，作者也作了一些努力。"《广西日报》花山版发表冯明洋《民族音乐绽新花》的文章里说："特别值得称道的是获奖歌曲《甜甜的乡情》和《北部湾渔歌》。这两首歌曲的作者分别在壮族民歌和京族民歌中，着力开掘其自身的抒情因素，并且善于把这种纯真的乡土之情升华为对祖国、对理想的赞颂。两首歌曲无论在内容与形式、抒情与激情以及情与志的结合上，都达到了一个全新的境界。"《广西文艺评论》先锋涂克的文章说："听到录音的这些作品，大都具有很浓的广西民族风味。比如《阿妹不责怪》《口弦吹醉两颗心》《甜甜的乡情》《家乡有条流蜜的河》等作品的旋律，就是富于乡土气息而优美动听的。听来既轻松又愉快，意趣盎然。这些作品之所以有这样突出的特色，是因为作者们直接从原始民歌中吸收养分，加以升华，在再创作的过程中，把艺术提到更新、更美的音乐境界。歌曲的作者善于发现人民喜爱的民歌中最美的旋律，并抓住其中最有代表性，最有特色的音乐素材加以创新，这是很可贵的努力。"在我看来，即使没有机会欣赏歌曲录音，只读过《甜甜的乡情》的歌词，也能感到其节奏感和民歌风味。

农冠品同志歌词创作中的民歌风味十足，他的另一些歌词作品如《你虽然失去了明亮的眼睛》《幸福的海燕》《芦笛歌》《世界上最美要数心灵美》《我是红棉树》等都具有同样的风格。其中，《你虽然失去了明亮的眼睛》获全国民族团结征歌广西二等奖。一首好诗不一定就是一首好的歌词，一首好的歌词则一定是一首好诗。

一九八四年二月四日于南宁

（原载于杨长勋：《广西作家与民间文学》，1984年版，第123~139页）

关于农冠品的诗歌创作

杨炳忠

壮族中年诗人农冠品，1984年出版了他的诗集《泉韵集》。这是从"山泉里流出来的诗"；农冠品的诗题材广泛。内容丰富多彩：甜蜜甜蜜的甘蔗海、纺云织锦的绢纺厂、边城港荡漾的海波、法卡山无名的小花、思念萦怀的家乡的古榕、秀丽多姿的桂林山水、丝丝飘洒的春雨……到校园的读书声、八角林里的笑谈、对歌场上甜蜜的歌唱、繁荣的农村集市、瑶家姑娘愉快的劳动……这些生活中平凡的事件和五光十色的场景，在诗人的笔下，都变成了一曲曲深情的乡恋曲和一支支动人的民族交响乐，给人以自然朴实、清丽淡雅、情趣盎然的审美感受。

农冠品的长篇叙事诗《将军回到红河边》，塑造了一个在说假话吃香的年代里敢讲真话、体察民情、坚持真理、刚正不阿的壮族将军形象。在另外一些诗作里，诗人以敏锐的感受，真挚的激情去歌唱生活前进的步伐，反映出了时代的呼声。

农冠品也是一位擅于从民歌和古典诗歌中学习的诗人。他的诗歌语言既吸收了民歌通俗、生动的长处，又继承了古典诗词（尤其是元人小令）凝练、隽永的优点，使他的诗歌语言显出节奏明快、活泼畅晓，富于音乐感，读起来自有一番韵味。

（原载于《广西文艺评论》，1984年第4期）

寻找适合塑像的那一刻——农冠品散文诗印象

杨长勋

冠品从20世纪60年代初期，开始诗歌创作的同时，也开始散文诗创作。他在1961年发表于《南宁晚报》的散文诗《早晨》写道："像太阳天天上升一样，我们永远踏着晨光高歌"。那时的冠品确实还处在人生的早晨，他不知道人生还有酷热的正午，他终于也停止了十年的歌唱。我们看到的他的大多数散文诗，是他沉默中和沉默后长期沉积的思索。他的散文诗有着属于自己的艺术追求。他在执着地为属于自己的大山塑像。

冠品说过，他是大山的孩儿，他的散文诗属于大山。他要为大山塑像。要给一个人塑像，得选取他漫长的人生中最能体现其全貌的一次表情；要给大山塑像，得寻找它瞬息万变中最能展示它的身姿的一刻。冠品散文诗着力探索这个课题。冠品既从塑像艺术那里获得了艺术借鉴，又细致地把握了散文诗自身酿造诗情的独具的艺术特性。他从大山的空间差异中寻取多种各具特色的塑像视角：他从人生的时间变异，找到酸甜苦辣的人像镜头。他深知只有在这种差异与变异的动态环境中，才能不间断、不重复地获得诗意，从而丰富自己的创作灵感。

用散文诗雕像，我们尚未获得期待已久的大山巨塑与人生巨雕。这有待于散文诗探索者们的实验与实践。冠品则是力图以精制而有容量的一尊尊雕塑，艰辛地组合那艺术的群山，并尽力让自己的雕塑连结为人生的丝绸之路。我们来欣赏一番这些精制的塑像，不仅会扩展我们的见识，还会使我们获得一点艺术的启示。冠品在不同的文体里多次从笔下飞出候鸟，他写候鸟的散文诗，从采风生活中获得启迪，摄取立秋后降霜前的瑶山秋色，作为候鸟塑像的画面底色。候鸟置身在这样的背景里，"山果熟得红透了""山泉清莹甜润""云雾轻盈多情""高山红叶如彩霞纷飞"。如果我们到此只获得艺术的空间差，还没有获得艺术的流动感的话，诗人则帮助我们张开艺术想象的翅膀："……候鸟，从四面八方来参加一年一度的森林合唱联谊会。来给这里的森林消灭虫害；来这山地捎回品种繁多的野生种子。一粒粒种子播在候鸟家乡可爱的土地上，要长出新的幼芽，要开出多彩的花，要结成丰硕的果。"《候鸟》通过浓缩的那一刻，充分表现了候鸟在不安宁的困境里传递欢乐与生命的乐观的一生。短篇散文诗的艺术是浓缩生活浓缩人生的雕像式的艺术。《候鸟》便是一尊山的塑像、鸟的塑像、人生的塑像。散文诗把候鸟引入特殊的环境与特殊的艺术氛围中，使候鸟的形象获得了特殊的意味。

冠品的散文诗，令我们重视的是那些以《山寨风情》为题的系列散文诗，《护林哨》《候鸟》《江与岸》《红水河》《进山》等都是值得欣赏的。

诗人在保持自身艺术个性的同时，当努力适应散文艺术的变革。于此，诗人可能经受痛苦，也可以大有作为。

（原载于《广西日报》，1987年9月16日）

他们，在为民族深情讴歌——评价农冠品、凌渡、蓝怀昌的三本新书

郭辉

　　这里是一片歌的海洋。

　　广西的少数民族人民在经历了巨大的劫难之后，正在新时期的阳光下，大口呼吸着清新的空气，放声歌唱着自己用劳动创造的新生活。

　　我们的少数民族作家，也在这翻天覆地的历史巨变中，追踪着民族的步伐，记录着人民的心声，用他们的诗、他们的歌，深情地讴歌着党的十一届三中全会以来边疆少数民族人民展现出的新的精神风貌。在最近出版的壮族作者农冠品的诗集《泉韵集》、凌渡的散文集《故乡的坡歌》和瑶族作者蓝怀昌的小说集《相思红》三本新书里，我们就欣喜地听到了这深情的歌声。

　　农冠品和凌渡，是两位听着故乡的"摇篮曲"成长起来的壮族作者，现在已人到中年了。当历史的"误会"给他们这一代人的最佳时期造成空白之后，他们没发牢骚，没有埋怨，而是以一种无私的献身精神，继续追求着年轻时代的理想。几年来，他们发表了许多作品，精选后结集成册，就是现在的《泉韵集》和《故乡的坡歌》。

　　历史没有空白，它循着因果的链环不断向前铸造，并显示出某种必然性。歌手经过生活的磨炼，歌声更深沉厚实了。农冠品和凌渡长期生活在少数民族人民之中，受到民间文学这片土壤的长久浸润，这样的生活实际让诗人获得了富有成效的补偿，让他们的作品更具独特的风韵。

　　现在的许多人都以为诗歌散文好写，什么月圆花好、忆苦比今等题材都行，短的分列成行注上韵脚就可成诗，长的加点逻辑、景物便拉作散文。在这可悲的信条下，无数的诗和散文让读者感到同出一人手笔，读后便忘。而农冠品的诗，凌渡的散文，却都有一种独特的风格，即朴实、清新、真挚、热诚。

　　《泉韵集》是农冠品的第一个诗集，全集共分四个部分：甜蜜的海、京

族三岛风情、边疆的云、桂西的山。在诗集的每一部分里，诗人都饱蘸着热诚歌唱故乡的土地、故乡的人民。他既歌唱平凡的劳动、悠悠的岁月，也歌唱美好的理想、闪光的心灵。诗中有茶花满山的苗岭春光、瑶山美景；有像海涛一般欢腾的壮族歌圩、京族海岛；还有作者对先辈创业艰难的追忆、怀叙……诗人韦其麟读了这些诗之后，称赞这本诗集里"有许多幸福而甜蜜的欢歌，使我们感受到不少的喜悦和欢乐。"

在《故乡里的坡歌》里，凌渡的32篇散文写了非常宽广的广西各民族人民的生活场景。他通过写壮乡的歌圩、彩蛋、五色糯饭，写壮人的猎鹰、苗家的走寨、侗寨里的芦笙踩堂舞……把这山山水水、民族风情同美的追求联系起来，把故乡的民族同祖国的形象紧紧联系在一起，透过一篇篇短小生动的文字、一个个精巧新颖的构思，使人强烈地感到：新时期生活的春风，正洋溢在我们民族这片古老的土地上。

蓝怀昌是瑶家的后代，在创作的道路上他曾走过一段曲折，"几番春月，几番秋水，几涉拂逆，几历挫败，"最后，是故乡以母亲般的慈爱接纳他回到了温暖的怀抱。在故乡母亲的怀抱里，蓝怀昌吸吮着乳汁、甘露，沐浴着月色、阳光，终于成长为了一名真正的歌手。《相思红》小说集就是他献给故乡母亲、献给瑶族人民的"一支爱的歌"。

反映瑶族人民的作品不多，特别是瑶族作者写自己民族的作品。这本《相思红》可以说是第一个。在这个小说集里，收进了蓝怀昌近两年发表的3个中篇和14个短篇。几乎在每一篇作品里，我们都可以听到作者震撼人心的呼唤、幽默诙谐的趣谈以及给人的启迪；可以看到一个个血肉丰满、憨厚朴实而可敬可佩的瑶族山民，仿佛正朝我们走来；可以闻到瑶山土地散发的馨香，一阵阵沁人心脾。老作家陆地为这本集子写了序，称蓝怀昌"终将大瑶山的相思红，成功地移植于百花园，让人们得到悦目的观赏。"

我们所处的时代是一个值得歌唱的时代：瞬息万变的新生活唤起了我们对民族的热爱；祖先想象的神话正被冲破一切障碍的科学变成为现实；我们古老的民族注入了新时期的血液而变得生机勃勃，充满青春魅力！面对这些，怎叫人不放歌呢？

将这几本新书置于时代的背景中，我们就很容易地听懂了作者那深情的歌声。

（原载于《文学情况》，1985年3月第10期）

评农冠品及其新作《醒来的大山》

蒙海清

广西知名壮族诗人农冠品的新作——《醒来的大山》，是他多年来从事山水诗创作的结集。诗人的足迹踏遍祖国的名山大川、古都胜迹，寄情于山山水水。诗风明朗清丽，情感真切动人，既富有浓郁的生活气息，又洋溢着生活情趣。该诗集即将由漓江出版社出版。诗人农冠品，1936年8月出生在广西大新县一个壮族家庭；1960年7月毕业于广西师范学院（今广西师范大学）中文系，后分配到自治区文联工作至今。曾任《广西文艺》诗歌编辑。现任广西文联副秘书长、中国民间文艺家协会广西分会主席。他是中国歌谣学会副秘书长、广西民族文学学会副会长、《中国各民族宗教与神话大辞典（广西卷）》主编和《百越民风》杂志主编、《中国民间文学集成·广西卷》编委和《中国少校民族文学辞典》编委。

这些年来，诗人辛勤笔耕，成果斐然。已出版诗集《泉韵集》《爱，这样开始》和民歌集《剪不断的情思》；整理民间长诗《特华之歌》《达备之歌》《唱秀英》《鹦哥王》和参加收集翻译整理我国瑶族史诗《密洛陀》等；发表《将军回到红河边》等长、短诗300多首；发表长篇论文《广西各族民间长诗初谈》；编辑出版《壮族民间故事选》《猴子的故事》《大胆有马骑》等书，还发表了众多童话、散文、歌词、民间故事和评论文章。

诗人的长短诗《在金凤凰落脚的地方》《特华之歌》《将军回到红河边》曾获第一届、第二届广西少数民族文学奖优秀奖；歌词《甜甜的乡情》《你虽然失过明亮的眼睛》获广西和全国优秀作品奖。

（原载于《广西民族报》，1989年7月8日）

大山的泪与笑——读农冠品的大山诗

黄桂秋

　　或许是奥狄浦斯情结的缘故吧，迄今，在壮族诗人农冠品的诗作中，咏唱大山的诗占有很大的比重。诗人出生于桂西南边远的大山里，自小深受大山的熏陶。大学毕业后，因工作需要，诗人几乎年年跋涉于广西老少边山的山山岭岭，难怪诗人与大山结下了如此深厚的感情。与其说诗人嗜好写山，不如说大山给诗人以诗的灵感。农冠品的大山诗大致可分为三类：

　　一是缅怀老区"革命的山，红色的山"。这在近年出版的《泉韵集》里专有一辑，尤以《啊，桂西的山》《写在西山云崖间》为优。前者以一位老红军为抒情主人公，充满了诗人对革命老区红色的山的敬仰之情，是一首"生离死别情相牵""睡里梦中思绪缠绵"的深情颂歌。后者是组诗，即《西山竹》《西山草》《西三树》《西山土》《西山石》《西山花》《西山月》七个短章。字面上诗人吟咏的是西山的花草石树，骨髓里则追颂了战斗在这座"英雄的山、革命的山"上的红军将士。诗人以山喻人，托物抒情：那既可"戳穿豺狼的肺腑"又可供"革命者当餐"的西山竹，那"根根都是宝"的西山草，有"直如弦，硬似铁，坚如钢"的西山树，有"闪亮如珍珠"的西山土，有曾为"立奇功"的西山石，有"风吹雨打色不褪，越吹越打花越发"的西山花，有"照过红军战士，照过无数先烈"的西山月。从语言形式上，诗人一反缅怀诗惯用的抒情长句式老套，而采用明快跳跃的短句式：

　　　　西山石，尖突突：

　　　　像剑？像刀？

　　　　似长矛拥簇。

　　弹跳的句式似乎与缅怀的内容不和谐，但实际上却恰好表现了红军将士铁骨铮铮、坚强乐观的革命英雄主义精神，显示了诗人独到的艺术风格。

　　二是赞颂边疆英雄的山。对越自卫反击战后，诗人曾多次深入边境前沿的法卡山、金鸡山境地采访慰问。边防战士的可歌可泣，越寇的暴行使诗人激情难控，写下了《青山歌谣》《边境诗草》《家乡的土地，祖国的山》等大量诗作，风格雄壮而深沉。尤其是1987年春，诗人参加广西文联访问团时，在边防前线，诗人仰望边境线上高耸巍巍的青山，肃立在青山脚下的烈士墓碑前，为新一代最可爱的人，为烈士忠魂唱一支"壮烈的、雄浑的、激越的歌"：

> 这青山之魂！
>
> 魂啊，系着疆土！
>
> 魂啊，连着国门！
>
> 魂啊，绕着哨所！
>
> 魂啊，常伴
>
> 巍巍的南方的青山！
>
> 青山之魂啊！
>
> 魂之青山！

作者从青山，英魂、祖国三者找到了维系的纽带——中华民族之魂。正是中华之魂使祖国的青山永存，而烈士的英魂将与祖国的青山同在，永垂不朽！

数量最多也最能代表诗人的艺术水平的是第三类：吟唱故乡南国母亲的山。如果说前面两类诗仅仅是流泉碰撞山石而激起的浪花的话，那么这一类诗当是溪流汩汩叮咚的主旋律。这类诗可分为前期和后期两个阶段。

前期的这类诗包括《森林情歌》《瑶山抒情》《山寨诗草》《天地山川录》《远山及其他》等，时间上创作于60年代初和70年代末80年代初期；内容上主要是吟唱山区各族人民幸福甜蜜的欢歌。诗人韦其麟概括道："茶花满山的苗岭春光是明媚的，放排后生豪迈的歌声赞颂着家乡的丰实；瑶山的景色是秀丽的，采香草的瑶姑的欢欣笑语说着深山的富饶；壮家歌咏的村道上，涌向'欢腾的大海'，彩色的河是绚烂的……"（《泉韵集》卷头赞语）。诗作描绘了"南疆山乡画一般的山河"，充满浓郁的大山奔腾的气息。形式上大多采用民歌体和长短句散体式，不少诗篇章情深意浓，朴实流畅，新颖洒脱，如

《森林情歌》《山湖》等。但前期诗作的缺陷也是明显的，即过多地以"甜蜜的海"和"芳香的笑"来掩盖大山里贫困落后的严峻现实。跳不出概念诗、赞美诗的框框。

近期的诗作，以《醒来的大山》为标志，包括《雾的深山》《泪与笑的大山》等组诗，无论从思想的开掘，意境的创造，还是形象组合、语言构建等方面，都体现了作者对诗歌艺术的突破。

组诗《醒来的大山》有三个短章，以党的十一届三中全会之后，农村经济政策和生产责任制的贯彻落实为背景，描绘了大山里从人到物的崭新变化："是山民/赤裸上身，在给/责任山挖树坑""霞光，将他俩/高高的身影/影印在家乡的土地上，那是大写的山的主人！""儿子，把拖拉机/开上果园的通道/轰轰隆隆，空空蹲腾/把树上的露珠/抖落在刚过门媳妇花头巾上……"蜜，流进……。诗人以激动的心情歌唱大山的苏醒、歌唱赶在时光前头的山的主人。艺术上采用了山水画的轻笔勾勒和白描写法，质朴凝练、淡雅清新。发表于《广西文学》1980年第五期的组诗《雾的深山》则写得含蓄，深沉。如《雾中》的山雾，"柔软中蕴含着不屈的苍劲/朦胧中，繁衍着崛起的生命！"既写出山雾所蕴含的哲理意味，又暗隐了山民刚毅坚韧的气质。《鹧鸪情》写山民捕捉鹧鸪的情趣：山野茫茫，小溪潺潺，野花微笑，鹧鸪歌唱，"听得老翁心醒，如醉？""两朵晚霞飞来/悄悄地在他的/脸上的高山深谷飞翔……"诗中那种"采菊东篱下，悠然见南山"的意境，令人回味无穷。

大山是贫瘠的，大山里的主人还有愚昧与贫困，这是严峻的现实。无论是过去抑或现在，如果诗人笔下的大山尽是金山银山、花彩蝶飞，这样的诗人不是瞎眼就是白痴。诗人最近发表的组诗《泪与笑的大山》（见《广西文学》1987年第四期），客观地涉及了大山里严峻的一面。诗人敏锐地发现了大山里物质上的贫困落后是次要的，严重的是精神文化上的愚昧与无知。于是，诗人撇开以往山水风景、衣食住行的物象，而从民族历史文化的角度，挖掘民族精神灵魂，展现大山里文明与野蛮，科学与愚昧等新旧文化的撞击，抒写大山的泪与笑。如《轮印》中那象征着原始自然崇拜的神圣的榕树，山民们一双双给蓝靛染浸乌黑的手，"无数次捧上供品，祈求榕树的保佑"。榕树下，那条弯弯的小路"一串脚印，重叠着一串脚印……"《深潭边》的小花在回忆着："寻求婚姻自主的村姑朵梅，把十八周岁的生命，忍心地投进深潭里。"如今，榕树还在，老一辈的山民们的子孙，已经在灯光下"摊开印有密麻麻字母的《壮文课本》""古老古老的梦，醒在小鸟的啼唤中！"组诗运用对比手法，将大山里的现在与过去，新文化与旧意识，通过某种具体形象，赋予象征意义。《轮印》一章的纪实性写法，叙述一个古老的故事，具有真实感，《深潭边》则通过石崖上的小花拟人化意念，将新旧虚实两幅画面联结起来，让读者在对比联想中悟出新意。和前期诗作相比，近期的这几组大山诗，显然在历史厚度、艺术深度和审美高度上令人耳目一新。

农冠品大山诗给我们的启发如下：只有从民族历史文化的深度，以立体的、客观的、全方位的艺术视野，抒写大山里山民们的泪与笑，开掘山民们的善与恶，展现民族灵魂的美与丑，才能在严峻的现实中给人感奋的力量，鼓起民族的精神斗志，铸造崭新的民族灵魂。这是包括农冠品在内的各位民族诗人的文学责任和历史使命。

（原载于《南方文坛》，1988年第2期）

清清的泉声——读农冠品的《泉韵集》

敏歧

"他住在湖的这边/她住在湖的那边/隔着汪汪的湖面/两座村寨交情/用淡蓝的炊烟……"这缕隔着茫茫湖面，两个村寨用以"交情"的炊烟使我眼睛不禁一亮，心，也随之被触动了。诗，不是生活原型的复写，它需要作者独到地观察和发现。农冠品的《泉韵集》中《恋》的这些诗句，正是在这点上，照亮了读者的眼睛。"云，拭干了战士脸上的汗珠/擦亮了战士的枪刺和眼睛"，这些诗句，虽然也写出边境丛山大岭、山雾迷蒙的生活特点，但毕竟这样写的人太多了。可是，请看下面的诗句，"边疆的云/与战士形影相连/难怪它哟/久久不散/情意缠绵……"

形象鲜明、独特而又颇有情韵，不仅如此，因为有了这样的诗句，《边疆的云》这整首诗，也一下"写"进去了从形到神，产生了一个质的飞跃，而这正是诗必须极力追求的。

以革命历史为题材的《桂西的山》使人倍感亲切。银海洲、东里小潭、特牙庙、韦拔群故居前的香椿树以及西山的竹。草、树、土、石、花、月，无不蘸着作者浓烈的感情，且看《西山月》。"西山月/有圆有缺/圆如铜盆/多皎洁/缺似一弯银镰/挂远天/淡淡月色照山野……令人仰望西山月。忆革命前辈/怎不情切切！"简洁而又跳跃的诗行中，自有一股动人的力量。

农冠品的《泉韵集》像长长的画卷，展现的生活是多彩的，民族特色是浓郁的。如诗集的名字一样，它不雄壮也不精巧，但真挚、朴实、清新，像深山里清亮的泉声，忽左忽右，时远时近，总在伴着跋涉的路人。

《泉韵集》有它不足之处，有些诗略现实和平，而在思想深度上，似还可更深地进行挖掘。

（原载于《南宁晚报》，1985年4月19日）

农冠品、赵先平①作品故园书写身份建构话语比较

农丽婵

摘要：农冠品诗歌和赵先平小说作品中的故园书写呈现出两种迥乎不同的文学创作方法：前者对故乡的生活现状进行了有意识的"回避"，对故乡进行美化、幻化乃至"重构"；后者则"直面"故乡的生活现状，对故乡进行"解构"描写。两位当代壮族作家创作上的差异远非单纯的文学创作风格上的差异，其创作方法还与我国的民族建设进程、文化建设进程和壮族文学发展的规律息息相关。

关键词：故园；身份建构；话语。

对故乡和家的依恋是人类一种普遍的情感，故园书写寄予了人类对美好事物的向往，是人类心灵的重要栖息地。故乡和祖籍地是族性构成的基本要素之一，"族性应该是指能够构成各种族类群体的基本要素，包括血统、语言、传统文化、祖籍地、宗教和种族等"。"依恋故土，创造与灌输富有特色的理念和价值观，追溯特定历史中的'民族'经历，这正是民族主义反复出现的一些特征。"可见，文学创作中的故园书写属于民族作家族性书写的重要组成部分，是民族主义的表征之一，其实质在于向外界展示民族作家独具特色的地域文化、民族身份和民族认同，是民族作家进行身份建构的重要手段。两位广西大新籍的壮族作家农冠品和赵先平，在文学作品中分别塑造和描绘了他们共同的故乡广西大新县，纵观二人的文学作品中的故园书写，呈现出两种截然不同的文学创作风格和身份建构话语。目前，从族性理论的角度对两位壮族作家进行身份建构话语研究的成果不多，对他们作品的研究多从文学审美的角度入手①，本文通过对两人作品中故园书写的身份建构话语的研究，以期参与到相关领域的学理对话中。

一、农冠品诗歌故园书写中的"重构"与"回避"

农冠品，男，广西大新县五山乡三合村人，民间文艺学家、中国作协会员、著名的壮族诗人，共出版了《泉韵集》《爱，这样开始》《岛国情》《晚开的情花》《醒来的大山》《记在绿叶上的情》《世纪的落叶》7部诗集，诗集《泉韵集》1988年获得了广西第一届广西文艺创作铜鼓奖。农冠品的诗歌以歌颂民族团结为主题，民族气息浓郁，在诗歌中展示了绚丽多彩的南方边地少数民族文化，诗歌以抒情见长，意象跌宕起伏，"语言清新，通俗，流畅，富有节奏感和音乐美"，被誉为"像山野一样朴实，流水一样自然"，为众多的文学评论家所关注②。他在80、90年代对广西诗坛影响较大。

据笔者统计，在农冠品的诗歌中以书写故乡为主题的共有41首诗，这些诗依据创作手法可分为两大类：一类是对故乡的山水进行写意化重构，这类诗共有19首，主要收在《晚开的情花》诗集中有《在乡间》（5首，组诗）和《蝶舞》，共6首诗；在《爱，这样开始》诗集中有《我是红木棉》《淡淡的远山》《家乡有金花银花》《啊，故乡的山》《家乡的土地祖国的山》5首诗；在《世纪的落叶》诗集中有《思悠悠》《归程》2首诗；在《泉韵集》诗集中有《甜蜜的海》《故乡散题》（2首，组诗）和《写在绿绿的蕉叶上》（4首，组诗）共6首诗。另一类是以白描的写实手法赞美大新景物，共有22首。这些诗主要收录于《醒来的大山》诗集中的"第十辑：黑水河流过的地方"，有《致黑水河》《墨绿龙眼林》《忘不了那美人蕉》《桃城》等[③]。这两类诗以赞颂故乡的山水和风情为主题，以清新的笔调描写故乡的山水等自然景观，介绍故乡特有的物产，歌颂故乡人民的美好生活，表达对故乡淡淡的思念之情和对故乡未来的美好祝福。

在特定的历史背景下，受个人辗转的人生经历的影响及作家对文学审美原则的自主选择，在农冠品第一类以书写故园为题材的诗歌中，诗人对故乡的歌咏主要表现为对故乡风物和山水的"重构""美化"和"幻化"塑造。诗人有意避免家乡广西大新县五山乡干旱贫瘠、当地农民生活极度困窘的现状。在他的诗中，家乡的山是迷蒙的，葱绿中夹杂着鸟语、薄雾和花香，充满着梦幻的色彩。在他的笔下，家乡的水是多情的、烂漫的，小溪唱着欢快的歌，鸭、鹅声随处可见。水边是碧绿的蕉林，岸边洋溢着阿妈的笑脸，其中夹杂着淡淡的思乡之愁[④]。由于工作的繁忙和年少的经历给他留下心灵的创伤，他很少再返回他的家乡广西大新县五山乡浪屯，诗人将这种思乡而又无法返乡的焦虑转化为对故乡未来的美好祝福，他诗中曾这样写道："欢乐的渠水绕村过/……'病魔不再缠住村寨啦，/政策像妙药一样灵/……'山风把老人的话语捎走，/越过那松涛翻腾的山岭；/山野上牛群摇着悦耳的木铃，/那是山乡复苏、兴旺的喜事。"他在诗中，像孩子一样天真地梦想着贫瘠干旱的家乡有一天能修上引水灌溉的沟渠，乡亲们不再为水而犯愁，鸭、鹅绕村。诗歌的字里行间充满了诗人对干旱贫瘠的家乡解决水源问题的渴望，对家乡未来幸福生活的向往和祝福。

广西大新县地处我国西南边陲，山清水秀、风景优美，赞颂故乡秀丽的风景成为农冠品的另一类以写实为主的山水诗的主题，这类诗以正面赞颂为主。在诗中，诗人主要描写了广西大新县的主要风景名胜点：利江、黑水河、中越边境重镇硕龙、古老的太平中学、乔苗水库、名士田园风光，具有喀斯特地貌特征的那岭龙宫洞，中越跨国大瀑布德天瀑布等。在诗中，广西大新县的地理特征和地域性像被清晰地勾画了出来。诗人在描写县城所在地桃城镇的诗歌中这样写道："我看到了街道两旁的绿伞一把把/……桃城，不管你是否有桃红，/也不管你是否形如桃子！/当代故乡人的心中/——热切地盼望/满城盛开现代的生活之花"。诗人对状如桃子的古城和小镇新貌大加赞美，祝愿家乡的明天会更美好，"告别昨天，/真诚向明天与后天/从此不再流苦泪，/从此不再开菜花"。这类山水诗写法大致相同，开头往往以游览者的心态赞美故乡，"走近你看，/含情脉脉，/平静地听见心跳，/一江淡黄水色，/悄悄流向远天"，结尾多以"我者"的身份，对故乡的美好未来表达深深的祝福，"你是一条多情的江，/作彩色录像带，/录进故乡的今天明天和后天"。既有游览者的"他者"旁观心态，也有"我者"根性情感抒发，情景交融，意象清新、恬淡。

诚如欧阳可惺教授所述，"民族作家不仅仅是称谓，更重要的是一种身份的界定，意味着代表着某个民族进行创作，是民族文化和民族文学的代言人，是民族或族群意愿的表达者。一个民族作家，一方面要展现自己民族'少数'的现实生活状态，也就是宣传介绍民族风俗民情、传统习惯"。民族作家书写自己故乡，向外界展示"我者"的民族文化和地域文化时，早已有意识或无意识地打上了族群的某种意愿和诉求的烙印。在这个文学书写过程中，民族作家既在张扬族群的族性，也在完成民族国家体系建构的责任和任务，又在向社会表述了自我生命意识和族群的存在价值。又如胡安·诺格所述，"景物在某个时候可以变为民族集体认同的象征"，民族作家在书写故乡的景物时，已成为地域认同和民族认同的一种象征。因此，农冠品这首故园书写的诗歌不但建构了"心域"中唯美的家园，还向外界介绍了其家乡独特的风景和地域特征，其实质在于表达作家的民族和地域认同观念，抒发了壮族作家的归属情感，张扬了独特的边地族群文化和地域文化特征，使地域文化成为民族认同的一种象征。

二、赵先平小说故园书写中的"解构"与"直面"

赵先平（1966.12—），男，广西大新县昌明乡人，中国作协会员，广西作协协会理事，广西壮族作家促进会副会长，广西作协第六届签约作家，崇左市作家协会主席，出版了小说集《对手》。主要代表作品有《对手》《余地风波》《日落》《暮色苍茫》等中短篇小说，中篇小说《暮色苍茫》被《中篇小说选刊》选载。赵先平与农冠品的年龄相差30岁，两人在自己的作品中却不约而同地建构了故乡的形象，但这两位广西大新籍的壮族作家对故乡书写的文学创作手法迥乎不同，呈现出两种截然不同的身份建构话语。

在赵先平小说的故园书写中，"恋乡"的情结和稳定的地方知识经验遭遇了淋漓尽致的解构。段义孚曾说，"对于故乡的深深的依恋似乎是一种世界性现象。它不局限于任何特定的文化和经济体……地方是一个存放美好回忆和辉煌成就的档案馆，这些美好回忆和辉煌成就激励着当代人奋发有为"。恋乡情结本为人类所共有，但在赵先平的小说中，我们看不到作家对美丽家乡的依恋和歌颂，看到的是对故乡的地方经验和对知识冷峻的剖析，对当地社区和社会丑恶现象无情地批判和揭露。正如作家本人所述，他试图"从文学审美的角度，切入时代的精神脉搏，发现时代精神的痼疾和病痛，张扬更加美好的人生处境，营造真正的心灵人性栖息地"。故乡已成为了赵先平反思社会之恶、人性不足的最佳场所。在小说的故乡书写中，极深地埋藏着作家的道德评价、情感体验和写作诉求。他通过透析故乡底层社会的农民和中小知识分子阶层的种种陋习，反思人性的本质，深刻地揭露了我国西南边地农村和农村教育改革的种种弊端。

在赵先平的小说中，多描写了故乡农村生活的真实场景，田园牧歌式的农村生活在作品中荡然无存。恬静的乡土生活充满了龌龊、不安和争斗，宁静的故乡不再具有心灵慰藉的功能。在小说《余地风波》中，小说中虽未涉及作家故乡的名字，但小说仍把创作的立足点置于生养他的故乡，不但涉及了故乡的民情、风俗，还涉及了当地壮族农民的一些特有性格，使"余屯"成为一个有象征意味的故乡的镜像。"余屯"虽是一个"四周都是苍茫的八角林，从八角花开和八角成熟收获的季节，淙淙的流水飘着八角浓烈的香味……雨后，夕阳的金光穿过余地屯，被洗过的空气镀在那些溪水、楼房和树木上"，但这个风景秀丽的乡村却不是安抚人灵魂的圣地，而是一个赌博盛行、酗酒成风，新事物遭遇非议和打击的醒醍之地。作者在这篇小说中，对"余地屯"人们的种种陋习进行了无情的揭露和抨击，再现了20世纪末至21世纪初西南边地落后的农村生活，刻画了像张喷一样不思进取的西南边地普通的农民的典型。张喷不务正业，整日沉迷于赌博和酗酒，无法自拔，连他的儿子都瞧不起他，儿子曾不止一次地对他说"你除了喝酒和赌钱还能干什么"。她的妻子群花是一家之主，对他的赌博行为严厉打击和严加防范。在"余地屯"，像张喷这样的赌徒很多，有田鼠、阿雄、阿飞和旺仔等。作家除了对农村赌博的陋习进行无情揭露，还揭露了西南边地落后的农村众多农民酗酒的陋习。壮族人自古热情好客，尤其是广西大新县、天等县一带独特的壮族敬酒方式，常令客人不醉不归。小说中就刻画了这样独特的敬酒方式和敬酒场景"卢果从桌子上的酒碗里舀一匙羹酒喂张喷"。赵先平在他的另一篇小说《酒殇》中也提到这一陋习，"以前，安平村会喝酒的人很少，大家过节才喝。现在会喝酒的人多了，村中常见一两个喝醉的、喝烂的"。除此之外，在小说《余地风波》中，作家还对壮族族群的一些性格缺陷进行了挖掘。在壮族社会中，"较之于汉族社会，壮族女性占据较高且超然的社会地位"。壮族女性在家庭中承担着相对繁重的责任和劳动，而一部分壮族男性尚玩的风气较重，一些落后农村壮族男性整天沉迷赌博和酒席，不务正业，使家庭生活进入了"贫困再贫困"的恶性循环状态。总之，小说真实地刻画了如张喷这样尚玩、不思进取、沉迷赌博和酒桌的普通壮族农民的典型形象，挖掘了壮族农民的劣根性，生动地展现了西南边地农村真实的生活场景，强烈地表达了对故乡农村现状的不满和强烈变革愿望。在小说中，作家认为改变故乡农村落后面貌的方法只有两个：一个是张喷的儿子"离开余地屯"的"离开故乡"之路；另一个是对农村进行彻底的变革，即张狗子的"炸平余地屯"之路，但对于农民的教育问题，作家缺乏应有的反思。

除了《余地风波》，还有《安平杂事》和《水》两篇短篇小说也以展现故乡的农村生活为主。在系列短篇小说《安平杂事》中，作家以广西大新县安平村为背景，描写了在古村落中发生的一些生活小事。在小说中，作家对当地农民现有的生活方式、民俗和人生价值观进行了深刻的剖析，隐喻地反思了现代化的文明进程对古老的民族文化、传统习俗和生活方式的影响。在《爷》中讲述了村东的"爷"和村西的"爷"互相争斗的故事，对农村中民间宗教存在的合理性进行了深刻反思；《王老头》讲述了安平村王老头虽养了三个儿子，但无人赡养的故事。小说对农村养老问题和人生价值观问题进行反思；《老黑的狗死了》从写一件老黑的狗死了的小事入手，对农村中的人际关系进行了反思。小说《水》则以故乡为背景，塑造了黑水河边一位为故乡默默出力的老人尹老黑捐资修建河堤的故事，塑造了一位为家乡做贡献、不求名利的老人形象。总之，这些小说消除了田园牧歌式的温馨形象，向外界展现了西南边地的农村生活的真实场景，塑造了故乡众多穷苦农民的典型形象。

赵先平的小说除了直面故乡农村生活的真实，还深挖埋藏在故乡社会各阶层人群灵魂深处的痛楚，勾勒了众多故乡"边缘人"的形象，展示了"故乡人"真实可感的一面。在小说《对手》中，作家以故乡广西大新县城所在地桃城为背景，讲述了"我"堕落、腐败、颓废的一生，描绘了一个边缘人腐败分子"我"的灵魂。"我"是一名西南边地落后农村孩子的典型代表，"我"的一生真实地反映了一些西南边地落后农村的穷苦孩子从逃离学校到逃离社会悲剧的一生。首先，"我"是农村落后教育的受害者。农村小学老师的极度不负责任和素质过低，导致"我"缺乏合理的学校教育，小一年级开始就开始留级、逃学、早恋。其次，"我"还是缺乏良好家庭教育的受害者。由于父亲和母亲的过早离异，并受性情放纵的父亲影响，使"我"的心灵过早地被扭曲了。这种扭曲主要表现在"我"在青少年时期就和多名女性发生了畸形地建立于肉欲之上的情感，聊以慰藉空虚的心灵。"我"长大后成为了和"我"父亲一样放纵情感的人。由于农村小学的工作环境不尽如人意，"我"毅然辞去了小学老师的工作，下海经商，但由于"我""没有靠山，也没有纵横捭阖的口才"，"我"只好投靠了唯一给"我"关爱的人——儿时的好友县财政局局长刘天河，帮他洗钱、销赃，这似乎成为了"我"走向"成功"的唯一出路。当刘天河被捕后，"我"一直处在诚惶诚恐的日子里。后来，"我"发现，这些不义之财并不能让"我"的生活更充实，而是让"我"更加堕落和空虚，于是"我"决定离开这个龌龊、平庸使人郁闷的故乡，到广州去开始新的人生。

在《对手》小说中，对于生养他的故乡，赵先平并未采用温情脉脉的描述方式，而是采用了冷峻剖析的语言和陌生化的表达方式加以叙述。在小说中，作家是这样描写故乡的：首先，故乡是一个小得让人郁闷的小地方。文中这样写道："小县城总让你没办法施展个人才华或者轰轰烈烈地干一件坏事的地方。这里真叫人无法待下去。"其次，故乡是一个到处充满着肮脏龌龊的空气，令人厌恶的地方，"秋天又到了，县城预告着一个冷秋将覆盖这个令我厌恶的县城。"再次，故乡是一个平庸的地方，住着无数平庸的人。他们习惯于平庸而自大的生活方式，"他们已经习惯了平庸的生活状态，他们对生活的态度就像平时习惯于用水，一开水龙头，水就流出来了，或者用电，一按开关，亮光就从灯泡和灯管里射出来"。故乡温馨的形象在赵先平的小说中被一一解构了。

尼采认为："痛苦使人变得深邃。"赵先平以浓重的悲剧意识，以"悲"和"苍凉"的文调贯穿着他的小说集《对手》，表述着他独特的"故乡印象"，关注着他深爱着的"故乡人"的命运。赵先平在小说中，刻画了故乡中一个又一个"边缘人"的形象，成为一位故乡文化和特定族群生活方式的深刻"思考者"。除了在小说《对手》中刻画"边缘人""我"，赵先平还塑造了故乡的一些地位卑微的人物形象，这些人物有乡村教师、基层干部，还有普通的农民。赵先平曾经做过9年的中小学教师，教师的生活让他刻骨铭心，许多小说描写了对这段生活的认知。例如，短篇小说《我是老师》通过边远山区乡村小学一节普通的数学课，塑造了一名卑微农村小学教师"我"的形象。"我"虽然收入低微，却不忍心放弃肩上的家国责任，以悲天悯人的情怀关怀着乡下的每一位留守儿童，可敬、可叹。在短篇小说《酒殇》中，作家塑造了一位爱喝酒、一心要离开农村悲苦的乡村教师"何老师"的形象。"何老师"离开乡村的方式竟然是酒殇。这两篇小说强烈地表达了作家对地方社会基层教育工作者困境的关注、焦虑和同情，也表达了作家对西南边地的农村教育现状和中小学教育本质的深层思考。短篇小说《乡长是怎样炼成的》则以广西大新昌明乡为写作背景，塑造了刘福俊等基层干部的形象，真实地展示了基层干部的"窘境"。这些"故乡人"的性格是复杂的，他们不但有缺点、有癖好、有个性，还闪耀着真、善、美的光辉。

赵先平除了展现故乡的真实生活状态，还书写了故乡远去的历史，隐喻地说明故乡历史的出处，为"故乡人"的生活方式溯源。小说《黑水》《血谷》《忧伤的谎言开一朵花》等追溯了故乡解放战争等历史。这些小说远离了歌功颂德式的描写，更多的是表达了作家对战争中人性遭到泯灭的反思。

三、二者身份建构话语的异同

农冠品诗歌和赵先平小说在故园书写中的身份建构的方式和文学创作方法差异性是十分明显的，主要表现如下：一是主导作品的情感基调不同。农冠品诗歌中的故乡书写以歌颂和赞美为主，其诗歌的主调是欢快而积极向上的，情感外露、激情奔放；赵先平小说的基调是悲凉的、冷峻的，他把笔触直指故乡的真实生活方式，深入骨髓地刻画"故乡人"的灵魂，情感内隐。二是描绘故乡真实的态度不同。农冠品的诗歌刻意回避了故乡生活现实的苦难和自然环境的恶劣，对故乡进行了唯美、虚幻的建构；赵先平小说的故园书写则以极大的勇气和责任心，直面了故乡底层的真实生活，解构了心灵中温馨故乡的形象。三是文学表现手法不同。农冠品的诗歌以直抒胸臆为主，语言是清新的，意象跳跃，充满浪漫主义的文学色彩；赵先平的小说则以表现生活真实为要义，运用象征、隐喻和意识流的手法，具有现实主义和象征主义的风韵。

农冠品和赵先平两位广西大新籍壮族作家在各自的故园书写中，虽然呈现出两种迥然不同的身份建构话语、族性写作话语和文学创作方式，但仍有相通之处：一是不约而同地向外界建构了他们共同的家乡——广西大新县的形象。他们在向外界展现故乡形象的同时，也在建构着他们共同的地域身份和民族身份；二是表达的情感具有共通性。虽然两位广西大新籍作家故园书写的方式和方法迥然不同，但是二人对故乡的情感是一致的，二人都怀着对故乡深切的爱。因为具有了这份对故乡深厚的爱，才有了农冠品诗歌对故乡无私的赞美，才有了赵先平小说对故乡的冷峻剖析。

四、影响当代壮族作家身份建构话语嬗变的一些因素

身份建构是民族作家族性写作的核心。农冠品诗歌和赵先平小说文学创

作方法的差异，本质上就是两位壮族作家在身份建构方法上的差异、族性叙述的差异。当代壮族作家的身份建构与作家自身的审美取向、壮族文学的发展规律、我国的文化建设和民族国家体系建设的进程紧密相关。在多种因素规定和约束之下，当代壮族作家身份建构话语处在一种不断嬗变的过程之中。

中华人民共和国成立后，国家的民族政策和民族平等政策极大地激发了壮族作家的创作热情，他们以热情洋溢的文学激情展现了独特的边地族群的风情，表达了民族身份获得承认后的欣喜和感激，极力歌颂中国共产党和中国的民族平等政策。如韦其麟对壮族的民间故事进行再创作，创作了享誉海内外的长诗《百鸟衣》；莎红的诗"具有鲜明的民族色彩、边寨风光和时代精神，从各方面生动地反映了聚居在祖国南方的壮、瑶、苗、侗、彝、仡佬、布依、毛南等兄弟民族丰姿多彩的幸福生活"，陆地的小说《美丽南方》"有鲜明的地方色彩和浓郁的民族特色，他以祖国南疆的一个壮族山乡为背景，生动地描绘了中国南部美丽的景物和壮族人民的风俗习惯"等。农冠品也属于那个时代有名的诗人，他一共创作了605首诗歌，这些诗歌主要以歌颂壮族文化和其他少数民族文化为主题，热情地讴歌民族团结，展现边地少数民族的独特风情。

诚如王希恩所述，80、90年代，一体化的浪潮继续席卷全球，"全球化带来的发展差距问题引发了各类族性因素的凸显，全球化中的文化碰撞强化了族性因素"，全球的族性张扬强化了各国各民族的族性认同，我国民族国家体系建构现代化进程也在逐步加快。80年代，广西再次掀起收集、整理和研究壮族文化的热潮，壮族文学出现了一个书写民族文化的辉煌时期，1980—1986年就有壮族作家陆地的长篇小说《瀑布》、韦一凡长篇小说《劫波》出版，还有岑隆业等大批新老作家投身创作。90年代以后，我国现代化进程加快，受后现代主义浪潮的影响，壮族文学发生了一些激变。一部分壮族作家仍然继续坚守族性写作，张扬民族文化，但是这部分作家在中华人民共和国后几十年民族身份和民族文化得到了当地社会的普遍认同之后，并不满足于对民族文化的单纯赞美，而是开始反思族群的生活现状，不断深化和强化根性认识。他们由简单的歌颂，转向深刻的反思；由简单的风情化叙述"我族"文化，转向对底层社会和民族劣根性的深刻挖掘，试图以人性之本源，揭示社会生活之现状。这些作家除了本文的研究对象赵先平外，还有黄堃的"诗笔指向的是公共民族历史志，他着力探寻的是民族的传统文化与精神品格，而不仅仅是一种个人民族记忆的简单书写"，黄佩华"通过寻绎壮民族的文化基因，展现桂西北土地上现代文明与原始文化的反差与碰撞""欲望的膨胀、人性的挣扎、伦理的悖谬、良知的叩问、现代意识的觉醒等构成了周末小说的深刻意蕴"等。张永刚曾说，"现在，更多少数民族作家（尤其是青年作家）……他们追求不仅仅要成为民族生活境况的文学代言人，还要成为'人类灵魂'的文学承担者和反思者"。因此，这部分作家实际上已成为了族群文化的思考者和书写者。但诚如安东尼·吉登斯所述，在后现代的大背景下，"现代性以前所未有的方式，把我们抛离了所有类型的社会秩序的轨道，从而形成了其生活形态。在外延方面，它们确立了跨越全球的社会联系方式；在内涵方面，它们正在改变我们日常生活中最熟悉的和最带有个人色彩的领域。"现代生活发生了翻天覆地的变化，在多种社会因素的影响下，另一部分作家则自觉或不自觉地逐渐逃离了族性写作。例如，"在鬼子、凡一平身上，我们已经不难看出，从90年代开始，广西少数民族作家阵营里出现了一股突破地域色彩、超越民族身份、放弃少数民族文化资源的创作浪潮"。当代壮族文学身份建构话语呈现出日益多元化的嬗变趋势。

结语

随着现代社会的发展，当代壮族作家的文学创作观念和创作方法处于不断发展变化之中。许多当代壮族作家在民族国家体系建构和后现代的大背景下，不断转变自己的族性写作话语，力图逃离区域文化和族群文化的狭隘性，以适应复杂多变的书写环境。他们表述"自我形象"的手段、族性写作方法和文学创作手法往往是多元化的。赵先平作品中的故园书写就突出地表现了这一点。在赵先平的小说集《对手》中，为了表达其民族身份和地域身份，作家往往借助于一些文化符号，如故乡、地域文化标志和民族文化符号等，使得其小说的民族主义特征得以突显，但这种族性特征的表达和叙述既是无意识的，也是多元化的。其小说中的文学创作方法也表现出多元、混杂的特点，有现实主义的，也有象征主义的创作手法。总之，壮族作家身份建构话语的多元化趋势，无疑是壮族文学走向现代化进程的必由之路。

注释：

①农冠品诗歌的研究成果详见笔者的硕士学位论文。目前，对赵先平小说的文学批评成果主要有：罗瑞宁的《精神的勇气与灵魂的担当——赵先平小说评述》，《广西民族师范学院学报》，2011年第4期；潘文峰的《现代化进程中的农村缩影——赵先平小说〈余地风波〉批评》，《广西民族师范学院学报》，2011年第1期；潘文峰的《以人性真诚叩问社会良知——赵先平小说简论》，《广西民族师范学院学报》，2013年第5期。

②黄绍清、黄桂秋等多位教授长期关注农冠品的诗歌，并写了多篇文学评论。

③参见农丽婵的硕士研究生学位论文《农冠品诗歌族姓研究》，广西民族大学，2016年，对农冠品的全部诗歌进行了归类与分析。

④参见农丽婵的硕士研究生学位论文《农冠品诗歌族姓研究》，广西民族大学，2016年，对该论点进行了详细的阐述。

参考文献：

[1]王希恩.全球化中的民族过程[M].北京：社会科学文献出版社，2009.

[2]安东尼·吉登斯.民族——国家与暴力[M].胡宗泽.赵力涛，译.北京：生活·读书·新知三联书店，1998.

[3]梁庭望，农学冠.壮族文学概要[M].南宁：广西民族出版社，1991.

[4]农冠品.泉韵集[M].桂林：漓江出版社，1982.

[5]农冠品.醒来的大山[M].南宁：广西民族出版社，1996.

[6]欧阳可惺，王敏，邹赞.民族叙述：文化认同、记忆与建构[M].广州：暨南大学出版社，2013.

[7]胡安·诺格.民族主义与领土[M].徐鹤林，朱伦，译.北京：中央民族大学出版社，2009.

[8]段义孚.空间与地方：经验的视角[M].北京：中国人民大学出版社，2017.

[9]赵先平.对手[M].桂林：漓江出版社，2013.

[10]李富强，潘汁.壮学初论[M].北京：民族出版社，2009.

[11]武永江.论尼采生命哲学视阈的精神痛苦观[J].医学与社会，2011（5）.

[12]黄绍清.壮族当代文学引论[M].桂林：广西师范大学出版社，1993.

[13]黎学锐.绽放的生命花朵—读黄堃的诗[J].民族文学研究，2007（1）.

[14]曾令俐.黄佩华乡土小说论[D].广州：暨南大学，2015.

[15]潘文峰.底层叙事的困惑与民族作家底层书写的启示——以广西作家周末的小说为例[J].民族文学研究，2014（5）.

[16]张永刚.后现代与民族文学[M].北京：人民出版社，2014.

[17]安东尼·吉登斯.现代性的后果[M].田禾，译.南京：译林出版社，2011.

（原载于《广西民族师范学院学报》，2018年第1期）

农冠品诗歌的民族历史文化因素探析

梁珍明

【摘要】广西壮族诗人农冠品坚守自身的民族身份，积极探索、创作民族诗歌。他从民族神话传说、图腾崇拜的土壤里汲取营养，关注民俗文化，把视线投向广西历史名人，挖掘民族历史和民族精神。从民族历史文化的视角入手，研究农冠品诗歌的民族性具有重要意义。这有利于深入认识传统文化与新诗之间的传承关系，也有利于不断深化与丰富广西新诗的民族性。

【关键词】农冠品；历史文化；民族性

随着现代科技、经济的发展，全球化的趋势日益加强。维护民族文化传统，传承民族精神，是各个民族守护自我的底线。在现代文化多元交融的环境下，广西涌现出一批少数民族作家，他们依然坚守自身的民族特性，积极探索、创作民族诗歌，彰显了一种对民族根基的本体认同、一种对民族家园的精神守望。农冠品就是坚持民族性创作并取得丰硕成果的代表作家。他是壮族人民的儿子，他的作品具有鲜明的民族特色，凝结着浓郁的壮乡情结和深沉的民族精神。民族历史文化是少数民族作家表现自己民族特色、民族情怀的重要载体，农冠品也不例外。他在诗歌创作中，坚守民族作家身份，充分撷取壮族的历史文化养分，对民族历史文化进行审视和反思，具有鲜明的文化意识和民族意识。农冠品诗歌中融合的民族历史文化因素，主要有壮族民间神话传说、壮族图腾崇拜、壮族历史名人传说、壮族民俗文化等。

一、壮族民间神话传说

鲁迅曾指出："古民神思，接天然之閟宫，冥契万有。与之灵会，道其能道，爰为诗歌。"这句话中的"神思"，应该与神话——远古人民对生命、对宇宙最初的认识具有密切的联系，它基本是从诗学的角度阐述了神话传说与诗歌之间的关系。神话传说是一个民族最初的记录，是一个民族重要的精神根底和文化源头。广西这片美丽而神奇的红土地，蕴含着丰富多彩的文化艺术资源和神秘美妙的神话传说。

农冠品积极地从壮族民间神话传说资源中挖掘写作因素，他的很多诗歌对壮族的神话传说进行取材并改编，继承了壮族深厚的历史文化传统。他的《致虎年之歌》："我有根兮是盘古/我有源兮是布洛陀/战神之威力兮/布伯斗倒了天上雷王/染血的、悠长的红水河兮/是岑逊一手开拓/那悲欢之歌兮，在神奇的花山萦绕不落/莫一大王的赶山鞭兮/歌仙化鲤鱼的传说/血的火焰兮，曾由南天王侬智高点着/良兵女神瓦氏夫人兮，高山雄鹰拔群哥/这不断的根兮/不散的魂兮/不灭的火。"根据壮族巫教经文（壮族宗教文学）《布洛陀经诗》记载，布洛陀是壮族的祖神、创造神。除了布洛陀这位始祖，广西来宾县一带的壮族民间还流传着开天辟地、繁衍人类的盘古的神话传说。这首诗，逐一细数壮族先祖盘古、布洛陀，到壮族传说中的人物布伯、雷王、岑逊、莫一大王、歌仙刘三姐、侬智高、瓦氏夫人，再到现代壮族的英雄人物韦拔群，梳理了壮族神话传说和社会历史，表现出诗人对民族历史文化的传承和追寻。又如《奋飞吧，我的民族》："我的民族啊从姆洛甲布洛陀古老而遥远的山洞走来，/生存与拼搏创业与代价生与死血与火在史册中记载……"也是如此，不断挖掘、梳理姆洛甲、布洛陀等壮族神话传说。《下枧河之歌》把目光投向家喻户晓的民间形象——壮族歌仙刘三姐："梦中那位传世的歌仙，/从百丈崖顶跳落河心，/溅起一束美丽的浪花。/争得生命与婚姻的自由。"壮族古籍文献《麽经布洛陀》记载有"嘹三妹造友"，结合壮族"嘹歌"发展演变以及民间信仰研究，可以确定"嘹三妹"就是壮族歌仙刘三妹（后来演变为"刘三姐"）的最初形象。刘三姐是壮族民间传说中美丽聪慧、能歌善唱、敢于争取美好爱情和自由、敢于反抗的女性形象，她是世界各族人民认识广西的重要窗口之一。此外，《雁——壮族传说》《金凤》《岜莱，我民族的魂》《在金凤凰落脚的地方——右江盆地抒情》等诗歌，也都是改编壮族神话传说，彰显出鲜明的民族性。

二、壮族图腾崇拜

图腾背后隐藏着远古文明的起源密码，它对研究远古社会和民族文明的演变发展具有重要的意义。神话传说作为文学和文化的最初形式，往往与民族的原始朴素思维和宗教信仰融合在一起。广西重要的图腾形象与稻作文化密切相关，如远古的壮民族崇拜的有太阳、月亮、雷电、凤凰等，但最具民族特色的图腾莫过于雷王、蛙、水牛、榕树、木棉、铜鼓。随着寻根文化的兴起，壮族作家们从壮民族的精神内核出发，找到了"花山文化"之根和"红水河之根"。许多壮族作家巧妙借用各种图腾意象和花山（壁画）、红水河意象，表达对民族历史和文化的探究、追寻和认同。"对于任何民族及其个体成员来说，民族认同都是生存命脉之所系。民族认同既是个体归属感的需求，也是民族凝聚力的关键。民族认同主要是文化认同。"

农冠品的诗歌创作，凝聚着他对壮族身份诚挚深沉的情感归属。在2001年出版诗歌自选本《广西当代少数民族作家丛书·农冠品卷》中，第一辑《岜莱，我民族的魂》充满民族历史文化意象，呈现出强烈的民族意识。《七月南方》："铜鼓上的梦幻，铜鼓上的/舞蹈，铜鼓上的云纹、雷纹、鱼纹/青蛙王与羽人，统统请到七月/七月村寨，七月峎场，七月向阳坡/聚集追忆一个古老的神话传说。"又如《神铸》："青铜铸的信仰/铸的信仰/铸的野猎生活/走向火的年代/群聚的年代……"铜鼓、青蛙、羽人、雷王等纷呈异彩的意象，被赋予了浓重的民族色彩。而诗人就在图腾意象的观照中，完成对历史文化的追寻和认同。同名诗篇《岜莱，我民族的魂》："岜莱，我民族的山、民族的魂……铜鼓一面面似旭日升起，/崇拜的神也是民族的魂灵，/太阳神十二支光芒闪耀夺目，/相伴的是羽人舞的悠远梦境。"农冠品在诗中，对铜鼓崇拜这一壮族原始图腾进行歌颂，表现对壮族远古文明的追寻和审视，而花山壁画的形象就是壮族丰富的历史文化传统。诗人与岜莱（花山）、铜鼓、太阳神对话，表达了民族寻根和认同的主动构筑。此外，《金凤》《乡祭》《红水河，光明的河》《奋飞吧，我的民族》《桂西行吟》等诗篇，无一不是诗人在民族历史文化中寻求诗意的表达。

三、壮族历史名人传说

黄伟林在《论新世纪广西多民族文学》中指出："文化自觉也表现在广西多民族作家对自身民族重要历史人物的实事求是的认识和评价。"历史名人是历史文化积累造就的，是某一个民族在历史进程中有较大影响的代表人物，体现着民族的性格特征和精神。许多少数民族作家往往把视线投向本民族的历史名人，注重构建"历史名人意象"，突出了本民族人民的精神气概，凸显鲜明的家国情怀和民族精神。

农冠品从民族神话传说的土壤里汲取营养，构建了具有明显壮族特征的"神话传说意象"，深入挖掘了民族历史和民族精神。除了少数诗篇歌颂反抗压迫的壮族首领侬智高和抗倭女英雄瓦氏夫人，农冠品更多地把礼赞献给了近现代中国的壮族革命儿女。《广西当代少数民族作家丛书·农冠品卷》第二辑《啊！桂西的山》，全部是对广西壮族革命历史热情而悲壮的吟唱，对红七军革命烈士的追忆和赞颂，主要集中于对壮族人民的优秀战士韦拔群、韦国清以及在广西这片热土战斗过的邓小平的缅怀和讴歌。同名诗歌《啊！桂西的山》："难忘东兰山中的列宁岩，/农讲所曾在这里开办；拔哥带回真理的火种，/把燎原的烈火熊熊点燃！/……啊！桂西的山，/红色的山，/战斗的山！"韦拔群是广西壮族人民的儿子，是我国工农红军的著名领袖和百色起义的领导者，他大公无私、勇敢坚强、乐于奉献，深受广西壮族人民爱戴。这首诗歌，用语朴实平淡，却写出对韦拔群等革命志士的深深崇敬和热爱。《大山的儿女》："你的名字，与邓小平、红七军、韦拔群/及功勋卓著的将军们连在一起；你光荣的历史，与觉醒，与奋发，/与流血牺牲相牵又相系……"大山孕育了韦拔群这样优秀的壮族儿女，也是韦拔群、韦国清等革命志士精神的象征。歌颂大山，实际是歌颂大山的儿子，歌颂壮族人民不屈的斗争精神。其他诸如《清风楼之歌》《金色的课堂》《写在西山之崖（组诗）》等诗篇，塑造革命战争年代壮族英雄人物群像，描写壮族人民的斗争历史，写出壮族人民的坚韧不屈，强调壮族人民在革命历史中的重要作用，在壮怀激烈的革命抒情中突出家国情怀，将历史人物与地域情怀、家国命运紧密结合，生动地再现了富于民族性的思考，体现了民族认同的自豪感。

四、壮族民俗文化

民族的文化纽带深深潜伏于族群血缘的、地域的、情感的、语言的、宗教的、风俗的共同体之中。根据人类学视角，民俗文化是一个民族历史延续和集体意识加强的重要文化纽带。"民族作为一个独特的群体，其重要表征就是文化的独特性。少数民族作家展示民族文化独特性的本质在于展示族群独特的文化信仰和生活实践，明确族群的边界范围。"为了展示民族的个性，许多少数民族作家往往对外展示本民族的独特生活场景和民俗文化，阐释本民族的文化特征。

农冠品的诗歌洋溢着浓郁的壮族民俗风情，充分展示了壮族文化的独特魅力。他的《家乡歌节·乡野间的交响》描绘广西壮族三月三歌节的热闹和吃五色糯米饭的风俗："家乡的歌节来到了！/金凤展翅彩蝶飘过山坳；/歌的闸门，再封不住了！……五色糯饭，吃得饱了；/香糯米酒，喝得足了。"广西的三月三，来源于古代的上巳节。壮族有许多歌圩活动，其中三月三歌圩最为隆重。三月三，除了有对山歌的歌圩，还有祭祖、食用五色糯米饭等风俗活动。农冠品抓住了壮族民俗文化的标志性艺术——三月三山歌文化和歌仙刘三姐的传说，全面展示了壮族多彩的民俗文化。《阳春三月三》："阳春三月三/壮家歌满山/心花像红棉/人似浪潮欢。"在诗歌里，壮乡的歌节多么热闹，对歌的壮乡儿女多么欢乐，生动展现了壮族人民丰富多彩的生活，写出了壮族民俗文化的异质独特性。《家乡歌节·金凤》《三月三》《下枧河之歌》等诗篇，对壮族风俗文化进行热情的书写和礼赞。尤为重要的是，诗人不仅直观地描写了民俗文化，更深入挖掘了其背后蕴含的丰富多元的历史面貌和民族特性，表达了诗人对壮族文化的深厚情感。

五、农冠品诗歌与历史文化因素联姻的得失

（一）表现壮族民族性格精神，彰显民族性

中国"少数民族文学"的划分标准，主要集中在语言文字、作品题材与作者族别这三个方面。由于中国少数民族语言文字的复杂性，划分标准客观上主要集中于作品题材与作者族别这两个方面。但任何事物都有内容和形式两个层面，文学的民族性也不例外。就像俄国作家果戈理所指出的："真正的民族性不在于描写农妇穿的无袖长衫，而在于表现民族精神本身。"文学的民族性，不仅仅在于作品题材和作者族性等外在的形式层次，更在于内在的、本质的民族内容层次。民族精神、民族性格和民族意识，才是文学民族性的核心和灵魂。通过上文对农冠品诗歌中的民族历史文化因素的梳理，可以看出其诗中的形象，体现着壮族人民不畏艰难、坚忍不拔、积极进取、自强不息、甘于自我牺牲的民族性格和民族精神，凸显家国情怀。因此，农冠品通过神话传说、图腾崇拜、历史名人和民俗文化的书写，创造具有传统文化意蕴的作品，构筑自己的诗歌世界，形成自己的创作个性，同时在不断建构壮族文学的民族性。

（二）传承、反思壮族的历史文化，具有厚重的品质

农冠品通过壮族的神话传说、图腾崇拜、历史名人及民俗文化等族性"关键符号"的大量运用，既有对壮族文化进行风情展示、传达民族图腾崇拜

心理和民族寻根认同意识，对壮族历史文化的挖掘和梳理，又有对壮族文化的内涵的传承和反思。每一个意象、每一场景、每一段追寻，都超越表面意义和镜像，指向民族寻根反思和认同，指向民族性格精神反思和塑造。诗人对壮族民族历史文化进行的体认和探索，对民族原初面貌的民族意识的追寻，对于生存的抗争和礼赞，都使他的诗歌具有了厚重的历史感和文化品质。

（三）偶有失于直露，缺乏诗味

农冠品积极而努力地探索与呈现广西壮族历史文化及精神品性，他对本民族的赤子之心与热血激情在诗作中得到了很好的抒发。从整体上而言，他的诗歌创作在继承与弘扬广西独特的壮族历史文化传统方面获得了较为丰厚的成绩。现代诗歌与历史文化因素的结合虽具有优势，但传统文化与新诗之间的传承、现代性和民族性完美融合并非能够容易实现。农冠品的诗歌在融合民族历史文化的过程中，有时难以做到从字里行间自然流露出民族性，显示出一种刻意的追求。因此，它的部分诗作不免过于直白，缺乏诗味。瑕不掩瑜，农冠品的努力和成就依然是值得肯定的。

结语

农冠品的诗歌，是当代广西少数民族文学的重要组成部分。它们描画出广西壮乡的风土人情和历史文化，跳动着壮族人民生活的脉搏，表现并塑造壮族人民的民族精神。以壮族的神话传说、图腾崇拜、历史名人及民俗文化为立足点，观照、探讨农冠品诗歌的民族性，具有较大的现实意义。这必将有利于深入认识传统文化与新诗之间的传承关系，有利于不断深化与丰富了广西新诗的民族性，同时为少数民族文学的不断发展繁荣提供启示作用。

参考文献：

[1]鲁迅.鲁迅全集（第1卷）·摩罗诗力说[M].北京：人民文学出版社，2005：65.

[2]农冠品.广西当代少数民族作家丛书·农冠品卷[M].桂林：漓江出版社，2001.

[3]权绘锦.民族认同的诗意建构与女性生命经验的知性书写——评土族当代诗人阿霞的诗歌[J].青海社会科学，2015（2）.

[4]黄伟林.论新世纪广西多民族文学[J].中国现代文学研究丛刊，2012（7）.

[5]农丽婵."我族""我乡"的族性书写——壮族诗人农冠品创作研究[M].北京：知识产权出版社，2020：151.

[6]农冠品.爱，这样开始[M].南宁：广西民族出版社，1989：194.

[7]果戈理.文学的战斗传统·关于普希金的几句话[M].上海：新文艺出版社，1953：2.

（原载于《今古文创》，2022年第13期）

农冠品评诗、论诗和论文学

评 诗

太阳下的土地应当永远光明——简评《土地在呼唤》

农冠品

《防城报》1996年4月6日文艺副刊《珍珠港》刊登了龙靖、廖锦雷创作的抒情诗《土地在呼唤》。

"土地在呼唤",是"母亲在呼唤""祖国在呼唤""乡亲在呼唤"!

好的诗,是人民的代言。好的诗,是诗人的真情。好的诗,是心灵的呐喊!

此诗,是一首直抒胸臆的佳作。

中国是农业国。农业没有土地,就失去了基础。农业要迈向现代化,亦离不开土地。农民没有了土地,就像鱼儿没有了水,树木没有了根基。中国的土地是多么珍贵。中国的光明,是一寸寸土地构成的。中国的希望,寄托在一方方土地上。

诗人透过现象看到了本质,通过土地看到了希望,透过土地看到了危机和阴影。

于是,从内心呼唤出:"那土地,非法占用者有之/那土地,非法撂荒者有之/那土地,非法炒卖者有之";"那黑油油的土地/那黄澄澄的土地/那红彤彤的土地/也成了一些人践踏法律的证据"。

这是惊天动地的呐喊,是父老乡亲的深心的雷鸣与闪电!(诗人,以百倍的勇气,唱出人民深心之歌。懦弱者不能当歌手,只有直面人生的呐喊,才称得上是人民的代言人,是诚实的歌者)

诗人对土地的爱是深沉的。诗人对土地在现实中的作用与遭遇,观察的多么真切。诗人的眼光是锐利的。歌唱真、善、美；痛恶假、丑、恶。

"匡正祛邪/正本清源/还土地之完美"，这是诗的眼睛。要使土地完美，就要"挖出蚕食土地的蛀虫/摧毁滋生腐败的根基"。

什么是诗人美、真、善的境界？

"呼唤社会主义土地市场的浩然正气/蓝天下的土地应该永远纯净下的土地应该永远光明"，这"正气"，这"纯净"，这"光明"，是"我们厚爱的土地应该得到的报答"。

诗人深感到，土地的美好与善良遭到太多的痛楚与辛酸，但不能因这痛楚与辛酸而消沉。对待现实，应是积极的。消沉的歌声只能带来消沉与苦痛的命运。这是诗人应有的正确的世界观与人生观。

"为了我们的家园更加美好/为了我们的生活更加甜蜜/让我们满怀对土地的寄托/让我们满怀对土地的祝福"。

这"美好"，这"甜蜜"，这"寄托"，这"祝福"，是我们健康地跨入21世纪的希望所在。

土地在呼唤，人民在呼唤，祖国在呼唤。土地，土地，我们共同的母亲，愿您获得真正的完美！

让那些对土地慈祥而厚道的母亲形象尚未理解的人，或无情无义践踏她的完美的人，读一读《土地在呼唤》这诗篇吧！作为土地的子孙之一，我深深致以敬礼——祝土地母亲完美无疆！

1996年4月22日下午读诗后草成于苦耕斋

（原载于《防城报》，1996年5月22日第3版）

一位学者的诗情——读《贾芝诗选》

农冠品

著名的民间文艺家贾芝先生，1913年生于山西襄汾县。1938年奔赴延安。青年时代从事诗歌创作和文学翻译。1949年10月以后主要从事民间文学和少数民族文学发掘与研究。曾任中国民间文艺家协会副主席、中国社会科学院少数民族文学研究所所长。现为中国民间文艺家协会首席顾问。主要著作有《水磨集》《民间文学论集》《新园集》《播谷集》以及主编《中国歌谣集成》几十卷本等。

贾芝先生曾多次到广西访问、采风、指导民间文艺工作。三十多年前，他是中央机关南下土改工作团的成员，在柳城农村搞土改工作。1980年，秋贾芝先生重访当年土改点柳城县，并到柳州、金秀瑶山、融水苗族自治县、三江侗族自治县采风，写下许多关于广西民族风情的诗篇。

1996年7月，大众文艺出版社出版《贾芝诗选》厚厚一卷。此是中国文联晚霞文库中的一卷，这诗卷，收入了贾芝先生从青年时代至老年所写的诗作。上篇《水磨声声播谷啼》，入选26首；《战地黄花延安情》，入选38首；下篇《新世纪之歌》，入选18首；附录3首；《采风的足迹》，入选41首；《海外拾零》，入选17首；《再咏播谷鸟》，入选25首；《寓言与故事》，入选6首；《永恒的怀念》，入选7首；附录2首（篇）。这是《贾芝诗选》篇目、分辑的总貌。这一诗卷是贾芝先生诗歌创作的精品之作，是他诗情、诗意发展与流动轨迹的鲜明记录。诗言志，诗寄情，诗创美。从诗中，可窥见贾芝先生的人生历程、情感流向，以及情怀的斑斓色彩。

《水磨声声播谷啼》选入他青年时代的诗作。开卷一首《播谷鸟》（写于1936年，1937年1月10日《新诗》第1卷第5期发表）写得清新、真挚，一股乡村之风向人们扑来。艾青先生当年读到此诗，十分喜欢，凭此诗贾芝获得"播谷鸟"的美称。《战地黄花延安情》收入诗人在延安抒写的革命诗篇。诗卷下篇是贾芝先生在共和国建立之后所创作的诗篇。不少短诗，抒写出人生观和哲理性思索。诗人从一景一物一事和所感所触所思，从灵魂深处迸发出充满哲理的诗的火花、诗的情愫。

诗卷下篇为《采风的足迹》及其他诗作。始终贯穿着一根线——对民间文学（艺术）的珍爱，采风见闻与感想。把后半生他所从事的民族民间文艺工作的经历，以诗歌的艺术形式，记景，记人，记情……充满对人民大众文化的倾心与爱恋之情。《我为什么爱听这支歌》写于1980年11月5日晨，是贾芝先生80年代金秋广西之行后抒发诗人感激之情的作品："我为什么爱听这支歌？/它伴随我旅行在祖国的土地上，/我总想打开录音机，听听这迷人的歌声，/它好像是快乐的种子，/沿途撒向四野，撒遍四方，/它使我和我的旅伴们感到欢乐，增添了友情，/它使我不知什么叫作疲倦，更忘却了人生的悲伤。"诗写得真诚朴实无华。当年，贾芝先生正是"人生七十古来稀"之年，但从诗的字里行间，依然充满了对生活的热爱，充满了乐观，排开人生旅程上的"悲伤"，保持着旺盛的生命力和不动摇的事业心，保持着坚定、坚毅的人生态度。

《记鱼峰山歌会》，二节八句歌体诗，写于1980年9月27日晨。鱼峰山，位于柳州市区的一座名山，传说中刘三姐当年到此传歌，日夜对歌，最后化为一座"鲄"而得名。柳州的民歌手常自发地集聚于鱼峰山下的鲤鱼岩内对歌，形成一种持久不断的歌会。贾芝先生到柳州亲临其境，听歌手们对歌，触发他的诗情，写下这首诗作："鱼峰山下不寻常，/水漂莲灯又漂歌，/几处歌台摆歌阵，/歌声越岭飞过河。"这首诗，如实描述了歌会的景象：头一句是赞美歌会的"不寻常"："水漂莲灯"是描述歌会一种风俗景观——人们边唱歌，边把莲花灯放逐于柳江水上，以此对刘三姐歌仙到处传歌的一种怀念、思念之情。后来形成一种漂灯民俗。贾芝先生以精练诗句记载了鱼峰山歌会风俗的景况。

《南国有感》二节八句歌体诗，写于柳江，时间是1980年9月24日晨。"我来仙岛听音乐，/明月高悬柳江边，/红豆相思出南国，/怎奈月圆人难圆。"由听音乐、观明月而联想到人间的悲欢离合。诗中略带淡淡的内心的愁思。

《答歌手同志们》《歌好自有人来和》二首均写于柳州。"我到柳州学山歌，/笨鸟落入凤凰窝"；"鱼峰山下听对歌，/柳州三姐硬是多"。"学山歌"与"笨鸟"是贾老的自谦之情，把民间歌手比为"凤凰"个个如歌仙刘三姐，"硬是多"。壮族图腾崇拜是"凤凰"鸟；"硬是多"是贾老将柳州民间俗语入诗。这些说明贾老先生对壮族风俗、信仰的崇拜，以及对当地民间语言的珍爱与鲜活运用。

《答金秀姑娘》《在原始森林中》《赞香草》是贾老先生到金秀瑶寨采风

时写下的诗篇。"为食山早到金秀，/雪鸟迢迢渡远洋；/我来金秀为听歌，/主人好客情意长。"一比一兴，运用了民歌的创作手法。

《郊野对歌》《近潭叙别情》《重访上古青》这三首作品是贾老先生重访当年土改故地时记下的深情、诗情与人情的流露。"父母生我姑射山，第二故乡在柳城。乡亲见我喜何似/说我老贾从天降。"姑射山是诗人第一故乡，上古青是诗人第二故乡。"村外稻田连阡陌，进村不辨西和东；/主人早已换新房，/我寻牛棚无影踪。"沧桑巨变，三十年后又相逢，当年故地旧貌换新颜，怎不令诗人愉悦满心呢？诗人抑制不住内心的激情，唱道："我见故人心欢喜，情不自禁热泪涌；别忽近三十载，谁知今日又相逢。"这禁不住的"热泪"，是真情，是民情。没有亲切的民情，就没有满眶热泪的真情。"吃水不忘掘井人，贫下中农热爱党；/夸我编歌教儿童，众口皆碑我独忘。"三十年过去，许多事情人们都忘了，唯有工作队员教唱土改歌这件事，村民们记得清清楚楚。这是党群与干群血肉相连的真情实意，是永远不会忘记的。诗人在给"众口皆碑我独忘"这句诗作注解时写道："大家在黄耀球（土改根子的儿子）家里谈到当年土改的情况，都记得我给儿童教歌，词还是我编的。大家记得，可我却忘记了。"共产党人、人民公仆的功德传于口碑，面对此情此景，诗人怎能不热泪涌流呢？《近潭叙别情》与《重访上古青》两首诗，带有叙事叙情的表现形式，篇幅略长，采用叙事山歌的艺术表现手法。贾老先生从民间歌谣中汲取其所长，创作出具有民族化、大众化的中国作风、中国气派的诗篇。

1986年4月，中国与芬兰两国民间文学工作者，聚集南宁举行学术研讨会。中方学者以贾芝先生为首，芬方是以劳里·航柯先生为首。南宁学术交流会结束后，双方成员赴三江侗族自治县进行实地考察（田野作业）。此行，贾芝先生是永远难忘的。到达侗乡之时，考察队员首先遇到的是侗族男女青年设置"拦路歌"。贾老先生的《答拦路歌》是他面对"拦路歌"此情此景写下的。

"我迎贵宾访侗乡，今日头回来对歌；/姑娘个个是画眉，我是笨鸭怎能和？/我虽舌笨心头乐，人上有人歌赛歌；/衷心敬酒送红包，响鼓要配好铜锣。"把侗姑比为"画眉"，会唱动听的歌；把被拦者比为"笨鸭"，实为一种民间的谦虚之情。面对热情好客的侗家人，以礼相待，以酒传情。贾老先生身体力行为采风者的入乡随俗、尊重民情作出了榜样。

《赞英雄树》《江上忆》，展现广西的风情。"英雄树"（木棉树），此乃南方亚热带、热带的名树，春三月满树红花，耀眼如熊熊火焰。贾老先生在陪同芬兰航柯先生赴三江途中，望见木棉树，吟成此诗："今日不醉何时醉，驱车惊看奇峰山。我迎贵宾去三江，流水不舍照君颜。"南国山水花草树木，激起诗人的诗情，写出如此真切的诗篇。

贾芝先生与广西有缘。这"缘"结出了色彩艳丽的诗歌之花。这花，永开在广西人民的心园里；这"缘"与"情"，如清莹之水，永远流淌在广西各族人民的心间！

（原载于《广西文艺》，2003年8月28日第3版）

实实在在写人生——彭景宏《珠还合浦》序

农冠品

初识彭景宏时，我正任《广西文艺》的诗歌编辑。那时，他还在灵山县工作，业余写诗，投稿颇勤。我知道他受过高等教育，从事的是教育工作，以他本人的话来说，是"一个教书匠"。教书育人，这是一项十分光荣的工作。然而，"教书匠"的人生历程也不平坦。最近看到他的一份自传，才知景宏同志颇为坎坷的生活经历。但有幸他得到正道的支持与回报，如今已获副教授职称，又任北海市文联副主席兼秘书长。景宏同志还是一身书生气，文质彬彬、谦虚有礼，但显得深沉与成熟了！他坚持业余创作，既写诗、散文、杂文，又写评论，而且功底颇为深厚扎实。他的学风、文风、人品都很朴实、纯正。

景宏同志最近将他业余创作的诗篇，结篇成集，书名叫《珠还合浦》，收入长、短诗40多首。书名是以一首叙事诗的诗题来命名的，它突出了诗集的地方性。也许还有一层意思，因为诗人的家乡是产南珠的合浦县，以"珠还合浦"来给诗集起名，自然是带有乡情、乡恋的内涵了。

景宏同志的诗稿送到我手里，对一位文友的作品，我自然产生想拜读的热情。这本诗集收入的作品时间跨度颇长，从20世纪的60年代至90年代，诗的爱火不灭，这确实是十分可贵的。诗中有黄金吗？诗中有盛宴吗？没有。诗中有爱，有憎，有恋，有灵魂与哲理。

《珠还合浦》的内容是丰富的，每一首诗，都实实在在地写现实，写生活，写吃烟火的人，绝没有虚幻与虚情假意。诗人在诗集跋中说："对于诗，我一向喜欢那些有情节、有画面，在叙事中抒情的作品，正如前人所说的'诗中有画，画中有诗'。偶尔试笔，也多从这方面追求。"是的，这正是景宏同志的诗的美学观。他的诗作，写了家乡的民间优美动人的传说，《珠还合浦》这首叙事诗中的海生与海珠，形象鲜明，代表了珠乡劳动人民的理想与愿望。正如诗人所说的："色彩缤纷的世界，让我体味人民创造出的绚丽多姿的生活。正因为如此，现实主义成了我的金科玉律，矢志不渝的信条。"诗人所选择的这种创作方法，这是一种自由和信念，既已选定，就努力去实践，去创造。景宏同志的诗作数量不多，但诗的内容涉及面相当广泛，他抒写教师生活，抒写边防士兵的品格，抒写老贫农的诚心和农村儿童的可爱与纯真，也抒写军民鱼水情，以及水利建设工地风貌，男女之间的恋情，还有抒写云南、海南的风光；也写了一些讽刺诗，等等。从景宏同志的诗作中，我们可以回顾到历史的印迹，可以了解到现实中曾经发生和存在的人、事、物。即使有的事物已经随着时光流逝，但它可以让我们了解过去，了解历史，从而更珍爱现在与未来。我想，这也许就是现实主义创作留给人们的益处吧！现实主义的创作方法是伟大的，无数运用它、实践它而成功的作家、诗人，文学史上是会记下浓重的一笔的。

景宏同志的诗风，是淳朴、浑厚的。他的诗，明显地受中国古典诗词的影响，以及吸收了民间歌谣的优点，将其融化成自己的风格和追求的美学效果。如"平川，蔗林稻海，/湖面，渔帆绰绰；/我站在巍巍大坝上，/听秋风送来阵阵歌。"既有对仗美，又简洁、形象，表现出诗人受到的传统文化与民间文学熏陶。

"朝霞泻金辉，/果园接天陲；/红荔串串压弯枝啊，/十里闻到香荔味。"这短短几句诗读起来具有一种动听悦耳的音韵和谐美。统观景宏同志的诗，很少有散文化的、杂乱的篇章，而是多为结构相对整齐、分行分节清楚、干净的外在美。从这里，我主观猜测：诗人可能在追求或实践一种新的格律诗体。读了景宏同志的诗集，我受到一次诗教，但也同时产生一种新的思考与探索：即如何将诗人的主体感受与客体的内涵有机地融合为一体而成为一个不是主客对立或主客分离的完满的艺术品，这需要大家在今后共同去探讨。如今回头来才发现：中、老年诗人曾经过于强调诗与政治、政策的对应关系，因此，往往产生一些概念入诗或诗意容易流逝的毛病，这也许是压抑了主体感受所产生的一种非诗的倾向。而当代一些新潮诗，又过于强调主体性而忽视与客体的和谐统一，使一些诗坠入个人广义性的深渊。这些都不是我们所提倡和追求的审美效果。我想，景宏同志正在或已经在思索这一问题吧！

　　匆匆草就，就以这些碎言片语为序。

　　　　　　　　　　　（原载于《北海日报》副刊，1994年4月26日）

致龙城诗人——对赠书的答礼

农冠品

　　1989年4月中旬，我与几位同行前往西双版纳进行民俗考察，在柳州转车等车时，有幸登上该市的第一座旋转餐厅，也许它也是广西的第一座。跃上十多层高楼，一览广西这座工业城市的风貌，胸中自然产生许多诗情画意。此时此地，我想起生活在这座工业城的诗人们。在那耸立的楼房、厂房、烟囱相伴下，柳州诗人们在忙什么呢？我想写关于旋转餐厅，也想写内心的话语寄给龙城诗人们，然而，一时竟找不到语言来表达。

　　在中华人民共和国成立四十周年的喜庆日子就要到来之际，心中油然产生一种情感，于是执笔写这答礼的小文。

　　50、60年代，柳州就出现工人诗人，他叫金彦华，诗作很早就在《诗刊》上发表。我与他是在1961年夏天赴苗山采风归来时在船上相识的。时间一晃过去将近三十年。老金诗兴未衰，青春焕发，他一直在写诗。他是柳州市

文协的负责人，组织柳州市诗歌学会，编印"龙城诗丛""星月河"诗丛，为
柳州诗歌发展与繁荣倾注了自己的热忱与心血。记得1987年7月初，老金嘱咐
黄粲兮同志，给我赠送一套六本诗集，其中有金彦华《琵琶泉》、黄粲兮《短
笛与浪花》、黄丕录《云空集》、曾仕龙《幽谷小溪有条路》、林玉《亮闪闪
的小河》，以及苏展《我不该整夜不停地歌唱》。均为小32开本，印得质朴、
大方、清秀，打开它时扑来阵阵墨香。《琵琶泉》收进一首叙事诗，写的是
侗寨人民的劳动、生活及爱情，共十章，读来让人神往侗乡诗一般抒情、画
一般美丽的生活。在《琵琶泉》的扉页上，诗人写下了这样一段文字："我
在诗海上扬帆航行了30年，其间，被一阵飓风吹断了桅杆；至今，我继续踽
踽前行，但无从前骁勇。近年又在诗艺上徘徊，虽人到中年，我仍有诗心一
颗，对缪斯的爱情终生不悔！"这正是龙城诗人对诗的追求和爱恋的心声。
黄粲兮、黄丕录、林玉都是在人民军队里成长起来的诗人，以后转回地方，
在工业城里劳动、生活、写作，成为龙城诗群的主要骨干。曾仕龙则一手写
小说，一手写诗。他的《苗王传奇》出版后，吸引了许多读者的心。唯独对
苏展，我没有接触过，但从他的作品里，也看出他充满诗思。他的诗集，每
一首都有一种新鲜感。

　　1988年，我又收到龙城诗人给我寄赠的诗集，有刘剑熏《八桂吟》、金
彦华《八桂风情》和《爱在天涯》、董凯《风笛》，还有《励进诗词集》及
《星月河》。金彦华一年之内集成两本诗集，凝入了他的诗思。《八桂风情》
是他诗的视野与题材的扩大与突破。集子里的诗，既写柳州风物，又写桂山
漓水、北部湾畔以及苗寨、瑶寨、侗乡等等，内容丰富多彩。《爱在天涯》，
是金彦华第四本诗集，记录了他这些年来跑遍祖国大江南北的行踪和诗情，倾
注了他对改革开放的热爱之情。剑熏是广西一位的老诗人，他的《八桂吟》，
结集了数十年的诗作。他写农村风情和新貌，也写城市和工厂生活。不管抒写
哪种题材，都能找出独特的诗的风格：抒情、优美、俊俏及民歌风味……把诗
写得贴近生活，现实感和时代感很强，讲究主旋律，这是龙城工业诗群的共同
特色，和同向的审美追求。他们没有一位不接触工业题材，其中1986年8月由
广西人民出版社出版的海代泉、林玉、金彦华的诗合集《光的恋歌》就是一本

工业题材诗集。我粗略统计一下海代泉写的工厂和工种，就有电珠厂、火柴厂、玻璃厂、钢铁厂、铸造厂、螺钉厂、印刷厂、机械厂、水泥厂、化肥厂、电扇厂、印染厂、链条厂、拉丝厂、钟厂、纺织厂、车缝厂缝纫机厂、洗衣机厂，等等。一般人认为，工厂、车间单调无味，缺少诗意，但从龙城诗人的诗作中，人们看到了工业题材的多姿多彩。龙城诗人把龙城抒写得如此美好、动情，可惜，对他们的诗作，我不能一一在这短文里作较全面的详细的评论。但对龙城诗人的作品，我却有浓厚的兴趣。我们的城镇正向"四化"发展和前进，工业是一双振飞的金色翅膀，没有它，我们将封闭于小农经济的天地。龙城的诗群，与工业的现代化相结合而形成。相信，飞腾的工业城必然给他们每人的诗插上飞腾的翅膀，向诗的美丽的王国飞翔。

这是一种期望，也是对龙城诗人们赠书的答礼！

（原载于《广西文艺界》，1989年10月25日）

赞歌声声唱巨变——读杨柳《红棉树赞歌》

农冠品

杨柳送来最近在《右江日报》上发表的新作《红棉村赞歌》的复印报样，同时附上"赞歌"的原创打印稿。一看，《右江日报》不惜版面，洋洋洒洒刊载《红棉村赞歌》，我作为读者，为他感到高兴。

杨柳当年创作《红棉村欢歌》时，是一名部队的战士，风华正茂，诗兴喷发。三十多年过去，而今杨柳已年过半百。这半百人生的杨柳，经风雨，见世面，积体验，创作热忱不减，又拿起笔创作出《红棉村赞歌》，而且还计划创作《红棉村颂歌》。从"欢歌"到"赞歌"到"颂歌"，那是时代的飞跃，是人间万象的变迁。

我们的文化与文学艺术正在倡导"三贴近"。当我阅读了杨柳的《红棉村赞歌》之后，感到这是一篇"三贴近"的作品。是的，右江盆地的"红棉树"，三十多年前，人们讲传统，发扬传统，努力改变落后面貌。三十多年后的"红棉村"，在改革开放的阳光雨露沐浴下已今非昔比，发生了巨变，真可谓"天翻地覆慨而慷"了。诗人重访故地，展现在他眼前的，耳闻目睹的，"故事好比牛毛多，人新村新气象新"。三十多年前军民共建的"爱民水"，如今已"山塘水库汇成河，碧浪嬉戏银鱼肥，/绒毛鸭掌荡清波"。当年的"军民林"呢？如今"绿满青山绿满坡，/山村唱响绿品牌"。当年的"拥军柴"呢？如今"沼气一座座"，建成"护林生态环保池"。诗人面对"红棉村"的巨变获得新的、真实的感受，在歌中所赞的，并非虚物，并非梦幻的"浮夸"。人们常说，诗歌贵真实，而真实来自生活，来自实际，来自人民大众。若不深入右江河谷去接触生活与群众，就无法创作出"三贴近"的作品。

"三贴近"创作原则是可亲、可贵、可行的，其核心是唯物论，是现实主义的反映论。在这一实践过程中，作家、诗人获得真实的体验与感受不光是外在的物象与景观，更重要的是深入人心，贴近人，了解人的思想灵魂的变化与存在。杨柳在《红棉村赞歌》的创作中，在行动与思想上切实与人贴近："又喜重逢老交通，/九旬童颜更活泼，/飞步扑进新人怀，/四行喜泪洒脱脱。"这是写人，写人的情感，情的交融。是的，三十多年后重逢，许多往事也许已经淡忘，唯有人与人之间的情谊永存。杨柳在诗篇中，描写了红棉村的新一代："老交通孙子任支书，当年小哥已成才"。这真可谓"各领风骚"，代代相传，挑起建设"红棉村"的重担。这里所赞美的，是我们社会，我们时代的特色。现实生活入诗歌，使作品具有如此鲜明的时代特色。试问：若作家、诗人脱离了生活，脱离了实际，脱离了人民，哪来的"特色"呢？

杨柳在《红棉村赞歌》中，还满腔热情地赞美许多新生事物，如"希望工程"——在右江河谷，一代伟人邓小平曾关注、支持贫困学生，支持希望工程："希望工程党关怀，百里红棉映红天；/伟人风范情更浓，心比红棉更红鲜！"这关注民生、关注老百姓命运的崇高风范，将永远相传！

"过去山贫人也贫，祖辈坡地也丢荒；/国策富民顺民意，/退耕还林好主张。"

"年年果熟开果节，/既饱口福又观赏；/果树护山披绿装，/绿化效益两兴旺！"

诗人杨柳以他的响亮的歌喉，为革命老区——右江河谷的巨变高唱赞歌，作品充满热情、激情、民情和亲情，真可谓殷殷切切呵！杨柳已不是三十多年前的杨柳，他已变得成熟，练达，有胸襟，我深信他一定能把《红棉村三部曲》真真正正写成贴近生活、贴近实际、贴近人民的优秀作品。但要达到这一目标，对原创的稿子，要进一步加工，精益求精，再推敲润色，使其真正能在民间易唱、易记，成为"人谱可唱，离谱可读、可吟"的精美之作。这，还需要付出艰巨的劳动。

就以此作共勉吧！

（原载于《左江日报》，2003年7月12日）

《心韵集》编后记

农冠品

黄福林先生在增订出版了他的散文集《蹄花》之后，一边创作中、长篇小说，一边又抽时间交叉进行整理他的诗稿。他将他从青少年学生时代起，直至老年这漫长岁月所抒写的诗作，归纳与汇总成册，名为《心韵集》。

承蒙福林先生信任与嘱托，要我为《心韵集》进行编辑。厚重的诗稿交到我的手中。福林先生附上五点意见，其中第二点："尽力大改小改，求质不求量"；第三点："不成诗的一律叉掉，坚决拿下来，少而好名誉高，多而贱，人讨厌"。（这两点说出了他对诗创作的严格要求，和对诗艺形式作用的见解）当我正认真细读《心韵集》诗稿时，又收到福林先生一封短信，信中主要是教我如何编好诗集。他的要点有如下几点："体现时代流年的淡淡气息；留下些少思想之旅的稀疏轨迹；隐约流露人生遭遇的点滴真相；让后人略知我们这一代人生活与战斗的坚韧精神！"信的后半节，写他的谦虚情怀及对我们的希望。读了这信的字字句句，心里感动得久久不能平静，更使我进一步认识与理解了福林先生《心韵集》的社会价值、人生价值及诗的思想哲理美学价值。诗言志，诗寄情，诗创美。诗的确最能寄寓、表达与抒发一个人的个性与内心的真实情感，诗是不能作假的！

领会了福林先生的原则与意图愿望之后，对《心韵集》做了多遍细读与梳理。原稿共收入203首，经筛选保留了187首，删掉16首。整部诗集划分为上篇、下篇。上篇包括：①书生意气；②青春热血；③风雨洗礼，共三辑，内容和时间属于青少年学生时代及参加共产党领导下投入革命实践后的诗作。这一时期作者正初露锋芒，血气方刚，充满理想与豪情，其诗的意境与气质，呈现蓬勃向上的生机、一往情深和无私无畏的情怀。诗中既有理想的灿烂朝阳，有现实中的暴风骤雨与电闪雷鸣，也有天地黎明前的黑暗。这是真真正正的革命诗篇，是血与火、生与死、光明与黑暗、正义与邪恶交融、交战、决战产生的诗章。下篇包括：①诗剑飘零；②远念寄怀；③伤痛之悼；④苏区咏叹；⑤山水游踪；⑥喜庆赞颂；⑦述怀与知音，共7辑，内容与时间跨度是从中华人民共和国成立至作者从部队转入地方工作后所经历的风风雨雨、起起落落的人生历程。这一漫长的人生经历，作者抒写的诗作内容与情感纷繁多彩。《诗剑飘零》这辑诗，"隐约流露人生遭遇的点滴真相"，如《携妻带女当农民》这组诗，表面上看似乎是过着一种休闲的田园牧歌生活，而实际却深藏着忧郁的失落状态。《远念寄怀》这辑诗，记下作者对右江、红水河革命根据地人民那种难舍难离、睡梦中情思缕缕相牵连的情感。《伤痛之悼》这辑诗，是作者以革命党人、革命战士的真情、深情，对革命领袖、对战友、对亲人的怀念与悼念之情。《苏区咏叹》这辑诗，是作者任右江革命纪念馆领导期间出访与考察各地时写下的诗篇，用一根革命情怀红线贯穿着。《山水游踪》这辑诗，是集中一组山水风光抒情诗，表现作者进入老年作为一名作家的闲情逸趣。诗中仍保持作者作文作诗的风格，蕴含着一种"风骨"。《喜庆赞颂》这辑只有三首诗，抒写一种真挚的情怀和作为一名作家的赤诚之心！"下篇"最后一辑诗是《述怀与知音》，收入7首诗，其中《述怀》是抒写作者"七十已飞八十来"的情感和从文不衰之志："一间斗室诗词宄，三尺案头小说。"作为一名职业革命者到一名用笔耕耘的作家，年近八旬仍这么执着，表现出一种责任感的美德。

编完《心韵集》算是尽了一分心和一分情。同感福林先生这部诗集，是真情实感的现实主义之作。全集既有自由诗，也有诗词体；用词用韵很讲究。

可看到福林先生的古典诗词修养高深。他的诗作，充满阳刚之气，阳刚的美，没有无病呻吟的矫情。《心韵集》出版问世之时，希望更多世人共同来欣赏这诗情与诗美！

2002年10月3日草于苦耕斋

（原载于《广西民族报》副刊，2003年4月30日）

多彩的生活多彩的诗——序丁冬诗集《太阳巡礼》

农冠品

丁冬同志原名汤裕坚，是一位勤奋笔耕的中年诗人，他的第一本诗集叫《太阳诗情》。现在在我手头的《太阳巡礼》，是丁冬同志结集的第二部诗集稿。他还有一部民歌体诗稿，定名为《太阳春秋》。

《太阳巡礼》收入100多首抒情短诗，这些短诗就像是一朵朵小花。这许许多多小花星星点点，开在广阔的生活原野上，为社会生活增彩添色。这花的多彩、诗的多彩，是经过诗人精心创造和心血的结晶。

《太阳巡礼》中，有古榕的形象，抒写它找到了"立足点""在地层下面的无数根须"支撑茂盛不败的生命；有"蜜蜂殷勤地穿针引线"的形象；有"推土机用金色丝绒，编织出一个延伸的梦"的形象；有春天的"燕群在电线上"组合成"雄浑的变奏"的交响；有"群山挺起坚毅的脊梁"的形象；有"河水摇醒了被禁锢的歌"的喜人的信息。有对太阳的赞礼："不以占有光而自居，也不因富有光便炫耀，自知光的世界的原野，光永远地找不到尽头。"有"让生活在光中开花，让时代在光中结果"的信念与哲理："光的道路并非笔直的，光的天地总会有风云；既然肩负光的使命，就必定要在光中崛起。"这是嘱托也是期望……大的如党和国家要事，小的如一面"测旗的飞动"，一条小溪的流淌，一只小鸟的鸣叫，一位老汉在读报……凡属于世间的人、事、物、景，在诗人的笔下都升华为诗情画意。值得一提的是，作者抒写了家乡桂东南的工业和乡镇企业的兴旺与发达。赞颂创业精神；赞扬"琴鸟展翅卷风云，光荣属于琴鸟人"自行车行业……家乡改革的春风，吹拂着诗人的胸襟，祖国改革大潮的浪花，溅入诗人的笔尖化为热情的诗意。说真的，读了丁冬同志的《太阳巡礼》，就像在生活的花园里散步，扑来的是生活的暖风，生活的花香。这些诗篇风格朴实、单纯、形象感人。丁冬同志的诗篇里阳光处处，朗朗如昼，让人更热爱生活而奋发，想去创造和追求更多更好的美！诗人在一篇诗评中写道："不管写诗写歌（歌词、新民歌），让我们尽可能写得朴素些、单纯些、集中些、明快些。"朴素、单纯、集中、明快的诗风是丁冬同志的艺术美学观。他是这样去追求，也是这样去实践的。

　　丁冬同志的诗具有意境的美，也具有形式构建的美。《太阳巡礼》收入的诗，很少有自由散漫的排列形式，而是由整齐的排列形式组合成每首诗，从外形上看给人一种整齐、有条理的美感。这部由100多首短诗结集而成的诗集，其诗的排列组合形式：二行为一节的诗；四行为一节的诗；八行连排的诗；二行、四行、二行组合的诗；三行、二行、三行组合的诗；也有二行、三行、三行排列组合的诗。诗的形式一定是为诗的内容服务的，诗的形式美与意境美的统一，是构成诗美的不可分离的整体。我想，丁冬同志的这种诗的形式排列组合美的创造与构建，也应属于他的诗美的追求。在广西的诗歌创作中，亦有诗人有意无意地进行现代"格律诗"的创作，如壮族诗人莎红的诗，就有整齐排列组合的构建美，有评论家称他为"壮族现代格律诗人"。丁冬同志的诗的构建形式，可划入现代"格律诗"的创作与实践的风格与流派之中，我看是言之有据、说之有理的。

　　丁冬同志的诗美与诗采，是源于生活之美生活之彩。从生活来的诗意，升华为艺术的诗意，且带有哲理的提炼与思考，这是丁冬同志逐渐走向成熟的标志。当然，这并非说丁冬同志的诗已经达到艺术美的绝顶。任何艺术的创造都是无止境的。只要诗人遵循源于生活、高于生活的原理，诗的哲理思考和诗美诗采产生的源头就不会干涸。

　　丁冬同志的诗情正伴随着祖国改革开放的浪潮高涨。愿他的创作踏着生活的浪花，不断掇取诗意，创作出更多更好的诗篇。

　　　　　　　　　　　　（原载于《广西文艺界》，1993年2月25日第16期）

在跨世纪的路程中——杨长勋足印

农冠品

壮族诗人长勋的评论集《骆越诗潮》，带着一股清新的墨香来到我的面前，这是他在广西文坛跋涉与耕耘留下的足印。

他在集子的《跋》中写道："我孤身一人从遥远的乡村进入都市学习和生活已经快十二年了。这《骆越诗潮》是我在热闹而孤独的都市里踩下的艰辛而模糊的脚印之一。"

1963年，他出生在田林县一个偏僻的小山村。家中有姐弟六人。他出生的年代正值我国困难时期，在困难中度过的童年是艰辛与痛楚。但不管如何艰难，父母亲还是把他抚养成人，送他入学，后考入广西民族学院预科部，接着升上中文系。五年的学院生活，是他青春生命的转机。在大学，他如饥似渴地汲取知识营养，寒暑假也很少回到他那小小的山村。为什么这样？他在集子的《跋》中吐露了真情："我不能只孝敬父母，我要用我的学业和成就报答所有的乡亲，报答那一方至今还很贫穷的土地。几十万人的一个县，每天有数以万计的人在读别人写的书，却从来没有书给别的地方的人读。这种尴尬的局面终于由我们这一代土生土长的'乡巴佬'的孩子把它悲壮而痛快地结束了。我少回几次家，父母会原谅，那里的乡亲和土地都会谅解。"

读了这些文字，可看出他的人生目标。学习期间，就具有一种内在的能动力。就在这期间，我与他开始认识了。记得当时他对广西的民族民间神话很感兴趣，他利用课余时间，常到我工作的单位来了解民间文学，翻阅资料，并撰写了《广西洪水神话中的葫芦》一文，在上海一家颇有权威与名声的刊物上发表。他文学生活的热火，从此点燃而且越来越旺。1985年临近大学毕业时，他写成一本小册子《广西作家与民间文学》，评述了广西十多位作家与民间文学的渊源。

他毕业后分配到离南宁较近的一所职工大学工作，为此，他有点不安与不悦。当时，每次相见，我常常安慰他。他不安于此，主要是嫌那里从文的环境欠佳。由于太边远，以后他又调到供电系统的一所子弟学校从教，离城近了，每个月的工资拿来买书订杂志用去一半多。他执着地关注着广西文坛。

那时他常利用假期，与民族学院同窗的几位同学在南宁相会，或联合创作，或共同研讨广西文坛的事。杨长勋、黄神彪、梁肇佐、莫俊荣这四个名字，经常连在一起，而今他们都是广西文坛上活跃的年轻一代，每人都有自己的作品问世，而且都是广西作协的会员。长勋是他们的中心人物，像是一枚串珠的钢针。广西文坛有像他们这样的跨世纪的一代新人涌现，是令人感到欣慰的。

长勋既搞评论，又搞创作。他的文思颇敏捷。我曾读了他的那部长篇散文诗《南高原》，它以宏大的气魄，抒写右江革命的英雄和先烈的业绩。他还写了韦其麟和蓝怀昌的两本专论。调到广西艺术学院工作后，他又以极大的毅力，完成了一部三卷本的《艺术学》，被列入了广西教委的科研项目。他及他的几位同窗学友，协同奋战，集体完成了一部几百万字的《壮族大词典》。是他们的信任，让我们几位年龄较大的文化人，也加入了他们的编辑行列，其中我们深感年轻人的可敬可贵。长勋还参与主持编纂"广西少数民族艺术史丛书"，编写工作目前正在进行之中。他参加主编广西艺院主办的《艺术研究》丛刊和主持广西青年文艺评论学会的会刊《当代艺术评论》。他与其他四人的合集《文艺新视野》，也即将出版。

长勋今年（1992年）已二十七八岁了，他及他的同辈，正是广西文坛支柱的一代人了。想到这些，我作为广西文学界的一员，自然是感到充满信心和希望。长勋功底较深厚，虽然清贫，但他的精神是充实的。我希望长勋的主攻方向，是广西的民族文艺评论，因为这是广西文坛较单薄的一环。广西的作家、诗人和艺术家的作品不少，但缺少深入的评论和研究，都很欠缺。

在跨世纪的漫长过程中，长勋已留下一个接一个脚印。但文学的道路是艰辛的，艰巨的事业需要有不畏艰难的人去攻克。只有这样，广西的文坛光芒在下一个世纪，将会是灼灼耀眼的。

长勋的路来日还长，愿他更勤奋地笔耕，愿他成功！

（原载于《南宁晚报》，1992年8月23日）

热忱地讴歌——序覃绍宽诗集《马鞭情》

农冠品

读了《马鞭情》校样，我在思索。思索着历史，思索着生命，思索着今天与明天。

在广西这片热土地上，右江、红水河地区是老革命根据地。那里的人民经历艰难困苦和血与火的漫长岁月。那里的红水与山泉，哺育出许许多多挥戈抗争、呼唤解放与自由的英雄。这些可歌可泣的前辈，人民记忆着，史册记载着。谁忘了血与火，风与雷的历史，谁就背叛了历史和人民！

诗集作者是右江、红水河地区红军的后代，长期在那片血与火考验过的红土地上生活、工作、学习与勤奋地从事业余文学创作。他的信念坚定，"为党和人民讴歌""不脱离人民"，在他的创作中，始终充满"历史的责任感"。他人很诚实，文品亦然。这本集七十首诗歌于一体的集子，是作者感情的结晶，思想的结晶，艺术审美追求的结晶。他用整个心音来抒发对党、对领袖、对英雄、对人民的满腔热忱，是纯情的讴歌，纯情的创作。字里行间，没有杂情与假意。可以说：作者是一名纯情诗人！是的，因为他从小就受到革命思想的熏陶。步入社会后，工作和生活的环境，"一山一水，一草一木，都富传奇色彩，充满诗情画意"。历史和现实告诉我们：党、人民、祖国、事业需要热忱讴歌的纯情诗人。《马鞭情》讴歌历史，讴歌现在，正是为了更美好的未来。《马鞭情》中的情是贴近人民的，创造的艺术，也是贴近人民的。作者采用的艺术形式多为整齐的民歌体，或分节整齐的"新格律体"。作者自言喜欢"传统手法"。每个民族文化都有它的优秀传统，能做到继承与采用"传统手法"，让人民喜闻乐见，这是正确的道路。路既已选定，就努力去实践，去创造，去发展，这也是艺术的规律。作者在诗集后记中，十分明确地表达了他的艺术见解。愿这位红军后代、纯情诗人在今后的创作岁月里，就好像种植的芒果与无花果，满树结出金灿灿的果实！

（原载于《广西民族报》副刊，1993年4月8日）

《海韵集》吟诵

农冠品

　　《海韵集》是北海诗人白仑的作品，被列入包玉堂编的"南国诗丛"，由广西民族出版社出版。广东作家、诗人梵杨作序，共收入诗歌108首。

　　梵杨在序中这样评价："白仑的诗，不只自然、平易、通达，还洋溢着浓烈的生活气息，且讲究形象和音乐性，寓情于景，以景生情，景象因为事物的多样而仪态不一，声韵由于情意变化而低昂有序。观之如现实画图，听之若民间乐曲，动人情思，感人心弦，给读者美的享受的同时，还得到教益。这种使用浅显明白的文字来描景绘形、抒情寄意、毫不朦胧晦涩的诗风，实在值得称赞。"

　　《跟着亲爱的党，奋勇前进！》是集子的开卷之作，这是诗人为党的代表大会而创作的，属于直抒胸臆的政治抒情诗。这类政治抒情诗，要写好不大容易。《青年颂》，属青年的颂歌，七言四句一节，共四节："万里江山披彩霞，/春风阵阵遍万家，/高山低头河改道，/中国青年天不怕。"颇具豪情民歌风。《西藏永远是春天》，是看了一部影片之后的感想之作。《护士之歌》，是对普通平民劳动者的赞美。白仑有一双慧眼，把白衣战士形容为"像一只繁忙的小燕""像一只快乐的小莺"。《初恋曲》是抒写男女爱情内容的，"您是我心中的彩霞，/您是我怀里的鲜花"；"我初恋的心呀，/迸出了爱情的火花"，这诗句写得很流畅、优美，也很讲究音乐的韵律。

　　《北海诗笺》，是组诗、组歌，是白仑献给北海这个沿海开放城市的赞歌。白仑祖籍广西合浦，从小在北海长大。北海是他的故乡，"美丽的北部湾畔，/是我亲爱的家乡，/我爱她呀。/她像母亲一样抚育我成长"，这浅显的诗句，浓缩了诗人的情感，有真爱才有真情。《海滨渔歌》，也属组歌。歌词体，是反映渔民生活的。《浪花恋》一首，有这样的佳句："浪花用伸长了的嘴唇，/亲吻着银白的海滩"，把海浪拟人化，这称之为静物活化的艺术手法。还有"刺刀鱼叉挑浪花"；"飞向海天捕虾群，/满载鱼虾踏浪归"；"一网鱼虾一网情，/渔家心潮逐浪飞"；"多情的海燕，/亲吻着海上的金花银朵"，如此等等，佳句颇多，沾着浓浓海味，一闻就让沉醉于诗情画意之中。白仑是海边诗人，他的诗歌是属于"海味"的："妹是珍珠哥是线，／线穿珍珠哥妹连；／相框摆在圆台上，／我俩青春映蓝天。"……

掩卷沉思，白仑的这本诗集，有如下两点是值得称赞的。一是诗歌来自生活，出自诗人的实感。这些诗是诗人心迹的记录，也是我们社会行进的记录。二是诗人追求诗歌的民族化、大众化，让作品接近人民大众的生活和语言，可诵、可唱、可吟、可读，有形、有声、有韵、有地方风味，做到这点，很不容易。不足之处，在于政治抒情诗或行业诗，在理念上与艺术上，没有统一，有概念化的毛病、艺术生命力不强。

（原载于《沿海诗报》，1995年11月21日）

一本新颖特别的诗集——读劳廉先《莺啼燕语》

农冠品

从读诗集的第一首诗《莺》直到最后一首诗《细菌》，笔者得到读后感的一个题目：《一本新颖特别的诗集》。"新颖"又"特别"，得来容易吗？不容易！是诗人劳氏苦心经营、花了心思心血收获的诗的结晶、诗的花蕾、诗的金果。

《莺啼燕语》题材新颖。所谓题材，是文学创作主题的材料元素，是主题思想理念的外壳载体。人们常说的，如农村题材、工业题材、历史题材、儿童题材，等等。而《莺啼燕语》全部以动物飞禽走兽小到"细菌"作为题材来寄寓诗人的思想意念，并对这些动物本性特征，或赞颂、或批评、或批判、或抨击。其统括的动物种类之多，用之作为思想载体，这在诗歌创作上是少有少见的。而今，劳氏做到了，达到了。可想而知，对131种动物的形象、特性的掌握与了解，本身就是观察、体验的辛劳又艰巨的过程，就是动物专家，对131种动物作为研究对象也要花费时间和精力。而作为诗人，对这么多动物的了解、分析花了多少时间，笔者无法知道，但可以判定，绝不是一朝一夕，一定花了很多时间、精力和心思。诗人掌握了客体特征之后，才进入主客互化互通互融，潜入创作与思化诗化衍化的境界之中，即进行艺术的思辨思维过程，使客体与主体不是拼连而是融合成为完美艺术整体。这是要智慧、才学才能的。诗集第42页上的《北极熊》一诗，用雪原的一种动物来作载体，表现国际大主题，抒写某国的兴衰，诗不点某国国名，但又可意会其悲剧的结局。84页的《蚊子》一诗，诗人在暗喻当代现实生活中的一种犯罪行为，小小"蚊子"作为诗人喑喻、抨击的载体，读了令人产生一种肃然的警觉，提醒世人对这种"犯罪"现实要共敌共治。诗的新颖别致、主客互化，不是政治概念的说教与呐喊，是以小虫告诫大体大局的。诗集131首诗，均是以131种小客体作载体，容下诗人的多彩的思想理念。这正是新题材的意义所在。

《莺啼燕语》的诗的思想内涵是诗人对客体进行思索与思辨的多彩的汇集。中国的诗教传统思想是"诗言志、诗寓情、诗载道"。以今人话语来阐述，诗传达了人的思想理念，反映了人的丰富多彩的情感世界。诗承载着一种思想的真谛，以达到诗教的社会效应。这种诗道诗教是神圣的、庄严的、伟大的。当今，诗歌不幸落入低谷的态势，诗的功能、诗的效应，在世人的生活中淡化淡漠，突显得社会是物欲潮涌。当人们还处于未获得人将失去什么珍贵的东西的悟性时段里，诗人劳廉先将其《莺啼燕语》奉献于苍茫人世，这是十分可珍、可贵、可敬、可赞的。读了劳廉先，笔者隐隐感悟：劳廉先的这本动物题材诗集，其实是诗人对历史的经验与现实的体验的综合进行思辨的历史性的轨迹，是诗人的一种独到的哲学辩证思维，是其人生观、世界观、人伦观、批判观的艺术的聚合体，是诗人表现人生的一种特殊的方式，即将动物作为一种媒介。而作者在"动物不是另类，也是地球村的公民"宣言的背后，隐喻着客观事物的批判力、赞颂力、协调力和教诫力。这些，正是诗人的一种人文精神的艺术表现。在131首诗作中，深含诗人的意念、思想哲理。"哲理"者，当是哲人的道理，哲人的见解和阐释事物规律的真谛。《鸬鹚》一诗："放筏一百里/啄水二百地/大鱼装箩筐/小虾打牙祭/列队放竹筏/两边站鸬鹚/晚霞鱼满舱/渔翁笑掉牙//这里实行岗位责任制/责权利没到位/行政手段"卡脖子"/一杆竹篙来管理/多劳不多得/不劳而多获/鸬鹚捕鱼忙/主人盘点忙。"

诗分两段，头一段写鱼鸟的辛劳捕获；第二段暗喻现实的不平等、不合理的"劳""资"关系——"鸬鹚"是"劳"者，"渔翁"是"资"者。诗人的情感与立场是同情、站在"劳"者"鸬鹚"一方，为其鸣不平；被抨击、批评的是资者"渔翁"（主人）。这是诗人进行思考、思辨的收获，收获人生的思想真谛，即正义感，堂堂正正的人道，为民呐喊的文人精神。

（原载于《北海日报》，2006年8月30日）

不甘沉寂的歌者——记黄神彪青年作家

农冠品

当今的文学有点寂寞！在寂寞中，文学天地闪烁的星星自然会引起世人的瞩目。

广西这片土地上的文学，有它复苏后的兴旺。但与远方的文学大森林相比，显得还不十分茂盛。在文学的寂寞中，也有活跃的因子。我熟悉的一位文学青年，他是文学天地里闪亮的新星。

广西的民族文学阵容形成了若干个团粒结构，即民族文学的若干个群体，如壮族文学群体、瑶族文学群体、仫佬族文学群体、侗族文学群体等。

我要介绍的这位文学青年，属于壮族文学群体中的新生代。

他于80年代初毕业于某学院中文系。他的童年和少年是在桂西南明江岸边神秘的花山脚下度过的。明江碧水与花山奥秘加上他脚下的那片古老土地上古朴的神话传说、民歌民谣孕育了他的文学基因。他还是一名青年学生时就开始从事课余创作。他以母校那一面相思湖和湖岸相思树为诗情的寄寓物，抒发他及他同辈们的青春之情，并将那些凝结着诗的梦幻的篇章结集成册，一种理想的印记与旗帜，迈向广阔的社会及错综的人生旅途。

大学毕业后，这位对文学怀强烈感情的青年，本应分配到与他文学理想吻合的单位，然而，他首先是一名年轻的共产党员，他服从组织的安排，被分配到人民政府系统的一个重要的部门从事秘书工作。他参加过农村工作队，到过广西西部高原山区等地方。他创作过歌颂农村老党员的长诗，把自己属于壮族农民的儿子的感情汇于诗篇。过了若干年，有一次他去红水河水电站工地采访写作，路过当年曾经孕育他的地方，不禁涌出一种依恋之情。桂西部高原山区虽还是穷山，山民们虽还被"老、少、边、山、穷"扼制着命运，但他从山里朴素憨厚的人民的身上及心灵里，看到了一个民族的苏醒和希望。

他回到自己的家乡去工作和生活过一段时间。从家乡的花山带着童年时的梦幻他来到了都市，又把都市里的现代的梦幻带回到那片古老的明江流过的土地。他不光肩负起工作队员的职责，还担负起一种新的文学创作的任务。他很珍惜与人民、特别与本民族父老乡亲的联系。

他的文学创作热情不断地高涨。

第一部散文诗集《吻别世纪》已出版。他是以独特的感受来歌唱生命和崇高理想的。他热爱大自然的博大，也热爱人类生命的可贵与永恒。他的诗篇，不以某种政治概念作为先行，而是从个人的生活体验出发，创造的艺术内涵的多重性，属于一种较高层的俯视与超越。他的系列散文诗，是属于人类的，是人类共同追求的美与心声。

他的第二部散文诗作《花山壁画》，取材自他家乡神秘的花山，是带有史诗性、创造性的长篇新作。他热忱歌颂民族精神、歌颂民族文化的辉煌。这是这位文学青年一种庄严的创造使命。他为这部著作的问世而自豪，因为他为了民族的生存、兴旺和发展而倾注了全部心血。由于有这种责任感的驱使，在不久之前，他把《花山壁画》携带到北京人民大会堂，举行一次全国性的作品讨论会，邀来了北京文学评论界与诗歌界的不少知名人士。正是这种自信感所点燃的精神火炬，一个生活在南方边地的壮族的文学后生，终于闯到了北京，闯到了人民大会堂，闯到了远方的那片文学的大森林里，作为一只亚热带的快活小鸟，放开歌喉，堂堂正正地参加大森林的不甘沉寂的大合唱。

这位文学青年目前在广西一家出版社工作，他调离了原来的工作单位，如鱼得水更加活跃，文学对他而言没有那种悄悄的寂寞。

除上面提及的两部散文诗，他已出版和正在出版的还有《随风咏叹》（散文诗集）、《海的魅力》（评论集）等作品。他与他的同辈们，撰写了一部二百多万字的《壮族大词典》。他与四川的一名文学青年共同主编"皇冠诗丛",推出一系列精彩的作品。

这些作品和这些文学活动,显示出这位文学青年创作生命是旺盛的,他的创作后劲,充满了力度。

岭西的这颗文学新星在"冷待"中注于严肃文学光与热。让文雅的艺术品种在沉寂中生长、繁茂,开出馨香的花朵。这是一种庄重的文学观,是一种令人敬佩的责任心。他的成绩,曾先后得到美国、丹麦等国杂志的专栏介绍,他被列为民族的青年诗人而被重视!

文学靠人去创造,有了不甘寂寞的人,才有不甘寂寞的文章。虽然当今的文学悄悄地寂寞,但在悄悄的文学寂寞中,跃动着追求文学女神的文学新星——黄神彪!

这亚热带快活的小鸟,愿他以不甘沉寂的歌声,带着一个民族新生代的热忱,跨入下一代崭新的世纪!

1993年5月17~18日单寂心书斋

(原载于《热土草》,香港天马出版社,1998年版)

认识黄平

农冠品

1994年金秋,在马山县文代会上,开始认识文学青年黄平。他还年轻,曾在南宁相思湖畔受过高等教育。在那次文代会上,他被选任县文联秘书长。记得当时黄平陪同我们一行,访问了该县山区致富村——�拉和其他地方,一路上他处处体现出青春的朝气。黄平人灵活、聪智。他老家在上林县,出生在柳州,他的家至今仍在上林。黄平怀着一股热情和对文艺的爱心到马山工作。他与那里的同行们,关系十分密切和谐。对这样的从文环境,他在心里含着甜美的微笑。在组织上的关怀下,如今他正在上海戏剧学院学习。

进一步认识黄平,是读了他的一部诗集《雨后晴岚》。这是一部打印十分整洁的诗稿。他要交一家出版社出版,叫我读后写一点感想。这部诗稿收入了68首抒情短诗,共分5辑。从第一辑的第一首《黄昏的留言》到第五辑的最后一首《分手之后》,我都认真读了一遍。对这位文学青年的诗作,我是抱着学习与认识一种新事物的心情来对待的。80、90年代文学青年的创作思维与我们这代的文艺思维有较大的差异。文艺作品同是来源于现实生活,但每个人的体验、感受、归纳、融注与凝结方式不同,所呈现出来的色调是千万差别和色彩缤纷的。

黄平的诗,其颜色是属于80、90年代的。他写人与人之间的情爱,写建设者的精神,写铁路小站的风情,写无名的园丁,写中国历史人物,写普通人的生活与命运,也写对艺术的见解,等等。整部诗集呈现在人们眼前的,是花开的艳丽与引人注视的光彩。黄平诗的艺术感受是黄平本人的独特心迹,是他独特感受的凝结的独特语言。他形容女性美,把长发说成"一挂美丽的瀑布"。他描述个人的心绪,"岁月的水车/摇落了唯一的那片/红玫瑰花瓣/我忧郁的诗心/写了暴风雨爱抚的森林"。这些独特的诗的语言,是属于黄平的。整部诗稿的每首诗,都是黄平之歌,是从他感情的那口清泉里流出来的。他的诗写得冷静,略带一些遥远迷蒙的忧愁与伤感,但这是一种诗的美学追求。黄平的诗十分凝练,浓缩感情的热度,用冷思索来传递感情信息。读黄平的诗,得到的思索成分比点燃感情之火的成分要多。黄平不用浮光掠影不用豪言壮语,不用呼风唤雨,不用大江掀浪的艺术手段表现个人感受。他的诗蕴含对人生、对生活、对情爱、对事业、对整个社会繁花飞絮的剪影与折射。读黄平的诗,眼前似有许许多多彩蝶在纷飞、舞蹈,想捕住它,忽又飞得邈远。这是我个人对这位文学青年诗的艺术的个人感受,别人读了得到的或许是另一种感受。

黄平的诗,是文学新的地平线上的一棵新树。这棵新树,在继续生长、向上,它"把春风纳入心里/迈开步子迎晨曦",春风是生活,是时代,是时代赋予他的种种思考与探求;晨曦是前程,是明天与后天展现的景观。

愿这位布洛陀的后代,愿这棵新时代文学地平线上的新树,能成为广西的、神州大地的、明天的美丽景观!

(原载于《广西文艺报》,1995年10月28日)

情寄北海——读白仑《海韵集》札记

农冠品

（一）

北海诗人白仑从工人成长为国家干部，长期在基层生活、工作、坚持业余创作。这里读白仑的诗集《海韵集》，边读边记下自己的随想。也可以说，通过读诗与点评相结合的办法，来领略这位海边诗人诗歌艺术的风采吧！

《海韵集》列入包玉堂主编的"南国诗丛"，由广西民族出版社出版，广东作家、诗人梵扬作序，共收入诗歌108首。梵扬在序中，对白仑的诗歌作如下的评价："白仑的诗，不只自然、平易、通达，还洋溢着浓烈的生活气息，且讲究形象和音乐性；寓情于景，以景寄情，景象因为事物的多样而仪态不一，声韵由于情意的变化而低昂有序，观之如现实画图，听之若民间乐曲，动人情思，感人心弦，给读者美丽享受的同时，让人得到教益。这种使用浅显明白的文字来描景绘形、抒情寄意、毫不朦胧晦涩的诗风，实在值得称赞。"

（二）

《跟着亲爱的党，奋勇前进！》是集子的开卷之作，诗人为党的代表大会而作，属于直抒胸臆的政治抒情诗。诗的开头诗人用"大海的波涛""一轮红日""一片彩旗"及"花朵""国旗"来衬托感情，颇有气势、豪情。这类政治抒情诗，要写好，不大容易。《友谊颂》副题为"致中学生，并献给我的同志和朋友"，是一首取材于青少年的抒情长诗，感情颇热忱、真挚。它采取了楼梯式、长短句的艺术形式。这种形式，在60、70年代颇为流行。诗中有"爱情，就是诗歌，/就是太阳！""友谊——/就是一支美好的歌"等诗句，给人留下了印象与记忆。《西藏永远是春天》是看了一部影片之后的感想之作。诗人关心国家大事，国事家事，事事入心，这是中国一代诗人、作家的责任感。"共产党呀，/像春天的雨水，/滋润着种子发新芽。"用这诗句来形象比喻西藏农妇的翻身。"雨水""种子""发新芽"，都是诗中借助的形象。《火中凤凰赞歌》是一部英雄赞的影片观后感。诗人抒唱"英雄扑烈火，火中凤凰飞出窝，……赛起了一曲共产主义的凯歌。"（当今把这种文艺题材，称为高唱主旋律）白仑在诗歌创作中，早就有了实践。《赞吴永全同志》是英雄的美好赞歌。"我站在悬崖上，/看着成群的海燕在碧蓝的海空飞翔"，这是很形象、优美的诗句。《护士之歌》是对普通、平凡劳动者的赞美。白仑有一双慧眼，把白衣战士形容为"像一只繁忙的小燕""像一只快乐的小莺""小燕"与"小莺"是可爱可亲可敬佩。诗，是借客体来寄情寓意的。形象是诗的思想与感情的载体。《神子的自由》《珍珠赞》与《小曲》是白仑的形象寓意诗，富有哲理性，短小精悍，具有留下来的艺术生命。（不一定凡是诗歌就可以留下来。留得下来的艺术是要有她的艺术生命力的）在《海》这则诗中，诗人写道："海是涧、溪、河的保姆，/它的胸怀比谁都大。"（如何去理会诗意，要看个人的体验与联想了）每首作品能创作出一二佳句，这首作品就活了，可以流传了。《储蓄胜似聚宝盆》由三首小诗组成，像宣传诗。"红花长在绿草里，/储蓄记在心坎上。/细水长流多储蓄，/利国利民利家乡。"（（诗歌不光有理念，有正确观点，要让人们入脑入心，还得要有形象）白仑善于学习民歌，诗句也口语化。《初恋曲》是歌词体，是抒写男女爱情内容的。"您是我心中的彩虹，/您是我怀里的鲜花""我初恋的心呀，/进出了爱情的火花。"这诗句写得很流畅，优美，也很讲究音乐的韵律。《送别》是抒别情的，五言古体。《油海欢歌》是一个组歌，歌词体，由三首词组成，是描述海上石山的开采，是一首动人的、豪迈的歌。诗人唱道，"你是光的源泉""你是北海的骄傲""你是热的起点，/你为时代添彩"，这是人民的心声。《北海诗笺》是组诗、组歌，是白仑献给北海这沿海开放城市的热忱赞歌。白仑祖籍广西合浦，从小在北海长大，北海已成为他的另一个故乡——"美丽的北部湾畔，/是我亲爱的家乡，/我爱她呀，/她像母亲一样抚育我成长"。这浅显的诗句，浓缩了诗人的情感，有真爱才有真言真情。白企在组诗中，把最美的比喻，献给了北海——"你是南方的北戴河""你是一位深情的少女"。《海滨渔歌》也是组歌，歌词体，反映渔民生活。《浪花恋》一首，有这样的佳句："浪花用伸长了的嘴唇，/亲吻着银白的海滩。"把海浪拟人化。这被称为静物活化的艺术手法。还有"刺刀鱼叉挑浪花""飞向海天捕

虾群，/满载鱼虾踏浪归""一网鱼虾一网情，/渔家心潮逐浪飞""多情的海
燕，/亲吻着海上的金花银朵"，等等。佳句颇多，沾着浓浓海味，一闻就让
人沉醉于诗情画意之中。（我们提倡写生活，写有特点、特色的生活。）白仑
是海边诗人，他的诗歌是具有"海味"的。《民歌学唱》是白仑以民歌体创作
的新生活颂，别看仅有短短四句，这却是民歌体的绝句。（古诗中的绝句，
有的传诵，一代上……又一代）"亲自下水识深浅，/亲口尝梨知酸甜，/唯有
实践出真知，/真理标准记心田"（有形象比喻的哲理诗）。"妹是珍珠哥是
线，/线穿珍珠哥妹连；/相框摆在圆台上，/我俩青春映蓝天"（这是珠线不
分离的友情、夫妻情。"青春映蓝天"，诗的意境突然扩大，让人想起整个天
地的辽阔）。白仑还在《海边新儿歌》中，为祖国的后代创作了一组颇清新的
儿歌。"小河水，/啵啵啵，/小小河流会唱歌。/会唱歌，/多米梳，/从西流
到东，/总是笑呵呵！笑呵呵！"（可见白仑不灭的童心！）

（三）

108首作品读完了，札记与随感也已记在上面了。归纳白仑的这本诗集有
如下几点是值得称赞的。一是诗歌来自生活，出自诗人的实感。这些诗歌的内
容全发生在人间烟火之中，没有迷蒙，是诗人心迹的记录，也是我们社会行进
的记录。二是诗人追求诗歌的民族化、大众化，让作品接近人民大众的生活和
语言，可诵、可唱、可吟、可读，有形有声有韵有地方风味。做到这点，很不
容易。三是白仑既然是生在北海、长在北海，是海边的歌者，应注意关于海、
关于渔民、关于沿海开放城市的生活，独具特色的东西，多入诗篇和歌章。这
是北海人和诗界歌界同仁们的期待。

（原载于《沿海时报》，1995年11月21日）

人去诗魂在

农冠品

　　五六十年代，年仅二十多岁的海雁就出版了《悬崖上的歌声》和《公路测量员之歌》两本诗集，成为八桂诗坛一颗耀眼的新星。不幸的是，60年代末，这颗耀眼的诗星陨落了，沉入痛苦、黑暗、悲剧的海底，人们再看不到海雁展翅飞翔！

　　时隔三十五年，诗人的亲属终于编选出版这部《海雁诗选》（漓江出版社出版）。海雁又浮出大海，展翅飞翔歌唱于波涛之上。但那歌唱者不是海雁本人，而是海雁的诗的灵魂。

　　通观诗选中的126首诗，有一条思想主线贯穿始终，那就是满腔热忱地歌唱祖国的社会主义建设，歌唱日新月异的城市和乡村。海雁正是在这火热的年代里，以一名年轻建设者投身于建设行列之中，他的工作岗位是勘测公路工程。他爬过许多艰险的山崖，涉过一道又一道湍急的河流，投宿过无数个山野草棚，深入过少数民族村寨……他深入生活，收获诗篇。他在五月的崖头上放声歌唱："我们在崖头上迎接伟大的节日，我们用青春美化大自然的风光！"在海雁的诗篇中，是热腾腾的乐观、向上、不畏艰难的精神。即使是描写与表现爱情生活，也是充满着纯洁与高尚。《野地婚礼》等诗篇，正是这样的作品："我们把金色的青春镶上荒山""帐篷仿佛被笑声挤破""夜风嬉笑着进来祝贺婚礼"……

　　海雁的诗严格地采用现实主义表现手法。每首诗，每件事或一人一物，都来自现实生活，来自诗人的亲身实践体验；诗的想象与夸张，也来自现实生活，绝没有丝毫的浮泛与虚假之情。海雁诗的形式，是"新的格律"的严谨实践，99%都采用有节奏的"四行一节"的诗的形式，讲究诗的韵律。海雁诗的语言，讲究严谨的真实美，在形容与描写中，体现与表达诗的审美观，在新的格律美学实践与寻求中，构建一种真实、亲切的感染效应。诗人海雁走远了，走了整整三十五个年头，而不泯灭的是海雁的诗的灵魂！他的诗属20世纪，是留给后人的一份精神遗产。

　　　　　　　　　　　　　　　（原载于《南宁晚报》，2004年7月10日）

来自生活的诗——傅天琳诗作浅析

农冠品

来自生活的诗，给你扑来生活的芳香。来自生活的诗，有着感人的艺术力量和永存的生命力！傅天琳的诗正是这样展示的。

傅天琳，是四川省一位青年女诗人，她曾在果园里生活和劳动了十多年。她的诗集《绿色的音符》，是她果园生活和劳动的诗的果实。这本诗集曾荣获全国首届新诗集二等优秀奖。诗集收入六十多首短诗，这些诗，正如作者在代序《我是果林一条河》所表白的："我的歌滴着我的爱"，滴的爱汇流成一条河——一条诗的河，"潺潺地在树影间飘过，飘着清新，飘着芬芳，飘着甜蜜，飘着一段段花开花落的生活"。她的诗的确充满"清新""芬芳""甜蜜"。一首首诗，忠实地记录了作者在果园里生活了十多载的"一段段花开花落的生活"。这里，作者鲜明地将她的诗情与生活之间的关系勾勒出来了。没有那一段段花开花落的生活体验，就没有《绿色的音符》的问世。

让我们先来读她的《绿叶》一诗。全诗共十二行，分两节：

> 一张张椭圆形的叶片，
> 像一支支生命的小舟。
> 驾着阳光彩色的波浪，
> 盛满雨露芳香的醇酒。
> 划呀，从秋划向春，
> 划呀，从春划向秋……
> 我要给绿叶写一首诗，
> 写叶的事业，叶的成就
> 春风说：写吧，就在花笑的时候。
> 秋雨说：写吧，就在果甜的时候。
> 绿叶呢？绿叶不语，
> 含情脉脉只是点头……

　　这十二行诗，诗人抓住了小小的绿叶来抒发自己对生活独特发现的诗意。张张绿叶，在果园里是数也数不尽的，也是十分平常的。然而，作者对每一张绿叶，赋予它生命，赋予它活力，赋予它诗的奇特的想象——像一支支生命的小舟！这无数的充满活力的"小舟"，在一个十分美好的境界里航行，驾着阳光彩色的波浪，盛满雨露芳香的醇酒……这，不是作者凭空苦想出来的，确确实实是在果园这生活的环境里产生和发现的。假若换另一个人、另一个环境，比如一位边防战士，执枪守卫在绿色的边防线上，他所获得的想象，也许与傅天琳的想象不相同——战士可能把一张张绿叶比作钢枪上的枪刺，或把绿叶上的露珠比喻为警惕的眼睛。傅天琳，她生活在果园里，她亲手培育的果林，充满生机，自然而然，她的诗意的获得，就离不开这果园的诗的、典型的生活环境。《绿叶》的话题虽小，但作者却把个人的生活体验、诗的想象和诗的思想，融合在一起，做到既是写生活，又不重复生活的原样，而是经过诗的构思，把生活原型提炼成纯净的诗意：表现普通劳动者的情操。"绿叶不语，含情脉脉只是点头……"是的，创造财富，要有"小舟"进取的精神，和默默不语实干的作风。这，也是诗人的诗思。诗思，是一首诗的主题，是一首诗的灵魂。没有思想的诗，就只是一个美丽的空壳。光有外壳的诗是没有生命力的。让我们再来读她的第二首诗《夜露晶莹》。全诗共十二行，分三节：

　　　　夜露从地里跳出来了，跳上树苑，爬上树顶；
　　　　啊，那真的是露水吗？
　　　　分明是白天的汗滴在夜间苏醒！

　　　　一醒来就晶莹明亮，
　　　　一醒来就化作甘霖，
　　　　为了枝头沉甸甸的收获，
　　　　多么热烈，又多么真诚。

　　　　此刻，月光也拨亮了灯芯，

　　我看见果林真正的生命，

　　苏醒了的汗珠一滴滴浸入土地，

　　催叶片奋长，根须掘进！

　　这首诗，作者成功地运用了诗的联想。什么叫联想？著名诗人艾青在他的《诗论》中这样说："联想是由事物唤起的类似的记忆；联想是经验与经验的呼应。"傅天琳亲眼看到果树上挂满了夜露。"夜露"这客观事物，唤起了她的记忆——白天在果园里劳动，人们洒下滴滴汗水；夜露"从地里跳出来了""分明是白天的汗滴在夜间苏醒"。见了夜露，联想起劳动的汗水。这是"经验与经验的呼应"。汗珠是晶莹的，它浸入泥土，到夜间醒来，化作露珠，是这样的"明亮"，又是这样的真诚，这样的热烈，一滴滴，为的是"枝头沉甸甸的收获"。作者抒写劳动美这一主题，并不空泛地高喊"劳动万岁"，而是通过诗的联想来完成的。夜露，在月光下晶莹发亮，折射出劳动的伟大与不朽的光彩。试问：若诗人没有生活，没有自己独特的生活体验，能有《夜露晶莹》这一耐人寻味的诗作吗？这诗，是通过作者这一普通劳动者来抒发情怀的，但它却包含了整个果园的劳动者和整个社会的劳动者的共同的感情。它告诉我们：诗意、诗情、诗思，虽然是通过个人艺术性的感情表达出来，但它绝不是自我出发，更不是一种梦幻式的自我表现。诗意、诗情和诗思，是与劳动的、工作的、战斗的、丰富多彩的、充满节奏的现实生活密不可分的。作为一名诗作者，或已成为一名有社会影响力的诗人，他离不开生活，离不开现实，离不开人民与祖国。《绿色的音符》，正因为傅天琳深深地爱上了生活，爱上了劳动，爱上了土地，所以，她的诗思才如清丽的泉水涌流不断，也才在生活的大海里不断地发现诗意，开掘诗的思想的矿石，并经过加工提炼，让诗闪发出生活的、思想的哲理的火光。傅天琳的第三首诗《树枝》，就饱含着生活与劳动的哲理。《树枝》诗题也是很小的，然而，这小小的"枝"，却承担起诗人赋予的很重的诗的分量。

　　当春之光爆出第一片花萼，

你毫不迟疑地接受了春的嘱托；

你紧紧地托起秋天的胚胎，

越过风雨的墙垣，穿过烽火的封锁。

秋天长大了，秋天成熟了，

沉甸甸的，压得你垂下了胳膊。

你没有折断，你没有退缩，

你托起的金果，一个也没有失落。

啊，你这信念和忠诚的统一，

你这坚强和柔韧的结合！

你是树的脉管，山的骨骼，

主动脉，紧连着大地的心窝……

　　读了这首诗，你会赞叹这"树枝"确实是崇高而又伟大的。诗，是歌颂信念，歌颂忠诚，表现人民的勤劳这一主题的，而全篇却没有触及"人"，完全是形象的寓意，诗中充满了哲理。作者的眼光是敏锐的，作者的诗思是深沉而又开阔的。在果园的树枝上，发现了诗意，发现了生活与劳动的真谛。这大概就是人们常说的诗的思想"高度"和"深度"吧！对生活理解得越深，诗的思想就越高，越深。对生活和社会的观察、体验越成熟，诗就越具有哲理性。哲学家是用理性、用逻辑、用鲜明的论点来阐述客观事物的。而诗人，是用艺术形象来抒写生活中的哲理，以启迪人们去热爱生活，去改造社会，去创造财富的。

　　《树枝》中的小"树枝"，从爆出"花萼"，经历"旱火"，到托起"秋天的胚胎"，直至承担沉甸甸的果实，即使压得胳膊下垂了，也没有"折断"，更没有"退缩"。它，绝不让一个果实"失落"！所有这些，是树枝本身具有的特性。然而，这"特性"，在诗人的笔下，已经不是果园里的树枝的原意，而是已被哲理化了的诗的"树枝"。这"树枝"，是"信念"与"忠诚"的统一，是"坚强"与"柔韧"的结合。现实的客观事物，处处存在对立的统一。而这些纷繁的生活哲理，一旦经过诗人的笔，就变作形象化的、令人可感受到的或可捉摸到的艺术形象。而任何诗的艺术形象的获得，都是来源于生活，来源于实践的。

没有生活，就没有诗。

离开了现实，脱离了生活，也无从寻找诗的形象，诗的思想，诗的哲理，诗的美感。《绿色的音符》是一本来自生活的优秀的诗集。仔细研读，从中是会获得不少启迪的。

1984年9月16日写于南宁

（原载于农冠品：《广西函授文学院教材》，1984年第1期）

李甜芬诗歌美学追求浅论

农冠品

（一）

谈论题以外的一些感想。

一段时间以来，严肃的文学创作不太景气，一部分作家、诗人或作者感到困惑。然而，我国的文学创作经过各种文学潮的扑打之后，出现一种冷静的思考或思索。严肃文学的景况，在逐渐地回升。"以优秀的作品鼓舞人"这一号召，正震撼着整个社会和作家、诗人们的心。

一个国家、一个民族、一个地区，不能没有自己的作家、诗人和艺术家。文学的发展水平可以代表一个民族、一个地区的文化素养及发展水平，对文学的发展前景，应充满信心。文学创作者要有恒心，耐得住寂寞，也要有潜心和一种奉献的品格。

李甜芬的文学创作道路和成长，体现出一种追求、一种恒心和一种执着的信念。

在70年代，李甜芬还是一名知青时，就得到著名壮族诗人莎红先生的热心帮助。80年代中期，在广西青年诗丛中，出现一首《含羞草》，共收入十二位青年诗人的诗作。其中就有李甜芬的诗集《"四叶"草》。时间过去十多年，李甜芬的诗作虽不是多产，但集入集子的二十多首抒情短诗，可以说是精品，经得起时间的考验，有较强的艺术生命力。

我对李甜芬的诗歌作品，早就读过，最近又读她的散文集。重读甜芬的诗，仍感到很新鲜并从中受益。

（二）

李甜芬是一位壮族女诗人，她从小生活在祖国南方的边境，是属于亚热带地区的一名女性。她的诗歌创作的美学追求，或称之为美学特质、美学特征，我个人粗浅地将其归纳为下面的几个方面。

一、诗人的主体的内在美（或叫心灵美）与现实客体的崇高情操美的统一表达，这是李甜芬诗歌创作美学的第一个特征。在她的抒情诗《绿色的日记》《那口井军号》《火柴》《写在弹坑》《下岗后，他摘回一支山花》《梦》《第一支晨曲》《祖国交给我的》等篇章中，充分表达了女诗人的心灵美和客体的美的统一，两者得到互相映照，构成了一种崇高思想境界的美。这是一种内在美、情操美，美在女诗人与边防战士爱国守边；美在都热爱和平而不惜牺牲、穿越过战争的硝烟；美在两国的善良、勤劳的边民，有浓浓的人情、人性和共同求生的强烈愿望。如《火柴》一诗，诗人这样抒写："他伸手－要盒火柴，/他乞求给他温暖。/在冰冷的世界里，/他并不冷却心中的情感。""仿佛是严冬的落叶树，/等待万物苏醒的春天。/他是一个男子汉，/却任泪水挂满脸。""他揣着火柴颤抖地走了，/跟跄的脚步迈向林间。/远去的身影带去一束火苗，/也带去一片心愿……"（诗人在诗的题解中写了这样一段文字：在边境有这样的事情，异国边民因买不到火柴，常常向我国边民讨火柴……）读了这首短诗，谁的心里都会产生感慨，产生一种人情人性美、生存渴望美的感应。这诗中，不仅跳荡着她（诗人）一颗美丽的心，也跳荡着他（异国边民）一颗渴求获得温暖与同情和生存的心。心与心的美，就像两颗夜空的星互相映照着。

二、民族的、地域的典型环境与诗人善于捕捉现实生活中的各种美的相结合，构筑成诗歌的明显的南疆亚热带的特色美，这是李甜芬诗歌创作美学的第二个特征。诗创作最具个性，也最具地域风光特点。南方、北国、高原和海洋，各有不同的风貌。风光风情风貌入诗，是历代诗人的共同艺术手法。李甜芬的诗作中，写绿树，写山泉，写界碑，写山花，写稔子，写刺莓，写榕树，写山月，写林梢，写炊烟，写弹坑和弹壳，等等，这些是边境的、南方的、亚热带的特色。这些特色进入诗篇，使她的诗呈现出南疆的色彩。这色彩就是一种诗的境界美。有了这种美，人们才更爱边疆，爱热土，爱边境的一山一水、一草一木。人们常论述，越具有民族性的文艺作品，就越具有世界性；也可以说，越具有地域性的特色美的作品，就越具有人类沟通情感的作用。因为人类共同生活在一个地球上，有必要互相了解与交流。这种要求和心理，是以地域性的特色美作媒体的。诗歌中的地域美就是一种最好的媒介了。读了李甜芬的诗，谁都会迷恋上亚热带的南疆边境。反观现在，有一些诗，读了以后，不知诗作者生活在何处，是在地上，还是在空中。唐代诗人柳宗元被贬广西柳州后，抒写的关于民俗风情的诗，至今仍有它的历史的美学价值。

三、描写现实生活、现实事物的真实、真切美与哲理性的思考美，是李甜芬诗歌创作美学的第三个特征。文学中的哲理，或称之为哲学思想内涵，是最高的层次。李甜芬的不少诗作中，可以寻找到它的真实美和哲理美。《边域之夜》一诗，把山域风情描述得十分真实，即艺术创造中的一种实在美。世界上的一切事物，都是实在的，并非虚幻的，可以增加感染人的艺术效果。《童年的记忆》这组诗，李甜芬写得真实，可信。"记得妈妈在大清早/为我梳好细细的发辫/扎上那刚洗净的红绸/还像出征一样/为我准备好水壶、雨帽/（天上并没有下雨呀）/妈妈说：有团乌云在飘……（《上学的第一个早上》）短短几行诗，把母亲与女儿之情，写得细致入微，十分真实，朴实无华。（这就是实在美）这种美是李甜芬独特生活感受的结晶。在《黄果树瀑布一顺寄友人》一诗中，李甜芬写了牺牲与壮美的辩证统一，写生与死、惧怕与勇敢等方面的对立与统一。在《夕登娄山关》一诗，李甜芬抒写了历史与现实这对矛盾：有历史的伟绩，才有现实的美好。在《"四叶"草》一诗中，李甜芬抒写艰辛与欢乐的互相依存和转化。在《榕须，荡在我心中》一诗中，李甜芬抒写了土地与根须的依存关系。"我兴冲冲四下张望寻觅，/呵，有一条已扎根大地，/肥沃的黑黝黝的泥土哟，/哺育了它魁梧的身躯。""而我们常当作秋千的那条，/都已枯萎摇晃，/随风依依，/我想起自己天真无邪的儿戏，/那负疚的反省在胸中泛起……"这种哲理性的、深含哲学意味的诗篇，给人的心灵注入清醒剂，让人们去感悟一种做人处世的道理。在《雪月夜》一诗中，李甜芬写白雪与月亮的互相辉映之美，写事物的相辅相成，互为依存。这是哲学化了的诗篇。在《野了的心》一诗中，诗人写苦与甜的互为依存与转化，如此等等。创作时，不管诗人是否有意识去写什么哲学意味，但现实事物中的哲理，让诗人感受或感悟了，诗人运用诗的形象来表现，诗自然融入了浓郁的哲理性。这说明，任何诗思、诗意、诗哲都是来自对生活的体验。没有观察与体验，就没有诗美的构筑与创造。

四、构建诗的明快、朴实、清丽、整齐美以及音韵的和谐美，这是李甜芬诗歌创作美学的第四个特征。李甜芬的诗歌作品突出地体现出讲究押韵美的特点——有的诗一韵到底，每首诗，都有韵脚。讲究朴实无华，朴实中蕴含着清新、清丽之美，美在朴实与清新之中。"那挑水姑娘的身影，/浸入了边疆的晨光，/匆匆地走哟，走哟，/如一缕丝线牵动战士的心房。""他禁不住笑了，/笑得那样甜，/迈开快步走向战斗的哨岗。/为了边塞的清晨都有水桶摇晃，/也为了自己家乡那位勤劳的姑娘。"这些诗段，写得质朴、真切、明丽，创造出一种人性人情美。诗能做到单纯、朴实、自然、清丽，是一种较高的艺术创造。有的诗，用华丽的辞藻来掩盖内容的空虚，不是好诗。李甜芬的诗，写的都是边境的人、事、物与情和景，全是人间烟火、人间真情。

五、李甜芬的诗歌作品，也富于节奏感，每首都可以朗诵。节奏是一种音乐美的创造。精炼、简洁也是李甜芬诗歌作品的一种美的追求。在这里，就不一一去赘述。

（三）

李甜芬的诗歌创作，并不是已经炉火纯青。任何事物，任何作家、诗人的作品，都是一分为二的。对李甜芬的创作，感到不满足和寄予希望的地方是，她的诗作，多为前些年的作品，时光流逝了这么多年，进入90年代了，而她的诗作，恰恰缺少了80年代末、90年代初新创作的诗篇。特别是南疆边境已进入了和平的环境，边境正开放，进行改革与发展前进，李甜芬没有这方面的作品的内容，我们不知道她如何去理解这种已经变化了的生活，如何继续去追求和创造新的诗美。李甜芬的诗，今后可以多方面地去探索和揭示人的心灵。文学一旦不成为政治、政策的简单图解之后，文学的回归就是真正创造文学价值的艺术，使作家、诗人的立体不至于失落。这就要面对新的现实生活去实践、去创造了！现实生活十分纷繁、复杂多样，希望李甜芬继续以诗人的慧眼、锐眼去观察生活，并努力掌握多种诗的艺术手法，去多角度地反映纷杂的现实生活，这也是创造艺术的需要、时代与人民大众的需要。诗的创造，能给人一种丰富多彩的艺术感染，这就有待作家、诗人的努力。就以此，与甜芬共勉。

（原载于《三月三》，1995年第4期）

美诗一册——评邓永隆《待焚的情诗》

农冠品

也许是年龄渐增之因，已厌读诗。因为诗属于青年人，属于理想与梦幻的岁月。年龄渐大至老，倒想读一些史料、散文、随笔或人物传记之类。今拿到永隆的新作《待焚的情诗》，因待焚而未焚，故抓紧一口气读之。集子由古笛先生作序，说了不少赞言美语。我要亲自品尝这产自南国的果子。诗集由《放飞美丽》《初恋的花岭》《告别花季》《哭嫁》《背新娘》《嫁我无悔》《恋情漂泊》《十五这一夜》及《再唱青春歌谣》9辑组成，光读这9个组诗的名字，就够你"美思"一番。永隆集入的108首情诗，我从第一首《放飞美丽》读起，至最后一首《相约在无星的夜晚》，可以说，每首放射出美诗的磁力，都吸引着我这颗已"老化"的心！说一句形容心态的话：我忽然变成一尾喜游弋的小鱼，在这情诗的河流游泳，获得了情感的间接释放，融入一种自由的诗的境界！久未读诗，今读美诗，边读边想，边读边记，一直读毕，掩卷思之：《待焚的情诗》放射出、散发出或蕴含着诗的人情（人性）美、风情（地方特色）美、情感美、悲剧美、奉献美、意境美、语言美、节奏美、音韵美、创新（形式）美及结构美。

人情、人性美。诗集虽写了不少民族风情、风俗，但贯穿至终的，是人与人之间的情爱与性爱。情爱与性爱，是文学永恒的主题，是人类世代得到繁衍、兴旺的"根"。如没有这"根"，人类早就不存在或逐渐衰亡。在古代，许多民族的祖先都有性图腾崇拜，将男女性器雕成石头形象，让人们崇拜。其内涵是希望人类自身得到繁衍，且变成主宰自然界与整个社会的主人。《待焚的情诗》中的108首诗，艺术性地赞美这一人类的"根"。如《再唱青春歌谣》一诗中，抒发一对老夫妻的欲望"转眼人世沧桑/惊惶此生已瘦/红颜霜洗/拄杖揽阿娇/漫步翠竹山坳/面对山月/倾听夜风/播送人生彩调/山月不老/翠竹不老/人心不老/伴着山风/我与阿娇/再唱一首青春歌谣"。这既是人性之不老，人情之不老，也是爱情之不老。"不老"体现一种欲望、一种生命力。我以为，诗人敢于把创作进行一番释放，这无疑是一种突破与进步，而"突破"与"进步"是来自创作思想与观念的"释放"。诗是最讲究情感的，而情感的核心首先要有美好的人情与人性。这，永隆悟到了。

风情美、地方特色美。作家、诗人所处的环境，以及所属的民族，决定了他创作的作品的特色。永隆从小生长在壮乡，曾长期工作与生活在瑶寨，这就奠定了他的诗沾染的色彩——绿色葱茏、花开花香四季、红豆艳艳……《红豆坡》中抒写"满坡的红豆你捡哪颗/我的阿哥""满坡的红豆都是我种/哪一颗不是跳出我的心窝/只要你捡一颗贴近胸口/我所有的心里话你都听得着"。这是生红豆的南国的典型环境，决定了人的典型的感情色彩——借红豆来喻相恋之情。《你是我美丽的梦》抒写"我在花丝中捉到了你的笑容/我在歌圩里寻觅到了你的芳踪/三月的梧桐树下我们醉了/一句句情话流播在含香的山风"。到处是芬芳的山花，挺拔的梧桐树，以及一对对互相寻觅的男女恋人，时间在春天。这情这景是壮族的歌圩风情，向人们送来的是充满情爱的香风——这是南方的、壮乡的美丽风情，是沾香飘绿的诗美！

情感美。诗，充满感情色彩；诗，最多情。情感之美表现在字里行间，就像水乳相融。《待焚的情诗》中所流露、所包容的情感是多彩的，有喜、有悲、有愁；有期待、有希望、有斥骂、有愤怒、有失望……这些正是情诗的情感色彩。这也正充分表现人的情感的复杂性。"采一束鲜花献给自己/掬饮春天/让爱的奔马扬蹄！"（《放飞美丽》）这是一种热忱与期望。"今天，一对老人拄杖登临/寻找当年寄存的爱心/几十年前的铁锁依然在/已把两颗心锁入永恒！"（《黄山锁》）这里抒写一种幸福、一种温馨、一种默默永存的情。"踏着没有遗憾的步履/我静待着爱的潮汐"。（《告别花香》）这是一种期待，耐心地等着，等着明天爱的潮汐——青春期对爱情的渴望。"装着青春的泪/几十年/能酿出什么滋味/我舍不得/舍不得倒入生命的空杯/再品一次伤情的夜晚/使形神皆碎"。（《归信》）这是抒写爱情痛苦的经历。爱情有时是一杯苦酒！如此种种，诗人把男女间的情爱抒写得多姿多彩。这是诗的情感多彩化的展示！

悲剧诗美。这里面，也包括了"奉献美"。文学中的悲剧美学，早有论者论述。悲剧性的诗美，也像小说、戏剧中的悲剧故事和人物一样体现出美的艺术价值。感人的艺术有两种：一是喜给予的感染；一是悲给予的感动。这就是审美的价值与效应。诗人在《待焚的情诗》中不少诗篇是抒写悲剧性情感的。《青春的坟茔》抒写一名乡村女教师，在一次扑灭森林火灾中，为抢救一名学生而献出了年轻的生命。她还活着时，当地一名青年农民，在心里悄悄爱上了她，但又不敢当面倾吐真情。女教师死后留在山间的坟茔，却令青年农民常去献花扫墓，献上一份留在深心之情。"月光下来了扫墓人/步也匆匆/心也匆匆/迟送上一束野花/迟送上一份真情"；"泪也飘零/歌也飘零/是一场森林之火/烧毁了山寨的美丽/是为救一名学生/你成了火中凤凰"！"烧毁吧/有爱心写下的信/没勇气寄出的情/只愿飘飞纸灰/把遗憾告知亡灵！"这爱情故事是悲凄的，你可理会那位年轻农民的爱情与孤寂的心！其中，诗人真切地歌颂了女教师的奉献精神之美。在《高高的椿碑》中，也抒写了一个爱情悲剧故事："就在我们相恋的黑水河旁/我把你的遗体埋葬/坟顶种上一棵小椿苗/贴近着你的心脏/你这位美丽的姑娘啊/插队来到遥远的山庄/是饥饿和劳累/使你坠入这清清的波浪/逝去的河水不再回头/翠嫩的椿树却在天天成长！"这位女插队青年的命运，紧连着那位男插队青年的心思，悠悠绵绵理不清，诉不完——望着那长高的椿树，这树就是纪念一位早逝女性的命运的碑石。诗人抒写这些悲剧故事，是真实的，真实的艺术不管是喜剧性或悲剧性，都给人们一种艺术美感。而这种美的感化力，是作家、诗人用心血与真诚来创造的。

意境美。这是诗论中的普遍议题。我个人对诗的意境的理会：所谓意境，是诗人通过对客观事物的感受，并经过主体的酝酿与独特构思，创造出一方艺术的个性美的天地。因此，意境的构造与表现是包含个性，包括特点的。平常我们所说的特点或特色，指的就是诗人的一种独特的艺术创造。《待焚的情诗》中，诗人为我们构造了许许多多美好的诗的意境（艺术天地）。"满坡桃李/红的/白的/开满相思"，这是花开满坡满枝的诗境。"夜风吹乱我的长发/我久久地等待在/八角树下/双脚站成了塘/双脚站成了根"，这是一幅情人约会的风景画，八角树在风中摇动，情人的长发也在风中飘动。读了给人留下很深的印象。

语言美。关于诗的语言，一般诗的常识书中常说，诗的语言最集中、最简练、最概括，这是对的。然而，诗进入80、90年代，语言出现蜕变——词语堆砌含混、词义朦胧晦涩，等等。这"变"是变好或变糟了？我不是诗评诗论家，不敢断言与评说。永隆于60年代就开始从事诗歌创作，有《高山渔歌》一诗被纳入中学课本作教材。从这点看，永隆作为壮族人，以汉文进行文学创作，其驾驭水平是高的。况且经过三十多年的创作实践和语言磨炼，我以为，他的诗语言水平在《待焚的情诗》中达到了成熟的高点。下面，不妨从集子中引出若干美的语言来感受一下。"三月的流云眷恋着山坡的野蔷薇/远归的游子又遇到了久别的山妹/素白的花朵盛上一杯杯蜜露/让两颗热恋的心与春天同醉"，这是语言的流畅美，如行云流水，自由、舒畅、轻柔。"我被你的白手绢封着的双眼/哪里去寻找初恋的太阳""成熟使苦难充满智慧/再唱一首迟爱的歌吧/把欢笑撒在夕阳里"，这是诗的佳句与哲理美。"舀一瓢新水/舀一份吉祥/舀一瓢新水/舀一份富贵"，这是词语、词句简练美和对仗美。是的，整本诗集，美的语言随手可摘可引。永隆写诗、写歌词、写散文诗、写小说、写报告文学，虽然他的作品我没有全读，只读了一部分，但我可以断言：《待焚的情诗》是他的语言精美之作。

节奏美。《待焚的情诗》的创作过程我不得而知，但读了之后这样主观猜想：诗人在创作每首诗时，都经过多次吟诵，直到顺口、有抑扬顿挫的音乐感方定稿。诗集中的一些诗也可作为歌词谱曲，离曲可读，入谱可唱。这样的诗，自然讲究音乐节奏。下面，举一首《开花的年龄》为例："每个人都有/一次开花的年龄/有的人/用心血写下前路/有的人/用汗水浇灌耕耘/有的人/笑看岁月流逝/有的人/亵渎了自己的灵魂/有开放的年龄/不一定都能结果/能不能结果/关键在开花的年龄"。这首诗，可朗诵，通俗明朗，又充满思想哲理。每行诗都有顿数："每个人都有"一行作二顿，"一次开花的年龄"一行作三顿，即"一次""开花的""年龄"三个顿数构成一句诗。整首诗节奏鲜明，吟诵起来很动听，充满音乐美感。其他的精彩节奏美，在此就不一一列举。

音韵美。诗之所以称为"韵文体"，是因其具有押韵的文体特点。诗人在诗集中对音韵的运用，很熟练，每首诗都有韵脚，且一首诗采用一韵到底，读起来动听入耳，给人音韵美。这与当今一些诗不讲究音韵，不讲究节奏相比，好千倍万倍了！在《初恋的月光》一诗中，19行诗一个韵脚，用"光扬"韵，且诗的前半部运用"腰间韵"（句子中含韵与尾韵相嵌）。"百回月光/我惊奇地望见/初恋的脸庞/盈盈热泪/依偎在我火热的胸膛/波光如水/好像一朵荷蕾潜藏在/含羞的水塘/夏夜的凉风/不断拨弄着一湖玉液琼浆"。把音律运用得如此纯熟，说明诗人有较高的语言修养。在八桂的诗人中，我觉得永隆是最讲究诗的音律韵律的一位，而且充分地展示在作品中。

创作美。诗的创作包括创新思想内容及艺术形式之作。一位作家或诗人，若因循守旧，作品老是一种面目、一个腔调、一种色彩，说明没有创作力度。今读了《待焚的情诗》之后，深感到诗人在努力创作，创内容之作，也创艺术形式之作，而创作的深厚基础是民族生活及民族民间艺术。作为壮族作家、诗人，永隆深知创作具有民族特色作品的重要性。在壮族民间歌谣中，有一种形式叫"转龙欢"，永隆将这种表现形式运用到创作中来，其中《初恋的花岭》这辑14首诗，全部是运用"转龙欢"形式。民间"转龙欢"是作为民歌演唱的，而今永隆的诗歌运用为"转龙诗"这一艺术形式，读起来别有一番风味，这也许是壮族诗人的独创性！试举一首《你悄悄地走来》为例："你悄悄地走来／就像一朵山花在我身边悄悄地开／一路的心跳，一路的羞涩／俏脸上涌满了美丽的霞彩／你微微一笑，敞开少女心海／你轻轻一言，似叮咚山泉落下山崖／俏脸上涌满了美丽的霞彩／一路的心跳，一路的羞涩／就像一朵山花在我身边悄悄地开／你悄悄地走来。"这"回龙诗"，读起来有一种反复咏叹、言之未尽之感，其音韵节奏十分和谐。其实整首诗只有六句，有四句是"回转"反复的，但读起来又并无重复的感觉，这真是一种绝妙艺术。"回龙诗"又可创作成：十二行四格；十行四二四格；十一行四三四格等各种形式。上面举的《你悄悄地走来》属十行四二四格。所谓十二行四格，即开头四句与结尾四句"回转""反复"，中间隔四行。其他"回龙诗"格式，亦按此分解。在此就不赘述。《背新娘》这辑15首诗，诗人则创造性地运用壮族民间"勒脚歌"（或称为"跳脚欢"）来进行创作。关于壮族"勒脚体"歌谣，在许多论文、论著中皆作了证述，在此就不重复。我只想说一点，即永隆引入壮族"勒脚歌"形式到诗创作中来，依我有限的见识，他算是成功者。形式是为内容服务的，如果将形式运用得纯熟，便可以达到艺术与内容统一，而不是玩弄形式，或为形式而形式。《背新娘》这15首情诗，通过"勒脚诗"体，充分表达感情，又充满民族色彩。

结构美。在建筑学上讲究结构美与整体外表美。在诗的艺术创作中，也十分讲究诗的结构美或构建美。一首诗如何开头，中间纳入什么，结尾如何，都有学问。诗的创作切忌随意性拉长，或一首诗杂乱无章。文章有其章法，总观《待焚的情诗》，作者注意到了诗的结构美。在此，不一一列举，只提一提诗的结构美。

《十五这一夜》的开头："花也亲切／草也亲切／十五这一夜。"这是借"花"与"草"来开篇。"十五这一夜／梦中花／花中梦／羞涩的记忆／化作纷飞的彩蝶"，这是中间诗段的人物抒情。"美丽的脸儿与那花枝紧贴"，这是全诗的结尾，整首诗给人一个完整的意境与形象。而意境与形象蕴含或寄存于诗的精当、有条理的结构之中。

"她曾亭亭玉立/微微一笑似是春的枝"。这首诗以写人的美丽形象为开篇。中间爱情的曲折与悲凄，结尾是"她带着儿女回归故乡/生养她的故里"。这诗带有叙事性，有的开头、中间写爱情蜕变，以悲剧性结尾。这是诗人叙述事物的手法，让故事在这一结构中出现。《待焚的情诗》是一册美诗，各种美的呈现在如上的文字中已陈述了。在此，补说一点的是，关于这部情诗的民族性、民族特色的问题。族特色，包含思想、内容、性格、语言、形式及人情风俗。永隆作为壮族诗人、作家，在把握民性、民族特色这方面，是成功的。作为南方人，与北方的诗人有区别——南方有秀美的水，有四季常青的树木，有不败的鲜花，这一特色（特点），决定了南方诗人的阴柔性。阴柔与豪放相对。阴柔与婉约是姐妹。我觉得《待焚的情诗》属于集阴柔性与婉约性于一体的艺术品，与北方骏马、西北雄鹰的性格不同，但同属于一个国度，同等的精神产品。我崇敬北方骏马和雄鹰，但更深爱着南方的绿树、青山、碧泉澄澈的凤尾竹。君以为如何？

（原载于《民族文学研究》，1998年第2期）

人间处处都是情——邓雨泉诗集《人海情》序言

农冠品

1991年9月的一天，收到从北海市寄来的一包邮件，是给武剑青同志寄给我的。我打开邮包，读了里面的信，才知道是北海市文联邓雨泉同志寄来的诗集稿，共二本，分别是《人海情》和《航迹》。作者的来信，以一种十分真切的心情希望剑青同志及我，能设法给他的诗稿寻找出版的门路。我先是交给剑青同志过目，大家都为雨泉同志的心情所感染。难为的是，我国当时的诗集出版不景气。正在为难之中，想到广西作协副主席、仫佬族诗人包玉堂同志正在主编系列的"南国诗丛"，但出集子作者要设法筹款相助（这也是一种寻找出版门路的办法），对诗人、作家来说，不免是一种难言的苦衷！后征得雨泉同志的同意。就这样，终于为他的诗稿找到了安置的去路。路虽崎岖，但也给诗人带来愉悦的亮光。这亮光自然是一种沉思的宽慰。接着，邓雨泉同志希望在广西壮族自治区文联工作的几位写诗的同志，能为他的诗集写一篇序之类的文字。无法推脱，这副责任落到了我的身上。要我为这位诗人的诗集作序，感到不合适，因为我知道雨泉同志是一名老文艺工作者，早年在朝鲜战场上经历了炮火的锻炼和考验，早就发表作品，以后转入地方到文艺单位工作，他本人的经历和生活是丰富多彩的。我曾与雨泉同志有过短短的交往，在北海曾与他见面交谈过，觉得他还依然保持军人直率的性格，十分挚诚。这虽是一种偶然，但作为诗的热心者，我把《人海情》与《航迹》一百多首诗读了一遍，边读边记，一边被这人间处处情感动了！

由于编辑的原因，经主编决定，将原来的《人海情》和《航迹》合二为一，重新编排目录，总名为《人海情》。以"人海情"作书名，是合适的。雨泉同志在创作中，不管是事、是人，还是物，处处注入自己的真切体验，做到有观、有感。每首诗，都讲究真情实感，从实感中获得诗情画意，绝不无病呻吟，不矫揉造作。诗风明丽、流畅，有朴实、率直的诗美。不少诗篇，借物寄情托意，蕴含着哲理思考，思考历史、思考生活、思考命运，等等。读雨泉同志的诗，不感到乏味，处处含情，首首具味。其中，也不乏精巧的构思和佳句。

这本《人海情》，写村妇，写湖光山色，写荷塘幽情，写北部湾改革开放，写夏夜天河，写长空陨星，写海月情怀，写漓江秀美，写南方热情，写北方广大，写历史沉思，写母亲慈爱，写生命闪光与燃烧，写普通人命运，写先烈伟绩，写海滩、海风、海浪美丽迷人，等等，如此多彩多姿，如此动人心弦……诗，是以情动人，以景引人，以美浸透人心，让人从中得到美的启迪、美的感化。"海月哟，你为何多缺少圆，/每夜，我都来海滩问讯等待，/等你十五捧出那圆圆的笑脸"（《写在夏天的天幕上：海月》），这是一种情怀，诗人问月，读者也问月，两者找到了共鸣点。"请赐一条罗巾，/饰我北部湾的老伴，/借我一支玉簪，/偿还新婚的许诺，/让失去的青春，/重返她如霜的白头"（《游漓江》），这是深情、是渴望、是人生的一种美好情怀。诗人有爱情的经历和体验，读者从诗中寻找到这种脉脉柔情，像一湾碧水，洗亮一颗枯黄的心！这就是诗，这就是美，这就是诗的感化。即使是一棵十分普通的绿榕，在诗人眼里，也变成有生命的东西，化入了美好的诗境之中。诗人吟咏道"撑起绿伞，迎接八面来风，/年年月月，编织爱的花环，/日日夜夜，奉献蜜的情意"（《绿榕丰姿》）。人间无处不生情，在诗人的观察和体验中，一枝"残荷"，也作为歌颂辛勤园丁——老师的借喻物。雨泉同志有丰富的人生体验和阅历，因而在他的诗中每物、每事、每景……都化作寓情寄意的诗篇。

《人海情》是泉雨同志多年来辛勤创作的结集，是十分珍贵的。我作为一名读者，同样有珍爱之情。于是，匆匆写了如上文字，就当作序吧！

1992年2月25日于南宁

（原载于《南方文坛》，1993年第4期）

还原归真——读杨柳诗作

农冠品

诗，来源于生活。只有来自生活的诗，才能保持生命力。

或以一个具体政策为文字分行……所有这些，都随着政治风云的消逝而消失了！这不能不说是杨柳在学诗过程中的失败、曲折与坎坷的所在。大概是因为长期以来人们把文艺简单地看成从属于某种政治、某种口号而给他造成了不良的影响。直到70年代末、80年代初，杨柳才逐渐醒悟——把学诗的步子迈上春风吹拂的路。

在作者70年代初的诗作中，能留下的，依我个人看只有《红棉村欢歌》。这是一个组诗，其中包括《喜重逢》《借东风》《拥军柴》《爱民水》《军民林》等诗题。这是作者在部队生活多年的亲身体验的产物。作者写这组诗时，是从生活出发的。在《喜重逢》中，写部队老政委带队野营到红棉村时与当年知交的老赤卫相逢的情景："别时弹雨夜，重逢夜雨中，心扉贴心扉，笑容对笑容，明灯闪闪照金星，新添的银发贴斗篷，相逢同叙当年话，心潮滚滚浪涛涌。"这些诗句，铿锵、感人，有情有景，情景交融。诗在写人，写人与人之间的情感，写军与民之间的情谊。然而，在那时候，作者更多的习作，却没有沿着《红棉村欢歌》的路子走下去，没有去探求生活中真正的美，而习惯于从一些政治概念、政治口号出发。当时，作者也许是还没有体会到学诗步履的艰难。

生活中的真、善、美在提醒着作者，当生活中的诗意向他扑来的时候，他又获得了真正的诗意。这表现在作者以电业生活为题的那些诗篇，如《写在蓝空、壮乡电站》《唱在天空》《歌儿长过输电线赞女架线工》《水电工程师》等，是能经得起时间考验的。"人造湖——大海的女儿，安家到壮山：水电站兴银河的妹妹，飞到了人间"。（《壮乡电站》）由于这是来自生活的诗情画意，所以它是美的。"你看那满天绚丽的红霞，是女电工插下的火红青春，青春的光焰点燃万家灯火，青春的热力转动无数机轮……"《写在蓝空、壮乡电站》这诗的想象，是来自生活的，所以诗的飞翔的翅膀就展开。"高压电线奔过万伏电流，女电工在弹响千里琴声，欢乐的琴声天上飘下，跃进的红线在飞速上升"。《唱在天空》这诗的豪情是壮阔的，诗的音响是动听、感人的。不是从生活出发，怎有这诗之感化力？"壮族女电工豪情添，彩霞撒花扎双辫，脚登铁塔千山矮，手牵银线万里远"。（《歌儿长过输电线》）这诗的警句、佳句："彩霞散花扎双辫""脚登铁塔千山矮"，是来自丰富多彩的生活的大海。好的、美的、绝妙的诗句，它绝不是脱离现实生活的呓语！

杨柳在探求着向前，但应回过头来看一看、思索思索：在自己的诗作中，为什么有比较闪光的部分？为什么有的却随着光阴的消逝而销声匿迹了？要是能思索出一两点来，我看，对今后的创作是会有启迪的。

时代前进了，作为一个诗作者，应进行更多的思考，把眼光放得更宽、更远，更开阔，这是时代的要求。我想，杨柳也许正在这样去做。20世纪80年代的作者的诗作，是一个转变长升进入一个新的诗境。作者在思考、在倾听、在提炼生活……因而，这部分新作，思想性和艺术性比较纯真，具备诗的艺术特性。《新娘子》的"笑窝盛满情意酒，醉了新郎醉了心"是因为"想起去年群英会"。这里，作者在抒写"她"的美的、善的心灵。《爱情姑娘呵，你姓什么？》一诗的作者面对青年一代选择爱情的标准这个严肃的问题，进行思考，概括诗意，笔调诙谐。最后一节作者写道："难道爱情是一种商品？这不是人生的高尚美德！爱情姑娘你姓什么？我仔细地想着、想着……"让新一代铸造出美丽、闪光的心灵，这是新时代诗歌应担负的一种教育职能。多少作者在思考这个问题，杨柳不也正在思考吗？还有《爱的手指》《说些什么》《穿山，漓江姑娘的·眼睛》《山间驮铃》《姐妹泉》《荔枝妹》等新近发表的作品，读时都扑来浓郁的春的、生活的气息。在这些作品中，体现出作者捕捉、提炼诗意的技能比过去提高了一大步。要是说作者这些新作有点脱新的话，那就是摆脱了过去从概念、口号出发的弊病，让诗"还原归真"——从生活实感出发，让诗成为有生命力的、美的、感化人的艺术品。整整走过十多个年头，才使诗的女神"还原归真"。这说明了进行诗的艺术创作，并非轻而易举，是费神、费心力的艰辛的精神劳动。

值得一提的是《姐妹泉》一诗。这是作者诗作中唯一的、从民族民间传说中取材的作品，借物托情，篇章虽短，却耐人寻味。这，对一个民族诗作者来说，也是"还原归真"的一个重要方面。我以为，如果要使自己的诗作彻底地"还原归真"，除无一例外地从现实生活中提炼诗情之外，还应多多从本民族的民间艺术（包括民间歌谣）、民族的优良精神传统中汲取营养，以此丰富自己创作的题材，以此滋润自己的诗的幼苗，诗的花蕾，让诗之果结在民族的土壤上，这无疑是时代的要求、民族的愿望、作者的光荣责任。

愿以此与杨柳同志共勉，不知当否？

（原载于《广西文艺评论》，1982年第6期）

关于《晨跑》的通讯
农冠品

流沙河同志：

最近，在《卫生与生活》小报上，读到了您的诗作《晨跑》。一张不属文艺的小报刊载起诗作来，我感到可敬而又新颖。这，更促起我读您诗作的兴趣。顺着《晨跑》的第一行诗读下去：

> 一条溪流是街
> 而两行水藻是树
> （老树撑伞是圆圆的荷）
> 小鱼追游成串
> 一尾是我

这奇特的、形象化的开头，一下子就把我的心吸住了。

> 而溪水是明亮的风
> 灌入我的耳朵
> 湿了燥裂的鼓膜
> 汇成奇痒的漩涡
> 浸透我的颅骨
> 惊醒了大脑的细胞核
> 合唱起黎明的歌

在诗题下，您分明是在写"晨跑"，然而诗眼却在"晨跑"外。那清清"溪流"、那"明亮的风"，生动活泼，在迎接每一天珍贵的黎明：人们的生活里，像晨光一般明丽。诗题虽小，而诗的内容含义却无比深广，给人以联想——联想过去、联想昨天。

> 而明亮的风是冰雕的梳子
> 从我乱飘的发丛里
> 柔情地梳过
> 梳昨夜的梦
> 睡梦的惊吓

梳城市
梳污烟的黑涛
梳酸雾的白波

　　这里，您把诗的思想高度和深度向前推进了一步。"明亮的风""冰雕的梳子"，分明还是写"晨跑"。"晨跑"者，人也——您是在写人，写人与人之间的柔情、微笑，写人的心和力。这"梳子"的心和力，除了要把往日的噩梦"惊吓"梳理干净，还要梳理损害人们健康的环境污染。从字里行间，我得到了诗的联想。而这联想的获得，来自诗的奇特与丰富的想象力。我赞叹您这首诗的精巧的构思、特别的想象和深沉的诗思高度统一。诗的最后一节，您把读者联想的翅膀暂且收拢回来，回到诗开头一节所规定的典型环境——

街是溪流
树是水藻
（或是菱或是荷）
鱼是我

　　您的诗题是《晨跑》，但在诗里没有出现一个"跑"字，也不曾直接出现"人"和"沙沙"的脚步声。您也没有放纵地漫笔，十分讲究艺术创造的"经济手法"。这四句诗，在诗的结构的美学上看，和开头形式上似乎重复，但内容却已推进，使整首诗的结构，有如一颗圆亮的珠子。

我摇尾向东游在这早晨
崖壁上有人家推窗放鸽
水天一线处
赤霞燃如火

　　您的诗到此结束了。简洁几笔，把祖国早晨那种和平的、光明美好的、生机蓬勃的景象，勾画得生动、鲜明，让人可以捉摸得到，感觉得到。您所勾画的这幅画，依我个人的领会是您这首诗的意境。在这诗的意境中，或者说在这典型的艺术环境中，"鱼""溪流""明亮的风"，都是人格化的典型的形象，或者说是"人"的形象的化身，而这艺术形象的刻画，是用诗的特殊的艺术手法来完成的。我想，如果将《晨跑》写成散文，它的字数会大大地多过诗歌，而今您的《晨跑》总共才二十七行，一百七十七个字。但这，都是您精心锤炼的结晶。

我从未见过您，但在50年代我还读书时，就读过您的诗集《农村夜曲》《告别火星》。你的诗，每一行，每个字眼，都像星星一样闪烁着。您现在仍星星之光中，写诗，编辑。愿您的诗作源源问世，如繁星在天。

致

编安

农冠品

1983年6月2日

农冠品同志：

大作拜读。谢谢你的鼓励。我的诗都写得直，自家病自家知。近年来想变一变，《晨跑》一首是试变之作，得到你的好评，添了一分信心。

忙于日常工作，诗写得少。诗不好写，本来也不是经常都有诗可写的。我也在写一些理论文章，甚至还写科幻小说。只是年龄不饶人，五十一岁了，身体又差，怕这一生做不出什么像样的诗了。前不久写了一首诗发在海外，被细心的前辈荒芜同志看见了，写一文予以好评，以示鼓励。你的文章，对我起同样的鼓励作用。

握手

流沙河

1983年9月13日

（原载于《广西文学之友》，1983年第4期）

神彪诗神——读《吻别世纪》与《花山壁画》

农冠品

　　黄神彪是闪现在民族诗坛的一颗新星，已令人瞩目，我正注视着他运行的轨迹。

　　黄神彪是壮族的后代，出生在神秘的花山崖壁画的故乡——广西壮族自治区宁明县。他血液里流淌着明江水。

　　黄神彪是属于一个苏醒后的民族的后来者。在南宁市西乡塘的相思湖畔，他度过四年的大学生活，学的专业是中文。相思湖的碧水，孕育了他的诗神。读书年代曾与几位同学合出过诗集，于是几位同窗学友结成相思湖畔诗群，并以此为起步走上广阔的社会。

　　在广阔的社会生活画面上，黄神彪开始他的人生旅程，也开始构筑他的诗神形象。

　　他的散文诗集《吻别世纪》与《花山壁画》，先后被列入"中国皇冠诗丛"第一辑与第二辑，1989年、1990年分别由广西民族出版社出版。它们是"中国皇冠诗丛"中闪光的珠宝。

　　诗贵真诚。虚假与诗无缘。

　　诗贵有神。无神的诗，是死了的生命。

　　所谓诗神，是一种观念，一种信仰，一种思想内涵，一种寄寓，一种向往，一种点燃人们心灵火花的引燃之火。归结到一点：诗神即诗的观念形态。这种形态不是说教，而是艺术形象的表现。

　　赞美生命，歌唱生命，是黄神彪的第一个诗神。

　　唯物主义者珍惜生命。没有生命的世界是荒漠、沉寂的世界。有了生命的世界，才有生机蓬勃，充满神奇与美妙，也才能充满幻想，充满诗的圣洁。

　　通过赞美生命、咏叹生命，把生命与民族、与人生之船联结在一起。

　　世间有了生命，就不沉沦，就有发展。民族有了生命就有向上，就有振奋，就有美好的前景。

　　面对大海，面对森林，面对世间万物，诗人情不自禁地从心灵呼唤出生命的交响。

"黑硬黑硬的礁石上，思绪和涛声浪涌交融成博大蔚蓝白云生命的一支交响。"（《吻别世纪》）

"我的生命的青春也涌动着，展开我对大自然的心灵独奏。"（《吻别世纪》）

"向前走去，生命乃是现实对历史的全部流程。"（《吻别世纪》）

深沉、铿锵的诗句，真正从心灵中呼唤出生命的旋律。

诗人的诗神，有空灵感，真具超俗。

诗人的诗神，有自然美，有洁净的化身。

《吻别世纪》与《花山壁画》提到"生命"字眼的，有一百多个。

我不敢说，赞美生命的诗唯神彪最甚。但我敢说，赞美生命的诗神彪应属屈指可数之一。

愿生命江河万古奔流。

愿赞美生命的诗篇，如江河浪花穿越风烟，光亮不灭！

赞美山的伟大与崇高，赞美山的挺拔与坚强不屈，是神彪的第二个诗神。

大山是亿万年前造地运动留下的辉煌伟绩。

"伟大的音乐可以用辉煌两个字来概括。辉煌的山也许只能用伟大来歌颂。"（《吻别世纪》）

"山作为自然之子的雄奇与伟大。让我们爱山，让我们进入美妙绝伦无与伦比的艺术的世界。"（《吻别世纪》）

神彪拉开爱山、颂山、唱山的帷幕。呈现在眼前的有山的颂歌、山的抒情、山的赞叹、山的惊奇、山的高贵、山的险峻、山的博大、山的威严、山的瑰丽、山的雄奇、山的愤怒……山是大自然的乐章，美妙动人的乐章。诗人把生命乐章、精神乐章与山的乐章嫁接，呼唤世间共同"描绘山""创造山""美化山""讴歌山""赞美山"。这些，也是对民族的生命、民族的形象、民族的精神和民族的风格的折射与寄寓。寓情于景，寓理于物。

读神彪关于山的赞美诗，自然使人想起民族的命运、民族的精神、民族的形象与山的光辉、不屈不挠的形象。

山不沉沦，山不泯灭，民族的精神永在。这正是神彪关于山的诗神的丰富多彩的内涵及它的庄严性！

神彪在生命礼赞与大山赞词中，从心灵中呼出隐隐的忧患。因为诗人的眼中，不愿看到大山的坠落与沉沦。

生命沉沦，民族不也沉沦？

大山沉沦，民族不也沉沦？

这种忧患，是民族新一代诗人的情怀。这与一味地歌颂而忘却事物与人世的另一面，就显得清醒与理智了！

以民族传统文化为原材料，以时代精神为支柱构建艺术整体，展示民族古往今来是神彪的第三个诗神。

壮族有自己的传统文化。神话、传说、故事、童话和寓言，是壮族民间文化的沉积。一层层文化沉积，闪耀着民族的传统精神。这种精神如不挖掘让它发扬光大，沉积只是沉睡的死物。一个民族的振兴，怎能与传统文化、传统精神无缘呢？

《花山壁画》这部史诗性的诗篇，是神彪以独特的、新的创造和新的艺术视角，把壮族各种神话、传说融入诗篇，构成一部时空跨度极大极高远的作品。

《吻别世纪》侧重呼唤生命的辉煌与不灭。

《花山壁画》侧重呼唤民族的生灵与智慧的广阔、博大与辉煌。

从恐龙时代起，民族精神就开始大放光芒。

姆洛甲女神，壮族的先祖。她与男祖神布洛陀共同谱写民族部落时代的诗篇。造天地万物，造人类……世间有谁比这更伟大——姆洛甲与布洛陀是民族生命、民族历史的创世神。谁能忘却自己的祖宗？

布伯与雷王智斗，重建洪荒后的世界。

岑逊开辟红水河，用生命与鲜血留下一条奔腾不息的河。

侯野射下十个太阳，留下一个太阳、一个月亮，协调人间的阴阳交替。

莫一大王飞天的火，复仇之火，谱写了悲壮的史诗。

萨奇与萨英兄妹的自我牺牲精神，洒下鲜血，栽植满山遍野的"逃军粮"如此，等等。

神彪诗神，以壮族优秀传统精神为主线，贯穿全篇。《花山壁画》是壮族精神的礼赞。壮族是古老的民族，它的创造精神不灭，它的抗争精神不灭，它的奉献精神不灭。这种精神，连着今天、明天和后天。诗人启迪人们——发扬民族精神，弘扬民族优秀传统文化，向现代文明去开拓进取，求得民族的振兴与繁荣昌盛，使民族巨人立于世界民族之林而无愧，堂堂正正，大大方方。这正是神彪借助民族神话、传说入诗，构筑诗的艺术整体的内涵和意义所在。

《吻别世纪》与《花山壁画》风格浑厚、雄浑、凝重，有一种博大的气势。

《吻别世纪》还不属于系列性的艺术构建。《花山壁画》是一次大跨进，系列性的构建形式，把几千年的民族文化形态凝聚于笔下，构成史诗性的篇章，这是诗人新的、大胆的创造。

系列性手法，不为叙述而叙述，罗列史料，而是截取其精髓，抒情与叙事有机结合，融时代精神于历史画面。这是神彪的成功。

《吻别世纪》与《花山壁画》的语言具有刚健性、奇丽性和叠彩性。读时眼花缭乱，传出的信息为多重的复合体。运用这种手法，便于输入更多的艺术信息量。《花山壁画》时空跨度大，若采用别的手法，要用几十万字才能完成。而今只用七万多字篇幅就完整地构筑成一部史诗。这是诗人在艺术上尝试的成功，这成功也给人们运用散文诗形式来写大题材、大主题起到有益的启示。

赞生命；唱大山；抒写民族情。这是神彪突出的诗神。

诗有情、诗有神、诗有声、诗有美。这是神彪的成功与欣慰。

神彪的路还漫长。

神彪这颗新星今后的运行轨迹如何？

我们期待着。

属于他的那个民族期待着。

（原载于《南方文坛》，1992年第5期）

深刻勾画农村妇女的形象——试析三首农村题材的短诗

农冠品

　　《这里没有流泪的习惯》（王汝梅）、《三喜的女人》（刘波）、《孕妇》（李蔚红）均刊于《诗刊》1985年第7期"乡间的石碑"专栏里。我作为一名读者，无法了解三首短诗作者的情况。依我主观的猜想，他们也许是年轻的作者。出自新人创作的诗作，读后我深受感动，久久不能平静。短诗，同样掀起人们心中的波澜。这三首反映妇女命运的诗，都有真实感，写得十分真切。

　　《这里没有流泪的习惯》共二十五行。第一节五行："这里的小路弯弯/这里的女人出门，/离不开扁担；/沉重的担子，/山一般压着双肩。"诗点出"女人"所处的生活、劳动的环境是偏远的山区，也许只有几户人家。出门离不开扁担，肩上担的是沉重的、山一般的担子。作者简练地勾勒出山里妇女勤劳的形象。第二节六行："这里的山路窄小，/这里的女人心宽。/夭折的孩子/扔到山顶，/心疼却不流泪/硬说'命里不担'"。上一节是写外表，这一节是写内在心理。妇人十月怀胎，是辛苦的。生下的孩儿，注进母亲的心血。作者描写山区妇女的性格，十分特别：她心地很宽，生下的孩子"夭折"了，"心疼"而"不流泪"，将孩子"扔到山顶"，说这是"命"注定的。读了这些诗句，使人为之揪心！然而，在你眼前出现的，是一位坚强、勤劳、朴质的妇女形象。你能责怪她"铁心"吗？让读者自己去思索和回味吧！第三节六行："这里的男人是一个家庭的门面，/轻重的日子都在女人手里攥。/男人洒在地上的汗珠，/也是她们用心丝串联。"这里写的是家庭中男人与主妇之间的关系：女人治家起主要作用；女人掌握了自己的命运。她已不属于男人的附属或被奴役的地位。这是对中国妇女当家作主的热情赞颂。这节诗的后两句，形象化地赞美站立起来的、心灵美的女性的形象。土地上洒落的汗珠，由女人的心思串联起来，像一串串珍珠玛瑙；这诗句，富于概括和想象，是诗表现生活的特殊手法。第四节六行："这里的山青，/这里的天蓝。/这里的妻子/不喜欢丈夫愁眉苦脸，/说：流泪不如流汗/汗会把生活泡甜。"这节诗，是整首诗的画龙点睛，即人们常说的"诗眼"。用"山青""天蓝"这高大、晴朗的自然景物

（景色），衬托出"妻子"的性格特征，"不喜欢丈夫愁眉苦脸"。她的人生哲学是什么呢？概括为精彩的两行诗，"流泪不如流汗/汗会把生活泡甜"。这就是"妻子"的生活哲理。无疑，这是真谛。人掌握了自己的命运，就要以辛勤的汗水创造物质财富，创造美好的生活。整首诗的最后两行："呵，这里，/没有流泪的习惯。"看来是多余，但细细品味，"多余"却变成"必要"。它起到了进一步点题和产生诗题与结尾相呼应的作用。全诗语言、风格很朴实、流畅，运用了不少排比句式，如"这里……""这里……"读了产生一种整齐的美感，也产生一种加强与深化诗思的艺术效果。

　　第二首《三喜的女人》，全诗共三十二行。这首诗，作者勾画的这位"女人"的形象，与第一首的"妇女"不同。《三喜的女人》写的是历史剧中悲剧性的女性。

　　"三喜刚过门的女人病倒/女人的呻吟/像一只手/把三喜的心猛地提到/喉咙里/有一种声音隐约地/在远方闪亮/三喜是一片树叶/被屋后的松涛/吹得摇摇晃晃//女人，白净的女人/三喜的女人/——三喜不信任地一跺脚/卫生院的那个眼镜后生/从三喜的屋门口/滑下去/夜，震落了/三喜女人的呻吟/吹动着三喜蓬乱的黑发//女人，我的女人/三喜打开一百块钱的红封包/红封包里摇摆出一个/精瘦的、会念咒的老倌/老倌撩起衣袖/老倌喝了一斤白酒/老倌一声大叫/砸在女人的脸上/女人的呻吟/渐渐地散成一片白亮的月光/女人，女人/那三喜跪在地上/变成了一块石头"。这首诗，风格属散文化的诗；语言较口语化，也颇朴实、流畅，是白描的现实主义表现方法。这位"三喜的女人"，的确还没有站起来，还没有掌握自己的命运。她的命运握在"三喜"的手里。"三喜"是老实的农民，可能是一名造林的能手，或责任山的主人。他憨厚，然而他思想上没有摆脱迷信、愚昧的羁绊。他的女人病倒了，面对女人的呻吟，他毫无办法，神魂恍惚，就像屋后的松树，被风吹得"摇摇晃晃"。卫生院"那个眼镜后生"（医生）来给他的女人诊断，他"不信任地一跺脚"，赶走了年轻的医生。他不信科学，毁灭了自己的女人的命运，却以一百块钱请来"会念咒"的"老倌"（道公），为女人画符驱鬼。结果，"女人的呻吟渐渐地散成一片白亮的月光"。她死了吗？作者用"散成一片白亮的月光"来描述。这是诗的想象与含蓄，让读者自己去深深思索。是的，"女人"的命运是可悲的，她毁灭在迷信和愚昧中！"女人"命运的主宰者——三喜，"跪在地上/变成了一块石头"。这"石头"里所包含的那些毁灭"女人"命运的因素，是该在烈火中熔化成灰的时候了！该让更多的"女人"的命运，如春花般开放了！这首诗反映的生活，是发生在我们现实生活之中，难道不应深思吗？感谢作者关注我们的农民和农村妇女的命运。

第三首诗《孕妇》，共二十五行。它勾画的是另一种妇女的形象。诗中的"孕妇"，为了抹掉昔日留下来的不光彩的生活的画面，她有寄托，也有期望，她有心绪……她紧紧地、争分夺秒地与土地连在一起。土地与命运、收成与命运、婴胎与命运，是那样密不可分地相依存着。全诗写得水流一般自然，给这位"孕妇"勾画得形象鲜明，也有细节上的描写。

"黄昏的色彩，涂上了/她迟缓的脚步/庄重的神情/她还在劳动/刚刚直起腰，望一眼/身后的庄稼/那是一片成熟了的庄稼呀/玉米缨被太阳烧得金红/金红金红地飘动/秋野的风吹过她黛色的面颊/一阵隐约的躁动/她轻轻咬住了嘴唇/咬住了喜悦/咬住了疲累/咬住了猛然泛上心头的/所有事情……/玉米好掰了。土地/就要卸下一年的重负/她自己向自己笑了。她脸红了/没有歇息，又向前移动……她知道；土地的收获/来之不易/并且，每个季节都有每个季节的使命"。读了全诗你能不为这"孕妇"默默地劳作、淡淡的微笑、满怀的希望所感动吗？中国的农村妇女，像这位"孕妇"何止千万！我们的人民，是可爱的。中国的农村女性，为什么她的男人，这时不分担她的负重？作者没有写她男人的形影，这不正是为了让人们关注她的命运？这不正是作者眼中所达到的艺术感化的意愿吗？

来自生活的、散发着乡土气息的诗，使人可以感触到的诗，表现人们悲欢离合命运的诗……人们从心里喜欢，产生共鸣感。

1986年1月

（原载于《民族文化论集》，南宁：广西教育出版社，1993年版，第201~204页）

寄边境——读诗随记

农冠品

　　从你们那里归来，忽已过了一个月的时间。一个月的光阴，在人世间苍茫的大海里，就像是一丝飘飞的云烟。然而，它对我们之间来说，却并非如此。不是吗，想起一个月前我们一起在祖国的南大门留影；一起漫步在祖国的边境；一起访问边境上的高山哨所……这一切的一切，至今仍留印在我的脑际，令人久久难以忘记！祖国边境的一山、一水、一草、一花、一木，祖国边境上的手握钢枪的战士和他那如星闪烁的、警惕的双眼，经常在我的梦中出现。这一切的一切，似乎在热切地轻轻地呼喊着：抒写吧，抒写祖国边境神圣、美丽的河山；歌唱吧，歌唱时刻守卫祖国边防的最可爱的人！……记得你们要我给边境的园地写一点东西，但回来之后，一直未能提笔，我欠了文债，深感内疚。正在我沉思动情之际，收到你们寄来的抒写这次边境之行的诗作，我打开它——认真地细读，仔细地品味，那诗里行间，一股边境的风味清晰地扑来，这怎不使我感到高兴呢！我首先向你们学习，学习你们热爱祖国边疆的诚挚的情感，学习你们的辛勤的劳作。

　　诗作《访古炮台》是借"古炮台"为题抒写作者的情怀。诗写得较集中、凝练，作者下笔之前，是经过构思的功夫。因此，诗意提炼得比较单纯，没有杂枝乱叶。作诗时要十分注意炼意、炼词、炼句。诗是以最精练的语言来表达最丰富的内容和感情。不能下笔百行、千行，使诗漫无边际。这首《访古炮台》作诗时是注意到以上的要求了。当然，这首诗的分量轻了些，内容、感情发挥不够。因此，诗的思想深度不够，这有待今后努力提高。《访古炮台》用词上，我修改了几个地方，不知是否妥当？如诗的开头："登上金鸡山顶，/群峰拜倒脚下。"把"顶"和"拜倒"删掉，"拜倒"以"在"代之。其实第二句有"群峰在脚下"，已表明山之高，第一句如留"顶"字，就多余，故应删掉。另第一节第四句"垒起宝塔"中的"宝"，应改为"炮"——要切题，因为金鸡山军事要地，不是客人游览的风景区，如用"宝塔"就在诗的内涵上，破坏了"要地""要塞"的个性特点。诗句里的每一个字，都应经过推敲、讲究。这首"炮台"第二节第二句"祖国江山依旧美如画""美"字应删，因"如画"即包含有"美"的成分，再要"美"字，反而不好。第三句"历史长河的浪花"中的"花"，应改为"涛"字，"浪花"不能"淘"，只有"浪涛"才能"浪淘沙"。这是用词贴切、准确性的问题。至于这首诗第三节头一句中的"呵"字，为什么不放在句末，而将它放于一句之首呢？这是讲究情感的自然发展问题。上面内容是写景、回忆，接着应该是感叹，呼唤，因而"呵"字放"雄伟的古炮台"之首，不更合情理吗？我想理应这样的。不知你们的看法如何？

《巡逻道上》，诗意较浓郁，也有南国边疆的特色，而更主要的是作者在生活中发现了"香"和"甜"的诗味，并把它和边防战斗生活嫁接起来，构成一幅风情水墨画，读了之后，使人对边疆生活产生热爱和向往；而更使人热爱的，不单是甜津津的蜂蜜，而是辛勤劳动在花间的姑娘，以及在花间小道上巡逻、警惕敌寇入侵的边防战士的情操——这不能不说是这首诗作的成功和优点。这些成功的效果不是作者用口喊出来的，而是通过诗的艺术、诗的美学的感染产生的教育效果。这就是艺术教育和政治教育的区别所在。这就关系到用形象思维，或用逻辑思维的问题。诗及其他艺术创作，都要运用形象思维。对这首诗作，在文字上，我作了一些修改，如第一句中的"缀满了"，我把"了"字删了。因一切都在进行和运动，包括树枝上的"金色的小花"，如用"了"字，这种"进行"和"运动"的生命，似乎就"完成"和"停滞"了。一字之差，含义非同！第二节诗第二句"这里有一条香甜的蜜河在花间流淌"，今改为："这里有一条蜜的河流在流淌"，因为"蜜"已包含有"香甜"因素了，只留下"蜜"即可。同一节诗第四句"金闪闪的蜜汁溅满了她们的衣裳"，改为"金闪闪的蜜汁溅满花朵艳丽的衣裳"。用"她们的"不自然，不用"她们"而又指"她们"，故改为"溅满花朵艳丽的衣裳"，这肯定指姑娘们，用"花衣"就足够说明了。这叫什么道理，我一时说不上来，我只感觉这样改读起来顺畅、美丽、含蓄一些。另一个地方，形容"摇蜜机怦怦地高唱丰收的旋律"，这里应改为"高奏"丰收的"乐曲"更贴切些。《红果熟了》，是写边防战士与一位姑娘的爱情——确实写出"情"和"意"来了，诗是美的，也并非空谈，而是有生活细节。这里我只议论一下：到底写边防战士生活容不容许写爱情？我的回答：应该允许，应该有。你想想：如果我们的边防战士，没有家乡爱，没有父母情，没有爱情的思念……哪来的对侵犯者的恨，对祖国、人民的深沉的爱呢？这首诗进入了常受非议的"禁区"，这是好的。我们的战士感情最丰富，他们称得上新一代最可爱的人，我们应该歌唱他，赞美他的情操、情怀。

《边防战线上的歌》（三首）：《最美的歌》《新房》和《送西瓜上哨所》。《最美的歌》和《新房》立意是好的，但艺术表现上不行，我觉得是失败了。《最美的歌》全诗五节诗，二十行。句子顺畅，也很押韵、上口，它失败在哪里呢？原因是没有捕捉到生活中的具体的形象，如这样的诗段："战士在边防线上巡逻，/心中有一支最美好的歌；/献给伟大的党，献给亲爱的祖国！"又如："这是一支壮丽的进行曲，/谱进万里风雷，/谱进十亿怒火；/音符里有无数马达在交响，/旋律中荡漾无垠的禾浪绿波。"如此诗句、诗段，没有错，也很流畅，但这是空的写法；这首诗，没有给边防战士划定一个典型的、具体的环境，而是海阔天空。你也许会说，环境就是"边防线上"，这也还太空、太宽。前面所说的《巡逻道上》，为巡逻的战士规定和描绘了一个特殊的、典型的、有生活实感的环境——养蜂园。这样写是从实感出发，而不是从平面上出发。因此，写同一主题、同一题材，但成败却不一样。《新房》同样是五节诗，二十行。作者想表现出在那场战争中的边防线上的军民关系。这想法很好。然而，要达到艺术感染人的彼岸却摇不起桨、撑不开船，没有艺术的翅膀，此为其一。其二，这首诗失败的原因，我想还在于：构思未成熟，表现出来的意和景使人含糊不清——到底是控诉敌寇？还是该赞扬军队爱民的精神？两者都含混不清、交代不明。写诗和写小说、写戏也有共同点：时间、环境、人物关系、事件起因，等等，都要作交代，不是在开头，就是在中间，都要给读明白。试举李白一首送友诗："故人西辞黄鹤楼，/烟花三月下扬州。/孤帆远影碧空尽，/唯见长江天际流。"开头句就交代了送友人的地点、环境，第二句写送友的时间和去向；第三句、第四句才抒写送友的依依之情。我们写新诗应学习古人作诗的优点。也许你们已经做和正在努力这样了，这里是共勉而已。《送西瓜上哨所》是成功的，但诗的题目太白，且改为《送》如何？作者原写八节诗，三十二行。今略改，六或七节，二十八行。这首诗从实感来写，开头"七月骄阳似烈焰，/晒得石板冒青烟：/姑娘挑担把山上，/歌声回荡群峰间。"仅用四句诗二十八个字，就把季节、情景、人物、事件、环境，都概括作了交代。接着层层表现姑娘们送瓜上哨所的急切心情，写得具体、形象、生动，还运用了以景烘托人物感情的手法。唯有中间两节诗："姑娘摇头甩甩辫，/展翅好像穿云燕；/扁担悠悠把话答，/要夺分秒抢时间。姑娘快步山连山，/喜得鹰追行云撵；/歌声一曲笑一串，/人随歌笑上青天……"今把中间四句删掉。因为这四句诗，使诗产生分散和枝节，写了姑娘如"穿云燕"，中间又有"鹰追行云撵"，似乎没有必要。如今是"歌声一曲笑一串，/人随歌笑上青天"，紧接着，已把登高的形象描绘出来了。写诗一定要学会"经济手法"，要用最突出、最短的诗句，表现集中、典型的感情和形象，啰唆了，就失去了这种手法。诗的后一句已改得更形象、准确些。

以上这些，都是读稿札记，边读边想记下来，是地道的随谈。也因为是随想，难免有谬误。敬请原谅！

1980年9月4日

（原载于《民族文化论集》，南宁：广西教育出版社，1993年版，第205~209页）

评《芦笛》词刊

农冠品

桂林名胜芦笛岩的神奇妙景，也许你已欣赏过，它令人流连忘返。

这里要说的芦笛并不是桂林的那一胜景，而是在南宁诞生的、由中国音协广西分会主办的词刊《芦笛》。

《芦笛》自1980年创办到现在，已有数年时间。它虽然还是一个没有公开发行的小刊物，然而，却得到全国众多省（区）、市作者的广泛支持。仅以1983年编的六期刊物发稿来看，就包括广东、贵州、河北、浙江、四川、黑龙江、江西、湖北、山东等省及昆明、广州、北京、沈阳、南昌、哈尔滨、上海、天津、重庆、武汉等市的作者。

《芦笛》共出了20多期，每一期发表的词有40首，如以总的期数20乘以40，总共发表了800首词，这数量是洋洋大观啊！当然，要繁荣歌词创作，不能光从数量上来看，但像歌词这样一种形式，它短小，又要与音乐相结合才产生和发挥它的宣传、教育和美的感染效果，如果没有一定的数量，是满足不了广大听众和音乐欣赏者的要求的。

在这里，不可能对几百首歌词作总的、全面的评述，而仅就1983年的六期《芦笛》所刊载的歌词，泛谈一些看法。

一是时代的回音。大家知道，歌曲的时代感，要比其他文艺样式强烈、浓郁、及时。它是时代的音响、人民的心声。1983年《芦笛》所发表的词必然烙下80年代这个特定的年代印记。如《歌唱起飞的春天》《甜甜的乡情》《奇怪的小树林》《青蛙叫蝈蝈》《个体户之歌》等，从不同的角度，反映和歌唱80年代我国城乡、边疆、山寨的新气象、新风貌。祖国的"春天在起飞"，这翅膀不是别的，而是以现代科学技术和先进文化为动力。壮家山乡"处处报春色"，花果、蕉林、八角、蔗海、菠萝"盖满万重坡"，是党的十一届三中全会以后农村经济政策的硕果和繁荣景况。农村正在进入现代化的新阶段，那"奇怪的小树林"，形象地描绘了"电视机天线"的这一新事物。《个体户之歌》中的："我们弟兄俩，/都是个体户，/街头摆摊档，/巷角开小铺。/童叟无欺做买卖，/勤劳致富有门路。"这是60、70年代中国城镇所没有的。这种具有时代感的歌词，说明广大词作者的创作激情、创作灵感，是来自当代火热的生活。这种紧扣时代的创作热情，是值得称赞和发扬的。

二是广泛的题材。歌词是感情的升华，它以情感人、以情动人，它借助音乐的翅膀飞翔。歌词所选择和截取的现实生活中的人、物、事，不能太庞杂，但又要求每一首词的选材和选材的角度要新颖，不能千篇一律、千腔一调。1983年《芦笛》发表的200多首歌词，内容、题材是丰富的，有歌颂党、歌颂祖国母亲、歌颂计划生育、歌颂农村生产责任制、歌颂民族大团结、歌颂山寨新风貌、歌颂祖国山水秀美、歌颂年轻一代的情操、歌颂边防战士生活、歌颂学校老师的辛勤、歌颂少年儿童的心灵，等等，连一颗小小的"道钉"，也成为词作者借以寓意之物，用来抒发普通劳动者"生就一身铁筋骨，/哪里需要哪扎根"的崇高品德。这可看到生活、劳动、战斗在各个岗位上的词作者，心与人民、与时代、与祖国、与党是相连的。他们在"双百"方针的指引下，以四项基本原则为准绳，在歌词创作这个领域里，解放思想，在求索中突破和飞跃，力求歌词与时代、与人民有共鸣的心音。

三是鲜明的地方民族特色。中国幅员辽阔广大，是各民族的大家庭。以气候而言，南方与北方各具鲜明的地方特色。广西地处祖国南疆，又有壮、瑶、苗、侗、彝、京、仫佬、毛南、回等少数民族，还特有甲天下的桂林山水，如此等等都成为歌词创作的源泉；忽视了地方、民族特色，作品将大为逊色。这方面，《芦笛》的编辑是注意到了的。同是抒写桂林、阳朔、漓江的优美景色的词，但构思各异，各抒情怀，或直描其景之美之妙，或借山水寓意托情；词语也各有特点，有的委婉，有的明快……这些歌词，当作离曲之作来读，也可以看成一批较好的桂林山水诗。反映和歌唱广西各民族生活的，如《喝口瑶家蜜糖水》《阿妹不责怪》等，写到广西的左右江是红七军、红八军的根据地，明江、左江沿岸的花山奇景；红水河的水电站发出的热和光；金田是太平天国农民革命的发源地；桂北越城岭中央红军留下的足迹；广西海边的渔家和渔民的生活；也都很有特色。

四是多样的风格及手法。兰梅的《调皮的大海》，写得活泼、可爱，手法是拟人化。词分二段："我在海滩上跑，/大海追着我跑；我问大海要个贝壳，/它用水洗湿我的脚。/哎呀，调皮的大海，/它就是这样开玩笑！//我在海滩上坐，/大海朝着我笑；/我在沙滩画间小房，它又跑过来抹掉。哎呀，调皮的大海，它就爱这样开玩笑！"这是一首儿童歌词，从它的形象和意境中，可以看到一位天真活泼的小孩在海边海滩上游玩，在与调皮的大海嬉戏。这首词，如谱上曲，容易记忆和传唱。词的语言和诗不同，词要写得明朗、又有形象，有生活气息，不能靠堆砌词语。这首词虽短，但有情、有景、有形，我颇为喜欢。我不懂音乐,但从诗词的角度上欣赏,它是一首较好的儿童诗。马向东的《谁能知道》,风格和手法是通过含蓄的反问语气来托情,也是一首较好的独唱抒情歌词,它的节奏比较缓慢,让人慢慢去品味寻思,从中捕捉到它的思绪。

统观1983年所发表的200多首歌词,也感到有些不足之处,如短小、明快、概括力很高的群众性歌词,相比之下,太少了。现在发表的词,有的只适合大合唱,有的只适合独唱;对唱和表演唱的词也少了。这些词,有的句数太多、太长,不容易让人记住,这对词创作来说是一大缺陷。我想,每一位词作者创作出来的词,都希望成为"能唱的诗",或能插上音乐的翅膀。像现在的一些词语冗长、繁杂、一段词多达十多二十句的作品,是很难入曲而流传开的。有的词的语言,欠口语化,也是难入曲的。

芦笛声声。在歌词创作上,要继续求索,不断突破,以求得词作的意、情、声的完美统一。让歌声在建设精神文明的美好事业中,回响着时代的、强烈而又美妙之音吧!

1984年2月

（原载于《民族文化论集》,南宁:广西教育出版社,1993年版,第213~216页）

诗的种子没有泯灭

农冠品

在广西的诗歌园地里,早在50年代末,曾出现过一个叫"鲍夫"的名字。当时他在发表作品时,在"鲍夫"的前边经常标上"瑶族"二字。广西是一个多民族的省区,在诗歌创作的队伍中闪现"瑶族鲍夫"这样的四个字眼,自然引起世人的注意。也许,人们并不知道他的真实姓名——蓝成琪。

蓝氏出生在马山县红水河边山区的瑶家村寨。当他作为一名青年进入社会,还是一名工科的学生,在当年柳宗元写岭南诗篇的柳州市求学。以后不知是什么原因，转到广西民族学院中文系读文科。也正是在那个时候，我认识了他——他作为一名瑶族民间文艺爱好者参加广西民间文学的有关工作。从学工科转到学文科，对一名青年，自然在他的热血中燃烧起文学创作欲望的火焰，于是他写诗来歌颂党和社会主义。在我读到他的诗作剪辑中，在那些年代，他发表的诗歌有《高唱协作歌》（《广西日报》，1959年2月13日），《五月的田野》（《南宁晚报》，1959年5月11日），《祝福》（《南宁晚报》，1959年6月5日），《李大妈》（《南宁晚报》1959年11月13日），《好呵，瑶山大丰收了》（《广西文艺》，1960年第10期），《瑶山路》（《南宁晚报》，1963年6月20日），《古城》（《广西日报》，1963年8月23日），《炉火融融》（《南宁晚报》，1963年12月26日）。这些诗作，是鲍夫于五六十年代创作的。

据我所知，当年鲍夫在广西民族学院中文系读书时，也正因为诗的创作热血在燃烧，于是点燃了前进道路上的坎坷，他被迫离开校门回到家乡马山县农村。从60年代到70年代，鲍夫的创作是空白的。这段人生的坎坷与空白，鲍夫也随着岁月的流逝，从热血青年变成了中年人了。在我看到他的诗作剪辑中，于1974年第8期《广西文学》发表了他的一首写海边的诗《永葆南海明媚的春天》。不知为什么，在那年月里，"明媚的春天"忽然飞到他的笔尖来！也许，那时他的人生有什么较好的转机，或出于违心来作赞美诗。

鲍夫这个字眼，或说"瑶族鲍夫"这个笔名，到80年代，又渐渐地较多地与世人见面。我知道他在这些年来，介入政界，奔波于基层的政务，然而，百忙中他没有忘记创作或用一句文雅的话来形容：鲍夫这颗早年的瑶族文学创作的种子，没有被岁月的风尘所淹没，在重新生长、闪光！我看到他80年代创作的新诗作：《菠萝》（《金城》，1981年秋季号）；《凯旋的天使》（笔名：柯捷；《马山文艺》，1982年第7期）；《花盆》和《春在人间》（两个组诗，马山文艺，1982年第7期）；《心花小集》（南宁晚报，1982年1月7日）；《崖上凝思》（《金城》，1982年2、3期合刊）；《基坑谣》和《爱》（与红波合作，《大化工程报》，1980年1月20日）；《告别瑶山》（《香草》，1982年8期）；《瑶山晚会》（《广西文学》，1982年第2期）；《"团结碑"前》（百花，1982年第4期）；《花匠吟》（《农民之友》，1982年第

4期）；《中华，我给你一支赞歌》（《灵水》，1984年3期）《歌圩风情》（《河池日报》，1985年1月2日）；《北部湾拾贝》（3首，广西工人报，1987年1月21日）。我详细列出这些诗作的篇目清单，意在说明"鲍夫"没有沉默，"种子"没有泯灭。种子开出的这些诗花，即使是在乡间的菜园边，或某个小报的报端，但白纸黑字，记录了这位"瑶族鲍夫"的情和意。下面，我想对鲍夫的诗作，试作一点随想式的评说。

以朴素的、感恩的、歌颂的形态介入文学创作，这是鲍夫诗歌创作的一个十分明显的色调。瑶族在广西及全国分布特点：小集中、大分散，多数生活和劳动在深山村落。在那漫长的旧社会，瑶族人民的生活在流淌着一条悠长的苦楚的、渗着血与泪的河流。鲍夫作为瑶族中的一员，也像一滴苦水在那漫长的苦河里流淌。中华人民共和国成立后，瑶族人民自然地从心里、感情上，寄希望于共产党、毛主席、社会主义这个大的政治和时代环境。于是，鲍夫作为一名青年人，一旦学习和掌握了文化，朴实的感情，感恩的、歌颂的创作，便从那条苦河里跳脱出来，变成一首首诗作来歌颂共产党、毛泽东领导的社会主义。《高唱协作歌》一诗写的是壮瑶人民的"大协作"精神："马山都安大协作，/踏碎浪涛飞过河，/英雄来到马山城，/门不进来茶不喝，/为了炼出团结钢，/携手战斗在山城。"这样的情景和场面是壮观的，人们的愿望是善良的：想通过大炼钢来改变自己的山河、社会、生活，这本身是人民的一种希望和需求。鲍夫当时对这一运动，感情与理解是单纯的，于是无须顾忌地高唱出"协作歌"来。像这类创作手法，感恩的、歌颂的诗作，我统计了一下，占鲍夫诗创作的90%以上。不管是"瑶山的大丰收"，瑶寨的"石头城"，山寨的弯弯"瑶山路"，或绿水青山中的"水的歌"，以及耸立起来的"团结碑"或倾注于政治抒情的"中华，我给你一支赞歌"，等等，都属于颂歌型的作品。鲍夫的作品50、60年代至80年代，都深深地烙下这一创作的印痕。他由于忽视了主体性（或称之为个性），所以他的诗作有的随时间的消逝而消逝，经不起时间的考验被时间淘汰了！鲍夫的这些作品，缺乏瑶族的生活个性和民族文化的特征。也许，这是由于作者在创作时，受到政治中心、具体政策的局限，不少诗成为一时一地的政治与政策的依附物，当某种政治和政策变化了，"依附物"也就会随之消失了。这不仅是鲍夫一个人值得反思的问题，也是一代人共同反思的问题——文艺与时代政治与政策的关系，如何找到一个最佳的境界，使作品既具有时代性又不失艺术性，使两者统一成为传世之作？这些问题也许正在解决，或已逐步解决。

开始涉及反思和寻求一种哲理的思维方式和创作方法，这是鲍夫诗作初露的征兆。反思是时代的思潮，也是哲学和文学的新思想、新突破和新追求。反思历史、反思人生、反思社会、反思民族命运，这是任何一名文学创作者不可回避的。反思一旦有新的突破，作者的笔下自然产生较高思想性和艺术性的作品，或者是具有一定的哲理性的作品。这种反思和哲理基因，在鲍夫的诗作中初露一点征兆，但还未形成一种自觉的思维方式。1982年，鲍夫创作了一首仅十六行诗的《崖上凝思》，这是唯一一首反思历史的诗作：山有多高？/云雾常年萦绕。/崖有多陡？/有如斧削，无处栖鹰。/为了种行玉米，筑起"万里长城"，/为了填平咫尺宽的"大寨地"。/挖空了千个垌场"。这是一种盲目？或是一种无知和愚昧？反思农业学大寨，这是历史的一种醒悟！鲍夫一直到80年代才开始站在家乡的山崖上，突破原来的视野和感情模式，隐隐约约地在内心呼喊："我抬头凝望山雾，/疑是当年万吨炸药化成；/我俯瞰怪石嶙峋的谷底，/还听到当年开山的炮声……"。我想，反思是沉重的，于是作者在诗的末尾，没有再更高地扬起翅膀，而是用省略号作结束，去继续作反思，或酝酿一种新的创作的冲动。在这以后的创作中，我们还没有听到鲍夫新的呐喊。

一位科学家在发表对文学的看法时说，具有哲理性的文学作品，是文学作品的最高层次（大意）。诗人、作家是人民、时代、社会的关注者，也是思想家、哲学家。这是一种最高的、无限的追求。

鲍夫在1982年创作的一首短诗《花匠吟》，是借"花匠"的命运，寄托了人民的一种追求与愿望："那盛开的花曾被污水污染过/深信红水河总会澄清"；"阳光终于融去了寒冬，春风吹开了满山金银。"这样的诗句颇含深意，给人较多的启迪和深思。我想，这是作者经过主体的思索得出的。什么叫深含哲理？从现实中经过自己的思考、摸索而得出的合乎客观真理的语言结晶，即为哲理性。当然，这是一种理论要求，如何进行思考和提炼成艺术型的感人诗作，这是每个作者的自由和选择。

我想，鲍夫人已到中年，他在50、60年代的那种创作模式，和长久突不破这种模式，是可以理解的。相信鲍夫的创作，会成为一种民族文化历史型与现代文化生活型相结合而产生一种新的创作思维和方法。作为一名瑶族的作者，更重要和迫切的是，深入了解本民族文化特质，又把握住新时代的文化特征，开拓自己的创作思路，敢于登上高处去鸟瞰；创作出属于瑶族又属于时代的作品。鲍夫在《老林深处》一诗结尾唱道："看升腾起伏的茫茫林海，/胸间屹立着我的民族"！这正是瑶族人民的一种精神，也是瑶族文学的一种希望。

（原载于《广西瑶族文学评论集》，1991年6月）

美好的诗心——读黄家玲诗作随记

农冠品

黄家玲同志给我寄了他的大部分诗作，其中有一本于1982年8月编印的诗集，名叫《海笋》。他还有一本新的诗集要出版，我很希望读到它。可能是书未印制完毕，读不到诗人的新作感到有点不满足。但他给我的诗作（包括集子和剪贴簿），我都读了一遍，一边改，一边做一点随记——随时随地的感想！也可以说这是一种浮光掠影。随记之类的文字，感性多于理性，自然缺乏一种理论的归纳和提炼的逻辑高度。这也是与我自身的诗的理论修养不高有关。

我接触家玲同志是在70年代。那时，我在《广西文艺》任诗歌编辑。我们之间密切交往，成为朋友。他的《扫街歌》就是那年代创作发表的。不管那年代的政治风云如何，《扫街歌》问世至今二十年已过去，它的思想内涵、它的审美性都是正确的。因为它与劳动者的命运相关联着，赞扬一种不分贵贱的劳动本色，赞颂新社会带来的风貌，这不能不说是诗的主调，或称之为时代的主旋律。《扫街歌》全诗分两章，共64行。诗风为民歌民谣体，通俗、明快、音韵和谐。"扫呀扫呀不停手，/扫呀扫呀乐悠悠，/残枝败叶全扫尽，/曙光永远照心头！/扫呀扫呀向前走，/扫呀扫呀精神抖，/扫去肮脏旧世界，/迎来壮丽新宇宙！"是的，在我们这个悠长的、广阔的人类社会里，是存在许多"残枝败叶"的。这是诗人经过艺术思索后的一种诗的结晶、诗的寄寓。我们这个世界，也的确还有许多"肮脏"的东西。如果都没有"残枝败叶"，没有"肮脏"之物，我们这个世界，就如一片朝霞美丽得多了！正是为了"迎来壮丽新宇宙"，我们的国家、民族，才经历了风风雨雨，雷鸣电闪，流血牺牲，写下了许多悲壮的诗篇。《扫街歌》可说是家玲同志成名的处女作，也是他踏入诗歌大门举着的一面闪着光的旗子。结合我个人当时作为一名编辑者之一的心情，特给这首诗倾诉一点感想。起点或起步是值得回忆和珍惜的。编辑与诗人一起回忆那已逝的往昔，会产生一种共同探索的、无言胜有言的情感。这就是文友的力量！

诗集《海笋》，收入两篇诗评，一篇后记。全书分《人意》《天情》《山风》《海韵》共四辑。这四辑诗作，诗的思想内容，诗的生活题材，诗的表现形式，诗的音律运用，等等，是丰富多彩的。大的如世界的风云、祖国的变化，小的如一事、一物、一景。所有这些都被纳入诗人的胸怀和脑海，经过艺术的制作，成为一首首美好的诗篇，这美好的诗篇，也是诗人美好的诗心！

《瀑布》这首诗发表于1981年，共12行，借物抒怀；一二节是排比的运用。全诗做到理念与艺术的统一。结尾一句："山间的瀑布绿水长流，/心间的瀑布奔腾万古！"把物与心嫁接，画龙点睛，使诗思升华。

《万年青》发表于1982年，全诗50行。抒情诗，借古榕及南流江寄寓诗情。采用对应排列长句，颇深沉、凝重。

《春花满山坡》发表于1977年，全诗28行。写领袖人物的主张这一重大主题。不足的是，诗的理念与诗的艺术不统一。

《我在读一部英雄史诗》发表于1977年，全诗88行，有题解。政治抒情诗，写领袖人物的重大政治活动这一主题。不足的是，理念与艺术之间的不统一。

《瞭望亭》发表于1976年，全诗45行。写山乡建起地震观测台，这是一个关系到人类命运的重大主题、诗过分地对客体进行描述。少了主体的艺术个性，也少了寓意。诗人应作为主体，人不是自然的奴隶！

《挂在北回归线上的眷恋》发表于1980年，全诗28行。写诗人登云山而产生怀念台湾同胞之情。内容很好，但理念过于主导，忽视了理念与艺术的统一，读后没留下探索的空间。

《岭南索桥》发表于1981年，全诗12行；有题解。借物抒怀。这是我国诗人的常用手法。诗偏重对客体的描述。最后一节诗有佳句："相仿的造型，铁铸的链，/你把昨天和今天紧紧相连；/……漫步在桥上的年轻人浮想联翩；/呵，索桥——/我们懂得怎样从今天走向明天！"

《园丁乐》发表于1982年，全诗分四节共16行，写人民教师生活。第四节中："闪光的黑板是你指挥航海的荧光屏。/——粉笔在荧光屏上频频扫描……"比喻、想象颇新颖，但与全诗题目的形象有矛盾。园丁这一形象未连贯全篇。

《在南国边陲》发表于1982年，全诗由《界河桥》《八角林》二诗组成，共34行。《界河桥》的最后一节诗颇成功："像断肘被驳接还顺，/阳光又携着昨天走过桥面。/桥北的竹笛，桥南的琴弦，/同一节拍，清纯如泉……/界河桥，/应相信：这是你的明天！"是的，人们不希望人间有怨，诗人的心愿亦是。《八角林》写边防战士之情。诗做到理念与艺术的统一，避免了概念入诗。这正是我们的主张。诗，是时代的反映，但要把理念隐离于艺术形象之中。除政治抒情诗可直抒胸臆外，反映生活、劳动、爱情和风物的诗篇，都应力求做到情与景，理念与客体的统一交融。以上略点评的诗作，都收集在《海笋》第一辑《天意》之中。

《海笋》里《天情》这一辑诗作，诗人多抒写山水风物之情。

《桂林咏叹调》组诗发表于1982年，全诗由《唱漓江》《问花桥》《象山》三首诗组成，共34行。《唱漓江》属赋体，直抒诗人情怀。把桂山漓水比喻、形容为"山水的精粹、南国的门帘，/诗人的神经，闪光的灵感……"这是家玲的独特发现和感受。有了独特的发现，才有独特的诗眼和诗神。诗歌创作史早证明了这点。《问花桥》，采用从近至远、从静到动的写作手法，篇幅简短，仅11行，是成功的短章。《咏象山》开头两句："漓江的水真甜，/你站着喝了多少年！"以下诗人连用四个反问句，读后引思索，且融入诗人的忧患，也是成功的短章。

　　《桂林游思》发表于1980年，先于《桂林咏叹调》，全诗由《吟古海》《劝古榕》《谢古渠》三首组成。是诗人游桂山漓水的情踪。这三首短诗写得很好。我特意给它们命定为"新律诗"。因为每首诗都由两节组成，而且都是8句。诗继承了古诗起、承、转、合的表现手法，有紧凑与凝练的艺术效果。举《劝古榕》为例，诗写道："你站在路边问人间，/一问就是上千年：/世上无人呼过我万岁，/为什么我却益寿延年？/榕树老人，不必再问了，/答案就挑在你的双肩——/看你扛起攀天的绿伞，/使多少困倦的人可免受骄阳的狂欢！"诗十分精练，含意也深，留给人较多的思索，这就是诗的理念与诗的艺术的统一。全诗8句，没有概念入诗。诗受理念支配，但理念不是诗，诗是理念的形象化和寓意，把理念引入越深，让人去做更多探索，它的艺术生命就更长、更强。当然，这并不是说把诗写得越古奥、越难懂就是好诗。当代的一些诗做文字游戏，与我个人认识的关于诗的理念与诗的艺术的统一是不同的。这不是这里要所研讨的议题，就不多说了。

　　《湘旅秋兴》发表于1981年，由《韶山泉》《岳麓枫》组成，全诗共8句。我以为这是家玲诗作中的"新绝句"体。诗写得比上面所命定的所谓"新律诗"更加精彩。如《岳麓枫》："我以珍贵的诗句为你歌颂，/是因为你的秋叶紫里透红？/不。是你以慷慨的凋零告诉世界，/春日已经不远，正在跨越寒冬。"诗没有去对客体作铺陈描述，而直接写"枫"的"慷慨的凋零"，以此为引发点、思索点，爆发出诗的思想，诗的警句："春日已经不远，正在跨越寒冬。"好的诗句一句可顶几十句、几百句。所以人们常说，诗贵在精。精者，精练、精彩、精神也！

　　《献给太阳》发表于1980年，全诗分三节共12行。这是家玲诗作中的一首哲理诗，或近乎哲理的诗。所谓哲理，是诗的哲学意味。这首《献给太阳》是诗人追求一种平衡感的咏叹。世界上的事物充满矛盾，矛盾激化之后，要有平衡，平衡被突破又产生矛盾，又出现平衡。这是事物发生发展的规律。写作时，不管诗人是否意识到一定要写哲理性的情怀，但只要诗人受一种哲学思想支配，流露在作品中的自然具有某种属性的哲学意味。这也是文学史早已证实了的道理，不是我牵强附会。

此后，家玲还写了《在天河两岸》《致马兰基》《祖国在写》《字街的精魂》《写在庐山含鄱口》《星海泛丹》《游子回归》等好诗篇。《俄马兰基》是写文化遗址的，写我们南方；民族文化的沉积，说明诗人具有文化感的思想因素，或叫文化传统修养。《写在庐山含鄱口》，也颇含哲理意味。"有矛盾的相对，/才有天下的观止！/含鄱口，你美在于理！"这是诗的末段的三句。

诗人在观察客观世界的纷繁，学会运用哲学的矛盾相对论的观点。作家、诗人必备理想、信念，否定理性对创作的指导是错误的。大的范畴来说，作家、诗人的创作，是受世界观支配的。这也是引申的语言，不属这里研讨的问题。但对每一位作者创作和作品涉及这些问题，我们是不能回避的，或者说不可忽视的。

在《山风》这一辑，收入11首诗作，多为抒写山乡风物山乡民情的内容，计有《祖国的挂历》《山海风姿》《赤眼蜂，是谁调动过了你？》《镜头》《织春》《"热"回来了》《新生的热带雨林》《写诗》《岭南秋雪》《铁牛飞跑马难追》《巴马山水处处娇》等。这些诗篇写得明朗、清新，体现出诗人美好的诗心，但有的篇章还欠深刻。这里特别提到的是《新生的热带雨林》这首诗。诗人把眼光投向辽阔的大自然，注意生态的平衡。这也是人类共同关注的大主题，体现了诗人的美好诗心——谁不希望我们共同生存的这个地球，处处繁茂充满生机呢？有良知和远见的作家、诗人已经注意或正在注意着创作主题了！让人感到惋惜的是，在这一辑诗作中，未能读到充满诗情画意的荔山园荔果荔香荔甜的迷人的景象。家玲同志出生在湘北小乡镇，本应以浓郁的诗抒写荔乡风情，但可能由于眼光投向外界，把自己脚下的这片红土黑土、热土淡淡地忘却了？我不敢这样肯定。这也只是随说之言，请诗人谅解。

《海韵》这辑诗作，收入15首，写的多为与海有关的人、物、事。从山写到海，是家玲诗创作的题材的一种丰富与扩大。《芙蓉山水》一诗，写钦州湾建成的潮汐发电站。内容意义自然不必多说，仅就这首诗的音韵的运用来说，就值得称赞。全诗分6节共24行，写得整齐，音韵统一和谐，读起来产生一种音乐美感。形式美、音韵美、内容美是一首好诗所具备的因素。家玲同志在创作实践中，是很讲究这方面的美的寻求。他本人担任过外语教师、语文教师，并从事语文研究，所以，在诗作中表现出一定的语言修养。这是值得学习的。

还有诗人发表在《人民日报》等报刊的诗作，如《南方的界河》《富丽华》《黄金海岸的项链》《故乡》等是80年代末创作的，也是成功的诗篇。这里因篇幅、时间、精力、水平有限，就不一一点评综观黄家玲的诗歌创作，我粗略归纳出如下的几点。

1.他的诗思、诗情、诗作与时代与祖国与人民是紧密相连的。没有无病呻吟，没有消沉厌世，格调高昂向上。他努力做时代的歌者、人民的知音。所以，二十多年的诗心不灭，闪射出美丽的火花。

2.他的诗内容、题材、形象、想象是丰富多彩的。诗的视野不断扩大，正如前文所说，从大到小，都被纳入他的诗篇。读他的诗，不会感到乏味、疲倦，反而常引人思索。

3.他的诗风、诗味、诗韵明朗、清新、秀美，从中可以看到他受古典诗词、民间歌谣的影响。他在努力做到诗思与诗艺的统一。他的诗基本上属于乡土诗。乡土并不等于低俗，乡土之风是一切艺术美的源头。

4.他的诗正处于一种发展的、流动的进程。70年代和80年代初的一些诗作，若说有什么不足的话，那就是还带有理念与艺术的不同的毛病。一些诗侧重理念而忽视艺术，或侧重对客体的描述，而忽视主体的独特感受。这些不足，会影响诗的审美价值和诗的内涵的生命力。80年代后期，他注意克服这些毛病，有意识也好，或无意识也好，诗人的诗思诗情都有新的进步和飞跃。在上面点评的不少诗作中，就有诗的理念与诗的艺术的较完美的统一体。

5.他属于荔乡的儿子，也属于南方亚热带的诗美的追求者。他的诗作理应更浓郁地打上亚热带和芳香荔乡的色彩，但就这一点来综观，感到令人遗憾和不满意。我不认为诗人的成功与否要用地方性或地域性来划分，但我偏爱民族的地方的、带着各自不同色彩的和不同风格的诗人、诗作、诗风、诗味、诗神。不知家玲同志的认识与见解如何？

1991年7月28日

（原载于《民族文化论集》，南宁：广西教育出版社，1993年版，第255~262页）

真诚的爱恋——读侬怀伦诗作随想

农冠品

认识侬怀伦同志，时间在20世纪80年代初。那时，他被邀从云南的文山州来参加《壮族文学史》讨论会。记得，当时他作为云南方面的壮族代表来参加这样一次活动，心情很激动，而且感情十分朴实真挚。以后，我们之间偶尔有书信来往。90年代初，怀伦同志又一次被邀前来南宁参加广西壮学学会成立大会。同前次一样，他是以激动的心情参加大会的，真诚地带来了云南文山壮族的情谊。他感到亲切温暖而热泪盈眶。我们又一次相会，心里有说不完的高兴。就在那次相会，互相交谈中，得知他想出版诗集。于是，我与南国诗丛主编包玉堂同志说了，终于得到顺利的回答。怀伦得到此消息，很快把如今摆在我面前的诗集《让爱更潇洒》编成寄来，并在信中说让我写一篇序之类的文字。眼看这部清洁工整的稿子，像面对怀伦同志诚挚亲切的形象，心里很兴奋。我水平有限，时间也有限，但我认真仔细地拜读了这本诗稿，边读、边记、边思考。诗集共四十首抒情诗，每一首像磁铁吸住我的心。我是在一夜之间一口气读完的。总的印象是字里行间充满了——真诚的爱恋！

怀伦同志爱恋什么呢？这一首首诗以其诗的思想、诗的形象、诗的言语、诗的构建、诗的韵律，艺术地回答了。怀伦同志的诗思，飞腾和萦绕的是：对人与人之间的爱与恋；对祖国对人民的爱与恋；对边疆对乡情民俗的爱与恋；对革命领袖对人民英雄的爱与恋；对世间生命与真、善、美的爱与恋；对人生一种人生价值的哲学思考的爱与恋……一句话：一切都是以爱与恋为诗集的基调。正如作者把诗集命名为《让爱更潇洒》那样，确确实实爱与恋得十分潇洒！这种潇洒并非完全属于怀伦同志的个人，而是代表整个民族，是民族情与爱与恋的体现。这是我们社会主义诗歌创作的主调。怀伦的不少诗篇，即使抒写男女之间的恋情，但恋情是充满真、善、美的，与假、丑相对立。怀伦的诗篇，透过诗意和形象十分简洁纯正，没有那种令人捉摸不定的朦胧晦涩。"你的容颜是美丽的港湾/我的目光是飘荡的小船/船儿倦于茫茫的海洋/早想在你平静的港湾停泊/但又怕你掀动雷雨巨浪/也不知道你的天空是否晴朗。"这是你我之间的恋情，形象的比喻与想象给人的启迪是健康向上的。（《感谢你的阳光》）写到爱国爱边疆之情时，诗人所选择的诗的形象也十分鲜明："在界碑前/留个影吧/让记忆/演化为永远的/向日葵。"（《爱使我回归》）这"永远的""向日葵"，金灿灿，闪射出我们祖国人民的爱与恋之心。正是这爱与恋，才有这"向日葵"不灭的金轮，为祖国而转动，永不消沉。这是怀伦的艺术匠心和诗的审美追求——追求一种光明的善和的天地。歌颂英雄壮烈牺牲之情时，诗人从心底呼唤："你的灵光和晨曦一样/永远年轻"。"灵光""晨曦""年轻"，诗内涵与形象是和谐统一。本是悲剧，但闪耀出通亮之光，犹如"晨曦"一样博大辽阔，给事物以一种光芒的诗的感应，也映耀出诗人本身的光明的心地。诗言志、诗道情，正是这个道理。怀伦也写了一些讽喻诗，如《呵，牵牛花》《大树之死》《山坳信息》等，都借物离理，充满哲理意味令人回味。但个别诗，由于隐喻过曲折，读后摸不清其情其意，如《孤雁的姿态》。怀伦的诗作追求内涵、韵味、韵律，每首都不落框套，一首是一次新创造。所以，他的创作潜力较充裕。怀伦还年轻，路在自己的脚下，愿能继续前进，寻找更多内涵的爱与恋，情与理，为民族文学奉献心血！愿以此共勉。

1991年9月10日

（原载于《民族文化论集》，南宁：广西教育出版社，1993年版，第263~265页）

他乐为小花催艳

农冠品

散文诗这朵小花，在南国边地的红土、黑土、热土上默默地、寂寞地开放。说它是小花，并非对它的贬义，而是因为它的篇幅确实短小，而发表的园地往往不是一些大开的报。在那一张张小报的副刊上，盛开着一朵朵散文诗花。于是，称之为"小花"。小而鲜艳、清香、不泯灭，这是艺术的一种生命力。能说这种生命的活力有高低贵贱之分吗！

杨长勋是对散文诗这朵艺术小花进行评说的热心者之一。这种评说之心，其用意是为了这朵小花越开越艳丽夺目。于是，我用"催艳"这新创的词义来作一点对评说的评说。若有一天也有世人将我这对评说看成对散文诗花的"催艳"，那是令我感到高兴的。然而，又自恐自愧这小小的对评说的评说，太轻微、无能。那么，我的评说就只能作为个人的一点观感，或者是寄文友之情的片言只语！

在对评说的评说之前，先对杨长勋这位对散文诗作家的系列评论者说几句，以便让世人了解一点什么。他还年轻，前几年刚毕业于广西民族学院中文系。毕业前夕，我和他就相识了。我所在的工作单位曾与他求学的那个学院，共同资助编印了他的一本评论《广西作家与民间文学》。那集子收入他撰写的广西十多位乡土作家的一个侧面的研究文章。除此之外，他还撰写了若干民间文学研究方面的论文，发表于全国和广西各刊物。他还是一名学生，就出了成果，也可以用一句形象的话来形容——早熟！在学术的钻研与追求上，他是有恒心的。之后，他一边工作一边写评论，而且从民间文学领域拓展到当代文学领域。他默默地阅读、研究、记录。他将工资和稿酬订阅了多种文艺理论报刊。这证实了他有一种追求、一种心向，一种乐在其中的情趣。在写评论之余，也写了若干散文诗，近期也写起小说来。

关于他这一二年来对广西散文诗作家的系列评论，我想在下面作点肤浅的、感想式的随笔，很难说上是评价。

从宏观与微观方面，他为广西散文诗艺花催艳。我手头看到的散文诗评论，共二十一篇，全部在报刊上发表过。他的文章专栏主要设于《广西工人报》副刊，栏名是"广西散文诗作家印象"。《北海日报》《桂林日报》《广西煤矿工人报》都为他的散文诗作家系列评论，提供了园地。这二十一篇评论，篇幅都不超过两三千字。从宏观方面对广西散文诗作家进行的评价：《转型中的广西散文诗》一篇，其余绝大部分是从微观上对一个个散文诗家的作品进行评论。经他评论的有韦其麟、包玉堂、许敏歧、蔡旭、顾文、邓永隆、农耘、黎耘、徐治平、鲁西、梁书、潘耀良、张兴勉、黄神彪、冯艺等。这一长串名字当然不完全包括广西散文诗创作的阵容，如已故的老作家秦似，写了十分精美的散文诗。还有许多名字，如韦显珍、林万里、彭洋等，都与散文诗相关联着。也许长勋正在不断拓展与丰富他系列评论的内容与作者阵容。对散文诗作家作品的评价，长勋采取一个"一篇一题"的办法开展研究。对成就显著的蔡旭，则从综评和细评两方面来进行。长勋的系列评论文题很有特点，从中也可看出评论者命题是颇具匠心的，它展示了系列评论文章的多彩多姿。或者也可以说，这些评论本身是颇具文采的。《天涯之美海角之情》（顾文印象）：《用整个心灵来歌唱》（黎耘印象）；《在特殊的瞬间捕捉诗情》（敏歧印象）；《生活的诗意化》（农耘印象）；《人与自然诗与情感》（鲁西印象）；《心灵的沟通》（蔡旭印从游印象）；《普通人的心声》（徐治平印象）：《情绪的消长与情节的制约》（韦其麟印象）；《带血的爱》（邓永隆印象）；《乡土味与园丁情》（潘耀良印象）；《意绪组合的心迹》（冯艺印象）；《深沉而凄婉的海歌》（颐文又一印象）；《南方意识的深沉感应》（包玉堂印象）；《矿山外的知膏》（黄神彪印象）；《在新鲜的海岸上》（张兴勉印象）；《跋涉的途中》（梁书印象）。这只是文章题目的清单。透过这些题目，我们不难看出评论者对散文诗花催艳的热切情怀。

　　面对评论对象进行思考，从各个侧面审视提出对象的主要特点（特色）。这是我对长勋系列评论的第二个随感。广西的散文诗作家在创作上是多有个性特点的。作为评论者，如果没有思考、没有对比，是很难分析出每位作家个性的。如前所说的，长勋的文题本身就是对各个作家创作个性的概括和集中提炼（对每个作家的不足，也透视出要点）。如对顾文的特点，评论中概括为："咸涩中有鲜美，动荡中有恬静，严峻中有温柔。"这是富有思辨力的评价。又如把邓永隆的散文诗视成"带血的爱"；"对生的恋与对死的向往的矛盾哲理"。这种艺术哲理审视，是属于文艺评论上的较高层次。长勋对韦其麟散文《童心集》的评价有独特的审视力。他将一篇篇散文诗中的父辈与童心的沟通视为"艺术心态"的一种高层次的呈现。这是一种高层次的文艺鉴赏力。长勋的系列评论的可贵之处在于此：他给读者的启迪或给作者创作的启示都比较深刻，哪怕只是一个方面或一点，点中靶心，火花四射。文艺评论贵在点化，而不是驯化。

对评论对象进行夹引夹议，避免空泛而有情有形有理，这是我对长勋系列评论的又一随感。他来自学院，但文章没有学院型的那种老气，而是生动活泼。每篇文章固然由于报纸篇幅而写得短点再短点，但短中画龙点睛，简言喻理，这是文论的一种风格。"南方是诗人的故乡，他在散文诗里酿造的是融合沉重与生机的艺术化了的南方世界。"这是一篇评论的开头。读起来既有情又含理，情理相融。"拓展散文诗艺术，需重视散文诗情节的实践，而散文诗的情节当是主体意识控制下的关键性情节。"这是对心绪、情节互相间关系的评论，是属于评述中的评论，指散文诗创作中的个别，但又概括为对创作有启示作用的理论概括与归纳。"时下的文坛有一股贵族意识的潜流在流，我有点担心。因而对汇入平民精神的作品有点偏爱。"这是一种观感，带着感情，但情中含有理——任何文艺都不要脱离人民！"历史感，不是历史，现实感也不是现实自身，现实感是作家艺术地融入过去与未来的对现实深思之后的沉淀"。这段文字是对一位作家作品的评论中引申出来的文艺思辨。如此等等，还有不少颇有独到的见解，这里不一一列举了。

长勋的"催艳"系列文章的问世，与蔡旭同志的大力支持分不开的。他主办的《广西工人报》副刊的特色之一，正是它热情地浇灌散文诗这朵艺花。（包括开辟"广西散文诗作家印象"专栏）。报不在大小，而在于有个性有特点。散文诗家作品系列评论，文不在长短，而在于一种热忱、一种思考、一种情理、一种审视。长勋的路还很长，很悠远。他有恒心和一种执着的追求，理想的彼岸会达到的！对一种追求和热忱的回报，将是催艳的满眼艺花——那是散文诗作家与评论的和谐的欢悦的艺术天地！

1988年4月8日

（原载于农冠品著《民族文化论集》，南宁：广西教育出版社，1993年版，第266~270页）

《古林幽思》序

农冠品

　　在云南省有一个文山州，那里世代生息繁衍着壮、瑶等各族人民。文山有山，文山亦有文，那里是一片神奇美丽又令人向往的地方。文山州有一家文艺期刊叫《山梅》，有一张诗报叫《含笑花》，黄士鼎（瑙尼）先生曾负责这两个报刊工作。前些年，为了出版他的散文诗集《吻的悲壮》，他曾专程来到南宁，与我第一次见面。我们一见如故，似兄弟般亲密。他是文山州壮族同胞的一员，我也是广西壮族中的一员，而且同是搞文学工作，有着共通的语言及感情，因此，我与士鼎先生结成文友，经常通信相互鼓励。我的一些诗文，也有幸经他的编辑而在他负责的两个报刊上发表。士鼎先生的散文诗集《吻的悲壮》后来经我的嫁接与联系，由广西人民出版社出版，并获首届壮族文学奖的优秀作品。士鼎先生为此感到文山壮家的一份光荣与自豪。不久，他到省会昆明，任云南民族出版社的主要负责人。他调走之后，文山州的两个报刊《山梅》与《含笑花》，由年轻力壮的黄懿陆同志担任主编。早就听说文山州的壮族同胞中，有一位青年文学工作者黄懿陆。他是一名大学毕业生，很有创作和编辑才能，也断断续续读到他的作品，脑子里留下了深刻的印象。在这之前，我认识文山州的青年文学工作者侬怀伦，他经常来广西参加一些壮族文学方面的活动，近年来他在广西连续出版两本诗集。我很高兴在文山州的壮族中出现自己的作家、诗人。我也很想到那里去结识朋友，因为我的家谱中记载有老祖宗从云南省广南一带来的文字，这更增添了我去文山州寻根问底的愿望，但始终未能实现。最近，在南宁召开的中国少数民族文学研究会学术会议上，我与黄懿陆同志会面了。也是头一次见面，一见即亲似一家。他说他要出一本散文集，稿子已交到编辑的手里了，希望我给写一篇序之类文字。他匆匆一说，未能细谈，就催他上路去别的地方参观访问了，在高兴的见面中留下了小小的遗憾。过了不久，懿陆同志的散文集书稿转到我手上来了。集子的名称叫《古林幽思》，其中，还附上了一篇《壮家之子》的评论文章，是一位白族的杨荣昌先生写的。我要为此集子写下一些感言，自然得先拜读杨先生的文章。文中对懿陆的散文创作作了十分中肯的评价。这为我阅读这部书稿更增添了浓厚的兴趣。

黄懿陆同志创作、读书、生活十分勤奋，结集起来的散文是他曾以叶绿、田晓、柳丹、冷波、巴飞等笔名先后发表的，更多的是用真名发表过的。这本散文集，它的内容构成是多彩的，多彩的内容是多彩的现实生活的反映，或称之为闪光的折射吧！这集子的林林总总的篇章，抒写花、古林、垂钓、榕树、根雕艺术、钟乳石、番石榴、橄榄树、翠湖彩荷、落叶与樱花、现实中不平之事等五十多篇散文，展现在眼前的五十多幅绚丽的图画，看之令人神往，令人流连，令人惊叹：懿陆的笔，可谓多彩之笔！

在这支年轻的彩笔下产生的美文，有情有景、有爱有恋、有憎有恶、有依有据，给人们知识，让人们了解世态，给人们真、善、美的感化。这正是懿陆同志散文的魂魄所在。没有灵魂的文章，只有一个空壳，是不会叫人受到启迪和产生哲理思考的。作者用来定书名的那篇《古林幽思》正寄寓了深刻的哲理。懿陆的散文还有一个突出的特点：采用了文学的经济手法，下笔十分精练，力求文章内涵，而力避冗长和杂乱的结构。人们常说，诗贵在于精，散文也应提倡写得精练、干洁、含蓄，令人有回味的余地。懿陆同志正这样努力去实践。相信经过更多的磨炼，会逐步形成懿陆自己的风格。诗歌讲究突出感情个性，散文也应如此。

懿陆同志生活、工作在云南，年刚三十八，来日方长。即使已离开了文山州这片多彩的土地，他也不会忘记自己的父老乡亲及哺育他成长的故乡母亲河。如今他挑起《云南政协报》副总编的重任，是云南省作协的一名会员，年轻的名字被纳入各种词典。这是一种工作责任、民族光荣、个人青春火花的闪射。我作为一名年龄比他大了许多的文学工作者，或称之为同是一条根的壮族同胞，诚心地希望懿陆在文学创作上一步一个脚印，像跨步登上故乡的高耸的老山主峰一样，向文学的高处努力攀登！就此共勉，亦为序吧。

1993年12月1日，于广西文联

（原载于《热土草》，香港天马图书有限公司，1998年版，第76~78页）

贵在归真

农冠品

诗，来源于生活。只有来自生活的诗，才能保持生命力。

杨柳学诗有一股热情，但在他笔下写成的一大部分习作，多从政治概念出发，或从一个政治运动着眼，或以一个具体政策文字分行……所有这些，都随着政治风云的消失而消失了！这不能不说是杨柳在学诗过程中的失败、曲折与坎坷的所在。大概是因为长期以来人们把文艺简单地看成从属于某种政治，某种口号的错误观念给他人造成了不良的影响。直到20世纪70年代末，杨柳才逐渐醒悟——把学诗的步子迈上春风吹拂的路。

在作者70年代初的诗作中能留下的，依我个人看，只有《红棉村欢歌》。这是一个组诗，其中包括《喜重逢》《偕东风》《拥军柴》《爱民水》和《军民林》等诗题。这是作者在部队生活多年的亲身体验的产物。作者写这组诗时是从生活出发的。在《喜重逢》中，写部队老政委带队野营到红棉村时与当年知交的老赤卫相逢的情景："别时弹雨夜，/重逢夜雨中，/心扉贴心扉，/笑容对笑容，/明灯闪闪照金星，/新添的银发贴斗篷，/相逢同叙当年话，/心潮滚滚浪涛涌。"这些诗句铿锵、感人，有情有景、情景交融。诗在写人，写人与人之间的情感，写军与民之间的情谊。然而，在那时候，作者更多的写作却没有沿着《红棉村欢歌》的路子走下去，没有去探求生活中真正的美，而习惯于从一些政治概念、政治口号出发。当时，作者也许是还没有体会到学诗的步履艰难吧！

生活中的真、善、美，在提醒着作者，当生活中诗意向他扑来的时候，他又获得了真正的诗意。这表现在作者以电业生活为题的那些诗篇，如《写在蓝空》《壮乡电站》《唱在天空》《歌儿长过输电线》《赞女线工》和《水电工程师》等，是能经得起时间考验的。"人造湖——大海的女儿，/安家到壮山；/水电站——银河的妹妹，/飞到了人间。"（《壮乡电站》）这是来自生活的诗情画意，所以它是美的。"你看那满天绚丽的红霞，/是女电工洒下的火红青春，青春的光焰点燃万家灯火，/青春的热力转动无数机轮……"（《写在蓝空》）这诗的想象，是来自生活的，所以诗的飞翔的翅膀就展开。"高压电线奔过万伏电流，/女电工在弹响千里琴声，/欢乐的琴声从天上飘下，/跃进的红线在飞速上升。"（《唱在天空》）这诗的豪情是壮阔的，诗的音响是动听、感人的。不是从生活出发，怎有这诗之感化力？！"壮族女电工豪情添，/彩霞撒花扎双辫，/脚登铁塔千山矮，/手牵银线万里远。"（《歌儿长过输电线》）这诗的警句、佳句："彩霞撒花扎双辫"，"脚登铁塔千山矮"，是来自丰富多彩的生活的大海。好的、美的、绝妙的诗句，它绝不是脱离现实生活的呓语。

杨柳在探求着向前，但应回过头来看一看，思索一下：在自己的诗作中，为什么有比较闪光的部分？为什么有的却随着光阴的消失而销声匿迹了？要是能思索出一两点来，我看对今后的创作是会有启迪的。

时代前进了，作为一个诗作者，应作更多的思考，把眼光放得更宽，更远，更开阔，这是时代的要求。我想杨柳也许正在这样做。

80年代的作者的诗作，是一个转变——进入一个新的诗境。作者在思考，在倾听，在提炼生活……因而，这部分新作的思想性和艺术性比较纯真，具备诗的艺术的特性。《新娘子》的"笑窝盛满情意酒，醉了新郎醉了心"是因为"想起去年群英会"。这里，作者在抒写"她"美的、善的心灵。《爱情姑娘呵你姓什么？》一诗，作者面对青年一代选择爱情的标准这个严肃的问题进行思考，概括诗意，笔调诙谐。作者在最后一节写道："难道爱情是一种商品？/这不是人生高尚美德！姑娘呵你姓什么？/我仔细地想着、想着……"让新一代铸造出美丽、闪光的心灵，这是新时代诗歌应担负的一种教育职能。多少作者在思考这个问题，杨柳不也正在思考吗？还有《爱的手指》《说些什么》《穿山，漓江姑娘的眼睛》《山间驼铃》《姐妹泉》和《荔枝妹》等新近发表的作品，读时都扑来浓郁的春的、生活的气息。在这些作品中，体现出作者捕捉、提炼诗意的技能比过去提高了一大步。要是说作者这些新作有点出新的话，那就是摆脱了过去从概念、口号出发的弊病，让诗"还原归真"——从生活实感出发，让诗歌真正成为有生命力的、美的、感化人的艺术品。整整走过十多个年头，才使诗的女神"还原归真"！这说明进行诗的艺术创作并非轻而易举，是要费心力的、艰辛的精神劳动。

　　值得一提的是《姐妹泉》一诗，这是作者诗作中唯一从民族民间传说中取材的作品，借物托情，篇章虽短，耐人寻味。这对民族诗作者来说，也是"还原归真"的一个重要方面。我以为：如果要使自己的诗作彻底地"还原归真"，除了从现实生活中提炼诗情之外，还应多多从本民族的民间艺术（包括民间歌谣）、民族的优良精神传统中吸取营养，以此丰富自己创作的思维，以此滋润自己的诗的幼苗、诗的花蕾，让诗之花、之果结在民族的土壤上，这无疑是时代的要求、民族的愿望、作者的光荣责任。愿意与杨柳同志共勉，不知合适否？

　　　　　　　　　　　　　　（原载于《广西文艺评论》，1982年第6期）

描绘生活的色彩

农冠品

　　散文诗是兼备散文和诗艺术特点的一种文体。邓永隆是热心浇灌这种文体的勤奋者。他浇育出的《桥乡月夜》和《侨乡新生》（分别发表在1983年4月29日和9月16日《广西侨报》）。这两组反映侨乡生活的散文诗，展现了侨乡色彩的画面。不难看出，作者对侨乡生活是熟知的、饱含着热情的，对生活的捕捉是十分细腻的。

　　有的散文诗字里行间充满了生活的哲理；有的散文诗则像摄影一样，摄下一个个生活镜头；有的散文诗则描绘社会的、民族的风情，给人以地方、民族特色的立体感……邓永隆的这两组散文诗，成功处在于用细腻之笔描绘了侨乡生活的色彩，充满了诗的韵味。"伴和着淌银滴玉的流光，伴和着飞绿溢彩的纱雾，伴和着含甜带香的风。"连用三个"伴和着"排列句，一重重、一步步把人引入诗的、色彩生活的境界。而那"翡绿的雨，珍珠的雨，多情的雨，彩色的雨，画情倾落在一坂坂铺向天际的茶园，一畦畦漫向云头的蔗地……"这雨就像经过作者着意调在彩色的调色盘里，与侨乡土地上的"茶园"和"蔗地"相融化，描绘出令人陶醉的生活画面。这画面是具体的、实在的，足见作者了解侨乡生活，方达到如此艺术的效果！

我们的现实生活是丰富多彩的，有光明的一面，也有严峻的一面。邓永隆抒写侨乡生活，是以欢乐、向上为基调的，但也不忘曾经历过的严峻的痛楚。在《竹笛》一章，作者通过侨乡的小河流水与竹笛之音相伴之音勾起生活的回忆：侨民的往昔，在异乡的土地上，小河的流水曾流着悲切、凄惨之泪。"曾流过农场主的咖啡园，流过资本家的宴桌，流过你那狗窦般的房舍，流过儿女的泪泉，妻子的寒凝的心窝。"这几个连环式的"流过"的语句，深沉地把读者引入严峻生活的画面之中，给人产生一种两种社会、两种命运、两个时代的强烈对比。艺术的感染力往往是与抒写人的命运、人的悲欢离合连在一起的。常常说思想的深度、艺术的高度中的深与高，首先是来源于作者强烈的爱与憎，以及对现实生活的深入观察与思考。

愿作者的创作，更多地具备生活的深度与艺术的高度！

（原载于《广西侨报》，1983年11月25日）

八十年代青年的心音——读《我们是幸福的》

农冠品

《我们是幸福的》是一首直抒胸臆的抒情短诗，作者李钢源。全诗分为六个排比段，首、尾二节各由五行组成，中间三节各由六行组成。这种结构（或称之为组合），当然不是作者的随意，而是经过构思成熟后的安排。有意识的结构比随意的分行显得精密。这虽是形式问题，但应属于创作的构思的一个组成部分。形式为内容服务，找到种合意的表现形式，使诗的内容表达得更好、更充分，同时也有一种形式美。

诗歌，人们常划分为赋、比、兴体。《我们是幸福的》属于赋体。它是以事为主线来陈述其情其意的，不像别的诗借助某物咏志。它正面地抒发感情，所以入诗的事具有典型性。正面的典型性代表着时代的基本方向与主流。《我们是幸福的》的作者，是80年代大学生。诗中抒写的事，是80年代年轻人的生活特点及独特感受。60年代末至70年代的青年所经历的、所感受的，与80年代有差异。80年代年轻大学生所处的环境、面对的现实，如李钢源在诗中所陈述："当我们还未啃完中学的教科书/大学的录取线已在校门等待/像母亲等待儿子/像花儿迎接蜜蜂"。这种感觉只能产生在80年代。这种感受是准确的、是崭新的。新的现实生活，新颖的诗句，如一股清新的风向你吹来。

80年代与70年代，是时间递进的阶梯，是时光的流逝。它们相距很近。它们是姐妹或是兄弟那样相关联着，但又不同属于一代！时代变化了，生活进化了，人们进步了。80年代青年与70年代青年的差异在于："我们不需像哥哥姐姐那样/娇嫩的膀子还未放下书包/小小的辫角还甩不掉稚气/生活便向他们肩上压一柄锄头/青春随着汗水在田野上流失"。（这种"流失"的生活存照，在叶辛的长篇小说《蹉跎岁月》里给人们展现着，不用我去重述。）"流失"后的苏醒与思考是深沉的，是严峻的。"我们是幸福的"一代，却"直接从中学的台阶/理想升上新的知识结构/课本和将讲义组成生活的日历/文字的石径探索的喜悦/纷繁的数列里证明着每天的价值"。这里，是向科学文化高峰攀登的、充满进取的、摆脱了愚昧的崭新的面貌。祖国的振兴、民族的昌盛，寄托在这新一代的身上。这节诗有想象力，不落俗套。新的诗意、新的诗句，随着时代多彩的生活而孕育、而产生。新人是无拘的，他们在创造新的文明。

大学生，除了紧张的学习外，课余生活逐日丰富多彩："假日在湖上谱写蓝色的乐曲"，黄昏，吉他替他们"梳理思绪"。他们得到人民的爱护，父母的珍惜："围墙为我们挡去噪声""校长亲自到饭堂检查伙食"；父母为了他们的开支，"在太阳下流汗，在流水线上延长白天"。所有这些，都是80年代社会的生活经纬，交织成一幅追求文明、向往幸福的崭新的生活图景。这是80年代的人心所向，是我们时代的脉搏和主旋律。主旋律中，有80年代青年人的心音。它是高亢的，激越的，也是严肃而认真的："当我们揣着文凭和青春/从大学的门槛登上祖国的脚手架/幸福将在我们的手茧上获得注释。"最后一节的最后一句是全诗的亮点。当然，这一代人参加祖国四化建设时，不像过去的一代那样，手挥锄头，满手结厚茧！作者在这里所写的"手茧"，作为辛勤劳动、忘我工作、献身祖国的一种形象化的"代名词"吧！

整首诗结构、排列是整齐的。不足的是，文句上较粗糙，如能细细推
敲，使它更洗练、准确，就令人更喜欢它。

我想，新诗一定要思想新，感情新，语言新……突出一种特有的新鲜
感，这会使新诗的生命力不断蓬勃向上。这也是时代的一种新的要求吧！

1985年2月12日

【附录】

我们是幸福的

李钢源

我们是幸福的
当我们还未啃完中学的教科书
大学的录取线已在校门外等待
像母亲等待儿子
像花儿迎接蜜蜂

我们是幸福的
我们不需像哥哥姐姐们那样
娇嫩的膀子还未放下书包
小小的辫角还未甩掉稚气
生活便向他们肩上压一柄锄头
青春随着汗水在田野上流逝

我们是幸福的
直接从中学的台阶
理想升上新的知识结构
课本和讲义组成生活的日历
文字的石径印下探索的喜悦

纷繁的数列里证明着每天的价值

我们是幸福的

周末用舞步迎接我们

假日在湖上谱写蓝色的乐曲

黄昏，请它替我们梳理思绪

夜晚，国境线上

为我们拉紧一线不眠的神经

我们是幸福的

围墙为我们挡去噪声

校长亲自到饭堂检查伙食

父母为了每月准时寄上十五元生活费

在太阳下流汗

在流水线上延长白天

我们是幸福的

我们理解幸福的涵义

当我们揣着文凭和青春

从大学的门槛登上祖国的脚手架

幸福将在我们的手茧上获得注释

（原载于《广西函授文学院教材》，1985年第3期）

它给人以启迪——简评《我是一棵甘蔗》

农冠品

《我是一棵甘蔗》这首诗，分六节，二十四行。它的含义，给人以启迪。启迪人们去思考人生的意义，思量做人品德的高下。

抒情短诗多以物托情，或借物抒怀，或见物咏志，当然也有属于哲理性的短章。《我是一棵甘蔗》属于以物托情、借物抒怀之作。一棵甘蔗是很平常、很普通的。你见过它，尝过它。然而，你从它的身上，发现了诗的内涵吗？也许它在你的眼前化作一堆雪白的蔗渣，很快与尘土一起去作肥料了。这过程有诗的含义，但很少被发现，就一闪而过！

石祖雄，生活和工作在糖厂，从平凡的生活中，他发现了甘蔗的诗的含义。这棵甘蔗，是甘蔗中"又矮又瘦的一棵"，它能生存，成长，"全凭阳光雨露和泥土"。青年朋友们，你们的生命，就像甘蔗一样，能离开祖国的阳光与人民群众这块活土吗？这棵甘蔗它并不"孤单""惶惑"，因为它是属于"队列遍山野""气势是何等的磅礴"的集体的一分子。年轻的同志们，对人生、对未来，你感到"惶惑"与"孤单"吗？从这棵甘蔗的处世哲理中，你们应得到有益的启迪吧？"风雨突袭，四面向我拢来友谊的胳膊；寒骤降霜，集体的体温给予我暖和！"是的，这是诗情，也是真理。一个人生活在世上，怎能离开集体呢？集体由个人组成，而个人又依靠着集体——就像风雨、霜雪中的甘蔗林有着自己独特的品格：宁折不弯，纵使趴下去也要紧贴着大地母亲的心窝！这些闪射着光华的诗句，是诗品，也是人品；是意志，也是信念。为了祖国，为了人民，为了革命，无数的革命先烈，在敌人面前，在危难之境，从不屈服，从不折腰。做一个真正的有意义的人，做一名无私无畏的战士。诗中，作者凝聚了情感，使诗的内涵达到相当饱和状态，从而使诗有着不小的思想容量。

"甘蔗"是自豪的，但并不"自傲"。你看："我也羡慕苍松银杉翠柏，可我毕竟只是一棵甘蔗；我也渴望长成一棵参天树，但我决不后悔是一棵甘蔗！"这节诗用互相衬托的手法，进一步"纯化"了甘蔗的"灵魂"。它"自信"，但不"自卑""自傲"。它与世间的万物相辅相成，各自按自己的轨道运行，发挥自己的力量。这是唯物主义观点，也包含着人生的辩证法。作者在下笔时，也许意识到这含义，或许没有意识到。而生活中的哲理、事物中的辩证法，却悄悄地渗入他的诗行里去了！这说明诗在生活中蕴藏，诗在生活中闪光，看谁善于发现，看谁善于捕捉。

感谢这棵"甘蔗"，给人们"增加一分甜"，也增加一分人生的哲理。甘蔗是"快乐"的，也是"甜"的。

"快乐"与"甜"是生活的一面，然而，生活的另一面，还有曲折，有艰辛，有险阻……相信，作者早已去认识和理解了吧，那么，就等待着作者的新作问世！

1985年2月12日

【附录】

我是一棵甘蔗

石祖雄

我是一棵甘蔗，
是甘蔗中又矮又瘦的一棵；
我能生存、成长，
全凭阳光雨露和肥沃的泥土！

我矮瘦、单薄，
却不孤单、惶惑；
请看甘蔗队列遍山野，
那气势是何等的磅礴！

风雨突袭，
四面向我拢来友谊的胳膊；
寒霜骤降，
集体的体温给予我暖和！

我不如青竹的坚忍不拔，

却有着自己独特的品格：

宁折不弯，纵使趴下去———

也要紧贴着大地母亲的心窝！

我也羡慕苍松银杉翠柏，

可我毕竟是一棵甘蔗；

我也渴望长成一棵参天树，

但我绝不后悔是一棵甘蔗！

我是一棵甘蔗，

是甘蔗中又矮又瘦的一棵；

能给人们生活增加一分甜，

就是我最大最后的快乐！

（原载于农冠品：《热土草》，香港天马出版图书有限公司，1998年版）

读《风雨集》

农冠品

　　《风雨集》作者敏歧，1984年9月由漓江出版社出版，收入98首抒情短诗，老诗人臧克家作序。序中说，敏歧诗的优点概括为两个字："精、美。"我一口气读完《风雨集》，得到的感受也是如此。

江畔人家，

喜爱种园，

四时不凋的花朵，

星星般闪在篱边，

浸香一江浪花，

映亮水鸥点点。　　　　　　　　　　　　　　　　　　《种园》

　　这六行是这首诗的第一节，十分简洁地勾画出江畔人家种园的诗情画意，把人引入美好的诗境之中，让人热爱生活，净化心思。这节诗的后三句，富于想象——想象是诗意的飞扬，也是诗神美的灵光。

初春，
桃花红得像片火，
柳荫绿得像云团。
布谷声声，
花头巾，蓝围裙，
处处插秧人。　　　　　　　　　　　　　　　　　　《古灵渠二题》

　　这节诗是第二题第一节，三十一个字，把古灵渠两岸的初春景象描画得如此美好：既有声，又有色，声、形、色三者融为春的彩墨画。"初春"二字，交代了时间、季度。红色——桃花、火；绿色——柳荫、云团；声音——布谷鸟的啼鸣。这里，诗人还善于在静中写了动——"花头巾，蓝围裙"的"插秧人"。写景是为了托物与寄情，为了赞颂创造美好生活的劳动者……如此精练、干练的笔法，是诗创作上的"经济手法"。

山风一肩，
云影一肩，
阳光一肩，
暴雨一肩。
——拉山啰，拉山！　　　　　　　　　　　　　　　　《拉山》

　　这是《拉山》的头一节。敏歧在这里运用的是大写的手法。读了这四个短句，感到有一股豪气，形象雄大——山风、云影、阳光和暴雨。在此情此景中，挺立的是"拉山人"的形象。与上一首的诗境相比，一是优美抒情，一是气魄豪放，引人进入到不同的诗的境界中。可见，诗的表现方法是丰富多样的，不能只用一种手法、一种格调。诗人是不拿颜料的画家，他的色彩是在内心深藏着，用时才从笔尖流泻，在字里行间描画出生活中的美——创造诗的各种各样美。

精与美是诗作者一往情深的醉心探索与追求。探索得越深、追求得越强烈，得到的诗的美的果实，才会闪射着光芒。

（原载于《南宁晚报》，1985年5月30日）

诗的精与美——读敏歧《风雨集》
农冠品

诗是高度精练、高度集中的艺术。一首短诗，并不是重述事物形成或发展的全过程，而是从事物的内在的本质中，提取其最有诗的含义的闪光的那一点，来抒发情怀。

《海鸥》（见诗集《生活的歌》）是诗人蔡其矫一首十分短小，精悍的诗作，全诗只有六行，六十五个字：

> 人们说你原是一个少女，
> 因为恋人出海再不返回，
> 于是淡水化作白色的鸟，
> 在每片风帆后追随，
> 用悲哀的眼睛固执地问道：
> "我的爱人在哪里？我的爱人在哪里？"

这首短诗，诗人并没有去叙述一个爱情悲剧发生的全过程，而仅描写海鸥在风帆后面追随这一使人感受到的形象，赞颂一位渔家少女的纯真的爱情，也控诉了夺去爱情的黑暗社会。这主题，诗人没有直说的，而是把诗的含义、诗的形象揭示出来。仅六行的诗，如果要写成一个民间传说，至少也得花一千多字的笔墨吧？要做到如此高度的精练与集中，是很不容易的，是要经过构思和剪裁的。有些人以为诗的篇幅短小，就可以一挥而就，可以轻视它。其实，这是对诗缺乏了解与研究的一种天真、幼稚的看法。再请看蔡其矫的《素心兰》：

> 虽有暗绿的叶子似剑，
> 却飞起淡黄的光。
> 轻歌曼舞。
> 在炎热的夏天。
> 超拔素净，和谐清新，
> 一缕幽香最醒人，
> 不与春花争色艳。

　　诗人把这《素心兰》美的形象、美的意境、美的人生哲理，隐藏在绿叶与黄花之中，让人去细寻。诗的感化作用与别的艺术品种不同就在于此。

　　精与美，是诗应具备的基本特性。人们在生活中，凡遇到舒心事物，往往以"很有诗意"去赞赏。其实所谓诗意，即指美好。

（原载于《南宁晚报》，1985年10月31日）

评《血虹》

农冠品

　　《血虹》是白族青年诗人栗原小荻创作的影视剧诗，先是发表在《四川戏剧》1994年第六期上。之后，曾得到文学评论界的好评，如何国辉的《转型时期：栗原小荻的诗学意向》，罗庆春的《文化彩虹：跨代之思与跨代之行》，鲁西的《卓识远见价值高贵》，黄钢的《爱情的乐章和爱国的高歌》，苏志伟的《史诗意识的觉醒与现代技法的重构》，李青果的《彩虹，接通爱的世界》，徐成淼的《白族诗人栗原小荻的LTV诗化实验》等。一部新的诗作在省级杂志上刊登，受到这样注视和引起评论界诸位评说家的思考，这在中国当前新诗坛是不多见的。这种情形的出现，值得人们高兴和去作深层的思索。不是说当代诗歌创作已经冷却，找不到去向吗？那么，一部《血虹》，为什么像一石掷于平静的湖面，溅起水光也好，引起关注也好，我为《血虹》的问世和受到反响深深地思考着，欲发表一些自己的粗浅的理解。《血虹》发表于《四川戏剧》时，我没读到它。栗原小荻没将刊物寄我，而寄来他的另外两部诗集《背水历程》与《疼痛》。我为他的诗思和诗艺的独创性感到惊喜，并对诗人产生一种神秘感。有一次在广西的"民族风情苑"相会并碰杯之后，才相识这位年轻的白族诗人兼评论家。他是一位善于思索和创造的诗人。终于在最近，收到他从四川巴金文学院寄来的《血虹》汉彝双语版，"热风文学丛书"之一，成都出版社1995年出版，翻译成彝文是彝族青年翻译家阿石尼古。彝文我读不懂，但对《血虹》华文我确实以一种新奇的心情来拜读的。《血虹》脱稿于1993年5月，再改于1994年5月，定型于1995年12月。从创作时间上来看，诗人对这部剧诗的创作是严肃认真和经过精细加工的。长长的三年时间精心创作一部作品，一千个日日夜夜，每字每句、每行、每节、每章，都注入了诗人的心血，是富有民族感和责任感的民族作家、诗人的青春的热血！我们的民族作家、诗人、艺术家只有具有栗原小荻这艺术上追求的有志、有识的品格，民族文学的繁荣和昌盛就大有希望。这是我在评价这部剧诗的价值之前对作者人格的一种称赞与肯定，因为作家人格与作品价值是互相制约和互成正比的。

一、创造新的诗美、新的诗型，是《血虹》出现与存在的艺术价值

我国是个创造诗艺术的大国，从诗经、乐府、离骚、唐诗、宋词，到现代当代新诗体、漫长的诗歌长河，每个浪花和每道波光都是一种创造。而这些诗艺词艺的创造者，就是我国文学史上许许多多诗人的名字。杜甫、李白各有

创造；李清照、陶渊明各有创造。郭沫若《女神》是他创造；李季《王贵与李香香》是他创造；闻捷《复仇的火焰》是他创造；贺敬之《雷锋之歌》、郭小川《白雪赞歌》是他的创造。以上例子是世人熟悉的，在现当代文学史上肯定了他们创造的光辉的艺术。

在我国诗坛，创作诗剧或剧诗的不多。我们的诗歌表现形式和诗美的构建，一代有一代的追求和审美思维。栗原小荻的时代。文学艺术借助当代科技，可创造出新的表现形式。大家知道，所谓"影视"是指电影和电视，依我理解，"影视"一是"电影"与"电视"的简称（或简化），而"影视剧诗"这一新艺术品种，它的创造者是这位跨世纪人才的栗原小荻。电影、电视剧是一种视觉艺术，它借助电、声、屏三者来表现人生的艺术或较直观的综合艺术。栗原小荻将这一艺术与诗结合起来，独立或既是诗又具影视艺术特征的诗歌艺术，可称之为是一种创新，一种颇具匠心的艺术构建。"影视剧诗"《血虹》，既有影视视觉艺术的构成，又有富于音韵节奏意境美的韵文体的艺术构成，这自然给人一种新颖的、鲜活的艺术感觉。下面不妨引用《血虹》中的片段为例："天/由低到高云/由黑到白/海面辽阔/色彩斑斓/哗-哗-哗/一层波又一层浪/渐渐地/涛声远去/再远/一种美妙的静谧呈现再现"。这是影视镜头和它所展现的直觉艺术，如电影电视的画面一样展现在银幕上或荧屏上。它作为诗句来结构和排列，并创造了一种诗的意境，具有"诗意"或"诗味"。"苔媛：天鹅的翅膀/是我的灵魂/桅林的渔火是我的眼睛/天/因为我的翱翔而高远/海/因我的存在而神奇/我叫苔媛/海的女儿"。这是《血虹》中女主人翁苔媛的一段内心独白，是诗的语言，是诗的比喻与想象，它是诗歌的因素。《血虹》中的人物"独白"或"对话"，或"画外音"，是属于诗的组成。背景、特写等，创造一种别开生面的艺术和构建一种鲜活的诗的艺术美，这是深深吸引人产生奇特、奇异之所在。是的，富于创造的作家、诗人，他的作品每一部或每一篇（首），都是从零开始的。零的突破就是创造，就是创新，或叫作艺术的"新招"。栗原小荻曾创作过《东亚圣马》这样的长篇朗诵诗。"朗诵"是借助声音艺术（加上配乐），如今他的影视剧诗《血虹》，如上所分析的，借助的艺术是电影、电视、戏剧，再加上诗歌。这方面，栗原小荻属于勇于创新的、民族诗歌的先锋分子。他是跨世纪的艺术人才，这"先锋"更具有深远的意义。

二、《血虹》寻求和努力创造一种人性美，这是它产生和存在的又一艺术价值

文学是人学，这是世人所知的道理。文学的构成不光编织一环又一环光彩的故事情节，也不光铺陈客观发生和存在的事物，文学的构建中心是人，是人的经历人的感情人的命运。可以说，没有哪一部作品不是描写人的。小说、戏剧、电影更不用说，即使如诗（包括抒情诗），都是表现人，描写人的感情世界的千姿百态的。人是创造世界的、有思想、有感情、有喜怒哀乐的主体。其中就有人性，人性不是兽性，人性受社会发展和经济基础所制约。我们信奉马克思主义，那么，马克思主义的人性观是最美好的，是崇高的、脱离低级趣味的。正如在《论人·人性》这一论著中所阐述的："所谓人性论就是关于人的本质的学说。探讨人的本质，弄清人的本性，旨在人应当怎样生活，怎样才能生活得幸福、愉快。只有按照人的本性有规律、有理想、有道德地生活，变恶为善，去恶存善，人们才是幸福的、愉快的。"这所说的正是一种健康向上、合乎人的本性的美，即真、善、美的人性，与那种假、丑、恶扭曲了的人性是相对立的。过去、现在或将来，都存在两种人性。而我们国家提倡真、善、美正是一种符合人的本质的人性美。苔媛是海的女儿，通是大山之子，两人所倾诉的内心情感，或称之两人的灵魂，是追求一种符合本质的人性美与和谐感。女主角背后有"先王魂灵牵制着"，她要解脱历史的藩篱，要与男方结成一种新人编织新的美丽的爱情锦画。所以，她从深心里呼唤出："先王呵/我吁请你/别怪我的莽撞/为了整个人类的生存境遇我不能不违拗/你从前的嘱托和意志/我要跟你仇敌的后再一次地结为同盟/共创世纪/新的文明"。这心灵的呼唤，在冲击着曾酿成多少悲剧的历史的陈迹。而达辖也在内心深处独白："苔媛一再提及我的先帝/一再拿我与先帝做话题/这里究竟意味着什么？试想昔日/我的先帝/金戈戎马东征西讨大义凛然/所向披靡/安国定邦社稷辉煌一代天骄/空前绝后/威震欧亚海陆/世代众生叩首。"先帝的这种"征战"、这种

"威震"，其实是人类之间的生存竞争，而竞争是用刀、用剑、用长矛征服对方，在流血牺牲生命代价中"安国定邦"。这是背后的思想桎梏。若男女双方各继承先王与先帝的衣钵来构建人与人之关系，肯定不会有新的人性美，也不会有人之间的和谐。正是由于这太久太长的痛楚，《血虹》的主人公才从心里高唱出新的人性之歌："我是怎样地顶住/我先王的重压/才终能与你接近/我还真拿你达辏/当做全新的人物呢。"这"全新的人物"是指新一代的脱颖的人性，是平等的、互助的、愉悦的、向上的人与人之间的关系，包括永不变心，两人的血液奔流一起的美满的爱情。在美满、幸福的爱的长河中，去创造更新、更美、更完善的社会和人性交响曲。这正是《血虹》中诗人所渴望和寻求的。这是诗人感情的"乌托邦"吗？不是。文学是人性的赞歌。文学给人启迪的是鼓励人去创造和构建人性美，而不是鼓吹人与人之间的相互杀戮。若是，那则是属于反动的、法西斯的文艺了。栗原小荻在《血虹》中所寄寓的思想，正是人类的真正的人性美（包括爱情）。这种美经过世世代代的共同努力追求，终有一天会实现的。这正如共产党人信仰马列主义、为共产主义目标而奋斗一样，即使我们今天离那个目标多么遥远，然而，每前进一步，每推动人类社会的进步，都是为了这一崇高的目标作出贡献。从广义的思想含义来看，《血虹》的思想内涵是符合人类历史发展和所追求的理想境界相一致的。这是否有意拔高呢？不是，《血虹》本身所提供的思想倾向，正符合这样的评价。

三、《血虹》努力构建国家、民族、地域间的平等自由与大同，是它产生与存在的另一艺术价值

诗人在《血虹》开篇词中写道："谨将此部影视剧诗真诚献给热爱世界和平/匡扶人间正义/弘扬民族精神/珍视个体生命/胸有志识而肤色异质的人们。"这可视为剧诗的主题思想，也可视为诗人的创作宣言。"主题思想"与"宣言"是作者的表白，作品中所塑造的人物、背景、境界、内涵等所烘托出来的艺术效果，又往往超越出作者的所想所料。也可以说，读者可以从其艺术倾向和效果中去理会作品的思想，从而得出各种各样启迪和思考。我认为，《血虹》虽不是洋洋万行的剧诗，却仍属于诗的范畴，篇幅不过千余行，却处

处体现诗人的"经济手法",简洁而凝练,留给读者许多思索的空间。这空间,凭借疏朗的艺术构造,是产生多重艺术思想效果的重要原因。若《血虹》写得十分密集没有空间,读者就不会有这么多的思索余地。作品中设置的女主角苔媛为"大海"这一意象,男主人达辖为"大山"的意象。海与山、山与海互相拥抱,并追溯出有血缘的历史,以后各自成体,你有先王、我有先帝。这些艺术意象设置(或叫创造、塑造)从艺术折射来看,可看成民族与民族之间的关系,可看成国家与国家之间的关系,可看成洲与洲之间的关系,可看成海洋文化与高山平原文化之间的关系等。一对对关系,按哲学观点来看,是对立的统一体。两个对立物既有矛盾性又有统一性,是同一体的矛盾的两个侧面。用这个哲学观点来处理和观察国际、国内大事,是多么有趣,多么丰富多彩。用它来分析与理解栗原小荻的影视剧诗《血虹》也十分有趣,丰富多彩。关纪新在《血虹》序文中,理解为东西两种文化的互相对立的趋向统一。这是对《血虹》内涵的一种理解。我将它理解为寻求和努力建造一种"人性美",也是我的一种认识与理解。当然还有许许多多的理解、理会。我又将它看成是诗人追求人类的大同、文化的融合与相对独立,这又是另一层内涵的理解。诗人本身认同这些理解,那可不必强求。一部作品一旦问世,就成为社会的存在物,对存在物人们可以去作多种理解。诗人所渴望和期待的人类世界的平等与大同,是一种崇高理想。文学作品为人类提供的精神食粮是丰富多彩的,这正显示我们人创造美好的世界而努力。这何止是栗原小荻先生一人的意向?有千千万万、万万千千。《血虹》是这美好交响曲中的高昂、悠扬的号声。号声是鼓舞人心的,是令人作悠远思索的。

除上面三方面的艺术价值外,这部剧诗的语言特色、诗的对应、对仗运用,意象、意境的构筑,也使人受益。

期待栗原小荻为民族文学的繁荣与发展作出更新的奉献。这是远在南方一位壮族人的一番心愿与祝福。

1996年4月1日,于苦耕斋

(原载于《四川戏剧》,1996年第3期)

渔民的精神世界——《美人鱼》序

农冠品

　　梁禹同志创作的叙事诗集《美人鱼》，其中收入《阿班火》和《美人鱼》两首长诗。诗写的都是海边的渔民生活，是风里浪里渔民精神世界的形象反映，特别是描写他们的爱情生活这一永恒不衰的主题。爱情是渔民精神世界里丰富多彩，也富于人情、人性的，充满喜、怒、哀、乐的重要组成部分。

　　诗人梁禹长期生活、工作在海边，他曾与渔民出海捕鱼，与他们结下很深的情缘，加上他本人也是北部湾畔一带的儿女，这就促使他以自己的笔为渔民的生活和命运创作，以饱满的诗情画意，凝聚成《阿班火》和《美人鱼》这优美的诗篇！

　　当今的诗坛，流行越来越散漫的诗歌，那些语言越来越远离民族化、大众化，思想内容也疏离人民大众，而使人们对诗歌产生冷遇。这时候，梁禹运用民歌这一深受群众喜闻乐见的艺术形式创作出充满浓郁海味的叙事诗，读起来颇感亲切、真切。久不读这类诗歌风格，所以，有颇为新鲜和久违又重逢的感觉。我想，我们的诗歌应更多地面向大众，面向生我养我育我的人民，不要远离他们，要亲近他们，要从他们的生活与精神世界中汲取诗歌养料，那是诗歌的源泉。梁禹同志在创作时相信已意识到这方面问题，这是使人敬佩和高兴的。

　　《阿班火》和《美人鱼》的原型传说故事，梁禹同志在集子《后记》中已说明了，我不必赘述。若要把两首诗作比较，是可以找出其共同点和不同点的。相同点：都写海边渔民爱情生活；都取材自民间口碑文学；表现形式都是七言体民歌，有比兴、有人物性格及语言描写，也运用一些"双关词"；诗中反面艺术形象，都借海里动物暗喻人间的丑恶事物；诗中的男女爱情都以悲剧为结局，并以人物化身寄寓爱情的忠贞与不灭。不同点：《阿班火》描写较实在，更人性化，而《美人鱼》中的公主是鱼的化身，典型环境是海里的水晶宫，更富于浪漫与神奇的想象，把人引入一种神话的或童话的艺术境界。但任何典型的艺术环境的创造，都是对人世间真、善、美与假、丑、恶的艺术折射。这正如古典小说《西游记》，是借助神话、神怪来隐喻人间的一种艺术手法。我以为，诗人梁禹创作这两首叙事诗是成功的，特别是《美人鱼》，故事情节丰富、生动、惊险、神奇，不管是写海底，还是写人间，都描绘得有声有色，引人入胜。《美人鱼》诗篇中，除了描写美人鱼（公主）与林元的爱情十分的曲折、艰险，还包容了《珠还合浦》这一神奇、优美的著名民间传说，揭示出封建统治者的贪婪和欺压珠民的斑斑血债。我想，当今读者读了《阿班火》和《美人鱼》诗篇之后，会从中获得许多的启迪，如对社会、对人生、对爱情、对婚姻、对家庭、对人与人的真、善与丑、恶，等等。当今，我们的国家与社会正在进行法治建设，同时也提倡德治。相信梁禹同志的诗篇对人们的精神建设会起到艺术感化的作用。这也正是我们的国家与民族，应发扬诗歌优良传统的必要啊！所以，诗歌这朵艺术之花，还是要存在、要发展、要繁荣、要健康地开放在我们广阔的社会的艺苑里！你说是吧？

2001年3月14日夜，作于苦耕斋。

（原载于梁禹：《美人鱼》，延吉：延边大学出版社，2000年版）

文学不会老

农冠品

"文学不会老"，这是在老作家李英敏文学生涯60周年诗歌朗诵会上一首朗诵诗的诗题，作者是何能门。下面，引用诗中的几个小节："啊/文学是劲风/夹着时代的呐喊/可以将漫山遍野吹绿/啊/文学是细雨/连着母亲的脉搏/叫你永远将儿子的责任负起/文学是心的主旋律/真情即便是一株小草/照样可以傲视苍天立足大地。"读了这热情洋溢的诗句，我们可以领会到作者对老一辈文学家的崇敬之情，也可看出作者对文学事业的理解。是的"文学不会老"，文学是一棵常青树；文学是鼓角，是旗帜，是人类灵魂的呼唤与体现。鲁迅当年弃医从文，为的是以文学这一崇高的使命，来唤醒整个中华民族沉睡的灵魂。一个民族若失去了灵魂，光有肉体和物质，那是人类的退化与荒蛮。

鲁迅这一光辉的名字，是与文学紧密相连的。鲁迅也是中华魂的代表。这话语是引申之言，是世人皆知的。然而，在当今经济大潮中，能真正理解文学的崇高责任的人并不多，大多数人被物欲淹没，渐渐失去对灵魂重要性的认识。作为一名文学爱好者和业余作者的何能门同志，却与俗流相反，他虽然从商，但他热爱文艺、支持文艺、参与文艺，对文艺献上一颗赤诚的心。

他本是工厂政工科的一名干部，后来他下海了，投入了经商这热气腾腾的行业。我认识他，是在他经营"独家村"饭店之后。"独家村"在邕城颇有名气，是文人常聚会的地方。有一次我被邀参加民间文艺茶座，会上才认识这位"独家村"村主任。他老家在宾阳，他经营"独家村"，是以宾阳地方饮食文化为亮点而吸引许许多多顾客的，如宾阳白切狗肉、宾阳酸米粉，是"独家村"食谱中的特色。可见，何经理善于从地方的文化特色来切入经济，加上他善于团结一批文化人，经常在"村里"交谈民族文化，把"村里"装饰成文化特色浓郁的文化型餐馆，为经济与文化的结合找到了很好的载体。这不能不说是何经理的智慧与才干了！前边有他的诗歌朗诵作品的那次活动，也得到他的支持和帮助，朗诵会就在"独家村"举行。会上他亲自登台朗诵。他对文学虔诚而执着。

何能门同志的事业，正蒸蒸日上。从"独家村"走来，又登上了"神仙楼"。"神仙楼"是合资酒楼，何能门任总经理。"神仙楼"地处邕江大桥头，是当年毛主席到南宁冬泳的纪念馆旧址。如今，"神仙楼"已成为邕城人及各方来客神往的地方，也是邕城文人墨客常聚会之宝地。因为这宝地有热心支持文化的何能门总经理（人们亲切称呼他为"何总"），也因为这家酒楼充满中华传统文化的氛围。"神仙文化"，中国许多山水名胜，许多小说戏剧和许多精致绘画都以神仙为题材，它们以奇妙想象和浪漫手法，以神仙作为载体，折射丰富多彩的人间生活。记得，有一次由广西民间文艺家协会主持，由何总资助，在神仙楼召开了一次颇有学术意味的"神仙文化研讨会"。会上诸位专家对神仙文化展开了热烈讨论，并收到一批论文。何总打算将这批论文编辑成小册子，作为学术研讨会的有益纪念。这真是："亦商亦文情切切，文心闪烁永不灭！"说实在话，在茫茫商海中，这样热心真心支持文艺的有识之士，是十分可敬可贵的！

　　何能门同志支持文艺工作，据我所知，不止如上所举的一两件事。例如，电视连续剧《窍哥》也是他一手策划、一手支持制作成功的。为这部电视剧，从收集民间传说故事到改编再创作，他邀请民间文学、戏剧、音乐和电视的行家多次开会，讨论修改剧本，一直到投资制作，全过程费了许多心力。这部12集电视连续剧《窍哥》在全国近30家省级电视台相继播出，片头赫然打着总策划人——何能门的名字，片尾闪烁着他的企业。

（原载于《广西文艺报》，1996年10月28日）

论　诗

诗歌要通向人民大众

农冠品

　　诗歌，是对文学体裁中韵文的统称。诗歌缘起于劳动，鲁迅说的"杭育杭育"派，就是劳动者最早的诗歌。诗与歌密切相连。自有文字记载诗歌以来，诗可读可诵配之于曲可哼可唱。后来诗、歌分开了，有的诗只能读不能入曲而唱；而可入曲而唱的称之为歌词。当今的许多诗，如朦胧诗，读时要多读几次，方能领会其意其情。有时对一些诗也难以把握其情其意，一片迷蒙，真是名副其实的朦胧诗了！尽管它难以触及人民大众的心灵，但毕竟产生和存在了。这是一种文学现象。

　　"诗以言志，文以载道"，这是我国的文学思想传统。用诗或歌来抒发人的思想感情，倾吐自己的志向，或抒写对社会、对人生的见解。凡此种种，都是诗歌的职责和存在的价值。从《诗经》、古乐府、离骚到唐诗、宋词，直至"五四"时期新诗歌的兴起，诗歌发展如同一条光亮不灭的河流，都通向人民大众，从他们的心田流过。中国是一个诗歌的大国，这是我国文学的光辉传统。对传统是要继承和发展的，否定传统就等于否定自己的祖先，否定自己的民族的存在和它的历史。

　　我国长期处于封闭状态。进入80年代之后，我国的诗歌界涌现这个"潮"、那个"潮"，这种"流"、那种"派"，而它们的出现和登台，就如天空的电光，有的只一闪即逝！正如人们常说的，中国的诗歌潮流经历了世界上各种潮流的洗礼后，现在的诗坛，似乎变得沉寂与冷清了。是在思索吗？是在问路吗？是在回顾吗？不管是采取哪一种态度和方法，归纳到一点：诗歌创作之路一定要通向人民大众、通向他们的心灵，以获得广泛的、大多数人的共鸣。这感情的共鸣，要求我们的诗歌思想内容关切人民的喜怒哀乐，关注他们的前途与命运。杜甫为什么成为诗圣？因为他关心人民的疾苦。"朱门酒肉臭，路有冻死骨"，这是对社会不平的呼喊！我们当代的诗歌强调所谓"内向"，抒发个人的心绪，忽视了主体和客体的统一。一些诗歌的确主客分离或对立。前些年创作的《周总理，您在哪里？》为什么产生极大共鸣？正因为诗人正确处理主体情感与客体感情的统一关系，所以，它能通向人民大众的心灵，引起社会的强烈共鸣。这是指诗的内容、思想、感情而言的。诗歌要通向人民大众，也还存在一些形式与语言、风格等问题。当今的诗歌就语言而言，太远离人民大众的口语，太文、太苦涩、太僻奥。有的既无音韵节奏，无标点符号，更无完整的章节段落的艺术结构，一首诗就像"锅红薯"泡水煮。这也是影响诗通向人民大众的原因之一。为此，常常感到我们诗歌的没落与悲哀。这样，我们的诗歌缺乏轰动效应了，不像当年发表《雷锋之歌》时全国上下争相传阅和朗诵了。这或许是因为在当今的社会变革太迅速，现实一幕又一幕的新景象从眼前飞过，叫诗者、歌者来不及落笔描绘与纵情歌唱。对这些，大家都在思考，都在寻究，在此不多谈了。

　　最近，我在读书读诗中，有幸读了壮族作家黎国璞的一本诗歌集《大海的洗礼》。该集于1993年12月由广西民族出版社出版，并被列入包玉堂主编的"南国诗丛"第6辑。黎氏收入集子的诗作共40多首，分四部分。第一部分"大潮礼赞"，是一组抒情短诗，短小精悍，格调健康、明朗、向上。第二部分"古今传奇"，包括三首叙事长诗（长歌），有两首是根据民间优美的传说再创作的，采用七言民歌体，读来十分顺畅，朗朗上口。如在《伊岭飞来五彩凤》中唱道："头上一双彩凤飞，村边木棉映红梅；勒布勒肖成双对，金色凤凰做的媒！"这民歌风是容易通向人民大众的，特别是更容易通向广大农村的农民群众。第三部分"岁月的回声"，那是黎氏60年代步入诗坛的足印，其中《让青春在田野闪光》和《我们风华正茂》，是两首长篇朗诵诗。据诗人讲述，这两首诗当时曾在大庭广众中朗诵过，听过朗诵的人成千上万。是的，60年代曾掀起知识青年上山下乡的运动，这场热潮狂浪，是悲或是喜，留给历史家去评价。但有一点是客观存在不可否定的，即在那场热潮狂浪中，扑打和锻炼了一批人，即"老三届"、老"知青"。黎国璞当时是卷入热潮的一滴水珠，他的"岁月的回声"，是现实主义的诗歌，是个人前进历程和人生体验的记录。诗人在组诗的题下有一段手记，写道："往昔诗作，每每打着当年的烙印。效仿新版《红太阳颂》，不加修改，留下历史的回声。""烙印"与"回声"正是诗人严肃的态度。文学是时代的反映，从这"烙印"与"回声"中，我们可窥见当时当地的社会风貌及知识青年的走向。这一点，有多少人正在回忆，也有多少人想去了解。

我之所以评说黎国璞的诗歌，是想以它来阐述和佐证我的议题：诗歌要通向人民大众。

（原载于《广西日报》，1996年5月13日第8版）

广西民族诗歌的板块特征及其裂变

农冠品

一、广西民族诗歌板块的形成

诗歌是民族的心音，最能充分体现民族的爱憎、民族的希望、追求与个性。广西属岭南西部，广东属东部。中国的经济和文化的发展，东部比西部发达。岭南东部比西部开化早，经济、文化、技术远比西部先进。由于岭南西部长期处于较封闭的社会状况，所以岭南西部的文化具有浓厚的乡土风格特点。广西少数民族的歌唱文化非常盛行，形成一套固定的形式和内容，代代相传，潜移默化影响了本民族个性与审美情趣。

广西民族诗歌受它历史、地理等方面的条件促成。广西是歌海，各族人民爱唱山歌，有自己的传统歌节。这是一种影响很深的地域性的文化氛围。在这文化氛围中，广西的民族作家、诗人大多是从乡间走上诗坛和文坛。远的不去述说，在此只说1950年以后的状况。50年代初、中期，侗族苗延秀，壮族韦其麟、黄青，仫佬族包玉堂等作家，先后拿出自己的成名之作：《大苗山交响曲》《百鸟衣》《红河之歌》及《虹》等作品。以他们为代表，开始形成广西民族诗歌创作的中坚力量。韦其麟《百鸟衣》的问世，使广西的诗歌创作与全国各民族诗歌创作同步；《百鸟衣》集中体现了广西民族民间诗歌的升华；《大苗山交响曲》也为苗岭侗寨升起一颗艺术的亮星。60年代，壮族侬易天、莎红、古笛以及彝族韦革新，以自己的长诗、抒情诗加入诗歌板块（群体）。《刘三妹》《壮山路》《石磨歌》，莎红的抒情短诗，梁宁的《大海的女儿》等作品，像一块块砖石把广西民族诗歌板块扩大与加固。广西民族诗歌板块是在50、60年代形成的，它的代表作是在那时期问世，并影响于世的。70年代，广西民族诗歌是畸形期。表面看，似乎民族诗歌队伍及作品数量在扩大与增长，其实队伍在萎缩，作品在凋零。那时期的作品因政治风云变化而被淘汰了！70年代是广西民族诗歌的荒芜期。80年代，广西民族诗歌注入了新生命。是改革开放政策的催化及"双百"方针的回归，人们思想活跃，文艺思想从桎梏中解脱，广西民族诗歌队伍才得到壮大与成长。壮族李甜芬、黄琼柳、黄堃、黄神彪、黄承基、蓝焱、何津、韦银芳；苗族李荣贞、梁柯林、龙怡凡；仫佬族龙殿宝、常剑钧；侗族黄钟警；瑶族何德新、盘妙彬等，一批诗歌创作新军涌现，广西民族诗歌作者群体更加壮大。这一诗歌板块，由老、中、青三个层次构成。诗歌属于意识形态范畴，它不可能超历史、超时代、超人类社会而产生和存在。综观广西民族诗歌的题材、内容、主题、风格，十分相近。没有这相近或一致性，就没有这诗歌板块。广西民族诗歌群体有它共同的特征。

（一）从民族民间文学中汲取营养和创作题材，这是广西民族诗歌板块的基本特征。韦其麟的《百鸟衣》《寻找太阳的母亲》，苗延秀的《大苗山交响曲》，包玉堂的《虹》，侬易天的《刘三妹》，韦文俊的《金凤凰》等作品，都取材于民间故事、传说，创作时间跨度从50年代至80年代，可见这诗歌板块相当坚实。这些作品大多是反封建、追求婚姻自由以及一种神话、传说式的向往的主题。形成这共同特征（或形态）的原因正如前面所说，是由于岭南西部民族地域文化固有特征影响的结果。歌唱文化的兴盛及大量被异化的神话、传说，陶冶着诗人的创作情感及审美追求。在这相同的地域文化的哺育下，民族诗人所创作的这些作品，我姑且称之为"岭南西部派"。

　　（二）对本民族风情、风光、人物的共同书写，是广西民族诗歌板块的又一共同特征。苗延秀的《元宵夜曲》（长诗），莎红的《边寨曲》（诗集）、《唱给山乡的歌》（诗集），古笛的《山笛》（诗集），韦革新的《缅尾集》（诗集），黄青的《山河声浪》（诗集），包玉堂的《回音壁》（诗集）、《清清的泉水》（诗集），何津的《相思豆》（诗集）等，以及诗合集《撒向春天的诗》中民族诗人的作品，都以充分的热忱抒写民族的风情、风光以及各种人物。这些诗集中，对歌圩、走坡题材的抒写不乏其篇章，如莎红的《歌海浪花》，古笛的《歌圩五景》，韦革新的《坡节抒情》《跳坡组诗》《火把节情诗》及包玉堂的《走坡组诗》等等，都书写了本民族歌节的诗情画意。可见广西民族诗歌群体的民族文化基因是同型号的，这是诗歌板块难度和相对稳定的根本原因所在。因为任何民族诗人，只有首先热爱本民族的文化，然后才能热爱整个中华民族的文化，以至整个人类的文化。

　　（三）对事物偏重单一的描绘，或抒发单一的意念，新与旧对比这是广西民族诗歌板块又一共同特征。诗歌是面对客观现实的，现实主义创作方法是广西民族诗歌创作的主要方法。特别是老、中年民族诗人，经历旧时代的风雨，他们对新社会自然倾注赞颂之情，这是民族诗人可贵的精神世界。但就诗歌的艺术创作来说，诗人面对纷繁的、多彩的现实世界，应从不同个性的诗人笔下流出不同色彩的诗歌河流或小溪来。综观广西民族老、中年诗人的作品，抒情的方式、抒写的对象、新旧的比较、主题思想的含量等方面，都差别不大，比较一律。歌唱党，歌唱新生活，歌唱人民的智慧与勤劳，歌唱对明天的追求与向往，这是社会主义诗歌的主旋律，是时代、社会、人民的希望与要求。然而，从诗歌艺术美学的角度来衡量，雷同、相似、相近或一律的艺术，往往会影响它的艺术生命和感染力。好比一个宴会，食品全是一种风味，自然会产生口感效果不佳的评价。诗歌也一样，风味应力求多样。出现这种雷同的现象，主要与地域文化影响有密切关系。感恩式的颂歌、客观式的描绘、单纯的美好向往与追求、单一的艺术手法，这种现象的存在说明广西民族诗歌板块缺少多种文化因素的吸收，对世界各种艺术的接触和参照还十分有限。我们需要继承民族文化的传统，但不应固守于一隅。

世界优秀的民族文化是属于全人类的，我们应放眼世界，吸收人类共同创造和积累的文化财富，让民族诗歌真正成为传世的精美艺术，既具有独特风格和个性，又深含着永久不衰的思想内涵。

二、广西诗歌板块的骚动与裂变

综观广西民族诗歌现状不难发现，它正在随着时代、社会、人生的变化而发生骚动与裂变。骚动是一种不安、一种觉醒，一种从心灵深处的思索。骚动本身是一种对过去或现状的不满，不满就勇于去探索和思变。诗歌创作同样在追求新路和探索新的思维。这不是对政治而言，而是对艺术创造而言。裂变就是要与旧的模式的背向，裂变成一种新的事物形态。

广西民族诗歌从队伍、创作题材、艺术手段、风格特点等方面，形成了相当固定的板块。

80年代，广西民族诗歌板块开始出现骚动与裂变。从队伍结构上来看，涌现出一批民族诗歌新人，他们属于80年代。黄堃、黄琼柳、蓝焱、何德新、李甜芬、梁柯林、刘桂阳，等等。他们曾在广西民族出版社出版诗丛《含羞草》中亮相。他们的诗，不管是《远方》（黄堃）、《四叶草》（李甜芬）、《望月》（黄琼柳）、《秋之素描》（何德新），还是《藤的恋歌》（梁柯林），都展现出一种生机。他们的作品多为抒情诗，且还不成型。但他们的出现，使较为坚固的广西民族诗歌板块发生了震撼。他们要与旧的板块决裂！他们的诗歌思维方式，与旧板块相异而生。他们的文化基因少有或没有"歌唱文化"的承传。他们大多数是80年代大学生，接触或接受了新的、外来的文学的影响，更多地染上了非民族"歌唱文化"的色素。

黄堃的《远方》以及后来发表的诗，如《城市钟声》《无雪之城》等，按作者血统来划定仍属于壮族，但创作的感受方式完全不同于旧板块的诗人。既不同于黄青、莎红、古笛，也不同于韦其麟。黄堃诗的感受方式，更多的属于主体性。而旧板块的诗人，感受方式侧重于客体性。黄堃的那些没有规矩地错落跳跃的诗篇，对本民族的历史、命运，对家乡的山林、河流，对空间的日月星辰，不是单一地、客观描写，而是注入了个人强烈的体验和感受色彩。"呵，远方，远方/走向你/我决不会迷路/有多少深沉的故事/和彩色的画页/洒在沿途/小溪轻柔的手掌/山峦热切的胸脯/当我走进你的怀里/请用云霞和土粒/将我的形象重新雕塑/我会再生/像只火中的凤凰。"（《远方》）这种感受、节奏、韵味，给人以新颖、跳动、空灵的艺术感受，其思想内涵是"重新雕塑""我会再生"或"火中的凤凰"。这正是新一代诗人的精神境界，也是新一代民族意识的重新"雕塑"和"再生"。这种艺术思维方式正是广西新一代民族诗歌"骚动"与"裂变"的思维特点。黄琼柳空蒙的诗思，使人更难寻找到壮族文化传统的基因，"千古的寄托/万代的眷情/我恨你哟/一弯冷色的冰"（《望月》），这基调是属于冷色的；"我的视线/是动荡的湖水/忧郁地拍打着堤岸/拍打着过去与未来的辛酸"（《月光》），这情感是忧郁的。它的格调与50、60年代诗人的作品相比，划出了明显的裂迹。在新一代民族诗人的作品中很难找到热忱的赞颂，而他们更多的是冷思索和带上有名无实的忧患心态。如抒写爱情题材方面，老、中年民族诗人更多的是排我的客观描绘，而新一代民族诗人的情诗则更多的注入主体意识，表现得迷蒙、缠绵，体现一种共通的性爱的美学追求。蓝焱的《秘密》："难道说/这就是秘密/我从纷繁的心扉里抽出一根丝/缠缠绵绵/既有千般理不清的头绪/万般道不出的言语/阳光冲破我蓝色垒起的固执/爱之神以太阳的形象在我面前耸起/……从绿叶的幻想中/我拾取永恒的相思/把她和梦串在一起/让叹息的潮汐/每天每天把我冲击……"这情诗的韵味，与老、中年民族诗人抒写歌圩、歌节上的男女爱情，是两种不同的感受方式。"对歌对到高潮时，/哥也迷来妹也迷，/男男女女碰红蛋，/笑声阵阵甜如蜜！"（包玉堂《红水河畔三月三》：《碰红蛋》）。蓝焱的《秘密》具有浓厚的主体性，包玉堂的《碰红蛋》则属于排我的客体描绘，从诗中明显地看出两代诗人的裂变。

　　老、中年民族诗人注重诗情的客体性，新一代民族诗人注重诗情的主体性。我认为两者各有所长，也各有所短。注重客体性的诗人，对客观事物观察、体验得较深，他们的作品具有较浓厚的现实主义色彩，但由于忽视了主体性，往往使一些作品缺少个性特点，雷同现象较突出。注重主体性的新人，作品的个性特点较强烈，但由于忽视了对客观事物的观察和深入体验，往往使一些作品迷蒙、晦涩，难以捉摸。新生代的裂变诗，相距本土传统文化颇遥远。

当然，任何艺术创造都不是静止的、凝固的，况且诗这种艺术形式，更偏重抒发个人的感情色彩。社会主义诗歌如何继承民族文化传统，诗人的创作如何更好地体现民族化、大众化，是摆在民族诗人与作家面前的不容忽视的艰巨任务。让诗更多地沟通千万人的心灵，是诗人光荣的职责。

三、广西民族诗歌板块裂变后的发展趋向

骚动与裂变不是新生代专有的。依我个人的观察，广西民族诗人中，一部分中年诗人同样在寻变。这部分诗人重在实践而少于宣言，就像一条深沉的河在无声地流动着。

韦其麟是广西民族诗歌版块的主体。《百鸟衣》《凤凰歌》等作品，代表了广西民族诗歌版块的本质特征。它属于岭南西部民族文化的重要组成部分，也代表了广西民族诗歌的发展水平。它永远属于本民族，也属于全世界。80年代的韦其麟，连续创作了《莫弋之死》《山泉》《歌神》《俘虏》《岑逊的悲歌》和《寻找太阳的母亲》等叙事诗。从表面上看，这些诗都取自壮族民间故事、传说，但它们的主题、思想内涵、感情色彩已脱离了民间故事、传说的原型，浓烈地注入当代意识。他的散文诗集《童心集》，以多彩的诗情表现了人的纯真的天性和童心，使诗变得如雨后的绿野，清新无尘。这是诗神的回归！这些诗作与《百鸟衣》《凤凰歌》的主题思想相比，已不是滞留在同一层次。一些评论者曾把韦氏的创作说成是一个"圆圈"，这是由于看不到或忽视了诗人在寻变的一种误解。还有彝族诗人韦革新，在他最近发表的《大山的褶皱》（《广西文学》1989年第7期）中，也在寻变。诗中诗人不去叙述事件的经过，而是从客体中挖掘深沉的内涵，升华为诗的意象。我认为，这是诗的真正的寻变——它既来自对客体的真切体验，也出自主体的诚挚感受；既摆脱了从意念出发，又进入了诗的真正的艺术境界。

中年民族诗人何津《相思豆》中的诗，大多侧重于对客体的描述，但已摆脱了以意念作诗的旧套。黄灿的《佳男心，丽女情》，注重抒写男女青年爱情的心态。诗篇中，已寻找不到刘三姐式的歌咏。这也是广西民族诗歌板块裂变后的一种趋向。

中年诗人也在寻变，会不会出现两代诗人创作趋向上的合流呢？我认为合流是不容易的！因为新一代的民族诗人，他们与本民族的传统文化相去较远，他们只能按照自己的审美追求去寻找诗的王国。而中年诗人要他们完全摒弃民族文化的传统基因，从头去接受外来文化以改变自己的艺术美学追求，可能性是很小的，他们只能沿着民族文化的方向去寻找诗神。不管是中年还是新一代的民族诗人都在寻觅，但路是属于自己的。只沿一条路去寻求诗神，这不是我们所提倡的，但为民族而歌唱的大走向是不能违背的。

（原载于《学术论坛》，1990年第2期）

诗集《晚开的情花》自序

农冠品

诗，是思想、感情、心态、智慧、语言艺术的花朵。

它，应开放在人生的早霞里。然而，对我来说，它却开得很晚。当我把这些小花集起时，我的人生已不是朝阳初升了。因此，我把这集子命名为《晚开的情花》。也许，会有世人将其误以为是抒写晚年风流情爱事。其实，世间的情花是多彩的，这里的情花是我对纷繁的世界感触而抒发的种种情感。也许，这些早已有人感触并已开出感情的花，而我却姗姗来迟，晚来的感触，晚开的感情小花，也自觉地珍爱！

《晚开的情花》，产生于80年代。里面，有对南方民族风情、民族渴望的抒写；有对世态凉热的感应；有对民族魂的认识与召唤；有对江河、湖海、大山的情思；有边境警觉与悲壮的激情；有对祖国北方的抒情；有对夏天与乡间的吟诵。

这些情景小花来自时代、来自人间烟云，然后才来自个人的心间。我信奉唯物主义，不信上帝，不信鬼神，也不相信人有在天之灵，但正视人有命运之说。所以，这些小花属于时代、属于人生，是人生的心、情、神的感应物，是人的思想、情感、言语化作的艺术之花。这些小花与长天的云彩、与大海的浪花相比，是细小与微弱的，但它仍属于一种生命吧！《青山魂》《北方诗情》是亲临其境之后写成的。南疆边境的青山翠岭间，有我们民族的英魂；北方的边境也有我们民族的英灵，虽然已成了历史，但历史是绝不能忘记的。记住血与火的历史，展望明天的路，人生才有一种执着的追求和坚定信念。

《夏之吟》写于1989年夏天。那个夏季有风有浪。它凝进了我的心绪，就在那个夏季里！

《乡祭》与《在乡间》，也是心底的一种呼唤。其他星星点点也算作生命的、情感的萤火吧！

1990年春季，于南宁望仙坡

（原载于《晚开的情花》，桂林：漓江出版社出版，1991年版，第1~2页）

《醒来的大山》后记

农冠品

之一

这里集起的小诗，它们的产生是由一山一水缘起的。

1956年秋至1960年夏，我在桂林的独秀峰和叠彩山下，度过了最值得怀恋与珍惜的大学生活。然而，在那段岁月里，因为沉醉于书海，竟无神思来品味桂山漓水这如仙境般的美景。直到1961年和1962年，到桂北采风归来，逗留桂林、阳朔时，才获得诗思，写下了《春在西郎山》和《漓江月》这两首习作。

时间一晃过去二十年。直到1980年春，我才有机会陪北京来的民间文学同行者去桂林、阳朔。不知为什么，对桂山漓水的情思一下子涌上心头，于是，一口气写下二十多首小诗。

这是由于人到中年的心绪，才备觉二十年前生活在桂山漓水间的青春年华是可贵与可恋的缘故吧？

这些年来，我在采风之余写下的小诗，已另收入《泉韵集》，由漓江出版社出版。近几年来，民间文学复苏，我因职业的关系，曾到广西境外去参加一些学术活动，趁此良机游览了祖国的一些名城、古迹和大川。这对我来说，顿觉天宽地阔，一下子开阔了我的文学创作视野——即使是浏览式的观光，也胜过读几本历史和地理书。是的，我们祖国幅员辽阔、天南地北、河山壮丽，不正是一本博大的书吗？

这里集齐的《春城花》《古都短章》《青海诗草》《兰州见闻》《天府吟》《山城剪影》《长江浪花》几辑小诗，是我在1981—1983年陆续写成的。自感这些小诗十分浅薄，但我珍惜它们并非于梦幻中产生，而是当时当地的一些真实感想的记录。《醒来的大山》这辑诗则记下我对故乡桂西南的情思。我的歌声是微弱的，我的诗情只是山野间的小草……而我的祖国与人民，就像醒来的巍峨雄壮的大山！我喜欢大山，也喜爱大山给我的诗的情怀，所以，就给这本集子定名为《醒来的大山》吧！

我是壮族的后代，也是中华民族大家庭中的一员。我愿把爱奉献给家乡的山山水水，也愿把真诚敬献给祖国——母亲！

让我们都来为母亲更加美好的未来而歌唱！

1984年6月7日于南宁。

之二

时间，八年悄悄地流逝！

《醒来的大山》（下面简称《醒》）于1987年交给漓江出版社，1989年出版，印了新书证订单，在《南国诗报》也发布了信息。但十分令人失望，从那时起，诗集的出版及严肃文学的出路，正遇艰难处境。《醒》不是文化快餐，它的命运自然遇到了坎坷。种种原因，《醒》一拖再拖，搁置一旁。再过后，连抄正稿、排版校样，也悄然失踪。好在还存有原稿，掸去一层尘埃，重新进行清理、编排。今天，对《醒》另作安排，寻找一线亮光，向有限的世界和天地寻求它的知音。重编时，加入了第十辑——《黑水河流过的地方》这组诗，是我于1991年8月受邀回故乡大新县访问时写成的，寄托了我对故乡的情感。然而，时间仓促，该抒写的未抒写，已抒写的又未能很好地表达。但这浅淡的诗草，注入了我的真情实感。

对故乡的山山水水及父老乡亲，我有抒发真情实感的权利和责任。

1994年6月11日夜，于南宁

（原载于《醒来的大山》，南宁：广西民族出版社，1997年版）

《广西当代作家丛书·农冠品卷》后记

农冠品

我于30年代中期出生在广西西南部一个偏远的壮族小山村。家乡的山很高，路崎岖不平，但山地林茂、峒深气清。年复一年，人们过着清静、清贫而又沉寂的生活。家乡的父老乡亲、兄弟姐妹，会唱本民族的"欢"与"西"，音韵旋律委婉感人；也会讲充满幻想与神奇的故事，引人进入神幻的境界。在我寂寞的童年、少年生活中，这种民族文化氛围在我幼稚的心灵里播下了文学的种子，这也正是我以后从事文学的一种因缘吧！

中华人民共和国成立后，我才进入初级中学读书，一直读到高级中学和大学的中文系。60年代，从大学之门出来，进入文艺界工作。可以说，我的成长全靠中华人民共和国阳光雨露的照耀、滋润与培育。

我从事的工作是收集、整理、翻译与研究广西各民族的口碑文学（民间文学），长期上山下乡，深入民族村寨采风，在收获民间文化珍宝的同时，也收获文学创作的诗情画意。于是，我学习创作诗歌、散文、随笔，也撰写评论文章。我的本行是研究民间文艺，文学创作一直是业余进行的。记得还在高中读书时就曾经学写诗歌，也偷偷投稿，但都未成功。那些幼稚的作品没有留下来，已化作青春梦幻的一缕云烟！大学时代也写一些诗，如朗诵诗、劳动工地抒情诗等，也未能全留下来，如今能找出来的仅有几首，是写50年代末下工厂劳动的生活，但太肤浅，无法入选。开始用心来写生活中的诗歌，是70年代末和80、90年代的事。现在收入这本集子的作品，正是这些年代的个人的生活、思想与情感的轨迹，从中也可看到一些我们国家与人民前进的轨迹。

　　《广西当代作家丛书·农冠品卷》可说是我几十年来诗歌创作的自选本，所入选的作品大多是从《泉韵集》《爱，这样开始》《岛国情》《晚开的情花》《醒来的大山》这些诗集，以及《记在绿叶上的情》和《世纪的落叶》两本已结集未出版的诗集中挑选出来的。另有一本歌词集《相思在梦乡》因篇幅所限，歌词全都未选入。在这几本诗歌集中的歌谣体与新古体之诗也未选入，原因是想让这部选集的作品，有较统一的风格及艺术表现方法。我在诗歌创作上，运用或学习民歌民谣体，或学习古诗词体的作品，以后再另结集成册。现在的这部选集，可以说全部作品皆为自由体。

　　这些年来，在文学的道路上跋涉，道路并不平坦，特别是如诗歌散文之类的作品，发表及出版的机会较渺茫。但从文的心火之情仍不泯灭。在创作中，前后得到心相通、情相印的各方面同仁及专家的鼓励，他们发表了不少评价、评论与研究文章。这一份份鼓励与诚挚，我都十分珍惜与珍爱，因为这是一种难得的鞭策、难得的催化。要说这些皆为滋润的雨、温暖的阳光，是很合适的。细读文章后，不时感动得热泪盈眶。世间的真诚与心灵的共鸣是最珍贵的。本选集的出版，有组织的关怀，有作协的筹划，有出版社的帮助与支持。所有种种，永生牢记，永不忘怀！世间只有真诚地相助出一份爱心最珍贵！

　　人生易老，文学永不老。愿自己在今后的晚照岁月里，对广西的民族文学仍持一份热忱与爱心，更愿广西的民族文学之花之果，满目灿烂。

2011年6月26日

　　（原载于《广西当代作家丛书·农冠品卷》，桂林：漓江出版社，2002年版）

学步地探索——《爱，这样开始》后记

农冠品

（一）

　　《爱，这样开始》这本集子里收进了我1977年至1988年的一部分作品。

　　在文学创作道路上，我在学步般地探索。

　　进行诗歌艺术建设的劳动是艰辛的，即使是这样，我也在苦心地追求着。

　　集子里的习作分为五辑：第一辑是歌颂右江革命的。桂西是我的家乡。当我没有出世时，前辈就在左江右江和红水河两岸闹革命：在东兰山中，有韦拔群创办的右江农讲所，有他领导的农民自卫军留下的足迹和洒下的鲜血；在山城百色，有革命史上记载的邓小平、张云逸等领导的百色起义；在这座山城，建立了红七军；在右江盆地，成立了工农民主政府……革命红旗、革命火炬，给家乡桂西带来光明，带来希望。这光明和希望正是吉祥之兆的金凤凰。当我渐渐懂事，就听老人讲述红军的许多故事。它们像磁铁般吸引住我的心。以后，在党的教育培养下，我成长为一名文学工作者。我经常深入家乡的山区农村采风，从此，我便更多地接触和了解右江革命斗争的事迹。这些可歌可泣的事迹是老一辈革命家及烈士的鲜血凝结的，它们像金色的种子埋进我的心田。虽岁月流逝，但金色种子生命是不朽的。它要发芽、开花、结果。

　　在那已逝的一段岁月，人们的心田被冰冻着，无法长出对老一辈革命家和烈士赞颂的诗的幼芽，更无法开出抒发革命之情的诗的花朵。1977年以后，我又有机会多次到右江、红水河地区走访。面对扑面春风，埋在我心田的金色种子终于萌动发芽。在组织上的关怀和同志们的鼓励、帮助下，我利用业余时间，以右江革命为题，前后写下了几十首诗。这些习作虽浅薄，却寄托着我对右江革命、对老一辈革命家和先烈的崇敬之情。习作曾先后在一些地方文艺刊物上发表过。《在金凤凰落脚的地方》组诗，曾收入1980年广西人民出版社编辑、出版的诗歌合集《奔腾的左右江》一书。这次，作个别文字修改，收进本集子。还有一部分歌颂右江革命的诗，收入我的第一本诗集《泉韵集》，这里就不再收入了。当我把这些诗重新进行整编的时候，心想：这些不鲜艳的小花，若能给人们再跨上新的征途以一点信心和力量，就倍感欣慰了！

　　集子的第二辑是抒写我们的人民在春风春雨里的点滴情怀，当中也饱含着自己心中的回响。其中有几首是叙事诗，如曾在《三月三》期刊发表的《将军回到红河边》。这几首偏重叙事的习作，大多是抒写老、中、青三代人的悲欢与命运的。诗写得如何，作者自己不必去评说了。第三辑是抒写山区、边疆、海岛民族风情的短诗。第四辑是想让它们成为"能唱的诗"，其中一些习作，曾由作曲家谱曲歌唱；如今将它们归在一起。第五辑是几首儿童诗。

（二）

我于1936年初秋，出生在一个偏僻的壮族山村。在祖国黎明前的黑暗岁月里，度过了童年和少年时代。童年和少年是一个人一生中最天真、最富于幻想的时代，但我的童年和少年生活是寂寞的。当时，唯一给我精神食粮的是听祖母唱民歌、讲故事。她是文盲，但却是我文学的启蒙者。中华人民共和国成立后，1950年我才上中学读书，一直到进大学，才有较多的机会接触古今中外的文学作品，这些著作深深地吸引了我。我感到知识海洋宽广无涯。我爱读诗，对诗歌有浓厚的兴趣。我开始学写一点作品，但不是创作，而是用文字将祖母唱的民歌、讲的故事记下来，并进行文字润色。记得1957年在报刊上发表的第一、二篇稿，就是一首民间催眠歌和一篇民间故事。从此，我与民间文学结了缘，一直到现在仍在与它紧密相连。

我文学创作起步的足印是民间文学。民间文学给我学习写作提供了营养和水分。

（三）

每一个作者对文学艺术都有自己的认识与追求。没有认识和追求，也就没有文学创作。

我想，诗要发挥美的、新的、向上的、感奋的作用。诗，若不利于人类历史的进化，就没有其存在的意义和价值。

诗，是感情的迸发、智慧的结晶。它不是谜。

诗，应有思想感情的寄托。这寄托就是具有鲜明个性，也寓共性于其中。诗，是属于时代的，绝不是超人类的梦呓。诗，不要把人引入迷茫的深渊。让诗具有思想美、意境美、语言美、音乐节奏美……它属于艺术建筑的美学范畴。诗的创作应该是严肃的。

这些粗浅的认识，激发我去学习、去追求、去探索、去实践。也许要付出一生的心思和精力才能让诗的路子越走越宽广，但路基仍在祖国的、民族的土壤上。对诗的艺术表现手法（艺术形式），我一直在探索、追求、实践。我从古典诗词、从民间歌谣和新诗中汲取其所长。由于是实践的过程，因而这集子里的习作，表现形式是"五花八门"的。这看来不很统一，但我认为，任何艺术形式都是为内容、主题服务的，艺术形式不是一成不变，要不断创新。一个作者应掌握多种多样的诗的艺术表现形式（表现手法），以灵活、多变、多角度地表现、反映现实丰富多彩的生活画面以及生活节拍，这对一个作者来说，路子就更宽广。每一首诗都不能套用一种形式、一个模型。

这些是自己在探索、学习、实践当中的一些看法。在习作中，想法与做到是存在差距的。每一首习作，都要突破自己，这是十分艰辛的思索和劳动。

（四）

故乡大山的清泉曾哺育过我的生命，我永远不会忘记大山。我是大山的孩儿。

对故乡的大山、对祖国的一草一木，我都深深地爱恋着……我的笔是笨拙的，但我要努力地写。我的嗓音是微弱的，但我要尽情地唱——为祖国的文明，为中华的振兴，为我的民族的繁荣与欢欣……

1984年9月3日，于南宁西郊

（原载于《爱，这样开始》，南宁：广西民族出版社，1989年版，第246~249页）

《岛国情》后记

农冠品

根据中国和菲律宾两国政府的文化协定，1988年5月17日至31日，我作为中国民间文艺家代表团中的一员，访问了菲律宾。在菲期间，得到该国文化中心的热情接待。访问先从首都马尼拉和内湖省开始，我们先后参观了菲律宾国家博物馆，并与馆里的民俗学专家交流了学术问题。在内湖省，我们参观了一家在私人庄园内开设的博物馆。内湖省一带，还有民间木雕工艺的小村镇，我们去工厂和门市部参观访问。我们还参观了菲律宾反西班牙殖民统治者的民族英雄黎塞尔的旧居园林。菲律宾文化委员会还让我们参观了其主管的菲律宾文化遗产博物馆和菲律宾山地部族历史民俗博物馆，这都让我们获得了有益的启示。访问的第二个阶段是到菲南部地区棉兰老岛，这个地方给我们留下了难忘的印象。棉兰老岛大学校长会见了我们，并且赠予穆斯林宝刀，还为我们举行穆斯林的最高礼节的晚宴。如此等等，在马拉维湖畔，度过十分友好的日子。在该岛，我们还有幸到山地部族聚居的村落去参观访问，观看了民间的手工艺编织，观看了具有浓郁特色的民间舞蹈和斗马活动。菲律宾少数民族的勤劳、朴实给我们留下深刻的印象。访问的第三个地方是中部的伊洛伊洛古城，那里正在召开菲律宾文化规划委员会第四次代表大会。在伊洛伊洛古城的海边度假村，我们有幸与菲律宾的许多文艺工作者见面，并出席他们的大会，留下了难以忘怀的一幕。

我是来自亚热带地区的人，在菲律宾的日子里，感到特别亲近。虽然语言不相通，但与那里的人民的心是相通的。那里的学者很想与中国，特别是中国西南民族地区的民间文艺民俗学工作者，联合起来进行民族文化比较研究。

在访问菲律宾期间，岛国的风情、人情，处处激起我的诗情，一边访问，我一边记下许多人和事和物，有的即写成诗题目或即时吟成诗句。6月回到我的南方后，写成了三十九首小诗，今集入二十九首，是我访问岛国时的感情记录。这些诗草，我希望它有一天能与菲律宾的朋友同行进行交流，以增进我们之间的友谊。如能如愿，那是永生的幸事！

1989年2月15日，于南宁广西壮族自治区文联。

（原载于《岛国情》，南宁：广西人民出版社，1990年版）

壮族诗群三家之比较

农冠品

一、概述

在广西壮族自治区这块古老的土地上，一年四季生长着郁郁葱葱的、生命旺盛的亚热带丛林。在遥远的年代，这块土地被称为"南蛮"之地。在它的上面，生活着土著民族，诸如西瓯、骆越、僚、乌浒等。这些就是当今的壮族先民。秦汉以后，对岭南神秘而富饶的土地进行开发，汉族与当地民族的文化交流，历经不断地进化与演变，一直延续到今天。

广西壮族自治区的十一个少数民族和汉民族，构成了建设这块土地的社会动力。然而，各民族相对独立的民族文化、民族心理特征等方面，又都各自保持了它的传统性和特点。就以民族文学特色来观览，更能明显地看出各自的色彩，犹如壮锦、瑶锦、苗锦、铜锦……不能互相取代和等同一样。

人们常以"歌海"来称广西诗歌的美况。在古代，诗与歌互相密切结合。直到如今，广西各族民歌，唱词与曲调结合而构成一种特殊的、深受民间喜闻乐见的文艺形式。诗，则随着民族文化素质的不断提高与进步，由一批少数民族的文化人，运用汉文进行这种文艺样式的创作，与音乐相对独立而存在，供人们阅读和品赏，如壮族诗人远在唐代就开始出现。中华人民共和国成立后，在广西这块亚热带风貌的土地上，一批少数民族的诗人在创作实践中逐步地成长和不断发展。就以壮族诗人来说，从50年代末起，直到80年代，形成了"壮族诗群"（包括老年的、中年的及青年的）。这一"群体"中的名字，有韦其麟、黄青、莎红、黄勇刹、古笛、张报、李志明、苏方学、侬易天、韦文俊、韦志彪、何津、黄堃、黄神彪、李甜芬、黄琼柳、韦银芳……他们有的出身于军人，或大学生……在生活、思想、艺术修养上，他们把本民族的文化传统与汉文化融为一体，以较熟练的汉文来进行诗的艺术创作。对这一"诗群"，在这里不作全面的比较研究，因为这样的比较研究量是很大的。在此，只以这"诗群"中的三家（黄青、莎红和古笛）的诗（主要是他们的诗集）来作一些粗浅的比较研究，探求他们创作上的共同点和相异点。这种平行的比较研究，当今是颇为流行的，但对自己来说还相当陌生。

二、三本诗集

黄青、莎红、古笛，他们一生或大半生，都在进行诗创作，发表了大量作品。

黄青早在40年代就开始写诗。然而，他后来投笔从戎，在炮火里冲杀，却没有留下任何一篇带硝烟的抗战诗篇。在中华人民共和国的霞光里，于50年代末，才创作出他的代表作《红河之歌》。又一直到1984年11月，才出版他的第一本诗集《山河声浪》（"漓江诗丛"之一）。这本集子，收入长短不一的抒情诗60首，分为5辑。

莎红的文艺创作，开始是写剧本，也写一些散文。1960年以后，从事民间长诗的整理以及诗的创作。到70年代末，则专门写诗，直到他生命的终止。1979年5月，广西人民出版社出版他的第一本诗集《山欢水笑》，收入抒情短诗53首。第一本诗集问世后，他的诗中生命与诗情如焰火般耀眼，引人关注。1982年，广西人民出版社出版他的第二本诗集《边寨曲》，收入抒情短诗65首。他的其他诗作已结集交出版社，但集子未出，诗人在与病魔斗争中，燃尽他的最后一柱诗的火光，离开了这块亚热带的、他一生眷恋的、色彩斑斓的土地！

古笛，早年参军，在部队文工团里搞音乐，从而爱上了个联调诗歌。他大量的作品是歌词。他是一位热情的、善于抒情的诗人、词家。他的第一本诗集，直到1982年12月才问世，由漓江出版社出版——集名曰《山笛》。这支"笛"，吹出60多首曲。这集子也属于"漓江诗丛"之一。

三、共同的心理素质和诗思

一个民族有共同的心理素质，或者言之为心理特征。这是构成一个民族的不可分割的整体的因素的重要部分。兴趣、爱好、理想追求、审美观、喜怒哀乐、人情世故等，这些心理特征，都会渗透到诗的创作中去。黄青、莎红、古笛，他们的诗的共同性有如下几个方面。

（1）热情地歌颂右江革命。三家诗集都收录了这方面题材、内容的诗。黄青的《百色山城》《列宁岩》《红河之歌》《早晨，我回望红河》《家住右江岸》《奔腾的右江》；莎红的《写在红七军故乡的歌》（7首《魁星楼下》《老战士——老经理》《红神庙，一堵石墙》《马樱花》《金子铸的名字》《欢跳的小溪》《心里的歌》）；古笛的《右江摇篮曲》《百色山城红码头》《壮山的列宁岩》《红桥》《虎刺花》（组诗：《序歌》《列宁岩上花一棚：热血染花花更红》《战士越老越英雄》《虎跟虎来龙带龙》《尾声》）。对右江革命（包括壮族农民领袖、革命烈士韦拔群领导的东兰、巴马、凤山红水河一带的农民运动和后来的红七军与右江工农民主政权），他们三家都倾注了各自的热情，为民族的翻身运动，为光明的愿望与追求，为烈士的英勇牺牲、抛头洒血……为这些壮丽的斗争史，抒写了一首首赞歌。

> 铁面无私呵从不手软，
> 把那些罪恶的黑手砍断；
> 列宁岩呼唤的回声，
> 正是举高拳头的群山。　　　　　　　　　黄青：《列宁岩》

> 为保卫工农民主政权，
> 多少人来到庙前心中磨利刀，
> 为争取自由和解放，
> 有冤要伸呵，有仇要报！
> 一声声雷哟，一道道闪，
> 电闪雷鸣掀起红色狂飙；
> 一道道闪哟，一声声雷，
> 红神庙发出了声声怒号！　　　　　　　　莎红：《红神庙》

> 辽阔的右江河谷，
> 曾经是革命的摇篮。

> 壮家的儿女要寻找失去的母亲咧，
>
> 从摇篮爬起，登上了红色西山！
>
> 荒芜的土地冒烟起火，
>
> 化作红旗辉映山川。
>
> 奔腾的右江激励儿女战斗呵，
>
> 可爱的母亲在助威呐喊！　　　　　　古笛：《右江摇篮曲》

> 列宁岩上花一朵，
>
> 记下光荣洞。
>
> 虎刺花与赤卫队，
>
> 曾经相映红！　　　　　　　　　　古笛：《列宁岩上花一篷》

　　三家的这些诗句摘引虽是片段，但从那铿锵有力的诗句和明快的节拍，可看出他们对民族的命运、对祖国、对红色风暴、对罪恶的敌人……都有共同的爱和鲜明的憎——爱与憎分明！这不是巧合，也不是重复和雷同，这是共同的心理，共同的民族的呼声。三家诗风都不隐晦迷蒙，是那样质朴、明朗。质朴与明朗是一种艺术的美学追求。抒写史诗性的革命斗争题材，是要有鲜明的爱憎情感，有无比热情和情思的倾注。写风暴，写枪声，写硝烟，写刀剑……诗人是要有气势和胆量。这三家诗的气质显示了他们的共同的爱、共同的憎，以及共同的理想和追求，共同的对民族命运的深深关注。这一素质构成了一个民族"诗群"的要素。民族的背向、民族的离心、民族的衰败……是与上面的这些素质特征相对立的。

　　（2）对民族文化传统的热情赞颂。这是三家诗创作的又一共同特点。壮族的传统文化是丰富多彩的。然而，对这一传统文化的继承和发扬，曾存在着两种尖锐的思想斗争。就以对壮族歌圩等风俗来说，有人否定和反对，并曾经"禁歌"。作为民族的诗人，应是民族文化的维护者和继承者、传播者。莎红与古笛的诗描写民族风情题材，占了颇重的分量。尤其是莎红的诗，绝大多数是民族风情画（或称之为"民族风情诗"吧！）。在《山欢水笑》和《边寨曲》两本诗集中，收入了许多描写民族风俗的诗。如《歌圩的前夕》《写新榜》《歌海浪花》（组诗：等待；歌圩即景；拾珠；初赶歌圩的姑娘）《月节酒歌》《尝新节的晚会》《闹元宵》，等等。这些诗，莎红用一支彩色的笔，描画出民族色彩浓厚的风俗画。古笛的《歌圩五景》（组诗：镜溪；情笠；迷林；笑声；心音），是直接抒写男女青年赶歌圩的情景。

> 月下走着年轻人的脚步，
> 震得岭上金鸡把晓报，
> 壮家歌圩春潮急，
> 歌海浪花枝俏！　　　　　　　　　　　　莎红：《歌圩的前夕》

> 晨雾抹亮溪，
> 溪水透明如镜；
> 阿妹走过竹桥咧，
> 对着镜溪整头巾。
> 脸上蒙着笑影，
> 心里藏着歌声，
> 只有那一江春水咧，
> 照见她的深情！　　　　　　　　　　　　古笛：《镜溪》

> 三月壮家处处摆歌台，
> 个个歌手都来赛歌才，
> 谁把我们歌声来砍断，
> 让他在歌海中深深埋！　　　　　　　　　莎红：《歌圩即景》

"谁把我们歌声来砍断，让他在歌海中深深埋！"这是莎红在《歌圩即景》一诗末段呼出的心音。谁敢"禁歌"，谁就是民族传统文化的反对者，谁就受到人民的反对，谁就在"歌海中深深埋"。这虽然不是敌对的矛盾，但思想的交锋、是非曲直，诗人的心中是十分明白的。这节诗有点概念化，但那是直呼的心声。心声要让世人一听就明白。

莎红与古笛的诗，有的是直接取材于壮族古老文化的。如莎红的《花山壁画赞》《青铜鼓擂响了》，前者是歌颂花山壁画与壮族古老的文化传统；后者是写古"铜鼓"（艺术）至今还在少数民族文化生活中继承和传播的情景。诗人心里明白这些是民族文化的源流，是民族文化的"根"。然而，诗人并不是为赞"根"而写，也不把人引入迷茫、愚昧的年代，而是站在新社会广阔、多彩、进化或正在进化的现实里来写古代文化。

> 勤劳、勇敢、智慧的民族，
> 曾创造出灿烂的古代文化，
> 至今画面还闪耀着光辉，
> 镶嵌在祖国边寨高高云崖……
> 呵！我伫立江边极目远眺，
> 滔滔江水映泻着遍地稻浪红霞，
> 假若当年壁画作者活到今天哟，
> 将淘尽江水调色绘出壮乡新壁画。　　　　莎红：《花山壁画赞》

赞古老的壁画，是为"调色绘出新壁画"，这就是诗人的出发点和诗的主题。这种传统文化观点是明确的。诗人用形象化的诗句表述了这种文化观。我们今天正在进行的两种文明的建设，我们需要优秀的民族文化传统，从中汲取有益的营养，并将用其来发展我们新的文化，用来滋养我们民族精神文明的新树，让它枝叶繁茂，深深扎根在我们民族的土壤里。

（3）描绘如画的秀丽山水，抒写亚热带地区的风光。这是黄青、莎红、古笛三家诗创作的又一共同特色。广西属于亚热带地区，一年四季草木葱茏、花果不断，江河山溪流淌。亚热带地区的风光以绿色为主调。在这绿色的土地上，有各种树木、奇花异草、蕉林蔗海、香芒李子、荔枝龙眼……生活和工作在这样自然环境中的诗人，他的诗必然浸染上亚热带地区的色彩。这种色彩与北国"千里冰封、万里雪飘"的境界，是截然不同的，北国有北国诗风，西域有西域诗派，南国有南国诗群。我以为，壮族（或整个广西的少数民族诗人）"诗群"，应属于南国"亚热带""诗群"中的主要组成部分。他们这一"群"的诗，应属于"亚热带""花果"——具有亚热带地区的、南国边疆的艺术特色。

黄青、莎红、古笛三家诗的山情水意分量很重。

黄青的《山河声浪》突出"山"的诗情画意。《金钟山》（登金钟山；夜宿金钟山）、《桂西山道》、《边疆环山河》、《壮山瑶峰》（壮山瑶峰，蓝老大）、《百色山城》、《怀乡小集》中的《大明山》、《桂林山水拾零》、《高山大海》、《鹰头山》等，无不与"山"有关。莎红的《山欢水笑》，也突出"山"和"水"。《山乡园丁组诗》《老山的春天在哪里》《山泉在新村的屋檐下流过》《不夜的山城》《遥望山抒怀》《花山壁画赞》等，都与"山"相连着。古笛的《山笛》也突出"山"的情思"山"的画意。《百色山城红码头》《壮山的列宁岩》《壮山路》《我们可爱的山乡》《我家住在青山寨》《青山里流出一条红水河》《唱起山歌过岭游》《高山茶歌》《长龙飞舞进山来》《山水歌》《走马边山上》《关山乐》等，也是与"山"息息相关的。这些诗不是雷同化，这是"诗群"的共同诗情、共同趣向、共同心境、共同爱的追求。因篇幅关系，对三家抒写"山"的情意的诗，就不一一列举了。我们从三家"山"的分量颇重的诗题来观览，可以看出他们的相通性（当然，相通不等于相同，他们的艺术个性，待作比较后，即可看出三家诗的个性）。三家诗浓抹上亚热带地区风光，这也是他们（还有别的诗人）构成"亚热带"诗风的一个特点。

莎红在诗集《边寨曲》中，更充分地呈现出"亚热带"诗的风味。韦其麟为诗集作序时说道："我感到在我们广西写诗的同志中，莎红作品的地方特点和民族色彩是比较鲜明的。"我特意提出的"亚热带"与韦其麟所说的"地方特点"是一致的。特别强调"亚热带"，也许更能明显地划出地域诗人的个性特点来。《边寨曲》并不是"塞"外，这"寨"，是在南疆，属于亚热带。在集子的《茶歌》中，诗人这样描绘亚热带地区绿色的云：

　　白毛茶山绿了，绿了，

　　绿了白云，绿了山巅，

　　壮姑披起新花帕了，

　　三月的茶歌流出唇边。

　　这里用浓浓的"绿"的颜色描绘："山绿"了！连"白云"也绿了！山巅更不用"说"，"绿了"！这满眼绿色、这"层层翡翠"，构成"边寨茶山绿色的春天"。在《割胶姑娘》里，诗人直接描写橡胶园割胶姑娘劳动的情景——"橡胶林——南方不败的绿林！"《荔枝红了》一诗，莎红则在万绿丛中点出串串红——

　　荔枝红了，红了，

　　满树像披着红袄，

　　树上蝉儿在叫着——

　　荔枝熟了！荔枝熟了！

　　这是一幅亚热带的画图，一下子把人带到南国花果满枝、热气升腾、蝉鸣枝头的诗的境界。这"亚热带"诗味，向人扑来。

　　古笛在《壮锦满地铺》中，描绘右江盆地一幅亚热带的多彩画卷：

　　在右江河谷，

　　壮锦满地铺，

　　近看花纹精巧，

　　远看色彩丰富。

　　银河一样的水渠，

　　金毯一样的田亩，

　　岭岭果树好比那五彩画屏，

山山蔗林如同绿色的天幕。

右江盆地有稻田，有果树，有蔗林——观之就像彩锦满地。这里，诗人用的颜料，有绿、有黄、绿黄相衬，更衬出绿的生命、黄的喜悦。这诗情画意是亚热带诗的特点和独有。

黄青的《采八角》，以神奇的想象把亚热带特产——八角林鲜明地描绘出来，别有风味。

穿花衣的蝴蝶，
寻香气而来，
金色翅膀的蜜蜂，
追着香气去采。
壮家年轻的男女社员，
把山上的盛会安排，
是你们安排了奇特的金色季节，
金色的八角林首先盛情招待。

后生，挎竹篓，
攀着树干摇摆；
姑娘，拎了竹篮，
树荫下擦竹竿卖乖。

嘻嘻！嘻嘻！
嗨！嗨！嗨！
我把树梢的八角打下了，
你只能把身边的八角摘。
…………

这也是南疆独有的诗意，属于亚热带诗风。它和西北、草原、海边、高原这些典型自然地理环境中产生的诗，是相异而别具一格的。"天苍苍，野茫茫，风吹草低见牛羊……"这是草原诗。

> 高原上怒耸着一道白杨林，
> 肩负着千里风雪万里尘；
> 是谁什么时候将它们栽起，
> 遮遍高山切断云？　　　　　　　　　李瑛：《白杨树》

这是高原诗。"白杨树""风雪万里尘"的景色，是只有高原才具有的地方（或地域）特点。

> 港湾内布满了渔船小小的灯光，
> 在水底下都变成了光明的杉树；
> 可是夜在海上散下薄薄的雾，
> 却连最明亮的月光也穿不透。
> 我听见微波在向船诉说温柔的话，
> 但桅杆上的旗子却还在与风搏斗；
> 那些落帆而停泊在一起的船队，
> 在梦中也还未忘记它奔波的路。　　　蔡其矫：《夜泊》

这是海边的诗。"港湾""渔船""桅杆""风帆"……这些景物，以及由它们所创造与烘托出来的诗的境界，具有鲜明的海边特点。

通过对这些体现不同地方特点的诗的比较，更能衬托出黄青、莎红及古笛亚热带诗的特点。

（4）祖国边境诗的情思。这又是三位诗人共同的诗的特点之一。广西地处祖国的东南边陲，关山重重，与异国相连着。边境上有风有雨；有阳光、山林、流溪；有哨兵的眼睛……边境上的一切，都与祖国的命运相连。作为祖国母亲怀抱中的一员，作为爱国、爱民的诗人，怎能不为边境歌唱呢？

　　黄青的《走边境线》这组诗，包括四首抒情短诗：《上友谊关》《列车去凭祥》《金鸡岭》《边境战士的歌》。

　　莎红的《边境村》《鸡鸣》《蹄声嗒嗒》《边境小路》《战士的家》《荔枝红了》《岩洞口》《窗口》《走亲路口》。

　　古笛的《走马边山上》《马驮医院走边疆》《我为英雄洗战衣》《关山乐》。

　　这些诗，都倾注了诗人们对祖国边境的情思。

　　　　压不住快气炸的愤怒，
　　　　边境战士用炮口高歌；
　　　　炮弹爆炸的歌声，
　　　　向那边挑衅者的头降落。
　　　　鲜血灌溉，木棉花开，
　　　　绯红的唇片张开不说；
　　　　这是边境战士的歌，
　　　　是在热血里打着漩涡。　　　　　　　　　黄青：《边境战士的歌》

　　　　路，边境的小路，弯弯曲曲，
　　　　跨过溪涧，云崖，伸向白云深处，
　　　　一条条小路像醒着的神经，
　　　　紧连着边关、哨卡、千村万户。　　　　　莎红：《边境小路》

　　　　一层云，
　　　　一层雾，
　　　　一层峭壁，
　　　　一层树。
　　　　叠成高高的尖峰岭，

竖起南疆擎天柱!

边防前哨

在白云深处。

万丈尖峰,

只有一条路。

上下没电梯,

迈着英雄步! 古笛:《关山乐》

这些诗不管是"战士用炮口高歌",歌声在"热血里打着漩涡",还是边境的"一条条小路像醒着的神经",哨兵藏在"白云深处""竖起南疆擎天柱",都饱含着三家诗对边境的情与爱。他们懂得正是因为有边防线上的"醒着的神经"、哨兵"迈着英雄步",才有祖国的安宁、民族的兴旺与事业的繁荣。黄青、古笛经历过军队生活,他们从内心深处理解边防战士的光荣与神圣的职责。莎红虽未经战火洗礼,然而,50年代,当他还血气方刚、青春焕发的时候,就以一名青年文艺工作者的身份,参加了赴朝鲜战地慰问团,在前线慰问过中国人民志愿军。回国后,他写下了一篇篇访朝散记。他的一组边境诗是在他深入前线后,以亲身感受和体验写成的。从这三位诗人共同书写边境题材的诗来看,可以这样说,他们都具有诗人和战士的品质,他们的诗与祖国边疆,与民族命运联结在一起。他们的边境诗,感情是热烈和真挚的。

写到这里,我们可以回头来看,黄青、莎红、古笛这三位壮族诗人的诗的共同特点是很明显的,内容是多彩的。他们有着多方面的相同点,究其根源,只能用民族的共同心理素质来回答。正如黄亦青在《民族心理素质的文学表现》一文中所说:"心理素质表现为风俗习惯、宗教意识、道德伦理观念、礼仪、禁忌,一定的思维方式和表达方式,它是民族的历史文化的结晶。"❶这样理解民族心理素质是正确的。但作为分析、研究一位或几位,甚至一群作

---

❶ 黄亦青.民族心理素质的文学表现 [J].中南民族学院学报,1985(4):97.

家、诗人的心理素质，还应该把艺术的美学追求回归到心理素质里面去。因为作为艺术的美的创造和追求的诗，这一形式是缺少不了的，或不可忽视诗人的艺术美学。那么，从以上所举的三位诗人的几个共同性来看，他们的诗的美学追求是有相通或相同的一面的。这些共同性是在对比研究情况下发现并归纳出来的。

四、共同特点里的相异的艺术个性

通过比较的分析方法，找出黄青、莎红、古笛三位诗人的相异性，也是他们各自的思维方式或者艺术创作的个性特点。文学艺术创作存在着互相继承和借鉴关系，不存在重复的现象。如果出现雷同，就不属于创作，而是属于模仿或抄袭。黄青、莎红、古笛诗的共同特点是多方面的、十分明显的。然而，他们的相异和独特的个性也是存在的。不存在个性，就没有文学上的创造和出新。

（1）黄青诗的奇特想象。诗，要有想象的翅膀，无它诗思就飞不起来。读黄青的诗，每一首都有它的奇特之处。这一点，莎红、古笛的诗所不及。黄青登上隆林各族自治县的金钟山时，俯视南盘江水，得到的想象是这样的：

> 奔腾越野的南盘江呵，
>
> 远看成犹如耕耘大地的蚯蚓；
>
> 所有云贵高原的大岭高山，
>
> 都匍匐在这山之王下面受命。　　　　　　　《登金钟》

把南盘江长长不断的奔腾之势、之状，想象为"犹如耕耘大地的蚯蚓"，这是颇"奇"的。"奇"就奇在一般人想象不到。在《桂西山道》中，诗人写道：

> 那平行的山沟，
>
> 草莽织成了剑鞘；

那横流的溪水，

也闪出一把亮刀。

把"草莽"比喻为"剑鞘"，把"溪水"想象成"一把亮刀"，这使诗具有一种新奇感。这种想象的运用、这种思维的表达方式，也许与诗人的军队生活体验有关！

黄青新颖的想象力，又如他写"壮山瑶峰"时，把人朝山下看初升的太阳比作"火炭般红"，将三江侗族的"风雨桥"，想象为"花轿"：

桥是侗家巧手造，

拉着青山抬花轿；

早抬人们上山下地，

晚抬人们乘凉谈笑。   《风雨桥》

一个"抬"字，把静态的"风雨桥"写成动态的了。写东兰的"列宁岩"，把岩口想象为：

列宁岩划一根火柴成革命喷火口，

火焰便是奔出的学员；

把贫苦的农民都点起火把，

打！打！拖拉去报仇申冤。   《列宁岩》

写柳江奔流，"抬着日月星辰大游行，拉开了一派山河走向"。写冬天来壮乡的"燕子"，言之"看错了气候""无奈何站在电线上排音符，让冬风把推动的春歌吹奏"。写"漓江"上的游船，将其想象为"雕刀来往刻得出神""越刻越活脱清新"，如此等等。

（2）莎红诗的柔丽与抒情美。她的诗重抒情色彩。无情打动不了人心，无情的诗找不到知音与共鸣。莎红的两本诗集，收入的一百多首诗，全是抒情短诗。第一本诗集《山欢水笑》收进的诗，如果要说有一些什么不足的话，就在于：诗人在每首诗的结尾贴上了一个政治性的、概念化的尾巴，这些概念化的语句，无疑会削弱诗的艺术感，诗的结尾的手法千篇一律，使人感到"腻"。这个不足在第二本诗集《边寨曲》里，得到彻底的摆脱，使诗的抒情进入一种纯真的、柔丽的、感人的意境。诗人在艺术实践中，悟到了真谛：诗人的感情寄托要靠艺术的形象和隐喻以及总体倾向来体现，不能附加任何概念化或某时某种政策的专用名词。于是，莎红的诗，一跃变成广西的诗作中最富有地方和民族特色的作品。

> 清幽幽的月光洒落了山林，
> 清幽幽的月光涌过了小屋，
> 小屋——林海中的心脏，
> 小屋——造林者的别墅。
> 清幽幽的月光洒落了山林，
> 清幽幽的月光涌进了小屋，
> 造林者在柔和的月色睡着了吗？
> 不！他的心潮随着绿浪起起伏伏。 　　　　　《林间月夜》

诗人用"清幽幽的月光"，用"山林"小屋，以及造林、护林人的"睡"，勾画出一幅林间月夜柔美的景色，诗意浓郁，风格明丽、柔美。

> 天上是密密麻麻的繁星，
> 山上是密密麻麻的繁星，
> 在透明透明的春夜里，
> 满山满岭敲响蛙鼓声。
>
> 蛙鼓声声，蛙鼓声声，
> 伴着苇岸婉转的莺鸣，

打破了夜里的宁静，

潜入了人们的梦境。 《蛙鼓》

这两节诗创造的诗的意境是十分优美和富有魅力的：写了光（星星），写了声（蛙鸣、鸟鸣），写了夜的透明宁静。这情这景构成一幅婉柔的画卷。

诗的风格，令人神往！

冰凌，挂满老林的树枝，

雪花，在空中纷纷飘舞，

哈！铺天盖地的冰霜，

妄想把深山老林禁锢。

不！关不住，禁不住，

请看山里的一间小屋，

杉树皮盖的屋顶，

敞开着一扇门户。 《老山里的小屋》

这是诗人写桂北山区冬天的雪景，也是他唯一写南方"雪"景的诗。两节诗，清丽的笔调，勾画出高山冬季的一幅画。画面里有老林、树梢、冰凌。山间小屋——杉树皮盖顶；开着一扇门户。诗的下半部写雪景中"出出入入"的采冬菇的瑶家姑娘。这诗，有情、有景，情景交融。莎红诗的风格，不妨这样概括：抒情、柔美、清丽。这是民族风情诗，是献给少数民族山乡热情的歌、醇香的酒。莎红有一支婉约的笔，婉约不是软弱，而是一种艺术个性，是一种美的追求和创造。

（3）古笛诗的明快、简洁与声情结合。古笛的《山笛》，不是他作品的全貌，而只是其中一部分，他的大量作品是歌词。词与音乐结合，飞腾起另一种艺术金鸟，但从《山笛》体现出来的古笛的风格是鲜明的。古笛的诗，没有黄青诗"奇"与"特"的感觉。这并不是说，古笛的诗没有想象力，而是说各具特色。秦似在给《山笛》写的《序》中说：古笛的语言"非常朴素"，却"藏着诗的语言美"。

《红桥》一诗，古笛取材于传说来创作，写当年红军为杀敌而搭人桥过江的传奇性的故事，笔法简洁，只用了八节、三十二行，就完成了诗所要表现的主题。《虎刺花》《壮山的路》这两首诗，笔法也十分简洁、明快。

> 烈士塔如擎天柱，
> 灿烂耀长空！
> 虎刺花开伴英雄，
> 热血染花花更红。
> 左一篷，右一篷，
> 塔前塔后一丛丛。
> 谁说拔哥不在世？
> 那不是虎刺花开依旧红！　　　　　　　　《热血染花花更红》

这首小诗，简洁得没有一个多余的字。诗的节奏和音乐感也很强。"左一篷，右一篷，塔前塔后一丛丛。"这些诗句，有节奏的顿数。古笛的诗，很注意声与情的结合。《壮山的路》第三节诗，音乐节奏感很强。

> 祖祖辈辈，
> 走过石板路；
> 磨过镰刀，
> 磨过斧；
> 上高山、
> 下深谷，
> 一代接一代，
> 一步跟一步。

《走马边山上》一诗，诗人捕捉生活中的音响入诗。

竹林里，
飞出一群马！
巡逻队，
踏开一路花！

呱哒哒……
呱哒哒……
横枪跃马上高山，
唱着军歌入云霞。

哎嘿！我人走马边山上，
捍卫着英雄的国家。
呱哒哒……
呱哒哒……

山风追赶着快马，
不用鞭儿打。
彩云做披风，
呼啦啦飞过高山峡！

啊！甜蜜的山泉水，
让我们饮马，
亲爱的边寨人，
请我们喝茶。

哎嘿！可惜马儿不停蹄，

只好把歌声留下。

呱哒哒……

呱哒哒……哎——

这首诗抒情，明快；有生活节奏，有战士情怀，有边寨人的深情，篇幅仅二十四行。我认为，这首诗最能体现古笛的诗风。说它朴素，但又充满诗意；说它单纯，但又无比美——美在边防战士和边寨人的内心。诗，做到明朗、质朴、单纯，耐人寻味，这些都是要在生活体验中提炼的。

五、关于现实感及主体意识

黄青、莎红、古笛，年龄及经历都差别不大。他们都有过美好的年华，也经历过人生历程的坎坷。他们都是中华人民共和国的公民、国家的工作人员，又同是热心文学事业的壮族人。前面说了他们诗的创作上的许多共同特点，又说了他们各自不同的艺术风格。现在，想来探讨关于他们的"现实感"及"主体意识"。

文学原理早就告诉我们：文学与现实、文学与生活，是密切相关不可脱离的。诗与现实、与社会、与人生，与我国人民的命运相联系。诗是艺术，艺术不存在为艺术而艺术。艺术的产生不是在真空里，而是在人生的长河里，在社会的变革中。诗最能表现出感情和个性。而这个"个性"，又寓共性于其中，无数的个性的组合，才能实现共性。现在，让我们来比较一下，三位诗人在他们的各自诗中所体现出来的"现实感"与"主体意识"。

黄青强烈的主体意识。他的诗，常常把历史的、现实的、人们关注的问题隐喻在字里行间，读后让人得到启迪、深思。面对桂西的山道，诗人感叹：

啊，你一路太多坎坷，

你千回百转的桂西山道。　　　　　　　　　　　《桂西山道》

这"太多坎坷""千回百转"，并非只指桂西的山道，难道不正隐喻人民、人生、革命的"坎坷"和多艰吗（意在形外，言在诗外）？

> 雕虫小技破坏你的花纹，
> 硬骨头受软体动物欺侮！
> 寄生藓苔吸吮你的血液，
> 高材受侏儒的妒忌。　　　　　　　　　　《擎天树》

这首写"擎天树"的诗，诗人在第五节诗形象地注入了主体意识。这是诗人这个主体对人生的观感，借树托情，现实感颇为强烈。在《柳江上》一诗中，诗人的现实感和主体意识更加强烈。

> 突然清江流着红河的血，
> 老红军恨不死于白匪刀枪；
> 我被专车接送回来，
> "牛栏"就圈在左拐的江弯上。

这是对是非曲直混淆与颠倒的年月的控诉，感情是那样强烈。这样的诗在莎红与古笛的诗中，数量不多。灵水，是武鸣的一处名胜，那里是黄青的家乡。在《灵水的性格》一诗中，所体现出来的主体意识，也是十分强烈的。

> 从大地底层流出来又紧贴大地，
> 急风暴雨下不做狂涛俘虏；
> 面目清秀，肝胆透彻，
> 自身不浑浊，洗净万人肺腑。

这首诗里，形象地寄寓一种哲理，赞颂一种品德和情操。像这样具有强烈的主体意识的诗，在莎红与古笛的诗中，也是极少的。

啊，正当年壮误了青春，

炉烟稀淡——白了头发双鬓。

受尽折磨的钢材，

今听你母亲声声喊保重，

排成多少路纵队，

向大地、海洋、天空挺进。　　　　　　　　《探望钢铁的母亲》

　　这是诗人参观钢厂后写下的诗。诗抒写主体意识的复杂性：叹息人生年华的耽误，但又不甘消沉，重振精神，为祖国人民效劳。这种抒写内心世界矛盾与复杂性的诗，是黄青的诗的思维方式与莎红、古笛的诗的思维方式相异的一个突出点。写桂林山水，黄青没有为写山水而写山水，而是带有强烈的意识倾向。《漓江》一诗中的两句："水为暴风雨所搅乱，浊流过去眉目更清。"这是一种现实感的隐喻。

　　古笛诗的思维方式是追求一种美的韵味。他写的桂林山水诗，现实感和主体意识的隐喻不明显。古笛追求的是一种诗的美好境界，以寄托自己对祖国美好河山的爱恋之情。

桂林的山啊，

桂林的水，

桂林的山水——

何处能比美？

水清清冽，

山巍巍，

水曲山回紧相随；

最好的山河，

最好的水，

到此来相会；

迷住天下多少客咧？

谁能见了心不醉！ 《山水歌》

啊！美丽的漓江水哟，

——彩色的花飘带：

是哪一个玲珑巧女咧？

织得这般可爱！

呵！美丽的漓江水哟，

——闪光的花飘带；

波浪滚滚回头笑咧，

把渔歌卷入一片云海！ 《美丽的漓江》

月牙低，

七星高，山歌飘上九重霄；

三姐飞回人间唱呵，

歌声引我过花桥！ 《夜过花桥》

古笛抒写桂林山水，每一首都写得感情饱满，诗情画意令人流连。诗人面对桂山漓水，整个身心陶醉在山光水色之中。此时此刻，诗人感到大地一切都是美好的，所以才很少深思生活或人生的哲理。与黄青的诗的思维相比，为什么一家这样写，而一家却那样写？诗人怎样写，如何托情寓意，这是各家的个性和自由。这是作家、诗人的个性特点所在，怎能强求一律呢？

莎红是生活光明面的歌手，他写了少数民族山寨许多美景的诗。他的诗，很少有个人、人生及世事的隐喻。在诗人的眼里，山区、边境、海岛……一切的一切都是美好的，充满了诗意。这是他的诗的思维方式的特点。也许，他无暇思索生活与人世的另一面吧！

对比之下，黄青观察生活、体验人生，他的诗的思维方式有较强的现实感和主体意识。黄青的思维方式为什么不像莎红和古笛一样，这也是各自的自由和个性，怎能强求一致呢？

　　诗的艺术功能，除了它的教育作用、认识作用外，还应具有审美功能。我认为，诗人每写一首诗都是感情的产物。然而，每首诗所体现出来的艺术功能是不可能千篇一律的。有的诗，有较强的教育作用，读后让人深思——深思历史、深思现实、深思未来；有的诗，读后使人振奋与喜悦——对事业、对前途；有的诗，则给人一种审美的享受——生活是美好的，人生是美好的，大地的一切是美好的。因为美好存在，人才去生活、去劳动、去创造……我认为，对诗人的每首诗的价值和功能，不能因为它是属于哪种功能而进行褒贬评价。一首短诗读后能给人一点益处，诗的艺术功能也就存在，也就有它的价值。对黄青、莎红、古笛这三家诗的功能和估价，也应如此。对"壮族诗群"中的三家——黄青、莎红、古笛的比较研究，谈得很肤浅。然而，这样的比较研究，我愿在今后多去实践。

　　壮族这三位诗人，其中莎红已经不在人世，然而他留下的诗，是壮族文学的一份遗产，值得我们去研究。黄青、古笛已进入创作的成熟期，期待他们的新作问世。愿"亚热带"的"诗群"，像亚热林带一样繁茂。亚热带的诗是独具风味的南方"花果"。愿文明的民族的常青树根深叶茂，"花果"闪金辉！

1986年5月29日

（原载于《民族文学研究》，1988年第5期）

谈儿童诗的创作

农冠品

　　儿童诗是诗歌大花园里的一朵花。它是指以儿童生活为题材或者以儿童广大读者为对象的、适合他们口味的诗歌。它所承担的教育责任，是以真、善、美来感化幼小的心灵，使他们从小受到健康向上的教育。从这个角度来讲，应该对我们祖国的下一代进行诗教。诗是美好的，诗教是美好的、神圣的，因此进行儿童诗歌创作，是一项很严肃、认真的事，是影响祖国后代的成长的光荣责任。

在我的诗歌创作中，儿童诗占的分量不多，在1989年出版的诗集《爱，这样开始》中，收进的儿童诗有《春·秋》《小鸟》《一滴水》《快乐的小溪》《小凤凰》《我是一棵小草》《万寿果》《玉妹》等。这些作品，语言通俗、明朗、适合朗诵，有的可以谱曲作歌舞演唱。如《小凤凰》一首，全诗分两节共八句："草青青，花儿香，/我们是壮家小凤凰，/个个插上金翅膀，/飞向春天的太阳！山青青，水流长，/我们是壮家小凤凰，/一起飞翔一起唱，/飞向金色的太阳！"诗可口头朗诵，可谱曲歌唱。这是儿童诗的主要特点之一。前不久，我收到辽宁省诗人牟心海同志给我寄来一本儿童诗集《梦的露珠》（辽宁少年儿童出版社出版），诗集收进八十多首诗，都短小精悍，写得很美，很精彩。我拜读这本从远方寄来的诗集时，对儿童诗创作，产生很多想法。我想，儿童诗创作天地是非常广阔的，内容、题材、生活及它的艺术表现形式，是丰富多彩的。关于儿童诗的创作理论，我看得、学得不多，水平有限。我个人粗浅地认识到，儿童诗创作主要应注意下面几方面。一是在选择的题材上要适合儿童的智力和兴趣。儿童生活本身是一方面，如书包、铅笔、胶擦、笔盒、小人书、小轮车、花朵、青草、太阳、树苗等有实感性的事物。牟心海在创作的《书包》写道："小书包/最友好/陪我上学/伴我睡觉/同书交友/和智慧拥抱/一摞摞知识/涌进大脑。"这是儿童自己的生活。

二是语言要生动、形象、明朗富节奏感，并富于想象力。这是儿童诗的主要特点，具有这些特点儿童才能接受，才能背诵或演唱。举一首为例，《老树撑开伞》，想象力很生动、有趣，诗写道："你是位健壮的老人/撑一把大伞/任凭雨点敲打/拦挡太阳视线/爷爷树下棋子摆/奶奶树下茶水端/我也赶来凑热闹/数学难题伞下算。"把"老树"想象成"撑开伞"，儿童见过树也见过伞，两者入诗，容易引起小读者的兴趣。

三是要注意诗的单纯性。所谓单纯并非简单，单纯是指诗的剪裁和提炼，即一首诗最好只选择一事、一人、一物，集中一个形象，不要太烦乱。写"小蜜蜂"，就以小蜜蜂为主要形象，写它的本质和特征，不要拉杂其他。其他如写小星星、小露珠、小蝴蝶、小鸟……也同样。单纯的另一层含义：一首诗一个意思，即一首诗一个主题。儿童的思维比较单纯，一首诗过多复杂，诗教的效果反受影响。如《自行车》一首写道："脚印长长/通向天边/无头无尾/两脚圆圆/跑起路来/踩地登天。"六行诗二十四个字，很集中、很单纯、很精练，语言也很明快。像这首诗，也可归为童谣。所谓谣，即口头念诵，结合一定的节拍，不用与曲谱结合。儿歌、童谣，都可统归入儿童诗之列。我们所说的儿童诗，是包括所有关于适合儿童的诗歌这一类作品。

1991年10月26日

（原载于《小博士报》，1991年11月6日第2版）

简谈诗歌创作

农冠品

在中国，诗歌这种文学形式的历史十分悠久。关于这方面的知识，论著有不少：专著如艾青的《诗论》；还有现代文学史里面关于诗歌创作的有关章节；也有其他诗评论家的各种专著。我今天漫谈的只是一些最基本的常识，不是学术专著。今天在座的诸位都是诗歌爱好者，或诗歌写作者，大家都有一种求知的欲望。我的知识十分有限，漫谈中结合自己在诗歌创作中的一些肤浅的体会，与各位共同学习提高，以促进社会主义诗歌创作的发展和繁荣，这是我们共同的愿望与要求。

一、我国诗歌的发展脉络

（一）诗歌是社会生活的反映。作为观念形态之一的诗歌，很早就在我们祖先的劳动中产生。有一首古老的《弹歌》，只有八个字："断竹，续竹。飞土，逐宍。"这是一首原始部落的诗歌。

（二）古代诗歌总集《诗经》。它是我国最早的一部诗歌总集，收入诗歌三百零五首，常称之为诗三百篇。反映西周初期至春秋中叶共五百多年的社会生活面貌，由"风""雅""颂"三大类组成。"风"是"国风"，属于民间歌谣；"雅"是朝廷之音；"颂"是祭神之音。

（三）屈原的《离骚》和《九章》，常被称为楚辞。屈原是战国时代楚国人，是爱国大诗人，他不满朝廷昏庸，结果受到排斥贤能而投汨罗江自尽。每年的端午节，老百姓做凉粽、赛龙舟，传说都与纪念屈原有关。

（四）《乐府诗集》的产生。秦至汉初由乐府收集诗歌。"乐府"，是古代的采风机构，专门收集民间诗歌。现存的乐府四十首，其中《东门行》《孤儿行》《陌上桑》《十五从军征》为优秀诗篇。

（五）东汉末年的《古诗十九首》和三国时期的三曹（曹操、曹丕、曹植）的诗，也很有名。其中有《七言诗》（也称为"七步诗"）是曹植的名篇："煮豆燃豆萁，豆在釜中泣。本是同根生，相煎何太急！"

（六）东晋田园诗人——陶渊明。他的诗"采菊东篱下，悠然见南山"，常被当作名句引用。陶渊明的诗很有特色：自然、淡远。

（七）南北朝时期，常有外敌入侵，人民生活贫困不堪。当时产生了名篇《木兰诗》，即木兰替父从军的故事。

（八）唐代是中国诗歌创作的兴盛时期，又分初唐、盛唐、晚唐三个阶段。代表诗人为王勃、李白、杜甫、王维、孟浩然、白居易、柳宗元、杜牧、李商隐等。"前不见古人，后不见来者。念天地之悠悠，独怆然而涕下。"（陈子昂《登幽州台歌》）"朝辞白帝彩云间，千里江陵一日还。两岸猿声啼不住，轻舟已过万重山。"（李白《早发白帝城》）杜甫的《三吏》《三别》是光辉的现实主义作品。他的《春望》一诗，千古流传："国破山河在，城春草木深，感时花溅泪，恨别鸟惊心，烽火连三月，家书抵万金。白头搔更短，浑欲不胜簪。"唐诗是我国文学遗产的珍宝，作为一名文学创作者，不管是写诗、写散文还是写小说，都应好好学习，应将它作为文学修养的必修之一。

（九）五代、北宋、南宋的词。词是一种有别于诗歌的文体。词有词牌，它是与音乐曲谱结合而产生的。现今流传下来的宋词多为文字，属于歌词部分，也是我国文学宝库中的一种奇花。有名的词家有苏东坡（苏轼），他的《水调歌头》《念奴娇》是代表作，千古传诵；还有辛弃疾等人。宋代的诗人著名的有王安石、陆游（陆放翁）等。陆游是爱国大诗人，他的《示儿》诗：
"死去元知万事空，但悲不见九州同。王师北定中原日，家祭无忘告乃翁。"
这首诗是千古绝唱，充分抒发了他的爱国之情！

（十）明清的诗歌。明清诗歌虽然没有唐朝诗歌繁盛，但诗歌还是走向
了发展，在诗歌的题材上有了一些突破，在清末增加了一些革命斗争的题材。

二、我国现代、当代的诗歌

（一）"五四"时期，提倡白话文，随之而兴起白话体的新诗。这就是
中国新歌的源头。新诗歌发展到今天，已有六十多年的历史进程，按文学史家
的划分，可以分为几个时期："五四"时期，代表诗人有郭沫若、闻一多、徐
志摩、刘半农、刘大白、沈尹默、康白情、冰心、朱湘、李金发、徐玉诺、冯
至、汪静之等，其中以郭沫若为主将。"五四"以后到抗日战争时期，代表性
诗人有鲁迅、郭沫若、殷夫、蒋光慈、何其芳、艾青、田间、臧克家、穆木
天、卞之琳、李广田、冯铿、胡也频、钟敬文等。《王贵与李香香》是当时诗
歌的代表作。《马凡陀山歌》是一部讽刺诗，也很有名。

关于当代诗歌，是指1949年10月中华人民共和国成立之后，涌现出来的
诗歌作品及诗人群体。从此之后，一直到90年代，走过四十年的历史进程。中
华人民共和国成立之后到"文化大革命"之前，可划为一个时期，代表的诗人
有贺敬之、郭小川、艾青、何其芳、臧克家、阮章竟、田间、李季、李瑛、闻
捷、未央、白桦、公刘、公木等。他们的作品都是歌颂共和国及社会主义的风
貌和风气。《向困难进军》《雷锋之歌》《放声歌唱》，曾鼓舞我们去开拓、
奋进。闻捷的《天山牧歌》风行一时，写得很优美。70年代，中国的诗歌创作
陷入假大空和失去文艺个性的泥潭，没留下多少好作品。那时期的作品，突出
的是老一辈无产阶级革命家的作品，毛泽东、朱德、陈毅、叶剑英、周恩来、
董必武等，都留下了光辉的诗篇，至今仍是我们的文学珍宝。

80年代以后，以年轻诗人为新军，以反对诗歌的非诗歌化而涌现。他们
以现代派的诗风为借鉴，或创作朦胧诗，或创作意象诗，给诗坛带来一股新风
气。之后，中国的诗坛出现多元的主张，使诗歌创作变得令人眼花缭乱，不知

所从。这一时期的诗歌创作，有的侧重表现自我意识，而忽视诗歌的民族化、大众化。诗歌创作如何创新？沿着什么方向去创新？诗歌要不要反映现实生活？怎样艺术地反映生活？诗歌要不要民族化、大众化？如何让诗歌为中国老百姓服务、变成他们的精神食粮？如此问题，都是当代中国诗歌创作上亟待解决的问题。

中国堪称是诗歌之国。诗歌发展到90年代，道路应越来越宽广，越来越丰富多彩。对当代中国诗歌状况，评价不一，这都有待讨论。我个人认为，中国当代诗歌是有成绩的，一些新诗人误入歧途，或探索中的失败，是可以允许的。但认识到了，应及早觉醒，让诗歌沿着民族化、大众化、现实主义的正道发展。我们诗歌的主导思想是马克思主义、毛泽东思想，即提倡唯物主义反映论，提倡现实主义，在此原则下，才有诗歌多样化。多元化是指艺术风格和流派，并非思想的多元化。思想多元化，在我们社会主义文艺园地里是不允许的。我们的社会主义诗歌，一定要高唱主旋律，要与人民大众喜、怒、哀、乐及命运紧密相连。诗歌丢开了这伟大的主题，光搞自我意识、自我扩张，是没有出路的。

三、关于诗歌的分类

诗歌合在一起来称呼，是泛指与小说、散文相对的韵文体裁——诗歌。现在世界的流行称呼把诗与歌分开。诗创作是专指新诗的创作，把歌排除了。因为诗是指不入乐、入曲、入谱之作，而歌（歌词）则是入曲、入谱而唱之作。这跟当代文学样式发展越来越多样、划分越来越精细有关。至于诗与歌从什么时候开始分离，我知识有限，无从考证。今天我还是沿用诗歌这个综合词。诗歌分类，按通常的文学常识，可分为如下若干类。

（1）史诗。写民族历史发展或大事件。外国、中国、广西都有这类作品。

（2）叙事诗。叙述故事、人物，篇幅较长，如《王贵与李香香》《百鸟衣》等。

（3）抒情长诗。如贺敬之《放声歌唱》《雷锋之歌》等。它与叙事诗的区别在于，一个是以故事、人物为主；一个是以抒发情感为主线。

（4）抒情诗。泛指一般的诗歌作品，以短篇为主。其中可分为颂歌、哀歌，情歌情诗，山水诗（风景诗），讽刺诗。

（5）旧体诗、词。指用旧体形式来写新的思想、新的内容和生活的作品，如老一辈无产阶级革命家的作品均属于此类。

（6）民歌、民谣。这一形式，丰富多彩。因为中国有五十六个民族，每个民族的民歌、民谣都各不相同。即使是同一个民族的民歌、民谣也存在多种多样，多达几十种。广西的歌剧《刘三姐》是以流传于广西桂、柳一带的民歌为基础来进行创作的。

（7）散文诗。介于散文与诗之间的一种新文体。近些年来，发展很快。原因是散文诗较自由地抒写人、物、情，表达诗人的感情。篇幅简短、凝练、可不讲究用韵，但要讲究立意、形象、诗的意境和韵味。代表性作家柯蓝，作品如《早霞短笛》等。广西有一批散文诗作家，在文坛上相当活跃。

（8）歌词。也属于诗歌范围。歌词是属于入曲可唱、离谱可读之作。在中国的诗歌界，有一大批属于词作家。全国著名词家有乔羽，老一代有光未然、田汉等。广西也有一批歌词作家。

关于诗歌的分类，大致就这么划分或划定。诗人擅长哪种，要看个人的兴趣、爱好和个人的修养程度。有时，一个人可以交叉运用几种形式，或创造一种样式，融各种形式特点于其中，这是创作上的自由选择。

四、关于诗歌创作方法及艺术风格

诗歌的创作方法不外乎两种：一是采用现实主义创作方法，二是采用浪漫主义创作方法。假若还有第三种的话，也可以采用现实主义与浪漫主义相结合的方法。这是诗歌理论上探讨的问题。诗人本身进行创作时，没有认定自己以哪一种方法来写作，有时二者或三者交融在一起，是很难划分的。一首诗作，其中既有现实主义成分，也有浪漫主义成分。但评论家分析或评价某篇诗时，是可以把它们区分开的。我们的社会主义诗歌创作，提倡多采用现实主义方法，因为我们的社会是丰富多彩的，人生、人的命运、人的性格、人的内心等，本身都可为诗歌创作提供丰富的素材。聪明的诗人，只要善于观察生活，就可以发现其中不少诗意，或发现不少"诗眼"。当前，也有一些诗歌作品脱离人民大众，看不懂讲什么，像读天书一样深奥莫测。所以，特别强调诗歌创作要贴近生活、贴近现实、反映时代精神，但这并不是说不要浪漫主义方法。我们积极提倡革命现实主义与革命浪漫主义相结合的创作方法。歌剧《江姐》和《洪湖赤卫队》中的歌剧，就具有强烈的革命浪漫主义色彩。这是作家成功运用革命现实主义与革命浪漫主义相结合创作方法的结果。

关于诗歌的艺术风格，前人曾划分为二十多种。依我个人的认识和体会，诗歌的艺术风格大概可分为如下几种。一是豪放高昂风格。古代作品和现代、当代作品都有，如深沉雄浑风格、委婉风格、清新朴实风格、严谨工整风格、华丽多彩风格等。评论家每评论某位诗人的作品时，会论定其属于什么风格特征。如陶渊明的诗，属于自然、淡远、淳朴、峻洁的风格。"峻洁"这种风格，也只可意会而不可言传。如艾青的诗风，常言之为单纯、朴素、深刻、富有哲理性。一个诗人的作品可以体现一种风格，也可以体现多种风格，而每篇作品也具有相对不同的艺术风格，很难一言概之。越是成熟的诗人，他的艺术风格就越明显、突出。如郭沫若、闻一多、贺敬之、郭小川、闻捷、李季、李瑛等诗人的诗风，很鲜明地呈现在人们的面前。未成熟的作者，艺术手法正在探索之中，还未形成自己的特点。在阅读别人的成功作品时，可以细细品味，从中汲取营养。风格是人格，这样说是很有道理的。

五、关于诗歌创作的若干特点

诗歌属韵文体裁，它与小说、散文、报告文学、戏剧是有区别的。当然，它们的作用是共通的，目的都是形象地传达一种思想情感，描绘抒写人生。但每种门类又各具不同的个性，个性就是它的特点。

（一）诗歌要求精练和高度概括。田间有一首："假如我们不去打仗，敌人用刺刀割下我们的头，并指着说：看，这是奴隶！"这是一首抗日墙头诗，很精练、概括地写中国人与日本侵略者的尖锐矛盾。若要写小说或写成戏剧，篇幅就不止这几十个字。

（二）诗歌要求有想象力，有形象的寄托物展现。没有想象力，就没有诗歌的翅膀，诗歌就腾飞不起来。想象越新，越不落俗套，便越富有创造力。有的诗人想象力很丰富，有的想象力差些。所谓想象，依我个人的认识与体会，便是在创作中以此物认定他物的一种艺术手段。如把红波滚滚的红水河想象为一匹无缰的奔马。有了这他物的认定，红水河就形象化，活现在人们眼前。

（三）诗歌要求有意境，也即常说的诗意或诗味。意境我个人认为它是诗人所创造的艺术的天地。这艺术天地是诗人本身对现实事物体验的结果。毛主席的《咏梅》是不争春的高洁意境，陆游的《咏梅》是一种受屈的悲切形象，两首诗的意境不同。这是诗人的时代体验不同而产生的相异的艺术效果。

（四）诗歌要求有强烈的抒情色彩。诗歌比其他文艺样式更富抒情性。诗歌作品，除了叙事诗之外，不是去解释客观事物发生、发展的全过程，而是撷取事物的本质特征，抒写事物的内涵和它所具有的哲理性。艾青的《石舫》一诗："没有风帆没有桨，停泊在固定的地方，石砌的船石砌的楼房，永不出航，看湖水荡漾，水也不涸也不烂，想的是永恒的天堂，哪有不散的筵席，哪有不死的君皇。"这是诗人1980年4月29日看了颐和园的石舫之后写成的，有强烈的抒情性。

（五）诗歌要求有音韵美、节奏美和结构美。这"三美"是组成诗歌作品的不可缺少的因素。诗歌要有韵，以增加音乐美感；无韵的诗也有，但读起来不顺口。诗歌要具有节奏美，一句诗要有顿数，有抑扬顿挫。反之，像和尚敲木鱼一样，没有节奏变化，就容易令人乏味。结构美，是讲究诗行的排列，有的四行、五行、六行一节。一首诗歌由若干节组成，看起来有一种结构美，不要一排到底混成一团。

（六）诗歌要求有修辞美。这方面名堂繁多，常用的有夸张、比喻、对照、重叠、拟人化等。一首作品运用这些修辞，要从实际出发，不能为运用而运用。

（七）诗歌创作存在一个构思问题。这也是初学写作者常提出的问题：如何进行诗歌创作的构想？一是诗歌创作构思来自生活体验的深浅；二是诗歌创作构思是经过诗人本身的加工、再创造和提炼的过程。构思的精巧来自生活又高于生活。每一位作者有各自不相同的生活剪裁法，每一首作品又有不同的剪裁法。诗歌创作构思是流动性的。停留在一个地方，拥有一种模式，就无诗歌的创造力。

六、关于个人创作

我从60年代初学写诗歌，已走过将近三十年的历程。1977年以后，开始认真写一些作品。1984年出版《泉韵集》；1990年出版《爱，这样开始》；1991年出版《岛国情》及《晚开的情花》《醒来的大山》。

诗歌创作是严肃又艰难的文学创作，我有几点体会。

（1）要多读、多写。

（2）要深入生活，了解生活。

（3）要有一种追求和民族责任感。

（4）在思考中的探索。诗艺无止境。

（5）重视理论指导，以正确理论指导创作实践。

（1991年10月18日下午，应邀四十多名与会者谈诗歌创作，此为当时的讲稿）

（原载于农冠品：《民族文化论集》，南宁：广西教育出版社，1993年版，第280~289页）

力戒概念化

农冠品

最近，读了一些诗歌来稿，其中有一首，作者的意图是想歌颂我们的伟大时代。但从诗的开头"蓝天、丽日、春风、飞霞、歌潮、热浪、红旗、鲜花"，到诗的末尾"请再看吧，再看我锦绣新中华"，多是空泛的诗句，具体实在的东西少，读后没有给人留下什么印象。还有一些用民歌形式写的"四句头"七言体的诗稿，也大多无具体的形象，雷同化、概念化的语言较普遍，类似"胜利凯歌冲云霄""战旗一举万山红""高歌猛进向未来""冲锋冲锋再冲锋"等，使人读起来感到乏味。又有一些短诗稿，不管内容需不需要，都要在诗的结尾加上一条"闪光"的"尾巴"，读后，令人未免有千篇一律之感。

上述诗作产生这些毛病的原因，我看主要是作者创作时没有从生活出发，没有写出自己对生活的真情实感。面对客观现实，每个作者都会有自己的喜怒哀乐，都有自己的体验。作为革命的诗作者，应从自己对生活的独特感受出发，通过艺术形象抒发无产阶级和人民大众之情。在悼念周总理逝世的日子里，之所以涌现出许多真切感人的诗篇，主要在于作者写作时，从自己对生活的强烈感受出发，倾注了广大人民的真挚情感。李瑛的《一月的哀思》，叩动心弦，感人肺腑。当作者与千千万万群众"静静地伫立在长安街的暮色里"，等待着、目送着、想念着总理的灵车："经过十里长街，向西向西……""任一月的风，撩起我的头发；任黄昏的路灯，照着冰冷的泪滴。"此情此景，正是作者当时当地的亲身体验，也是亿万人民的亲身感受。因此，《一月的哀思》才让读者产生了如此强烈的共鸣。现在，收到的一些诗稿，由于作者对生活缺乏深刻的感受，只是空泛地写些表面的生活现象，缺乏真实感，没有个性特点，这就难免使诗变成公式化、概念化的东西。

毛主席在给陈毅同志谈诗的信中，反复提倡写诗一定要运用形象思维的方法。我以为，写诗运用形象思维，即要求作者善于捕捉诗的形象，使诗避免抽象化和概念化。毛主席的光辉诗词是运用形象思维方法的典范。每首诗词的思想内涵是那么博大精深，但又那么形象化，读了之后，使人想得到、看得见、摸得着，让人产生强烈的艺术感染力。这是值得我们每个诗作者学习的。最近，《广西文艺》发表了一首欢庆五届人大的民歌，作者通过壮乡儿女"连夜挑肥壅八角，誓为祖国献芳香"的实际行动的描写，使诗充满着较浓厚的乡土气息。作者创作时，没有从概念出发，而是运用形象思维的方法，捕捉住"挑肥"与"八角"这一具体生动的形象，借"八角"的芳香，抒发自己热爱祖国的思想感情。读后，给人的印象不是空洞的，而是实在的。同一内容，另一位作者也写了一首歌："万里长空滚春雷，壮乡处处浴朝晖；五届人大召开了，红心随着电波飞。"相比之下，前一首歌的作者比后一首歌的作者，更善于捕捉诗的形象，具有特点，具有生活气息。读了之后，知道事情是发生在南方农村，而且是产"八角"的壮乡。后一首虽也写到了"春雷""朝晖""红心"和"电波"等，但都是缺乏生活感觉的一般性的东西，缺少独特的艺术个性，使人读后味同嚼蜡，也没有留下什么印象。所以，我们写诗要善于从生活中捕捉形象，不要从概念出发，更不能毫无创造性地抄袭别人的词句。

毛主席历来十分重视民歌，指示要从民歌中吸取营养来发展新诗。民歌一个突出的特征是它的比兴手法。优秀的民歌常常是意寓于形、形含其意，做到情、形、景三者交融的。现在收到的民歌来稿中，有些不讲究比兴手法，没有借助任何形象，而是从概念出发，直言其意，是一些政治术语和标语口号的堆砌。这是需要改进的。广西有"歌海"之称，民歌丰富多彩，不少传统歌谣，在群众中长期广泛流传，经过千锤百炼，成为"歌海"里的"珠宝"。如有这样一首歌："初来不知妹高姓，查来查去妹姓莲，妹你姓莲哥姓水，水泡莲花得团圆。"这是歌颂男女爱情的恋歌，写的是男方对女方的恋爱之情，但诗中并没有出现一个"爱"字，而是形象、生动、巧妙地把实在的物体"莲"和"水"放在问姓、知姓这一事件之中，形象化地表达内心的感情，读后给人留下了深刻的印象。为此，我们必须向好的民歌学习和借鉴，以其所长补今诗之所短；特别要掌握和运用比兴的手法，克服诗歌创作上概念化的毛病。在学习和借鉴中，"推陈出新"，创作出为群众所喜闻乐见的作品，开拓中国风格和中国气派的一代新诗风！

（原载于《广西文艺》，1978年第5期）

要真、善、美

农冠品

诗要真、善、美，这是诗的生命，也是诗的尊严和圣洁。一场文化浩劫过后，诗坛初露春色。被玷污的诗的圣洁，正在逐渐洗刷而恢复其美名与尊严。老诗人艾青的一首短诗《互相被发现》（见1978年第10期《安徽文艺》），是对"常林钻石"的赞美。全诗共二十四行，把真、善、美融成一体，像一颗宝珠闪烁在人们的眼前。"一个姑娘深翻土地/忽然看见它跳出来/姑娘的眼和钻石/同时闪出了光辉/像扭开一个开关/在一刹那的时间里/两种光互相照耀/惊叹对方美丽"。这是真实的人物和事件。有半点虚假吗？没有。这是实在的、可以捉摸和体会的意境。是诗人的臆造吗？不是。诗里的"一个姑娘"，指的是山东省临沭县炭山公社常林大队女社员魏振芳。她有一天在地里劳动，发现了这块世界罕见的钻石。"光彩夺目的金刚石像一片淡黄色的阳光/照亮了祖国的大地"。金刚石是美的！这种美的含意，正是人们常谈论的"诗意"。从这里，人们感到宝石的发现者心地多么美善："亮晶晶的金刚石/没有物质比它更硬/姑娘把它贡献给国家/用来叩开工业的大门"。从这里，人们看到这位女社员的思想多么美丽，"钻石带着光辉来到人间/而比钻石更辉煌的/是姑娘热爱祖国的观念"。读了这样的诗，劳动者的真、善、美——留在你的脑海里！而诗的圣洁和生命——长存在你的心灵中！

（原载于《广西文艺》，1979年第7期）

诗的秀眼

农冠品

人有慧眼，诗有秀眼。诗眼是人眼发现的。同在纷繁的社会生活中，有人通过自己的一双慧眼，观察、发现生活中许多诗的秀眼；而有的人没发现或少发现。有些人同时发现诗眼，但因观察角度不同，发现诗的秀眼也各异。这就形成诗的构思、诗的意境、诗的形象的多样性，也是诗的风格或个性的不同。

近读南宁市诗人杨柳的新作《穿山，漓江姑娘的眼睛》（载1982年7月28日《南宁晚报》副刊），觉得作者观察生活较细致，较用心，因而所发现的诗眼，是美丽的、闪光的、感人的。

写桂林山水的秀美，从古至今，有无数诗篇。就以写穿山的诗来看，宋朝胡仲威诗云："不知浑沌何年凿，/便有婵娟一镜明。"把穿山比作"一镜明"，即穿山诗的秀眼。清朝彭光辅诗云："浮云一扫净，/明月忽飞来。"

把穿山比为"明月"一轮，这是彭氏诗的个性，它有别于"一镜明"诗的个性。杨柳的《穿山，漓江姑娘的眼睛》一诗，也有它的诗的秀眼："漓江水，水清清，/清清江水水含情，/漓江像那姑娘美，/穿山是她亮眼睛。"把漓江比为含情脉脉的姑娘，穿山是她的"亮眼睛"——这是杨柳的诗的秀眼，他所发现的这"亮眼睛"，里面深含着情和意，爱和恋——即爱祖国江山之秀之美，恋家乡山水之丽之奇。这穿山的诗眼虽小，但它所含的情和意，爱和恋是浓厚的、深沉的。作者透过"漓江姑娘的眼睛"，让人们去思、去想、去寻、去问……这许许多多，不在诗内，而在诗外。这也许就是人们常说的诗的浓缩、诗的含蓄吧！杨柳的这首诗，在语言上从民歌和古典诗词中吸取营养，简练、明丽、有节奏感，这也是优点。

我们的生活里，有无数诗的秀眼，让我们注意去观察，去发现，去捕捉。无数诗的眼睛闪烁出的光，正是诗的生命和诗的美学价值的光。只要有人民，有劳动，有创造……这光就永不熄灭！

（原载于《南宁晚报》，1982年8月26日）

估价与希望

农冠品

广西在全国获奖的作品，主要是少数民族作家的文学作品，历届评奖都得奖。

民族民间文学作品在全国民间文学界是领先地位，但没引起重视，放任自流。广西是多民族自治区，易出特色诗歌。但也存在一些问题：广西没有"民族文学基金"，也没有民族文学刊物，被没有特色的文学掩埋了。《广西文学》应办成有地方特色的期刊；广西应培养十至十五人的少数民族作家，给予政治级别，不要担任官职，只要潜心地进行创作。

广西民间文学要出版的民族代表作还有一批，但如今对民间文学不重视。广西对民族传统文化的支持，比不上60年代和80年代，到90年代反而更退步了，受所谓新潮文化的冲击太大了。

广西作协要办一家大型文学刊物，没有园地就出不了作家。

建议把《小说世界》，改为广西民间文学刊物，因为民间文学读者人数众多是广西的优势。

广西目前的年轻作家，大多无生活基础，但又承包搞长篇的重任，要扭转这一局面。

广西的文学队伍有一批老作家，有的已退休身体还好，可组织起来搞创作攻关。现在忽视这方面的作用，把老作家打入冷宫是不对的。

建议不搞或少搞新作家作品讨论会，不要搞官样评论文章，但可组织文学评论家对新作品进行评论，发文章可以，搞形式上的讨论会，容易出花架子，无原则地互相吹捧。要刹住此风气。

1996年

（原载于农冠品：《热土草》，香港天马图书有限公司，1998年版，第58~59页）

论 文 学

容许多种选择

农冠品

面对经济大潮，有的文人困惑；有的文人徘徊；有的文人沉思；有的文人下海……如此种种，这是客观存在在文人头脑中反映的行为现状。没引起触动，才是一种奇怪现象。

世上没有不散的筵席！文人在经济大潮中的分化，也是自然现象。对文人改行，对作家从事非文职业或对一些文人仍坚持以文为主，心甘寂寞，这都是人类社会活动所容许的。

世界上没有永不分化的作家、文人队伍！要下海就下海去，可以文商兼之，可以弃文从商；也可以弃商归文（但都要按政策办手续）……如此等等，构成了社会生活的丰富多彩！

历代都不是先是富翁，后才从文；历代作家都是在艰苦中生活和做出牺牲的，只要有心创造人类的精神产品，就要花费毕生的心血！文人，要有经受寂寞、牺牲、奉献的精神。依我个人的理念，更尊重那种主动积累生活、潜心创作、充满恒心、坚定不移的作家、文人。《围城》作者及其夫人一生从文，《废都》作者的生活充满悲苦，在忘我的境地里创造精神产品。在经济大潮中经过大浪淘沙，会留下真正有心从文的作家，也许有的在困苦中死了，作品多少年后才问世。

作家在我们国家还未定为成形的职业。作家，人们从来不看他的宣言，而看他的作品，以及作品的流传程度和影响程度，作家是人们给予的尊称不是作家本人自称的。因此作家本应老老实实去体验生活、潜心创作，努力提高修养，经受寂寞的考验，拿出好的作品给时代、给社会、给人生。大富翁过着太宽裕的生活，搞不了精神生产；但太贫穷而为生活奔波，同样也搞不了精神生产。今天一部分作家、文人下海赶潮，一种是有投入的勇气，一种是被经济生活所迫，一种可能是盲目的兴致，等等。

一个国家、民族要有一批潜心创作的作家。从政府的角度来说，应为他们提供各种福利与创作条件。马克思有一个观点，即人只有在解决了衣食住行之后，才能从事精神产品的创造。我们是唯物主义者，不是不吃人间烟火的清教徒。

我的总观点如下：一是不要责怪作家、文人队伍在经济大潮中的分化，这是人类社会活动所容许的；二是应注重提倡尊重作家、文人，并创造一定的物质条件，让作家、文人潜心创作，写出好的精神产品；三是任何有成就的作家，都是甘于经受艰苦、寂寞的磨炼，这才是最后的成功者与胜利者。

1993年9月13日下午匆草

（原载于《广西文艺界》，1993年11月5日第5期）

民族文学发展与思考

农冠品

广西的民族文学队伍已经形成。

这队伍中间又分若干个梯队和方块，梯队分老、中、三代人。方块（或称之为民族文学团粒结构或民族作家的群体），如壮族群体、瑶族群体、仫佬族群体、毛南族群体和侗族、京族等大小群体或团体。

广西民族文学创作思想与方法的分化与裂变。

老一辈长期在文艺为政治服务的轨道运行，他们用作品和实践写下了一代人文学的历史，有兴奋，也有悲切的经验教训。

中年一代文学创作上的混杂色调与困惑，也有新的追求。

青年一代文学创作上的脱颖与裂变，这是一种存在。

广西民族文学的多元化时代的出现。

保持文学创作的正宗（或正统）思想及方法仍旧存在和延伸。

探索与寻求突破创作的旧框架的势头，在形成一股潜流。

拿来主义与赶超热在形成一种回旋波。

——写历史题材，成果颇显著；

——写民族题材，势头正兴，受到关注与好评；

——写城镇市民生活，兴志不衰；

——写改革开放，集子接连问世；

——写民族文化沉积的，等等。

广西民族文学发展中的思考：

对民族历史、文化的了解与思索；

对旧框架创作思想与方法的突破；

对文学功能的重新认识；

对民族命运的极大关怀与忧患情怀；

民族作家修养有待提高；

民族与民族、民族与全国与世界的互相比较与观照。

广西民族文学的最后归宿如何？

走完世界已走完的潮流之路；

各自的选择的方位实践之后的答案；

历史与人民的评价承认程度；

新的现实主义的成果与考验——这可能是民族文学的归宿的汇合点。

（是三年、五年或八年、十年？）

也可能由第三代起回归，第四代来冷静；

新的现实主义最终成为民族文学的灿烂境地。

摆在民族文学创作者面前的，还有一个经济改革大潮的冲击与考验。

（原载于《广西文艺界》，1993年5月25日第17期）

《玫瑰园漫步》浏览

农冠品

　　《玫瑰园漫步》一书的装帧设计，给人一种清新感。草绿色的格调是蓬勃生命的象征。

　　《玫瑰园漫步》一书的作者，是广西文坛另一翼的勤奋者、思索者与实践者。从事文艺评论，需要一种勇气、一种胆识、一种责任感与紧迫感。此工作要付出时间与精力。创作需要一种冷静与寂寞，默默地进入一种境界；文艺评论与创作一样，也需要一种沉思与析辨的思维过程。陈学璞同志是一位在冷静与寂寞、沉思与析辨中获得思想成果的文艺评论家。

　　《玫瑰园漫步》一书的内涵是丰富的，有文艺的总体论，也有作家论和对作品的论述等。

　　文艺评论，是以文艺的客观存在为研究对象的。文艺有其宏观方面的共性，把握住共性即把握住它的方向性与普遍规律。陈学璞同志在专集的"总体论"部分，是对文艺方向、方针与原则问题上的把握与论述，既遵循马克思主义的原则，又结合当代文艺的新问题和新实践，从较高的视角来审视文艺问题。如提出"社会主义初级阶段文艺的多层次构式"等问题。读了这些文章，给人得到启示：把握文艺的现实性和实体的经验与动向，需要有马列主义文论功底。陈学璞同志工作在党校，具备这方面较深厚的功底，其体现的是令人信服和仰慕的文艺评论中的微观研究，需要总体理论指导，或叫前导。而微观研究与评论需要一种深入、一种思考、一种析辨、一种比较。这工作首先要花费时间和精力来细读作家的作品，以及阅读别人对某作家、某篇作品的评论文章，然后经过自己的思索，写出自己见解的文章。这是一种相当艰辛而繁重的劳动过程，陈学璞同志收入《玫瑰园漫步》的文章，或称之为心血的成果，其分量是厚重的，对作家及作品的评论共有三十六篇，涉及的作家不下二三十名，可见这是文坛另一翼的勤奋者为桂海文坛付出了十分令人敬佩的劳作。作家以一种火一般的热情来从事创作，评论家也以火一般的热情来进行评论。只有两种热情的迸发与涌起，才能有文艺事业的兴旺与发达。陈学璞同志这种充满责任感与对文艺事业的一腔热情，应把它记载在广西的文艺发展史上，这是从事文艺另一翼工作的一种欣慰。

文艺评论还有一条要遵循的原则，即要有两分法，或叫两点论。一点是对作家、对作品要充分肯定其优点、特点、特色；一点是要指出其不足或倾向。文艺评论与研究切忌一味吹捧。

《玫瑰园漫步》中对作家、作品的评论、评价，既肯定其优点和成功，也指出其缺点和不足。这是陈学璞进行文艺评论与研究趋向成熟的标志，也是运用马克思哲学观点来对待文艺问题纯熟的体现。做到这一点是很不容易的。

《玫瑰园漫步》所体现的，是"马克思主义文艺理论与实践"，文风是纯正的，读学璞的文章感觉颇为朴实亲切，没有那种故弄玄虚的感觉，这也是一种难得的珍贵。用传统的文笔来写新见解、新思想，明朗地传递思想信号，以达到对问题的共识和推动事业前进，这是我们应大力提倡的。

广西的文艺事业已取得可喜的成果，但在文学创作上似乎还缺少什么，或者说缺少所谓深度、新度？相信学璞同志会面对现实来进行观察、分析和思索的。在文艺评论上，应努力为广西的文学创作寻找到新的突破点，这是一种期待与希望。

请学璞同志谅解我如上的这些散漫性的片言碎语！

1993年4月9日

（原载于《南方文坛》，1993年第2期）

《艺术学》序

农冠品

《艺术学》洋洋洒洒几十万字摆在我的眼前，面对着它我好像面对深沉无际的海洋。特别是浏览了林林总总的、密密麻麻的全书的章节大小题目之后，更像是面对一座茂密的大森林，内心升起了一种神秘感和畏惧感情。说实话，个人从事三十年的文艺工作，也只局限于民族民间文学以及一些民族诗歌等方面，或稍作一些不深透的理论探研。至于对艺术学方面的知识，十分缺乏，更谈不上有什么研究心得。杨长勋同志把稿样拿来，嘱我写一篇序之类的文字，我从内心感到为难。一来我没有时间细读这部《艺术学》；二来对艺术学的见解一时不知能说上多少句，但一想情意难却，才对这部书稿稍作浏览式的阅读，以求引起一些肤浅的感想，同时也想趁此机，给自己增添一些关于艺术学的知识，这无疑对自己是一种鞭策，一种后代新人对另一代人的激励！

　　杨长勋同志是一名勤奋的青年学者，在前些时间，我曾记下他成长的足印，在某报的星期天版上，发表了《在跨世纪的路程中》的文章。文中对他的成长作了概括性的介绍，肯定了他的恒心和进取心，在此我不必去重述了。如今面对着他的新著《艺术学》，我心里感到高兴。长勋同志在奔向新世纪的途程中，在学术上、在学问的钻研与进取上，留下了一枚清鲜朗朗的脚印。在青年理论工作者中，想良同志可称得上青年理论家。家者，专也；一家之言，专业者也。他开始先研究民间文学领域中的神话学，民族文学评论与研究；也涉及民族学与民俗学；近年结合在高等艺术院校的教学，又从事艺术学及艺术发展史的研究。观他的学术历程，正一步步地往上攀登，学问做得越来越扎实与成熟。成熟是艰苦磨炼的结果，没有苦读苦钻精神，想在学术领域开拓前进是很困难的。况且，像艺术学这样较高深的学术理论，没有功底，没有一种坚毅的攻坚决心，是很难取得成果的。

　　这部《艺术学》，现已出版第1卷，还有第2卷、第3卷。第1卷全卷共分5章，19节，先就艺术学宏观方面进行理论探研。每章每节的立题颇为新颖。这是一种理论研究上的新的文字构建。长勋同志在书中论及了关于艺术学的新旧模式，他主张不弃旧式，让艺术学脱颖成新的理论。我想这脱颖与主张创立新式本身就要有一种创造精神、一种新的艺术思维的构建精神。当然，新的思维方式要遵循一定的思想原则。在哲学上存在唯物主义与唯心主义的哲学观，我们进行艺术学的研究，应按照唯物主义观去进行而避免唯心主义观。因为不管是文学或艺术，都是随着人类的生存和发展而产生和发展的，它们不是从天上掉下来的，不是无缘无故地产生的。鲁迅先生的艺术起源说是"吭唷吭唷"派，即艺术起源于劳动之说。"吭唷吭唷"是原始人劳动的音乐，音乐是一种声学的艺术。书中长勋同志所论及的原始艺术，如石铲石刀石斧等，自然是一种原始的雕塑艺术。这些艺术都是与人类的劳动有关。在艺术学的流派中，也有艺术起源于宗教、乐神等说，都可以被允许去探研和发现艺术的发生和发展的历史。这些都是学术观点上的相异之说，不应纳入政治思想范畴。我两次到国外考察民族民间文艺，在岛国菲律宾和佛国泰国，其宗教艺术相当浓厚和独具特色。其中关于石雕艺术，两国都有生殖器崇拜，用石头雕刻成的男女生殖器的形象，让人们去膜拜它。自然，这是人类对生育崇拜之心理而创造的一种象征生育神的艺术。这种原始艺术是实在的唯物主义，不是凭空的臆造。艺术永远与人类同在，这是永恒的道理；而艺术又具有时代的烙印，这也是不可回避的客观事实。长勋同志的这部《艺术学》，为我国的艺术学研究提供了一个新的成果，这是令人欣喜而深表祝贺的！至于书中的学术见解、学术观点、学术流派，我无法去一一评议，我个人也缺乏这方面的学术知识。我想任何艺术学观点与流派应统属于学术上的百家争鸣。让学术上多一些见解、多一些流派，就像是一座座高山和森林，各有自己的位置。凡属于人类的智慧和学术成果，都应受到历史和人类的共同珍惜和爱护。

长勋同志正当青春年华，他的血管里正奔涌着跨世纪一代的血液。他的治学恒心犹如一颗闪亮的星，虽有时不免寂寞，但只要有奋进精神，就有闪光的成果。长勋同志的《骆越诗潮》《文艺新视野》（合著）、《文化的意象》《艺术的群落》《艺术学 第1卷》等著作，已经面世了，愿这一只只足印，能自然地、实在地证明年轻一代的人生的价值。而作为关心过长勋同志并经常互相鼓励的年长者之一，我还有什么可以多说的话呢！

（原载于《热土草》，香港天马图书有限公司，1998年版，第69~71页）

关于新生代文学群体

农冠品

称它为"新桂军"也好，称它为"广西文学新群体"也好，或称它为

"广西文学新生代"也好，在广西这片亚热带绿色的热土上，涌现了一批有朝气的、不甘沉寂的、坚持从事严肃文学创作的新生力量。他们各自都有不同程度的作品问世，而且引起了人们的关注和寄予希望。

广西新生代文学群体萌发于80年代初，关于"百越境界"创作构想的提出。这种境界的提倡是一种新的探索，但它是否与创作实践相统一，并获得成功，在此就不去作评论了。时间跨越到1988年的广西文坛反思，这又是广西新生代文学的一次探索和涌动。在广西文学创作在全国大评奖中屡次落榜之后，这激起了一种不安和反思。反思与不安的心态，说明广西新生代文学创作者对广西文学创作现状的忧虑和不满。它是对文学现状的一种触发，或叫作一种反思吧！这种触发与反思当然不是政治上的概念，而是指对文学创作运动的特定含义。1988年的那次反思，在理论与实践上是否形成辩证的统一，我个人无法作出准确的评价。但有一点，我感到它是一种浮躁的创作心态的表露，也是对广西民族文化母体进行反思而且显得较为轻浮的表现。这也许是反思中的不足和缺陷。也帮助广西现代文学新军找准自己的创作坐标。这种浮躁心态也不能说它是一种失败，而只能说是一种求索，或叫作初露锋芒的尝试吧！

"八八反思"过后，这批新生代转入了一段较为冷静的思索，或许叫作对反思的反思。在冷静的思索中，我的印象中他们没有发表过宣言，而是较为稳定地学习、提高、思考，并各自拿出思考后的作品。这一阶段，可称之为广西新生代文学兴起与发展的第三阶段依我个人的观察和理解。恰恰他们从对广西民族文化母体的触发和反思后转入了一种醒悟的回归状态。这种回归，与广西文学老一代人对文化母体的见解，他们在其中注入了更多的时代感和新的意识，这不能不说是一种飞跃、一种进步。在新生代中，如黄佩华的描绘桂西、红水河文化氛围的小说，常弼宇的歌圩文化内涵等交错的作品；还有黄神彪的《花山壁画》，蒙飞的《歌圩》，梁肇佐的《红水河》，杨长勋的《男性高原》等，都是在回归文化母体后创作的作品。从反思的反思到回归，正是广西新生代文学创作找到了自己坐标的具体体现。大家知道，任何国家、民族的作家都有自己的文化母体，而谁若失去了母体，谁就将失去自己的优势和文化的底蕴。那么广西民族文化母体包含些什么？也难以一言而概之。我看不外是歌唱文化、稻作文化、耕山文化、傩巫文化、师公文化、江河海边境文化与当代商业文化，在民族地区发生种种状态的综合体和分存体。而今年轻一代的这种实践和回归所取得的成果，正是广西新生代文学创作的明显特色和优势所在。我们允许新生代的文学创造者们对自己的民族文化母体进行新的审视。因为任何文化母体都有它的优劣因素、有它的长处和局限性。反思是审视事物的一种理性的、自觉的、并非盲目的思想升华与提高。广西这一代"新军"的希望，正在于这种思想、文化认识上的自觉提高与升华。而升华的经历正是求索的痛苦。

　　我个人的粗浅理解与认识是否是人们常说的哲理性与文化性的思考与认识呢？我不敢这样肯定，而是把问题提出来，对"新军"今后的创作进行文化观照，加强民族文化的底蕴，找到自己的特定的坐标向成功方面去努力，聊且提供一点参考而已。

1994年5月9日上午草成

（原载于《广西文艺报》，1997年3月28日）

宁明花山留言

农冠品

　　宁明县文代会召开，明江在欢欣，岜莱在欢欣。明江奔流文采，岜莱汉译叫花山，美好名山，会光彩夺目。我家在大新县，按地域划分，属左江地区的人。

　　时代车轮滚动到90年代，我国的文艺走向如何？这是人们关切的问题。我个人见解，我们文艺正处于改革开放潮声之中，各种文艺涌动，这是一种状况，也是一种发展规律。旧潮退、新潮涌，是自然现象，也是文艺现象。新潮涌起的时代，文艺不单一从属政治，文艺的内在规律和特性体现得更明显，不是一元，嬗变成了多元。多元是多样多彩、多流多派纷争，但其宗旨不能违背文艺社会主义原则。我国领导人最近强调"四以"，即以科学的理论武装人，以正确的行论引导人，以崇高的思想教育人，以优秀的作品鼓舞人。这是我们人民文艺的主导思想。国家领导人还强调要弘扬中华民族文化，继承和发掘民族优秀传统文化，吸收全人类的文明来创造中华新文化。领导同志还提出要重视长篇小说创作、儿童文学创作，以及电视创作。这关系到文艺的基础、文艺建设和服务面问题。

广西文艺有不少优势，也在新潮涌动中发展。文艺队伍和特征是亚热带板块群体，是热土色彩文艺。广西文艺的多元状况在出现，如对"百越境界"的探索；1988年深层反思，对传统文艺及方法作一次逆动；又如对"新桂军"的评说，如此等等，一个热火接一个热火。但事物不能天天热，一热到底。热后要有冷，热后要冷静思考。我看，目前正处于热后冷静思考阶段，这是文艺思想的一种飞跃，而不是天天热乎才是飞跃，冷思考更是深层次的飞跃。广西文艺整体可以划分为若干个小群体，如壮族群体、瑶族群体、仫佬族群体、京族群体，各有代表作家、艺术家。毛南、侗、苗等民族，也有文艺尖子与广西境外交叉出现。

广西文艺园地有《广西文学》《南方文坛》《南国诗报》《小说世界》《美术界》《民族歌坛》和《广西文艺报》，还有各大报、小报和各地、市、县文艺刊物，《红豆》《灵水》《金田》《南方文学》等，展示了八桂文艺色彩。当然，这么多园地要真正办成亚热带特色的地域性文艺窗口，是不容易的事，需要许多条件和因素。

在民族地区工作的文化人，应重视珍视民族文艺、民族文化。因为在改革开放时代，我们拿什么与别的文化、文艺交流，形成相融相渗、互相吸收的新局面？这是要引起重视和解决的问题。我们到境外进行文化交流、文艺交流，带的是本土文化、主体文艺，不是别的。国际学术交流与对比研究，需要我们用本土文化、主体文艺去对待。

关于创作上的一些理解，各个作家各有其法、各生其巧。但在创作上，要处理好作家和艺术家主体与客体的辩证关系，不要主客分离，要主客统一。只有真正体验生活，才能有真正的艺术创造，即体验与创造的辩证统一。要扬长避短，发挥本身优势。还有关于本身素养和对生活的理解和进行哲理思考的问题。文艺家也是思想家，没有思想的作家、艺术家是浅薄的。在民族地区工作、生活、创作的作家、艺术家，要有乡土情、民族情，自身的感受与现实生活中的情感要互通。前些年我回到家乡大新，创作了《黑水河流过的地方》等十多首抒情诗，其中《十二朵野菊花》是歌颂水库工作者默默奉献的精神；《平安的乐曲》抒发了对自然生态平衡的赞美。这属于点燃乡情之火。1988年夏天，我去菲律宾访问，写了三十九首诗，结集出版为《岛国情》，其中有《火树》《孔雀》及《呵！今夜太平洋》等诗作，有乡情、文化和人情的多维连通。

宁明地处边疆，是亚热带地区。那么，什么是亚热带文艺形态？宁明作为边疆，那么，什么是边疆文艺形态？我认为，地域文艺确实存在，但有一种意见反对划分地区文艺或地域文化。这可以讨论，各持己见。很明显，高原文艺、草原文艺、平原文艺、沿海文艺、江湖文艺，与我们所说的边疆文艺、边境文艺、亚热带文艺，是其不同风格的存在和展现。

1995年5月17日下午，于宁明；1998年4月24日整理

（原载于《热土草》，香港天马图书有限公司，1998年版，第82~84页）

平凡而伟大的奉献

农冠品

我们的文学要靠近人民。我们的文学要用多彩的笔描绘生活。社会主义时代的文学是这个时代人民精神财富的重要组成部分。失去了它作为财富的价值，文学也就失去了其真正的意义！读了《党纪》第七期"先锋礼赞"专号，为我们的文学向人民靠拢而感到欣慰。为一批文学作者以多彩的笔描绘多彩的人生而深受鼓舞，内心感动。以报告文学形式来进行党风党纪学习教育，这是《党纪》月刊编辑们一种新颖而切实的追求。它给人留下的印象是深刻的。专号中的十篇报告文学，写的都是平凡而伟大的人物，他（她）们都是广西各战线默默作出贡献的普通共产党员。奉献精神就像松柏常青，像雪原的梅香。蒋

香妹为孤儿院的孤儿与敬老院的老人奉献了自己美妙的青春年华，她的人生是一首平凡而美丽动人的诗篇。读了《洒向人间都是爱》，我感动得流泪了！我觉得我们祖国的普通劳动者、普通共产党员是值得尊敬的。生活中正是有了像蒋香妹这样千千万万的平凡而又伟大的人物，我们的江山才不至沉沦，永远生辉，才有远大的前景。还有周善成把自己奉献给殡葬业；颜廷东奉献自己给煤矿，为人世增添光与热；先进人物在我们这个时代里活生生地生活、劳动、创造，是我们时代的自豪与骄傲！我们的文学创作要以十倍的热忱来歌颂我们的人民，这是光荣和神圣的责任。我们要以十倍百倍的真诚切实地深入广阔的多彩的生活洪流中去，这是我们文学取得成功的必由之路。感谢《党纪》编辑同志的馈赠，让我得到一次学习的机会。于是，才有这些感言。

（原载于《三月三》，1990年第9期）

文艺与哲学

农冠品

文艺与哲学同属于意识形态，都源于客观，是客观现实的本质反映。文艺是形象地反映客观现实，而哲学是抽象地概括现实。马克思主义的哲学是科学的世界观，它对文艺起指导的、制约的作用，有了正确的哲学观，才有正确的文艺观与文艺形态。

学习马克思主义的哲学，进一步领会到马克思主义哲学观的重要性，它是文艺工作的灵魂。如关于文艺与生活的关系这对矛盾，它是相辅相成的对立统一体。作家个人（主体）首先对现实生活（客体）有深切、深刻的体验与认识，并从中分清生活中的主流与本质，然后才能写出反映现实生活优秀的、有时代特色的文艺作品。正如毛泽东同志所论述的，文艺源于生活，又高于生活，生活是文艺创作的唯一的源泉。做一名文艺工作者或作家、艺术家，若对客观现实的生活毫无感受，就无法写出反映现实生活的、形象鲜活生动的作品。而作家这一主体对生活的深入了解与认识程度，要发挥其主观能动作用，主动地去深入体验生活、熟悉生活，就是要解决好源与流的关系。源是生活，是存在物；流是文艺作品，是客观现实生活的折射。

我个人从事文学工作已有三十多年，平日之所以能写出一些文艺作品，首先是源于生活，是主体对客体观察分析并进行艺术概括的结果。我的第一本诗集《泉韵集》写的是广西各民族的劳动生活，那是我长期深入少数民族山区采风的收获。第二本诗集《爱，这样开始》写的是右江革命根据地的生活，是深入右江、红水河体验生活的收获。第三本诗集《岛国情》，写的是菲律宾的风光风土人情，是我访问该国的收获。第四本、第五本诗集《晚开的情花》《醒来的大山》也是基于现实生活中的真情实感而创作的艺术作品。文艺作品反映现实生活，当然不像照相那样，它是通过作家提炼生活的结晶，但第一性首先是客观现实生活，媒介是实践（作家深入生活）。所以，文艺与生活存在第一性与第二性的密切关系，是存在意识的辩证关系，这就是文艺的唯物反映论，它与唯心论是相对立的。

这些年，有一种错误的文艺思潮，鼓吹淡化生活、淡化政治、远离时代，追求所谓"自我"的纯文艺。这类作品没有生活气息，没有时代风貌，朦胧晦涩，脱离劳动人民。这些不良倾向的发生与出现，是由于忽视了马克思主义哲学对文艺的指导，以致文艺滑入唯心的、自我扩张的泥潭。我们的时代需要反映伟大变革的作品。广西是民族地区，又有沿海的、沿边的、沿江的地理环境优势，广西的作家艺术家有责任反映这些特色，反映这典型环境中进行变革的新的人物的典型形象，特别更需要文艺作品上山下乡，面向广西的十二个世居民族，面向广大农民。农业是国民经济的基础，这基础作为客体存在，作家、艺术家有责任深入去了解、体验。文艺不能忘记广大农民。

学习马克思主义的哲学，我深感到它好像一副清醒剂，对澄清文艺思想极有好处。特别是我们正处在一个改革开放的时代，各种思想及文艺形态涌来，文艺工作者更应主动地接受马克思主义哲学和马克思主义文艺观的指导，以此作为灵魂、作为行动的指南，以创作出无愧于伟大时代的文艺财富。

在文艺与哲学的关系上，还可以找出许多对立统一的规律，如关于重大题材与一般题材的关系，现实题材与历史题材的关系，写英雄人物与写普通人物的关系，写高昂格调与写抒情作品的关系，写普及性作品与写提高性作品的关系等。这些都是马克思主义哲学揭示的对立统一的规律。我认为，正确掌握了主要矛盾与次要矛盾、主要矛盾方面与非主要矛盾方面的对立统一规律，就可以正确地处理文艺上的一系列问题。特别是作为共产党员的文艺工作者，担负一定职务的文艺行政领导，对文艺上的对立统一规律，更应认真地去学习、理解和掌握，以更好地把工作搞好，让文艺事业沿着建设有中国特色的社会主义道路发展与繁荣。

最后，归纳成两句话：读了马列书（马克思和列宁的书），眼睛亮如珠！

就以此与文艺界的诸位同仁共勉。

1995年12月25日

作者附记：此短文系我于1990年9月25日写成，是作为参加广西党校文艺培训班学习结束的一篇学习心得。时隔几年，翻出旧稿一阅，觉得几年前所写的心得仍值得珍视。今应《广西工作》编辑同志之约，以此小文作为对该刊工作的支持。

（原载于《广西工作》，1996年第2期）

对文艺创作主旋律的一些理解和认识

农冠品

文艺创作主旋律的主张和倡导，与我党历来的文艺主张是相一致的。它包含着鲜明的功利性。这种功利性不是狭隘的，而是代表一个时代的主流。

因为"主旋律"借助大合唱音乐艺术的术语，更形象化，有很强的政治倾向和功利性，所以在"主旋律"前边应加"社会主义"，即"社会主义文艺创作主旋律"。社会主义文艺创作主旋律的倡导，有着特定的时代背景。

我国的经济建设正处于变革之中，随之而来的是政治、文化相适应。受外来文化的影响，"多元化"文艺主张的出现，对文艺创作是一种冲击、一种考验。由于题材的扩大与开放，作家创作上的充分选择，往往容易忽视文艺的主要功能。是以推动和教育人民为创作主导，还是以主体意识和娱趣作用为创作主导，这是对每位作家的考验和选择。有的作家坚持文艺的教育、鼓舞、鼓励的功能，创作出厚重的、宏大的作品；有的作家却忽视了文艺的积极作用，追求所谓"纯文艺"的创作，使文艺失去它的社会积极作用。在这种趋势下，坚持马列主义的有远见卓识之士，提出搞主旋律作品，这本身就具有很强的责任感。

我以为，应对文艺创作主旋律作出时代性的区分。我们今天所主张和倡导的，是社会主义时代的文艺创作主旋律。也就是说，要写当代改革开放中的主流，写重大的、有掌握教育作用的题材。这是民族的、人民的、社会的需要。这类作品应具有强烈的时代感，不是风花雪月，也不是田园牧歌，更不是高山流水。它是宏大的、具有史诗性的，对人们有感化的，振奋的。它是社会主义文艺的主导。但文艺作为人们的精神食粮，它同时需要多样性，所以在主旋律作品的划分上，我认为应划分为旧民主主义时代的，如农民起义、辛亥革命等。鲁迅、茅盾、郭沫若等作家的许多作品，属于那个时代的主旋律。新民主主义时代的是共产党领导下的一系列历史进程的重大题材，如土地革命、红军长征、抗日战争、国内革命战争、土地改革等。社会主义时代主旋律，虽于20世纪80年代才提出，但在我国的文艺发展史上其实已经存在。它又可割分为前期和后期。前期主旋律应包括新中国文艺十七年，后期主旋律就是我们今天所要解决的文艺创作主导思想的问题。

给主旋律作时代性的划分，可以丰富文艺创作的题材和内容，防止片面性和单一性。每个时代都有它的主流，有它的本质特征。作家、艺术家，只要从人民的利益出发去进行创作，不管是旧民主主义、新民主主义还是社会主义时代的主旋律，都能发挥其教育作用，鼓舞人民前进。提倡当代作家多写社会主义的主旋律，也不排除写已过去了的时代的题材和内容。这是当代性与历史性的辩证关系。

主旋律作品具有深刻的真实性，创作方法应是严格的现实主义，这已经由文学史作了肯定。生活真实与艺术真实不是一回事，没有生活真实就没有艺术真实。鲁迅、茅盾的代表作，都是旧中国社会的真实写照。提倡社会主义时代的主旋律，无疑就是深刻而真实地反映社会主义历史时代的变革、人民的愿望、要求、理想、欢乐、痛苦，这需要艺术家掌握正确的创作方法。我们不反对采用多种艺术创作手法，但我们应强调革命的现实主义创作方法。优秀的文艺作品大都属于革命现实主义。

这些年来的一些文艺现象确实值得深思，如纪实文学不等于揭露文学。纪实与真实是有区别的，要求有正确的真实。我们不反对用魔幻手法来写社会主义时代的生活，成功的作品最终归属于革命现实主义。

旧民主主义和新民主主义主旋律作品，在广西是不多的，大家常提的是《百鸟衣》《刘三姐》《山村复仇记》《美丽的方》《瀑布》《云飞嶂》等。社会主义年代前期和后期主旋律作品，在广西较突出的作品也是不多的，反映改革开放的更少。评论家评论过的作品有《波努河》《风流巷》等。写重大题材的其他作品能得到推崇的不多。

作家的创作需要一个沉淀生活的过程。不管是《美丽南方》还是《瀑布》，作家都亲身经历了那个时代的生活。许多作品，如《暴风骤雨》《太阳照在桑干河上》《山乡巨变》《创业史》等，无一不是作家亲身经历的体验结果。我认为，我们现在提倡社会主义时代主旋律，如果作家不投身改革洪流中去体验生活，以后回忆再来写，将是十分艰难的。所以，我们提倡社会主义主旋律，包含着现在的和今后的双重意义。有作家投身改革洪流，一下子可以挥笔万言，短期内可以完成多篇作品；有的作家三四十岁深入生活，到五六十岁才完成一篇，这些情况在文学史上是很多的。我们既鼓励吃快餐的，也鼓励吃慢餐的。这是短安排与长规划的关系。"吃快餐"作家一下子可以写出若干部书，但每一部是否为完美之作，这要由时间来验证。

文学艺术是以质量取胜的，主旋律作品如质量上不去，那宁肯十年磨出一部或两部。也许这看法十分保守，或者说，一位作家创作十部作品，能有一两部比较优秀，留下来传给子孙后代，就像《水浒传》《红楼梦》《家》《春》《秋》《子夜》那样，就已是极大的欣慰，这也应该成为作家追求的高目标。

以社会主义时代主旋律为主导，同时应重视旧民主主义、新民主主义时代主旋律，这并不互相排斥、互相矛盾。有的作家愿意投身改革大潮中去，应优先得到支持和鼓励，要支持其出书。在广西，历年提倡文艺创作上的几大优势，有的"优势"，不属于社会主义时代主旋律题材，而属于旧民主主义或新民主主义题材。太平天国、红七军、红八军，不能说是社会主义时代主旋律，但它确实是重大题材，是代表社会历史主导方面的事物，虽然时代已经过去，但有一部分作家把这些沉淀捞起，将其精心雕刻成闪光的艺术作品，这也是社会和人民的需要。

如红水河题材，既有历史性，也有当代性，历史性是因为它很古老，两岸曾发生过可歌可泣的故事，它同时象征着古老的壮族；而它又是当今变化的剪影。世级巨大水电站正在那里兴建，由它带来许多想象不到的巨变，包括地理、人心、审美等的变化。要写这样宏大的题材，只深入采访一两个月就可以写长篇是不可能的。它需要有志的作家，最年轻的作家，从现在起就生活在红水河岸上，以几年为期，最后才能写出惊心动魄的红水河主旋律作品！

主旋律作品与主人翁的塑造成功是密切相关的，以塑造劳动人民的形象为主体（包括知识分子），这是客观存在。为人们所传颂的，在广西有个刘三姐，这是一个文艺形象；《美丽的南方》里的农民形象韦廷忠；《瀑布》中的韦步平；《百色起义》中的邓斌；《红岩》中的江姐；《洪湖赤卫队》中的韩英；鲁迅作品中的阿Q、祥林嫂等。这些艺术人物都是通过作家的精心刻画而活在读者眼前的，人物成功了，作品也就传世了。我们的作品还未能做到一提起某某人物形象，马上就想起某部作品。要做到提起林冲、鲁智深就想到《水浒传》，提到林妹妹就想到《红楼梦》……这的确需要付出十分艰辛的劳动。就是在两届茅盾文学奖中的获奖作品，也许人们知道作品名字，但作品中的人物形象也还未能达到老少皆知的程度。赵树理的作品，给人们脑子里留下"小二黑""小芹"的印象，闭着眼睛也可想象出那"小二黑"头包着羊肚毛巾，那"小芹"长辫子水灵灵双眼的可爱、健美的形象。如何塑造社会主义时代主旋律作品的人物形象，确实要从生活中来，不要凭空想象。改革开放，推动历史前进的正面人物是什么形象，现实生活中有千千万万个榜样。

　　这里要表达的是要写好社会主义时代主旋律作品，一定要认认真真地深入生活，到建设者中间去。不要沉醉于"主体性"和"纯文艺""自我"，路子已走得越来越窄，越来越小，若不及早回首，转过身向广阔的道路猛跑，又怎么谈得上写社会主义主旋律？

（原载于《广西文艺界》，1990年5月25日）

附录：农冠品诗歌述评资料索引

一、文章

董永佳：《甜甜的乡情多彩的歌——浅谈壮族诗人农冠品的诗作》，《广西文艺评论》，1984年第1期。

杨长勋：《他的诗属于大山——关于壮族诗人农冠品》，《广西作家与民间文学》，1984年2月。

韦其麟：《卷头赘语——<泉韵集序>》，广西民族出版社，1984年4月。

王溶岩：《从山泉里流出来的诗——读农冠品<泉韵集>》，《广西日报》副刊《山花》，1984年6月27日。

杨炳忠：《农冠品的诗歌创作》，《广西文艺评论》，1984年第4期。

黄绍清：《抒发真情开拓诗境——读壮族诗人农冠品的诗》，《广西民族学院学报（哲学社会科学版）》，1984年第2期。

郭辉：《他们，在为民族深情讴歌——评介农冠品、凌渡、蓝怀昌的三本新书》，《文学情况》第10期，1985年3月。

黄绍清：《山泉般潺潺的歌音——评农冠品<泉韵集>》，《新花漫赏》，广西民族出版社，1985年11月出版。

杨长勋：《寻找适合塑像的那一刻——农冠品散文诗印象》，《广西工人报》，1987年9月16日。

黄桂秋：《大山的泪与笑——读农冠品的大山诗》，《南方文坛》，1988年第2期。

向成能：《南方山区透视》思想艺术管窥，《南国诗报》，1988年第5期。

蒙海清：《农冠品及其新作<醒来的大山>》，《广西民族报》，1989年7月8日。

向成能：《爱的追求——诗集<爱，这样开始>读后随想》，《广西民族报》，1989年8月2日。

农作丰：《金凤凰的歌——壮族诗人农冠品及其诗歌创作》，《南宁师专学报》，1990年第1期。

向成能：《源与流——农冠品<江山魂琐议>》，《南国诗报》，1991年第28期。

向成能：《故乡之水民族之情——读<故乡诗草>》，《广西民族报》，1992年7月25日。

向成能：《大山创造了他创造诗意的基因》，《当代艺术评论》，1992年第1期。

黄绍清：《海域韵味 岛国情思》，《广西作家》，1992年第1期。

农作丰：《〈南方民族文化透视〉——评农冠品诗集〈晚开的情花〉》，《南国诗报》，1993年第52期。

何巫燕：《他离不开这片沃土——记壮族诗人农冠品》，《南宁日报》，1994年3月10日。

黄国林：《汗水浇灌瑰丽的民间文学之花》，《广西民族报》，1994年4月16日。

王晓：《内与外的统——读农冠品散文集<风雨兰>》，《广西文艺》，1997年4月28日。

农作丰、龙文玲：《民族文化研究的新收获——农冠品<民族文化论集>读后》，《民族艺术》，1994年第4期。

严小丁：《论农冠品的散文创作》，《民族文学研究》，1997年第4期。

覃绍宽：《勤耕热土结硕果》，《广西文艺报》，1997年10月28日。

廖传琛：《坚韧晶莹的白玉》，《广西文艺报》，1997年10月28日。

王一桃：《风雨中读风雨兰》，《广西文艺报》，1997年10月28日。

岑维平：《兰花香馨扑鼻来——读散文集<风雨兰>》，《广西建设报》，1997年12月10日。

王光荣：《诗人农冠品和他的<风雨兰>》，《广西师院学报（哲学社会科学版）》，1998年第1期。

潘全山、覃茂香：《献给红土地的恋歌——评壮族作家农冠品》，《南宁日报》，1998年8月29日。

严小丁：《为民族文学辛勤耕耘》，《中国少数民族文学学会通讯》，1999年1月总25期。

农丽婵：《农冠品诗歌族性写作研究》硕士研究生学位论文，广西民族大学少数民族文学方向，2016年度。

农丽婵：《农冠品赵先平作品故园书写身份建构话语比较》，《广西民族师范学院学报》，2018年第1期。

梁珍明：《农冠品诗歌的民族历史文化因素探析》，《今古文创》，2022年第13期。

二、著作

胡仲实编：《壮族文学概论》，南宁：广西人民出版社，1982年，第141页。

吴重阳、陶立璠编著：《中国少数民族现代作家传略》，西宁：青海人民出版社，1982年11月，第87页。

覃国生、梁庭望、韦星朗著：《壮族》 北京：民族出版社，1984年6月，第99页。

杨炳忠著：《桂海文谭》，桂林：广西师范大学出版社，1990年5月，第62页。

梁庭望、农学冠编：《壮族文学概要》，南宁：广西人民出版社，1991年，第374-378页。

黄绍清著：《壮族当代文学引论》，桂林：广西师范大学出版社，1993年4月，第268页。

陈虹主编：《中国少数民族专家学者辞典》，沈阳：辽宁民族出版社，

1994年9月，第377页。

特·赛音巴雅尔主编：《中国少数民族当代文学史》，北京：北京十月文艺出版社，1999年8月，第435页。

黄伟林著：《文学三维》，南宁：广西人民出版社，2004年9月，第199页。

李建平等著：《广西文学50年》，桂林：漓江出版社，2005年版，第244~247页。

李德和主编：《二十世纪中国诗人辞典》，北京：作家出版社，2006年12月，第124页。

周作秋、黄绍清、欧阳若修、覃德清著：《壮族文学发展史》，南宁：广西人民出版社，2007年，第1573~1583页。

雷锐主编：《壮族文学现代化的历程》，北京：民族出版社，2008年，第305~308页。

杨炳忠著：《杨炳忠集——文化与文艺理论研究——广西社会科学专家文集的书评》，北京：线装书局，2011年3月，第140页。

黄伟林、张俊显主编：《从雁山园到独秀峰——独秀峰作家群寻踪》，桂林：广西师范大学出版社，2012年，第198~205页。

黄佩华著：《壮族》，沈阳：辽宁民族出版社，2014年12月，第135页。

李德洙主编；梁庭望分册主编：《中国民族百科全书10壮族、黎族、仫佬族、毛南族、京族卷》，西安：世界图书出版西安有限公司，2015年12月，第370页。

中国文联理论研究室、中国文艺评论家协会、中国文联文艺评论中心编：《第九届中国文联文艺评论奖获奖论文集上》，北京：当代中国出版社，2015年6月，第311页。

黄桂秋著：《壮族传统文化与现代传承》，北京：光明日报出版社，2016年7月，第234页。

农丽婵著：《"我族""我乡"的族性书写——壮族诗人农冠品诗歌研究》，北京：知识产权出版社，2020年8月。

后 记

　　农冠品老师已经离开我们两年多了，很多朋友在得知我即将出版这本书后，总是带着好奇问我，现在还做这样的研究还有现实意义吗？我笑而不答。回想起写硕士研究生学位论文时，我接触了大量关于农冠品诗歌的研究资料，那时便萌生了这样一个念头：如果能将这些资料汇集成册多好，可以为后人和我们民族保存下宝贵的研究资料。多年来，这个愿望一直萦绕在我心中。这本书与我之前出版的《"我族""我乡"的族性书写——壮族诗人农冠品创作研究》一起，构成了我对"农冠品诗歌研究"这一主题比较完整的思考。前者梳理了农冠品诗歌研究的主要脉络，而后者是对农冠品诗歌研究资料的选编。

　　因为我是初次尝试选编文学研究资料，经验尚显不足。在这一年时间里，我反复斟酌，不断增删文章，其中的苦乐唯有自知。在整理资料时，我发现因受到时代背景和语言表达方式的限制，一些已发表的文章仍存在瑕疵。因此，我对部分语言进行了细微调整，以期更贴近现代汉语的表达规范。本书的结构大致分为"自述"和"他述"两部分。在研究相关资料的过程中，我认识到，"农冠品诗歌研究"这一主题是一个不断扩展的多维度空间，文学参考资料也应呈现多角度的视野。这种多维度、多角度的研究视角，或许正是民族文学研究应有的态度。

　　在我硕士研究生导师陆晓芹教授的大力鼓励和支持下，这本书得以出版。同时，我校文学社的覃冬妮等几位学生也提供了大力的支持和帮助，使我能够顺利地完成整本书的资料收集和整理工作。在编写本书的过程中，李遇春教授和刘大先教授提出了许多宝贵意见，为此心存谢意。

　　"农冠品诗歌研究"资料浩瀚无垠，本书仅摘录了其中一小部分，期待后来者能继续地丰富与完善。

农丽婵

2024年2月12日